ミネルヴァ日本評伝選

元のもくあみとならん

河竹黙阿弥

今尾哲也 著

ミネルヴァ書房

刊行の趣意

「学問は歴史に極まり候ことに候」とは、先哲荻生徂徠のことばである。

歴史のなかにこそ人間の智恵は宿されている。人間の愚かさもそこにはあらわだ。この歴史を探り、歴史に学んでこそ、人間はようやくみずからの正体を知り、いくらかは賢くなることができる。新しい勇気を得て未来に向かうことができる。徂徠はそう言いたかったのだろう。

「ミネルヴァ日本評伝選」は、私たちの直接の先人について、この人間知を学びなおそうという試みである。日本列島の過去に生きた人々の言行を、深く、くわしく探って、そこに現代への批判を聴きとろうとする試みである。日本人ばかりではない。列島の歴史にかかわった多くの異国の人々の声にも耳を傾けよう。

先人たちの書き残した文章をそのひだにまで立ち入って読み、彼らの旅した跡をたどりなおし、彼らのなしとげた事業を広い文脈のなかで注意深く観察しなおす――そのとき、はじめて先人たちはいまの私たちのかたわらによみがえってくる。彼らのなまの声で歴史の智恵を、また人間であることのよろこびと苦しみを、私たちに伝えてくれもするだろう。

この「評伝選」のつらなりのなかから、列島の歴史はおのずからその複雑さと奥ゆきの深さをもって浮かび上がってくるはずだ。これを読むとき、私たちのなかに新たな自信と勇気が湧いてきて、その矜持と勇気をもって「グローバリゼーション」の世紀に立ち向かってゆくことができる――そのような「ミネルヴァ日本評伝選」にしたいと、私たちは願っている。

平成十五年（二〇〇三）九月

上横手雅敬
芳賀　徹

河竹黙阿弥

（国立国会図書館蔵）

勧進帳
(早稲田大学演劇博物館蔵)

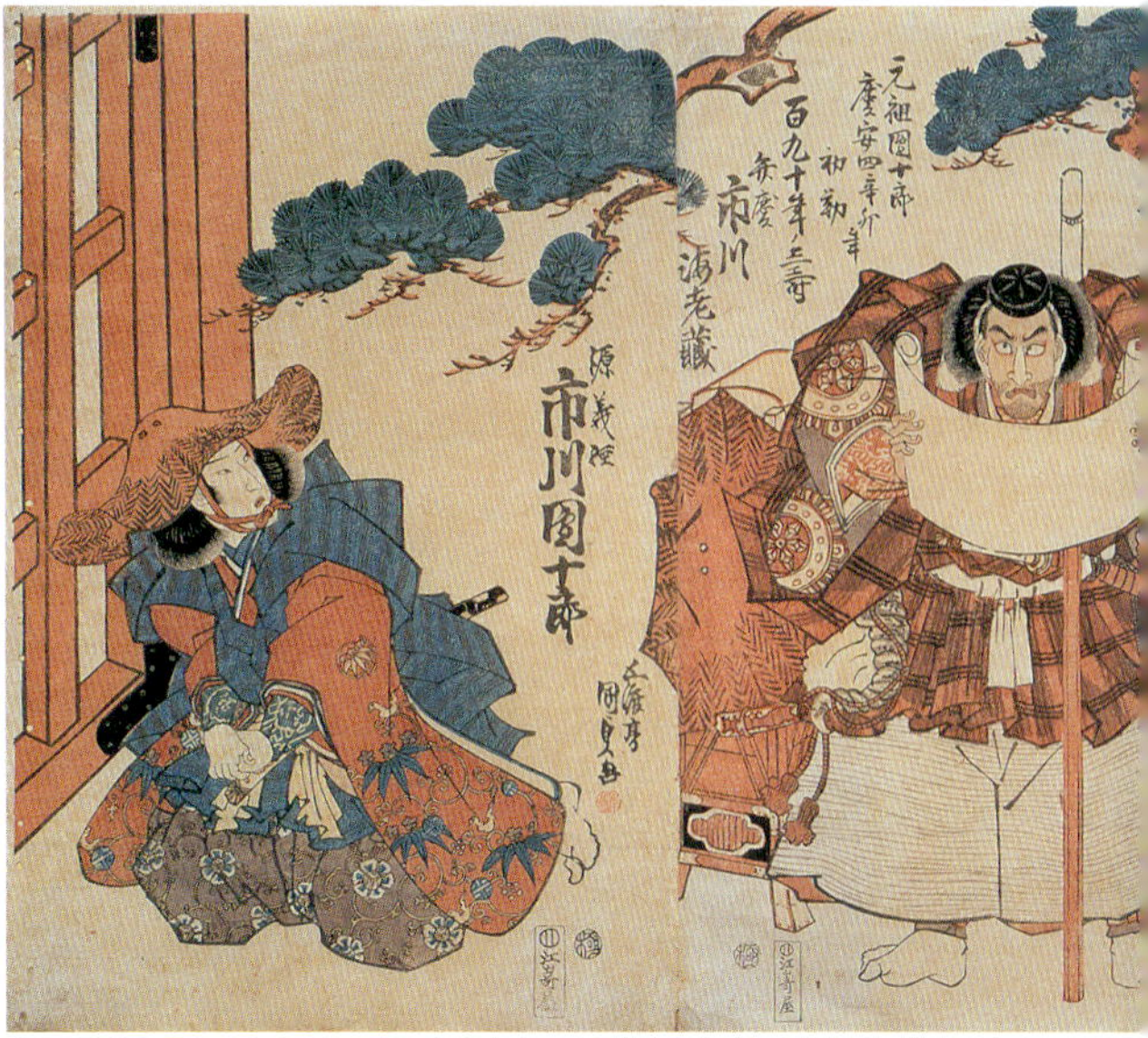

東山桜荘子
（早稲田大学演劇博物館蔵）

俳優楽屋の姿見　作者部屋（左端が河竹黙阿弥）

（国立劇場蔵）

河竹黙阿弥——元のもくあみとならん　目次

関係地図

目　次

図版一覧

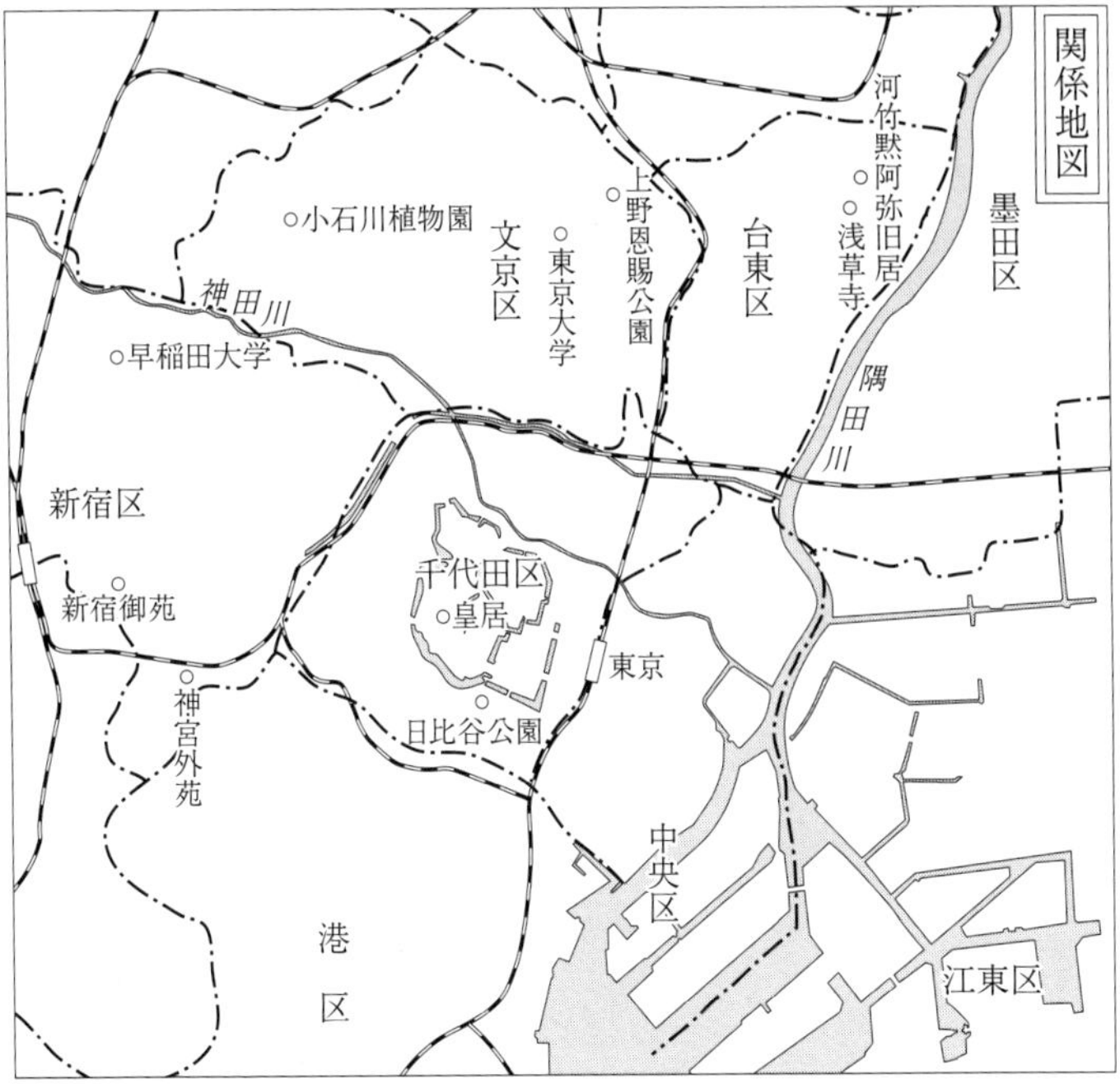
関係地図
小石川植物園
文京区
東京大学
上野恩賜公園
台東区
河竹黙阿弥旧居
浅草寺
墨田区
神田川
早稲田大学
隅田川
新宿区
千代田区
皇居
新宿御苑
東京
神宮外苑
日比谷公園
中央区
港区
江東区

序章　河竹黙阿弥とは？

河竹黙阿弥とは、徳川時代の末から明治時代のなか頃まで、つまり、維新をはさむ日本の新旧転換期に、江戸・東京の歌舞伎界で活躍した脚本作者。

古い作者界の最後の場面に光りを当てた狂言作者であり、かつ、新しい近代戯曲誕生の暁に立ち会った劇作家。

狂言作者と劇作家

狂言作者と劇作家と。芝居の脚本を書くという点では、どちらも同じ文筆の徒だが、その書き方というか、書く姿勢というか、書く心構えというか、両者では、それが全く違っている。いま、かりに、同じセリフを、狂言作者ならこう書く、劇作家ならこう書くと、その違いを比べてみよう。

狂言作者なら

粂　月もおぼろに白魚《しらうお》の、篝《かがり》もかすむ春の

劇作家なら

お嬢　月もおぼろに白魚《しらうお》の、　篝《かがり》もかすむ春空、冷たい風もほろ酔いに、心持ちよくウカウカと、浮かれ烏のただ一羽、ねぐらへ帰る川端で、竿のしずくか濡れ手で粟、思いがけなく手に入る百両。

の空、冷たい風もほろ酔いに、心持ちよくウカウカと、浮かれ烏のただ一羽、ねぐらへ帰る川端で、竿のしずくか濡れ手で粟、思いがけなく手に入る百両。

同じセリフである。だが、それぞれの頭に記されている人名＝セリフをいう人の名前が違う。狂言作者なら、「粂（岩井《いわい》粂三郎《くめさぶろう》の略）」と、そのセリフを口にする役者の名前を書く。しかし、劇作家はそうは書かない。彼なら、「お嬢（お嬢吉三《じょうきちさ》の略）」と、そのセリフをいう登場人物の名前を書く。なお、「狂言作者」とは「歌舞伎芝居の作者」の意。徳川時代、歌舞伎は、公的には「狂言」とか「狂言芝居」と呼ばれており、「歌舞伎」は俗称だった。

もともと、このセリフは、「岩井粂三郎」という役者が、「お嬢吉三」という登場人物に扮していうセリフなのである。このように、その登場人物に扮する役者の芸名を指定してセリフを書くのが、狂言作者のお決まりである。

つまり、歌舞伎の「狂言作者」は、俗に座付作者といわれるように、一定の座＝劇場に所属し、その興行のために、いいかえれば、その座と出演契約を結んでいる役者たちのために、作品を書くのである。彼は、いま書いている作品が、いつ、どこで、だれによって演じられるのかという具体的な条件を承知している。その上で、役者たちの肉体の特徴や固有の表現方法を思い浮かべながら、彼らに合うように、いろいろな役を作り、それらの役を働かせて、一編の芝居を作り上げるのである。
それにたいして、劇作家は、特定の座に所属もしなければ、特定の役者を前提にすることもない。彼は一個の自立した文学者として、自由な立場で、自分のイメージを登場人物の行動にたくして戯曲を書く。

彼は、戯曲を書くにあたって、それが、いつ、どこで、だれによって演じられるのかということ、要するに、上演の具体的な条件をいっさい考慮しない。彼はただ、自分の表現意欲を満足させるために、人間たちが織りなすさまざまな行動や、人間関係の種々相を、「戯曲」という文学形式によって表すにすぎない。彼には、いうまでもなく、個々の人物のセリフを、特定の役者に結びつける必要がない。彼が書くセリフは、それら登場人物の意思表示であって、特定の役者の口調を聞かせるための材料ではないからである。彼は当然、セリフを、登場人物の名前＝役名《やくみょう》で書く。

三人吉三廓初買（三世岩井粂三郎〔お嬢吉三〕万延１年１月，市村座）

歌舞伎界の無線電話

黙阿弥は、座付の狂言作者という立場で作品を書き、役者の名前を書き続けた。彼は、なによりもまず、徳川時代の歌舞伎の作者であった。しかし、それと同時に、彼は維新による社会の変化を経験し、西洋文明の恩恵に浴した新時代の人、文明開化の人であった。彼は、新しい脚本作りの仕方を知り、その新しい世界の魁となったのである。

黙阿弥が死んだのは、一八九三年（明治二六）のことだったが、生前に、彼が予想していたと察せられる芝居の未来像を、同時代に生きた田村成義《たむらなりよし》という興行師は、こう伝えている。

「どんないい狂言でも、役者を上手く生かせなければ死んでしまいます。それなのに、役者の身にそなわった能力にはおかまいなく、『おれが書いた脚本を、ちゃんと演じられる役者には、やらせてやるぞ』といばっておいでになるお方もあるようですが、いまはまだ、それではうまく行かないでしょう。しかし、だんだん世のなかが進みましたなら、芝居というものは、脚本が主で、役者や劇中音楽は、その主役を助ける脇役となりましょう」と。

これは、一九〇六年（明治三九）九月の演劇雑誌『歌舞伎』（第一次『歌舞伎』第七七号）に掲載された読み物、「無線電話」の一節（一一九〜一二〇頁）である。

その頃、まだ日本には、無線公衆電話は開通していなかった。

一八七〇年（明治二）、東京〜横浜間公衆電報の取り扱い開始。一八八九年、東京〜熱海間公衆市外電話開通。そして、国内の無線公衆電話は、一九一六年（大正五）、三重県の島嶼の間の連絡に使われたのが最初である。

電信事業が芽生え、生長するのに先駆けて、『歌舞伎』は「無線電話」を開通させた。一九〇一年（明治三四）三月発行、『歌舞伎』第一〇号の誌上においてであった。

もっとも、『歌舞伎』の「無線電話」は、人間と人間とを結ぶ通信手段ではなかった。この世とあの世、現世と極楽とを結ぶ、生きた人間と死者との交信に利用される文明の利器、科学が発達した現代にもまだ実現していない、明治文化人の豊かな想像力が生み出した文明の利器だったのだ。

「電話は生きた人間とは通信できるけれど、死んだ人とは通信できない。それでは、なっとくできない。人間の知恵が日ごとに進んで行く文明の世のなかで、こんな不便な状態にいつまでも堪えていることはできないのだ。長距離電話をあの世まで通じさせようと、研究に研究を重ね、技術が進歩した結果、とうとう、遠く十万億土も隔たった相手とも自由に話のできる時がやってきた。田村成義氏は、この新式の電話機を家に取り付けた。この人は芝居の裏の事情に通じた好劇家で、あの世の電話局をわずらわせて、極楽に開場した〝蓮台座《れんだいざ》〟の様子をたずね、すでに墓穴に入ってしまった芝居関係者たちの評判を聞くのを楽しみにしている。彼は、この世とあの世を結ぶ不思議な電話機を持っているから、西方浄土におもむいた故人たちを電話口に呼び出して、じかに話を聞くのも一興と、極楽の交換手に電話をつないでもらった次第である」（柳塢亭寅彦《りゅううていとらひこ》「無線電話開口《かいこう》」――第一次『歌舞伎』第一〇号、一～二頁）。

死者と電話で話す。こんな想像力を持ち得たのは誰か。『歌舞伎』を創刊し、名編集者として聞こえ、歌舞伎批評の指針ともいうべき素晴らしい劇評を書き続けた三木竹二か。あるいは、右の挨拶文を書いた右田寅彦か。それとも、この読物の執筆者である大興行師田村成義、筆名室田武里《しったぶり》だったか。いずれにせよ、「無線電話」とは、歌舞伎にふさわしい機知に富んだ、そして、時代を先取りした題名だったといえよう。歌舞伎とは、なによりも機知を大切にする演劇であり、世の流行を敏感に先取りする力を持っていたのだから。

「どんないい狂言でも、役者を上手く生かせなければ死んでしまいます」。これは、明らかに、狂言作者の発想である。彼は、「役者を上手く生かす」ことによって、「自分が生きる」。それにたいして、「おれが書いた脚本を、ちゃんと演じられる役者には、やらせてやるぞ」というのが、近代的な劇作家の意気込みである。「いまはまだ、それではうまく行かない」かもしれないが、世のなかの近代化が進めば、芝居というものは、「脚本が主で、役者や劇中音楽は、その主役を助ける脇役」となる時代がやってくるに違いない。

「脚本が主で、役者や劇中音楽は、その主役を助ける脇役」。フランス語で、役者を表すのに、interprète（アンテルプレート）という単語を使うことがある。英語でいえば interpreter（インタプリター）。それが「通訳」を意味する言葉であることはいうまでもない。「役者は脚本の通訳だ、脚本を解釈して、それをお客さまに伝えるのが仕事だ」という考え方を反映した言い方である。

坪内逍遙《つぼうちしょうよう》という、偉い文学者がいた。日本の近代演劇の開拓者の一人で、すぐれた理論家であり、歴史劇や舞踊の作家であり、名高いイギリスの劇作家シェイクスピアの翻訳者であり、新しい演劇を日本に根付かせるための運動に努めた実践家、そして、誰よりも親身になって、黙阿弥の価値を声高に主張した人であった。

彼は、「劇評に就《つ》きて」という評論のなかで、次のようにいった。「脚本が、芝居の、たった一つの大本《おおもと》である。芝居は、現実の俗世を離れた別世界であって、その別世界を支配しているのが脚本である。そして、役者がよりどころとするのは、脚本だけなのだ。役者は脚本を解釈する人（interpreter）であり、脚本の内容を生き生きと人前に描き出すことを仕事としている。脚本の主旨をよく理解し、その脚本に書かれた登場人物をしっかり把握して、その人物に成りきって行動することができれば、それで役者の仕事は完了する」（『梨園《りえん》の落葉』、三一六〜三一七頁）と。

黙阿弥は、「いまはまだ、それではうまく行かないでしょう」と、劇作家を自認している人たちの自己主張を軽くいなし、「どんないい狂言でも、役者を上手く生かせなければ死んでしまいます」といった。つまり、「脚本が主で、役者や劇中音楽は、その主役を助ける脇役」という考え方とは正反対の、「芝居の主役は役者で、脚本は役者を生かす脇役」と割り切って考えていたのであり、それがほかならぬ「狂言作者」の心掛けだったのだ。

黙阿弥は、れっきとした狂言作者だった。その事実をはっきり示しているのが、彼が理想とした狂言作者のあるべき姿、忘れてはならぬ心掛けである。何を眼目として芝居を書いたのかという質問にたいして、彼はたぶん次のように答えるだろうと、田村成義は察した。

「とにかく、お客様が芝居を見にいらっしゃるのは、『楽しみ』のためなのですし、芝居を興行する目的とは、『利益をあげること』以外の何物でもありません。となれば、なにしろ、芝居とは『狂言綺語《きょうげんきご》』つまり『ドラマチックな作り話』なのですから、なによりも、一人一人の役者に、役がぴったり合うように作ること、また、舞台での出来事が、できるだけ多くのお客様に面白く感じてもらえるように、その結果、経営者が利益をあげられるように作ることを心がけておりました。とにかく、芝居小屋というのは、お客さまが面白いものをご覧になるためにお出でになるところですし、芝居をする役者は、お客さまを楽しませることで生活しているということを、片時も忘れてはいけないと思っていました」(「無線電話　河竹黙阿弥作劇談」—第一次『歌舞伎』第七七号、一一六頁)と。

黙阿弥が、ふだんから、興行師田村成義に話していた心掛けなのだと思われる。

狂言作者の存在理由

歌舞伎は、しかつめらしい芸術ではない。歌舞伎は娯楽《エンターテインメント》である。だから、わざわざ劇場まで足を運んでくれた見物を、泣かせるにしろ笑わせるにしろ、とにかく、たっぷり楽しませて帰さなければならない。狂言作者は、そのことを肝に銘ずるべきだと、黙阿弥はいっているのだ。

それではいったい、どうしたら、見物を楽しませることができるのだろうか。どうしたら、経営者＝興行師に利益をもたらすことができるのだろうか。

答えは簡単だ。「できるだけ多くのお客様に面白く感じてもらえるように、ドラマチックなお話」を作ること。それ以外の何物でもない。

けれども、楽しいお話を作りさえすれば、それでいいのかときかれれば、ちょっと待ってくれ、といわなければならない。どんなに楽しいお話を作っても、それを、お客に手渡す人、つまり、役者がうまく演じなければ、作者の仕事は、骨折り損のくたびれもうけに終ってしまう。芝居における役者の大切さが問われるのだ。

舞台に立って、直接「お客さまを楽しませ、お客さまに面白いと感じさせる」のは「役者」にほかならない。というのもお客さまとじかに向かい合って、その芝居の内容をアピールするのは、役者だからである。したがって、見物に直接話しかける役者たちが、それぞれの得意とする演技を生き生きと表現できるように工夫し、そうすることによって見物の心を和ませ、ひいては、興行師の懐を温かくすることが、芝居を書く目的なのだと黙阿弥は考えていた。そして、そのような目的意識を持って脚本を書くのが「狂言作者」の職務であり、存在理由だった。だから、そのような意識で書かれた脚本は、人物の口にする言葉であれその行動を指定する注意書きであれ、すべて、登場人物の名前ではなく、それを演ずる役者の名で記されるのが常であった。それにたいして、「劇作家」は、具体的な役者を特定しないから、登場人物の言葉も行動も、すべて、その人物の名前で記すのである。

黙阿弥は「狂言作者」として生きてきた。しかし、文明開化の恩恵に浴し、新しい時代の可能性に目を開かれたとき、彼は、「狂言作者」としての行き方を死守しようとはしなかった。

彼は、過去の習慣からの脱却を試みた。一八七七年（明治一〇）、水戸黄門を主人公として一篇の脚本を書いたとき、そこに登場する一人の主要人物を演ずべき役者名を、彼は具体的に記さなかった。腹案はあったらしいのだが……。前代未聞の出来事である。

黙阿弥が、狂言作者から新しい劇作家の世界へと踏み込み始めたのは、これがきっかけだったように思われる。

彼は、一八八一年（明治一四）に隠居した。それからしばらく経って、彼は、役者を特定しない作品二篇を世に問うた。『千社札天狗古宮《せんじゃふだてんぐのふるみや》』、『傀儡師《かいらいし》箱根山猫《はこねのやまねこ》』の二篇。一八八九年（明治二二）四月と翌年の五月。しかも、それらはともに、純粋な個人の創作として、上演の当てもなく、雑誌『歌舞伎新報』に掲載されたのである。そのとき黙阿弥は、狂言作者の埒を超えて、近代的な劇作家の領域に踏み込んだのだった。

過去の生を全うしながら、しかも、新しい時代に呼吸する黙阿弥。そこに、黙阿弥の躍動する命がある。

第一章　狂言作者としての黙阿弥

1　道楽息子・芳三郎

日本橋の商家に生まれる

黙阿弥は、一八七八年（明治一一）三月三日、二十年来の友人仮名垣魯文《かながきろぶん》に宛てて、簡単な「自伝」風の書簡を書き送った。魯文に頼まれたものという。魯文は、その自伝を基に『魯文珍報』第十一号（同年三月二八日発行）・同第十二号（四月八日発行）に、「技芸名誉《ぎげいめいよ》小伝《しょうでん》　河竹新七《かわたけしんしち》の伝」を掲載した。河竹新七とは、黙阿弥の前名である。

黙阿弥の書簡は、たいへん簡潔なものではあるが、これ以上確かな黙阿弥伝はない。だから、その「自伝」（現代語訳）に即して、以下に彼の事歴を綴って行くが、その際、魯文の右記「河竹新七の伝」、および、関根只誠《しせい》所持の諸資料を基に、黙阿弥没後間もなく、『早稲田文学』に連載された、奥康資《おくたいすけ》編集・坪内逍遙閲の「古河黙阿弥伝」、また、黙阿弥門弟竹柴幸次《たけしばこうじ》（幸治）が『歌舞伎新報』に連載した「忍塚《しのぶづか》の記附《きつけたり》師が履歴」、黙阿弥と親しく往来していた興行師田村成義、筆名室田武里の回想風随筆「無線電話」（第一次『歌舞伎』所載）を参照する。

なお、引用する諸資料は、読みやすさを考慮して、すべて現代語に訳して掲出した。

『仮名垣魯文宛て書簡』（河竹繁俊編『黙阿弥の手紙日記報条など』所収）にいう。

・一八一六年（文化一三丙子年）、日本橋、通《とおり》二丁目、式部小路に生まれました。次男で、幼名を芳三郎《よしさぶろう》といいました。

・父吉村勘兵衛《よしむらかんべえ》は、風呂屋の株をたくさん持っていて、それを売買する商売をしておりました。

・一八二五年（文政八乙酉年）、芝、金杉通り一丁目に転住、父は質屋を始めます。

・一八三二年（天保三壬辰年）、わたくしは本が大好きで、手当たり次第に雑読しておりましたが、とうとう貸本屋に奉公して、一八三二〜三四年（天保三〜五）と三ヶ年、貸し本の荷を背負って歩くことになりました。しかし、もともと怠け者で、おまけに、芝居が大好きときていましたので、茶番などをして遊び歩き、挙句の果てに、貸本屋も止めてしまったのです。

黙阿弥は、一八一六年二月三日、江戸日本橋、通（通町）二丁目の式部小路に生まれた。現在の、東京都中央区日本橋、老舗のデパート高島屋がある辺りではないかと推察される。父は吉村勘兵衛。その次男で、幼時の名を芳三郎という。

父の勘兵衛は、風呂屋の株の売買を業としていたが、十年後の一八二五年、芝、金杉通り一丁目に引越して質屋をはじめた。金杉という地名は、いまでは消えてしまったが、現在の東京都港区芝一丁目の辺りであろう。

昔は、普通の商家では、「読み書き十露盤《そろばん》」が身につきさえすれば、教育はそれで十分だと考えられていた。彼の父も、社会生活に必要な倫理教育のほかは手紙の読み書きができればそれで結構、質屋の息子に高度な教育はいらないと思っていたらしく、芳三郎もせいぜい、寺子屋程度の勉強しかさせてもらえなかった。

ところが、芳三郎は、誰にもまして、本好きの子供に育った。むしろ、本に淫して行ったといってもいい。十五、六歳のころには、歴史小説や人形芝居の脚本を読むのを無上の楽しみとしただけでなく、自分でも、機知・頓知の才能を発揮、町内の道楽息子の仲間入りをして、吉村芳三郎という姓と名の頭文字二字を組み合わせて「芳々《よしよし》」という号をつけ、当時はやっていた滑稽俳句（川柳）や句作の機知を競う俳諧遊戯（冠り付け・ものは付け等々）にはまり込んで、褒美の景品をさらってゆくのを常としたといわれている。

株屋といい、質屋といい、いずれにしても堅気の商人であった。そのような堅気の商人の目から見れば、芳三郎は、とんでもない道楽息子、不良であり、町人社会の秩序を踏みはずした人間である。

芳三郎は次男ではあったが、兄が水子のうちに死んでいるので、吉村家の家督相続者という立場に置かれていた。しかし、彼には、堅苦しい家業を継ぐ気はさらさらなかった。幸いなことに、彼には弟があった。

貸本屋に就職

一八三三年（天保四）、数え年十七歳になった芳三郎は、家業を継ぐのは弟に任せて、京橋尾張町二丁目（今日の銀座、東京の最も美麗で品の良い繁華街）にあった後藤という貸本屋の店にさっさと就職してしまった。貸本の荷をかついで、あちこちの家を訪れ、本を貸して歩く商売である。

もっとも、あまり身を入れて商いに努めたとは思われない。もともと、読書好きが嵩じて、本に縁ある生活環境を選んだだけのことだったから……。彼は、大好きな本の山に埋もれ、多種多様な脚本に囲まれて、暇があれば、それらの本を読みふけった。

貸本の荷を負うて出入りするお得意先には武家・学者・医師・町家・職人・芸人等々、ありとあらゆる身分や職業の人たちがいたはずだ。おかげで、彼は、多くの人間の境遇や、生活の諸事情を見聞きすることができたし、さまざまな世のありさま、いろいろな人生のあり方を知り、また、たくさんの珍しい話を聞くことができた。

それらの読書経験や人々との交際を通じて、黙阿弥は、狂言作者に必要な素養――豊かな言語感覚や、人間や社会の本質を見抜く眼力などを身につけることができたのである。

当時、彼は、芝、宇田川町にいた沢村お紋という師匠のところで、踊りを習っていた。お紋は、二世沢村四郎五郎《しろごろう》という敵役役者の娘。宇田川町という地名もいまは消滅してしまったが、現在の東京都港区浜松町一丁目、羽田空港に行くモノレールの出発駅の辺りで、金杉の実家からはさして遠くない。

幕末の江戸には、道楽に遊芸を身につけようとする人たちが少なくなかった。一八一六年（文化一三）に成った武陽隠士《ぶよういんし》の『世事見聞録《せじけんもんろく》』という本には、俳諧・茶の湯・仕舞・琴・三味線などの遊芸に興じる武士が少なくなく、また、賭け碁や賭け将棋、博打《ばくち》などのギャンブルに現を抜かしたり、古美術の収集に万金を投じたり、遊芸に暇をつぶす町人たちが多いといった、だらけきった江戸の世相が伝えられている。

芳三郎とて、裕福な家に生まれ育って、道楽に身をなげうった不良少年だから、まじめに貸本屋一筋に生活していたはずはない。彼が踊りを習い始めたいきさつは分からないが、どうせ、新しい道楽に首を突っ込んだにきまっている。しかし、そのおかげで、いくら放縦な生活をしていたとしても、素人には越えることの許されなかった芝居社会の垣根が、いまや、一跨ぎという程度に身近なものになったのであった。彼が、芝居の狂言作者になろうという気を起こしたのも、このころのことかと思われる。

彼は仮名垣魯文宛ての書簡に書く。「一八三二年（天保三）、手当たり次第に本を読んで楽しんでいたわたくしは、とうとう貸本屋になり、三年間、貸し本の荷を背負って歩きましたが、もともと道楽者で芝居好き、茶番などをして遊び歩き、貸本屋も止めてしまいました」と。

茶番とは、身の周りのものを利用して即興的に演ずる短編劇、機知に富んだ滑稽な素人芝居をいう。当時、芳三郎が作った、「蛙の面《つら》に水」という題の茶番が残っている。

「『蛙の面へ水』という題でございますので、蛙をご覧に入れます」といって、黒塗りのお玉杓子を出し、「これがオタマジャクシでございます。オタマジャクシは泥水に住んでいるそうでございますが、このオタマジャクシもどろ水のなかに住んでおりまして、飯盛りと申します。このように塗ってありますと美しうございますので、たくさんのお客さまがそれを見にお出でになりますが、勤め方が悪いからでございましょうか、お客さまがみんなカエルカエルと仰いますそうで、内輪で、いろいろお仕置きをいたしまして、鍼医者の使う針などで責めたりいたしまして、今後もしお客さまがカエったら、ツラい水責めにすると申すそうでございます。でも、そのようにいわれましても、なんとも思いません』。と、杓子に水をかけてみせ、「シャアシャアとしておりますから、『蛙の面へ水』でございましょう。この杓子も、当家で借りたものでございまして、わたしは、これを『カワズ（蛙・買わず）』に参りました」（『朝茶の袋』―河竹繁俊著・演芸珍書刊行会発行『河竹默阿弥』、二二頁）。

こういう洒落のめした遊蕩生活のなかでの踊り入門だった。おそらく、道楽仲間の余興にでも踊ってびっくりさせてやろう、などと思ったのかもしれない。ところが、生れついての器用さからか、上達も早く、お紋がお弟子たちの発表会をするようなときには、子供たちの世話をしたり、踊りのリズムを引立てるために拍子木で床をたたいたりと、裏方の仕事に力を発揮したのである。正式に習ったこともないのに見事な拍子木の打ち方だと、その道の専門家も舌を巻くほどの出来栄えだった。

お紋もほかの弟子とは違って、「芳さま、芳さま」と大切にし、彼がいろいろなことを良く知っていて、しかも想像力が豊かなことを誉め、「あなたのような方は、狂言作者におなりになれば、きっと出世なさいますよ」などというのだった。芳三郎も、その言葉に心を動かされ、昔の作者の脚本を読んでは、いささかの評を試みようとしたり、こんなネタをこんな風に扱ったら、昔の作者にも勝る傑作が書けるだろうなどと考えて、狂言作者になりたいとの思いをつのらせていた。お紋にも、そのような話をすることがあった。

うまい具合に、お紋の縁者に、狂言作者がいた。そのころ、市村座という劇場と契約していた鶴屋孫太郎《つるやまごたろう》という人だった。

狂言作者に弟子入り

貸本屋に奉公して三年目、一八三五年（天保六）の三月、彼は貸本屋を止めて、お紋の世話で、狂言作者鶴屋孫太郎の弟子となり、芝居人間としての第一歩を踏み出した。

鶴屋孫太郎という人は、四世鶴屋南北の外孫である。

四世鶴屋南北とは、一八〇四〜二九年（文化・文政年間）に、江戸歌舞伎で活躍した大作者で、賤民の出身にふさわしく、この世とあの世の境目の、中有《ちゅうう》の闇に生きる人間のメッセージを伝える、独特のドラマを書き続けた人であった。

その大南北の孫が、鶴屋孫太郎。俗に孫太郎南北。母は大南北の娘、父はその聟となった門弟の勝《かつ》兵助《ひょうすけ》。その兵助の養子が五世南北である。だが、彼は、あるいは母の実子だったのではないかともいわれている。一七九六年（寛政八）江戸に生まれた彼は、最初は南北丑左衛門《うしざえもん》という名の子役として舞台に立っていたが、一八二一年（文政四年）五月、祖父のいる河原崎座の作者部屋に入り、鶴峰《つるみね》千助《せんすけ》と称した。もちろん、先輩作者たちの雑用を勤める下っ端である。彼が鶴屋孫太郎と改めたのは一八二五年（文政八）十一月、さらに、一八三七年（天保八）三月、中村座で首席作者の地位に昇り、祖父の名を継いで五世鶴屋南北と名乗った。一八五二（嘉永五）一月二十一日、東京都江東区深川富岡町《とみがおか》の八幡様の裏手にあった料亭松本で客死した。享年五十七。

南北の名は、この五世で絶えてしまう。彼はたいした作品を残していないが、門下から黙阿弥と、三世瀬川如皐《せがわじょこう》という傑出した二人の作者を出した。なお、瀬川如皐については、あとで触れる機会があろう。

お紋は、この鶴屋孫太郎南北の縁者だった。あるいは、孫太郎が、お紋の家に同居していたのだとも伝えられている。そのよしみで、お紋は折を見て、芳三郎を孫太郎に引き合わせた。

一八三四年（天保五）十月十二日のこと。お紋の家の格子戸から、一人の若者が出てきた。年は二十歳前後の商人風。見送りのお紋に、きちんと挨拶をして出てきた顔は、喜びに満ちていた。

お紋の家の長火鉢の前には、四十歳に手の届きそうな年の男がすわっていて、お紋にいった。「生意気盛りの年頃には似合わない情と誠実さのある男だな。知ったかぶりをしないところが気に入った。書いてきたものを見たが、筆の運びといい、アイディアといい、このまま放っておいても物になるだろうと思われるほどだ。おれが世話をして導いてやれば、行く行くは、狂言界のリーダーになるに違いないよ」。

格子戸を出てきた若者とは、ほかならぬ芳三郎、後の河竹黙阿弥だった。そして、長火鉢の前で、その若者の前途に望みをかけていたのは、鶴屋孫太郎だった。

芳三郎は、翌年、孫太郎の門に入って、狂言作者見習いとなった。もっとも、食うに困って、まじめに就職したわけではなく、実家は相応の暮らしをしていたので、芳三郎自身も、「遊び半分、やってみよう」（室田武里「無線電話　河竹黙阿弥幽冥談《ゆうめいだん》」―第一次『歌舞伎』第七四号、四一頁）という軽い気持ちで弟子入りしたらしい。

2　作者部屋にて

筆名は勝諺蔵

こうして芳三郎は、狂言作者への第一歩を踏み出した。もちろん、一人前の作者としては扱われない。「見習い」というのが、彼に与えられた立場である。師の孫太郎南北は、その作者見習いに、勝諺蔵《かつげんぞう》という名前を付けた。自分の前名「勝俵蔵《かつひょうぞう》」にちなんだ筆名《ペンネーム》である。『仮名垣魯文宛て書簡』にいう。

・一八三五年（天保六乙未年）三月、狂言作者鶴屋孫太郎の門弟となり、勝諺蔵という名前をつけてもらい、市村座に「見習い」として出勤しました。

「見習い」とは、どんな立場に置かれているのか。あらかじめ、昔の作者たちの仕事の分担について、見ておこうと思う。

作者は、年ごとに、特定の劇場主と専属契約を結び、その芝居小屋にしつらえられた溜まり場＝作者部屋を根城にしていた。特定の劇場主といったが、江戸歌舞伎の用語で、それを「座元」と呼ぶ。座元は、座、つまり、芝居小屋＝劇場の持ち主で、同時に、興行師を兼ねていた。

その作者部屋の主が、業界用語で立作者《たてさくしゃ》と呼ばれる首席の作者。その下に、次席の作者、第三席の作者がおり、それぞれ、二枚目、三枚目の作者と呼ばれていた。

「狂言作者」とは、その三人に限られた職名である。

その三人の「狂言作者」の下に、「狂言方」が数名、またその下に「見習い」が何人かいて、ピラミッド型の人間関係が形作られていたのだった。彼らには、個々に、役割分担が定められていたが、それについて詳しく書いたものに、『狂言作者《きょうげんさくしゃ》心得《こころえ》書《がき》』というタイトルの、薄っぺらなパンフレットがある。諺蔵が後に黙阿弥と改名した晩年に、弟子たちのために書き残したメモだといわれている。

その末尾に、「以上は、故人三升屋《みますや》二三治《にそうじ》・中村重助《なかむらじゅうすけ》・並木五瓶《なみきごへい》・五世南北たちから教わったことです」と記されているように、諺蔵が、師匠の五世南北だけではなく、先輩作者たちから教えられたさまざまな作者部屋の作法を整理して、後世に伝えようとしたものと思われる。芳三郎が弟子入りしたころ、鶴屋孫太郎はまだ首席作者には昇格しておらず、三升屋二三治の下で働いていた。孫太郎南北と芳三郎とは、たしかに師弟の関係にあったのだが、孫太郎南北は、どちらかといえば、作者部屋への紹介者という色合いが濃く、特に深い人間関係で結ばれていた訳ではなさそうである。ここに出てきた先輩作者たちのプロフィールを、簡単に紹介しておく。

○三升屋二三治

当時、江戸作者の最長老。諺蔵が初めて作者部屋に入った市村座の首席作者で、彼の下に、中村重助と鶴屋孫太郎とが殆ど同格で部屋を預っていた。

二三治は、幕府の米蔵のあった東京都台東区蔵前で、武家の米の買取りや武家相手の高利貸しを業とする札差《ふださし》伊勢屋宗三郎《いせやそうざぶろう》の長男に生まれ、家督を継いだが、七世市川団十郎を贔屓にして馬鹿遊びにふけったために、家督を剝奪され、一八一五年（文化一二）、隠居して狂言作者に転身、翌年、三升屋二三治と名乗って桐座《きりざ》に勤め、一八二九年（文政一二）十一月に、河原崎座で首席作者となった。大作者四世鶴屋南北没後の江戸歌舞伎で、旧作の手直しなどに健筆をふるったが、諺蔵や瀬川如皐のような後輩作者の活躍を見て、一八四八年（嘉永元）十一月に作者部屋から身を退いた。作者部屋の故実に通じ、資料的価値の高い随筆をたくさん書き残して、一八五六年（安政三）八月、七十三歳で没した。

○中村重助（四世）

一八二二年（文政五）、中村座の作者連名に名の現われたのが最初で、一八三五（天保六）には、中村座の首席作者となっていた。いまでも上演される『うつぼ猿』という舞踊曲を書いたことで知られている。

○並木五瓶（三世）

初代篠田《しのだ》金治《きんじ》（のちに、二世並木五瓶）の門人で、師の没後、二世金治を継ぎ、江戸歌舞伎で活躍。一八三三年（天保四）十一月、森田座で首席作者となり、三世を襲名。以後、もっぱら、七世市川団十郎や三世尾上菊五郎のために筆を執り、一八五五年（安政二）十月十四日、六十七歳で没した。彼が七世市川団十郎に頼まれて書いた『勧進帳《かんじんちょう》』は、名作の名に値するすぐれたドラマである。

『狂言作者心得書』

さて、『狂言作者心得書』（筆者校注『新潮日本古典集成 三人吉三廓初買』、五四〇〜五四二頁所収）にざっと目を通しておこう。

最初に断っておくが、『狂言作者心得書』の内容は、あくまでも江戸歌舞伎の、しかも大芝居にかかわることであって、小芝居や、上方歌舞伎の事情に関するものではない。もっとも、上方歌舞伎の劇作法を記した入我亭我入《にゅうがていがにゅう》の『戯財録《けざいろく》』という本には、例えば、首席作者の仕事を述べたところに、『狂言作者心得書』と同じような記述が見られるから、本来、文化の先進地帯であった上方で作られた「狂言作者心得」が、後進地帯の江戸の作者部屋に持ち込まれたものかもしれない。

［狂言作者について］

一　首席作者（立作者）は、興行師と一座を率いる首席役者（座頭《ざがしら》）に相談して、脚本の大枠となる物語を選び、それに基づいて全体の筋《ストーリー》を作り、それを首席役者に話して聞かせたうえで、各場面の粗筋を書き、次席（二枚目）・第三席（三枚目）の作者に、それぞれが得意とする場面を渡し、脚本に仕立てさせ、下書きができたら、それを手直しして清書させ、でき上がったものを正規の脚本*とする。

＊この文によって分かるように、「正規の脚本」は、この世のなかにたった一部、つまり、清書された筆写本一部が存在するにすぎない。今日のように、簡単にコピーを作ったり、印刷したりすることはできなかったから、複製をたくさん作って、関係者全員に配布するわけには行かなかったし、また、新しい脚本の内容——作者のアイディアが、競争関係にある他座に洩れることを極度に警戒したのである。

一　首席作者は、首席役者と話し合い、手直しをした脚本を、楽屋に集まった役者たちに読んで聞かせる*。

＊役者全員に「脚本全体を読んで聞かせる」ことを、業界用語で「本読み」という。「正規の脚本」はたった一部しかないので、役者たちが、筋の展開を知り、自分の役と相手役との関係を知るのは、この、「本読み」の機会以外にはない。役者たちに配られるのは、業界用語でいう「書き抜き」、つまり、めいめいの役のセリフだけを抜き書きした冊子でしかなかった。

一　首席作者は全体の筋を一言であらわす総タイトル（大名題《おおなだい》）を書き、幕ごとに付ける小タイトル（小名題《こなだい》）は、次席作者が書く。十月、一座の役者たち全員が顔合わせをする儀式（寄初《よりぞめ》）の際には、楽屋の稽古場で、首席作者が総タイトルを読み上げ、次席作者が幕ごとの小タイトルを読み上げる。

一　首席作者は狂言方や見習いを自宅に呼んで、一人一人の役者のせりふを、脚本から抜書き*させる。

*　先にものべたように、個個のセリフだけを抜書きし、紙縒《こよ》りで綴じた冊子（書き抜き）を、役者たちに渡す。役者たちは、それによってセリフを覚え、稽古場で、自分のセリフと相手役のセリフとを突き合わせながら、演技のやり取りを工夫する。

一　首席作者は、稽古の最終日に芝居の出来工合を確かめ、セリフの誤りを正し、だれそうな場面があれば、そこに出ている役者と相談して手直しをする。また、初日には客席で見物し、工合の悪い箇所を直させる。

一　長編作を上演する場合、往々にして、予定の興行時間を超過してしまうことがある。だから、最初のうちは、あちこちをカットして上演時間を短縮した内容のものを舞台にかけ、以後、カットした部分を少しずつ復活させて行って、何日か後には、全編をお見せできるようにするのだが、それでも長すぎる場合は、全編の上演が可能になるように、興行途中で脚本に手を入れる。首席作者が、毎日、劇場に足を運ぶのはそこまでで、全編の上演を見定めたら、次の興行のための脚本執筆に取り掛からなければならないから、あまり顔を出さなくなる。

一　次席作者は、首席作者の相談相手になって、あらゆる事柄を引き受ける。

一　次席作者は、首席作者の話を事前に聞かされていない主な役者たちに、その人の受け持つ役の話をしに行く。

一　次席作者は、役者が役に文句をつけるのをなだめて承諾させる。初日から毎日芝居に通うが、全編が上演できるようになったら、第三席の作者にあとを任せて、芝居を休むことがある。

一　第三席の作者の仕事は、すべて次席作者のそれと同様である。初日から毎日芝居に顔を出すが、ほかに用事ができたときには、狂言方のチーフに依頼する。

[狂言方について]

一　狂言方《きょうげんかた》とは、第四、第五席の作者のことをいい、稽古の進行を一手に引き受ける。稽古を任された狂言方は、首席作者が役者たちに脚本を読んで聞かせる（本読み）とき、傍で聞いていて、筋をしっかり覚えこみ、稽古にかかる前に、脚本を一度読んで、分からないことがあったら、首席作者によくたずねておかなければならない。役者にきかれて、答えられないのは、恥ずかしいことである。

一　狂言方は、稽古中に、役者がなかなか覚えないせりふをチェックしておき、初日には、黒衣《くろご》に身を包み、脚本を持って舞台に出て、後ろから、そのセリフをそっと教えてやる。その場合、お客さまには見えないように心掛け、役者や装置の蔭に隠れて、セリフを教えるのである。

一　幕の開閉など、芝居の進行はすべて拍子木で合図するが、その合図の拍子木を打つのも、狂言方の仕事である。開幕の拍子木を打つときには、舞台に出て、最初に出る役者たちが揃っているのを見極めてから打ち始め、また、閉幕の場合は、早めに舞台にあがり、客席から見て向って右手の端に、後ろ向きにしゃがんで準備をし、きっかけがくると立ち上って、拍子木を打つ。予め立って待っているのは見苦しく、無様《ぶざま》である。

一　狂言方の仕事は、脚本の清書と、役者ごとのセリフ書き（書き抜き）を作ることである。稽古の最中に、役者から訂正を頼まれたときには、その場面を書いた作者の許可を得て訂正する。

［見習いについて］

一　見習いは、狂言方や作者に必要なあらゆることを見覚えなければならない。稽古のときは、狂言方の傍にいて、その場面に登場する役者を呼び集めたり、セリフ書きに脱落があれば、それを書き入れたりして、稽古の仕方を見覚えるのである。そして、誰の稽古のやり方がいい、誰のは悪いと判断しながら、いい人のやり方を覚え、狂言方へと昇進して行く。

一　見習いは、メモに記された衣裳や小道具を、初日に、それぞれの役者のところに配る。また、幹部役者のところには、あれこれと注文を聞きに何度でも足を運ばなくてはならない。もっとも、これは、見習いに限らず、狂言方も同様だが……。

一　見習いは、初日の幕が開いたら、舞台の左右に一人ずつ後ろ向きに控えていて、小道具などが足らないときは、それを楽屋にとりに行って、舞台の用を足す。その間に、初日の仕事だとか、セリフの教え方などを見覚える。

一　見習いは、芝居が休みのときは、首席作者と次席作者の家に出かけて、公けの用事の走り使いをするのは当然のこと、私用の使いも引き受けなければならない。作者たちは、その場合、自分の家で食事をさせ、小遣いをやるのである。

一　見習いは、商家の丁稚《でっち》と同様で、昔は、興行ごとにごくわずかな給金しか支給されなかった。馬鹿馬鹿しいといえばこんな馬鹿馬鹿しいことはないのだが、稽古の仕方を覚えて狂言方に進み、さらに作者になることを目標に、一所懸命、精出して働き、昇進して行くのである。

一　見習いは、作者の口述筆記や脚本の清書をしたり、セリフの抜き書きの作り方を覚えることに専心しなければならない。

以上を要約すると、次のようになる。

○狂言作者と呼ばれるのは、首席・次席・第三席の三人だけ。
○首席作者は、新作の「筋」を作る。
○次席作者は、首席作者の相談相手であり、脚本の一部を執筆する。
○第三席の作者は、だいたい、次席作者と同じ仕事をする。
○狂言方は脚本の清書やセリフ書きの作成にたずさわり、稽古の進行を引き受け、合図の拍子木を打ち、舞台で役者にセリフを教える。その仕事の範囲は、今日「舞台監督」と呼ばれる職種のそれに似ている。舞台監督を務めながら、作者として一本立ちする修業に励んでいる段階だといえよう。

○見習い＝公私の雑用、下働き。

地獄の沙汰も金次第

諺蔵は、「見習い」として、市村座の作者部屋に籍を置いたのだった。いま、話したように、「見習い」とは、「商家の丁稚と同様」に、公私の雑用にこき使われる下っ端である。諺蔵の場合とて、例外ではなかった。

「さて、入って見ると、先輩はみんな、作者修業でさんざん苦労をして年を重ねてきた連中ですから、部屋での序列が少しでも上になると、むやみに威張りたがりますし、新顔と見ると無遠慮にこき使います。文句だって、ストレートにいってくれればいいのですが、もって回った、皮肉で固めたような言い方をするのですから、とても耐えられたものじゃありません。そのうえ、給金といったら雀の涙ほどのものですから、いったんは作者の仲間入りをしても、すぐに嫌気がさし、なかなか辛抱できるものではないのです」（室田武里「無線電話　河竹黙阿弥幽冥談」―第一次『歌舞伎』第七六号、四七頁）。

なかでも、三世並木五瓶にはさんざんいじめられたものだと、黙阿弥は若き日を回想している。

それでも、裕福な家をバックにしていた彼は、恵まれていた。

「お金はもらえませんし、皮肉はいわれますし、なかなか辛抱はできなかったのですが、家から金を持ち出しては、それをばら撒いて付き合いましたので、どうにかこうにか、立身することができました」（同上。第一次『歌舞伎』第七四号、四一頁）。

「地獄の沙汰も金次第」を絵で描いたような話である。

「地獄の沙汰も金次第」といえば、『四千両小判梅葉《しせんりょうこばんのうめのは》』という作品の、牢内の場面を思い出す。一八八五年（明治一八）十一月千歳座《ちとせ》、竹柴繁蔵作、黙阿弥助筆。通称を「四千両」とも「御金蔵《ごきんぞ》破り」ともいう。

幕末の一八五五年（安政二）三月六日の夜、将軍が住まう江戸城の御金蔵――幕府の御用金を納めた蔵――から、四千両の金が盗まれるという事件が持ち上がった。盗みに入ったのは、栃木県出身の富蔵という前科者と藤岡藤十郎という貧乏武士の二人組みだったが、盗んだ金を使ったことから足が付き、翌々年、一八五七年の二月に捕えられ、死刑になった。この事件を脚色したのが『四千両小判梅葉』で、その最後の場面が牢屋に設定されているのである。

新入りの囚人は、ひそかに金を忍ばせて入牢し、牢名主と呼ばれる古株の囚人にその金を渡して、なかでイジメやリンチを受けないように保護してもらう。その金を「ツル」と呼んでいる。「金ヅル・手ヅル」のツル、漢字をあてれば「蔓」と書く。

富　蔵　これ、お前は身なりも良く、堅気に見えるが、どこのものだ。
銀兵衛　へい、わたしは日本橋で、地金を商っております銀兵衛と申します。地金の間違いで、後ろに手が回りました。

富　蔵　命のツルを持ってきたか。
銀兵衛　へい、十両持って参りました。
牢名主　堅気のものなら、いたわってやれ。
三番役　さあ、お前はこっちへ来な。
ぼろ八　あっしも一緒に。
四番役　お前はだめだ。
ぼろ八　なに、だめだとは。
富　蔵　地獄の沙汰も、金次第だ。

（『黙阿弥全集』第一八巻、八〇〇～八〇一頁）

いま、わたしは勝諺蔵、つまり、若き日の黙阿弥の姿を、「無線電話」によって書いているのだが、その筆者室田武里、本名田村成義が、本作の材料を提供したという曰《いわく》付きの作品である。田村は町家の出身で、物心つくころから幕末の江戸の名舞台に接してきた芝居好きだった。十五の年に幕臣の養子となり、町奉行配下の牢屋係りを務め、維新後、職を辞し、国家試験を受けて弁護士（代言人《だいげんにん》）となり、芝居の訴訟にかかわったのがきっかけで興行界に関係。明治の東京歌舞伎界の「諸《しょ》葛孔明《かつこうめい》＝大戦略家」といわれた人である。

一八八五年（明治一八）、田村は、五世尾上菊五郎一座のために新狂言を作ってやる必要があって、自宅にあった古い記録のなかから御金蔵破りの一件を引っ張り出し、黙阿弥がそれをもとに繁蔵を助けて補筆。さらに田村は、自分の過去の経験を生かしたり、いまは堅気になっている昔の囚人を頼んだりして、牢内の実際を舞台に再現した。その牢内の場が珍しく、たいへんな大入を記録したといわれている。

凶悪犯とコソ泥が雑居している牢獄と、知的作業に従事する人たちがたむろする作者部屋とを比べるのは、あまり適切ではないかもしれない。しかし、牢屋ではイジメやリンチがしじゅうおこなわれていたことと、作者部屋では陰湿なイジメが日常茶飯事だったことを思えば、牢獄も作者部屋も、オッツカッツだったといえるかもしれない。どちらも、一般社会、素人の社会から隔離された、いわゆる社会的病理集団である。

なお、イジメの後日譚とでもいえるような話が伝えられている。黙阿弥となった諺蔵が、「仇を恩で返した」美談である。

諺蔵をいじめた三世並木五瓶が、重い病気にかかって、日日の生活にも困っていると聞いた黙阿弥は、見舞のために、五瓶の家に出かけた。行ってみると、たいへんな貧乏所帯。四畳半一間の裏長屋で、そこに畳が三枚敷かれ、素麺の空箱が仏壇替りに吊ってあり、煎餅のような薄い蒲団が延べてあるという、首席作者の住居とはとても思えない気の毒な有様。黙阿弥は、いろいろと慰めたすえ、「お口に合うものでも、何かお買いください」といって、持ち合わせた十両の金を渡した。すると、五瓶は、泣いて喜んで、「ほかの人ならともかく、お前さんに見舞に来られたうえ、こんなに貢いでもらって、面目ない。いまだから懺悔するが、お前さんのために、わたしはどれだけ邪魔をしたか分からない。そのお前さんに、仇を恩で返されるのは、赤面のいたり。この金ももらえた義理ではないけれど、折角のお志だから、遠慮なく頂戴する。実をいうと、家賃は二年分も溜まっているし、米屋にも炭屋にも払いがとどこおっていて、どん底の状態だから、この金で支払って気持ちがすっきりすれば、病気も自然と直るだろうよ。いまさらながら、我が身の浅墓さが恥ずかしい」といって、手放しで泣いたという（室田武里「無線電話　河竹黙阿弥幽冥談」―第一次『歌舞伎』第七七号、一一八頁）。

黙阿弥には、ほかにも、落ちぶれた友人を慰めた話が伝わっているが、情誼に篤いその人柄が偲ばれる話である。

黙阿弥は弟子を大事にして、ずいぶん面倒を見てやったようだが、その黙阿弥でさえ、住み込みの弟子に、三年間も、娘の子守りを務めさせたという。まして、意地悪な先輩たちなら……。

最初で最後の旅芝居

もっとも、この見習い時代に、諺蔵は、いやな思いばかりしていたわけでもない。彼が作者部屋に入った年の晩夏、彼は、三世尾上松助《まつすけ》という御曹司《おんぞうし》の一座に加わって、旅興行を経験させてもらったのである。

そのときの日記が残っている。題して『甲州記』という絵入り旅日記（河竹繁俊編『黙阿弥の手紙日記報条など』所収）。

六月十九日、出発。二十三日、山梨県甲府市甲斐屋町の亀屋与兵衛《かめやよへえ》座に着。翌日が本読み、翌二十六日から三日間の稽古で、二十八日がプレビュー。翌二十九日が初日。四日めのこと。大入り満員の盛況で、「寄せの太鼓を打つ。『前がまばらで、後ろがこみます。太鼓に続いて前へ、前へ』と呼ぶ」と、諺蔵は書いた。その有様がよほど珍しかったと見える。

「寄せの太鼓」。昔の劇場には、腰掛も椅子もない。みんな座って見物する。客席の左右が「桟敷」という座席指定の特等席。いまではどこの劇場でも良い席とされている舞台正面の座席は安い大衆席だった。幕末には、そこも、マセという木材で仕切った枡席《ますせき》に変わるのだが、古くは、仕切りのマセもない、ただの広い空間。そこに、詰め込めるだけ客を詰め込んだものだった。だから、満員になると太鼓を打ってリズムをとりながら、「もっと前に詰めてくれ、もっと前に詰めてくれ」と声をかけて、客をギューギュー詰めにするのである。

そのときに打つのが、「寄せ」と呼ばれる大太鼓の曲。「寄せ」とは、「人寄せ」の意味。大太鼓をドンドン打ちながら、客に膝を詰めさせるのであった。都会の大劇場には、すでに枡席が設けられており、寄せの太鼓を打つ習慣も消えてしまっていたが、田舎にはそれがまだ残っており、諺蔵には珍しく思われたのだろう。

以後、十七日まで興行したが、大雨続きで客足は落ち、日延べもできず、千秋楽の翌朝三時ごろに出立。山梨県身延山の日蓮宗総本山久遠寺に参詣し、富士山を眺めながら、箱根から藤沢を経て、二十二日、無事に江戸に帰ってきた。

大部屋の役者たちを道連れに和気藹々の旅。気のおけないひと月の旅を楽しんだ様子が、この日記にはうかがえる。そして、これが、黙阿弥の、最初で最後の旅芝居の経験だった。

3　素人から玄人に

素人と玄人

芳三郎が、折角もらった勝諺蔵の筆名を使ったのは、わずか半年にすぎなかった。彼は、そのいきさつを、仮名垣魯文に宛てて左のように要約した。『仮名垣魯文宛て書簡』にいう。

・ところが、同年（天保六）十月大病にかかって芝居を止め、一八三六、三七年（天保七、八）と「素人」にもどり、遊戯俳諧（雑俳）が大好きでしたので、「よしよし（芳々）」という俳号をつけて、俳句遊びの仲間に入り、遊んでいました。

それによると、甲州から帰ってきて間もなくの十月、彼は大病にかかって芝居を止めなければならなくなり、「素人」にもどって「芳々」という俳号をつけ、大好きな遊戯俳諧（雑俳《ざっぱい》）の仲間に入って、遊び呆けていたのだという。

大病にかかって、彼は、芝居の世界から身を退かなければならなかったのだ。大病とは、傷寒《しょうかん》だったといわれている。傷寒とは熱病の通称で、なかには腸チブスも含まれるとのことだが、果たして芳三郎の傷寒がチブスだったのかどうか、確かなことは分からない。

ところで、この書簡のなかで、「素人」という言葉が使われているのに注意したい。いままでの話でお分かりいただけたであろうが、芳三郎は、もともと、芝居とはなんの関わりもない堅気の商人の息子だった。昔風にいえば、「お素人」の家のボンボンである。

「素人」とは、いうまでもなく「玄人」の反対語である。素人・玄人といえば、いまでは、アマチュアとプロフェッショナル、つまり、仕事を生活のための職としているか、趣味でやっているかの違いを意味する言葉と理解されているが、芳三郎が狂言作者になった徳川時代には、例えば、男を遊ばせることを職とする色町の女性が玄人、町家に住む普通の女性たちは素人と呼ばれていた。その違いは、たんに男を遊ばせる腕の良し悪しにあるのではなく、彼女らの属する社会的立場によって区別されていたのである。

素人とは良民を、玄人とは賤民を意味した。両者の間には、たがいに越えることのできない差別の壁が屹立しており、疎外と逆疎外というバリアーが張り巡らされていたのである。なにも、女性に限られたことではない。

芝居に携わる人たちは、素人の社会からきびしく差別されていた。芳三郎が狂言作者となって盛んに傑作をものしていた徳川時代の末、役者が素人と付き合うことは厳しく戒められ、町に出るときには編笠をかぶって、顔を隠すことを求められていたほどである。

江戸に、五世市川団十郎という役者がいた。彼は、一七九六年（寛政八）の十二月に、五十六歳で舞台を退き、成田屋七左衛門という本名を名乗って、隠居した。

なぜ、彼は、舞台を去る気になったのだろうか。

それより三年前、一七九三年の春。文学者山東《さんとう》京山《きょうざん》が、たまたま楽屋を訪れると、団十郎は岩藤という女役の化粧をしている最中だった。首筋から肩にかけて、弟子に白粉を塗らせながら、彼は京山にこういった。

> 昨日も、白粉を塗らせながら、わたしは涙をこぼしてしまいました。なぜかといいますと、お素人さまなら、息子に家業をゆずって隠居をするはずの年齢です。ところが、賤《いや》しい役者の家に生れたために、恥ずかしげもなく、女の真似をしています。なんの因果で、こんなことをしなければならないのだろうと思うと、涙がとめどなく流れました。けれども、役者が、こんなことに気付いてしまったら、芸の艶も失せて、これから先、舞台を永く勤めることはできません。
>
> （京山百樹著『蜘蛛の糸巻』―国書刊行会『燕石十種』第一、五七五～五七六頁）

そういって、団十郎は溜息をついたという。そして、その言葉どおり、彼は三年後に舞台を退き、隠居してしまった。

「お素人さまなら、息子に家業をゆずって隠居をするはずの年齢です。ところが、賤しい役者の家に生れたために、恥ずかしげもなく女の真似をしています。なんの因果で、こんなことをしなければならないのでしょう」。

当時、団十郎は、京都・大阪・江戸という三大都市の役者のなかで、最も優れた役者と評価されていた。けれども、そのような人気の絶頂にあって、自分もそろそろ還暦を迎える年齢だと気付いたのだ。言い方を換えれば、それは「隠居をするはずの年齢」だった。

彼は、自分の年齢にこだわりを持っていた。一世一代の舞台を勤めた折、彼が詠んだ「上《うえ》つ方《かた》ならば紅裏《もみうら》めすころに、われは脱ぎけり紅裏衣裳」（『美満寿組入《みますのくみいれ》』、三丁ウラ）という歌をみても、年齢にたいする彼のこだわりが分かるだろう。

上つ方ならば紅裏めすころに、われは脱ぎけり紅裏衣裳。

〔現代語訳〕身分の高い方々なら、裏地に紅絹《もみ》を使って仕立てさせたお着物をおめしになる還暦の年に、わたしは、紅絹を裏地にした女の衣裳を脱いだのです。

けれども、わたしたちが認めなければならないのは、彼が問題にしているのは、たんに半世紀に余るすぎ去ったの時の流れではなく、ほかの人には経験したくとも経験することのできない、生まれながらに一般社会から疎外された、特殊な人生の歩みだった。

一七四一年（寛保元）八月、彼は、四世市川団十郎の子として、ほかならぬ「賤しい役者の家に生れ」た。それから五十有余年。生きている限り、彼が、否応なく、担い続けなければならなかった長い役者人生の重さが、彼に積み重なる年齢の重さを自覚させたのである。

五十三歳。それは、「お素人さまなら、息子に家業をゆずって隠居をするはずの年齢」であった。それなのに、「賤しい役者の家に生れたために」、彼は、「恥ずかしげもなく」、その年になってもなお、顔に白粉を塗って、「女の真似をし」なければならなかったのだ。

「なんの因果で！」。彼は、嘆く。泣き続ける。「役者が、こんなことに気付いてしまったら、芸の艶も失せて、これから先、舞台を永く勤めることはできません」。隠退の日の遠からず来ることを、彼は予感していたのである。

超えられない身分の隔たり

「お素人さま」。一世一代の狂歌では、それはさらに「上つ方」と呼び変えられる。当然、自分は「玄人」であり、「下様《しもざま》のもの＝下賤の生き物」以外の何者でもない。超えることのできない身分の隔たりを、彼は自覚しているのだ。

彼が口にする「素人」という言葉づかいから、アマチュアの意味を感じ取ることはできない。彼には、自分を「その道のプロ」として誇る気持ちなどなかった。まして、「玄人」と「素人」とを比較して、「素人」の程度の低さを小馬鹿にするような感覚は、いささかも持っていなかったのだ。

そこにはただただ、「役者」のような「賤しい」身分に身を汚すことのない「素人」にたいする、敬意と羨望の念とが込められていたのである。

「素人」とは、たんなる「しろうと＝アマチュア」ではない。それは「そじん」とも音読され、また別に「平人《ひらびと》」とも呼ばれて、ひろく良民を指す言葉として用いられていたのである。「素人」ではない人間とは、だから、良民の反対側に生きざるをえない者、つまり、賤民のことにほかならない。

団十郎が、自分を「賤しい役者の家に生れた」者と認め、「素人」を「お素人さま」「上つ方」と、敬いあがめたのも、まさにそうした「自分は生まれながらにして賤民なんだ」という自覚に基づいてのことだった。ちなみに、このように「役者」を「賤しい玄人」として差別し社会から疎外する習慣は、近代になっても改まらず、一八七一年（明治四）三月に、九世市川団十郎が、小倉庄助という商人の娘マス（本名「マサ」）と結婚したとき、まさは、「役者のところへ行くのですから、親類（実家）とは縁を切って」（伊原敏郎編『市川団十郎の代々』下巻、二二一頁）嫁がなければならなかったと回想している。一八七一年といえば、その年の八月に、いわゆる賤民解放令が出された年である。建前と本音といおうか。世間の差別意識は、一片の布告でくつがえるほど、ヤワなものではなかったのだ。

勝諺蔵の名を捨てて、吉村芳三郎へ。「足抜き」とでもいうのだろうか。彼はいっときの「玄人」の境遇から抜け出して、「素人」の生活にもどったのである。

「賤しい役者の家に生れた」団十郎は、一生、「玄人」の境遇から抜け出すことができなかった。それなのに、芳三郎は、いとも容易に、越え難い境界を越えることができた。彼が、「役者」ではなかったからだ。どっぷりと「玄人」の世界に浸っていたとはいうものの、生まれながらの「玄人」ではなかったからだ。「素人」の余技。それが嵩《こう》じての作者修業だったからだ。黙阿弥にとって、芝居は好きな道への転身にすぎなかった。それにたいして、五世団十郎にとって、芝居は、人生そのものだったのだ。

「素人」の出身だったから、芳三郎は、職を止めると同時に、もとの「素人」に帰ることができた。彼は、勝諺蔵から吉村芳三郎にもどった。もともと「遊び半分、やってみよう」(室田武里「無線電話」―第一次『歌舞伎』第七四号、四一頁)という軽い気持ちで弟子入りしたのだから、簡単に生活環境が切り替えられたのだと思われる。

素人にもどった芳三郎だったが、日々を面白おかしく遊び暮らそうという根性は改まらなかった。幸いなことに、この一八三六〜三七年の生活に関する、『雑記』という日記風のメモが残されていて、「俳諧遊戯の仲間入りをして、遊び呆けた」有様が、よく分かる。その『雑記』(河竹繁俊編『黙阿弥の手紙日記報条など』所収)を拾い読みしてみよう。

〔天保大飢饉に対する関心〕

天保の大飢饉とは、一八三六年(天保七年)七月十八日、二百十日の日、朝から風雨激しく、家屋の損傷、河川の氾濫著しく、米価が騰貴。さらに、八月一日、それに追い討ちをかけるかのように、前にも倍する大嵐、家屋の損傷や水害も激甚かつ広汎にわたり、米穀はいっそう欠乏して、諸人の困窮、はなはだしかった。七月から、貧民救済のために米銭が下付され、十月には、

*お救い小屋が設けられた。

＊　「お救い小屋」は、飢饉や天災で、食や家を失った人たちを救済するために、臨時に設けられた施設。

○　飢饉のために、八月から米代が値上がりし、世のなかの空気も不穏になった。お上のお慈悲で、*神田佐久間町に「お救い小屋」が設けられたが、百日限りで閉鎖という制限付き。

＊　「神田佐久間町」は、東京都千代田区神田佐久間町一～四丁目。

○開帳（秘仏・寺宝の特別展観）

*粥の国、腹へり郡下難儀村、飢饉山困窮寺《ききんざんこんきゅうじ》の御本尊、御背丈**二合五勺の***涙如来さま、****五十年目の特別展観。

＊　「粥《かゆ》の国」は「甲斐《かい》の国」のもじりか。甲斐の国の燈籠仏の開帳が、同年六月一日より、浅草西福寺《さいふくじ》で催された。その同じ甲斐の国の都留《つる》郡では、稲が全滅したうえ、ほかの郡で米を買い占め、都留郡には送られなかったため、百姓一揆が起こり、四千人が蜂起して、所所を打壊すという事件が生じた。「粥の国、腹へり郡、下難儀（下々の者が貧窮に苦しむ）村、飢饉山困窮寺」とは、そのような甲州（山梨県）の状況の比喩と思われる。「飢饉山困窮寺」は、あるいは、「金龍山浅草寺」のもじりかもしれない。

＊＊　「二合《ごう》五勺《しゃく》」は「僅少」の意。「合・勺」は、尺貫法による容積の単位。一勺は一合の十分の一。約○・○一八リットル。二号五勺ばかりの僅かな米の分量を提示し、仏像の、二寸五分という低い背丈の寸法を想起させた。浅草寺の本尊観音像は丈《たけ》一寸八分という。

＊＊＊「涙如来」は「阿弥陀如来」のもじりであるが、同時に、飢えに苦しむ人々の有様に涙する如来の意を込めた名称と思われる。

＊＊＊＊「五十年目」は、一七八二〜八七年（天明二〜七）に起った天明の大飢饉から数えた概算年数。

一　麦飯《ばくはん》上人のお書きになった「南無喰兼《くいかね》」の名号《みょうごう》。

一　きらず山で催される法会のご利益。

一　ひね米《まい》同様のぼろぼろの鎧、百二十領。

一　＊諸式高倉院の御製の御色紙

腹へった民の心を眺めると　かまに米なくうるさいことだ。

＊「諸式高倉院《しょしきたかくらいん》」は、「諸式が高い＝物価が高い」のもじり。

一　＊油高直《あぶらこうじき》大納言が帝の命令で、小町に歌を詠んでやれとのことなので、詠んだ歌

膳の上は昔もいまも同じだが　米食う人の家はゆかしい。

＊「油高直（油の値が高い）」は公家「油小路《あぶらのこうじ》家」のもじり。

一　＊豊年上人より飢饉僧都におくった短冊の御歌

豆、小豆、麦、芋、それぞれ別のもの　混ぜてしまえば同じ＊＊かて飯。

＊「豊年上人」は、「法然上人」のもじり。

＊＊「かて飯（糅飯）」は、「米が足らないときに、豆や麦や芋を混ぜて炊く飯」の意。

一　＊最府中将が隅田川でお詠みになった御歌

値を聞いていざ米買わん百文で　二合五勺はあるかないかと。

＊「最府中将」は、「在五中将（在原業平）」のもじりであることというまでもないが、それに「財布」をかけて米価の歌に関わりを持たせている。以下、『伊勢物語』の歌「名にし負はばいざ事とはむ宮こ鳥わが思ふ人はありやなしやと」のもじり。

［世相を観察し、茶化す］

○さまざまな人の身分になぞらえて詠んだ飢饉の歌

・宮中も米の値段は高つかさ＊　関白どのも茶粥《ちゃがゆ》さらさら　（公家）。

＊「高つかさ」は「鷹司」のもじり。当時、関白の要職にあったのは鷹司政通《たかつかさまさみち》（一八二三～五六年〔文政六～安政三〕）。

・智仁勇＊、備えるほどの大将は　家来の扶持米《ふちまい》＊＊計ってばかり　（武家）。

＊「智仁勇」は、儒教の基本的な三つの徳。「賢い、情け深い、勇ましい」。

＊＊「扶持米」は、主君が家臣に支給する年給代りの米。

・茶ばかりで高天原（腹）はへるばかり　せめて粥でも「聞こし召せ」＊と申《まお》す　（神主）。

＊「聞こし召す」は、①祝詞に使う句。「お聞き入れになって、お許しになる」。②食べる。召し上がる。

①②の両方にかけた。

［茶番の会や戯文］

○渓渓舎高雨氏《*けいけいしゃこうう》の『茶番狂言集』に序文を寄せて

高雨はわたしの大親友。彼は茶人で、お喋りしても、「臍で茶沸かす」おかしさたっぷり。唐《とう》茶《ちゃ》を嫌って「やっぱり日本茶。〝和茶〟だ、ワチャクチャ」とめどなく、喋りまくってにぎやかに。ここやかしこの茶番の会に、顔を出してはおせっかい、「オットト承知だ。承知のスケ」と、いわぬばかりに助っ人気取り、「茶飯《ちゃめし》」の席で「チャカシ」はするが、人をチャカサヌ名人気質。洒落た人だよ、本当に。茶師と称してしかるべし。

時は一八三六年（天保七）三月。茶番の趣向を考えあぐみ、夜どおし茶釜の渋茶をば、硯にたらして墨をすり、支離滅裂な世迷言《よまいごと》、お茶に浮かれたせいなのだと、許してくださいお許しを。

芳々

＊　渓渓舎高雨という人は、当時の芳三郎の遊び仲間であったらしい。

＊＊　茶師《ちゃし》とは、茶を製造したり販売したりする人。

優れた機知の力

まじめに生きているかと思うと、世のなかを洒落のめして暮らしている。飢饉のような重大な社会的事件について、一方では、それに対する為政者の対応を客観的に記述しているかと思えば、他方では、それを開帳に引っ掛けて茶化したり、友人の創作茶番集の序文に「茶尽くし」の戯《ざ》れ文《ぶみ》を寄せたり……。

この『雑記』から感ぜられるのは、世間の事柄に鋭い観察の目を働かせるとともに、その生きた題材に感情移入せず、人ごとのように距離を置いて、そこに滑稽の種を見出すという冷静な態度と、その種を想像力によって見事に育て、開花させるこのうえなく優れた機知の力、そして、筆力である。

黙阿弥が田村成義に語った思い出話のなかに、狂言の材料を巷に探し求めた経験譚が出てくる。

黙阿弥　わたしが若い時分には、月に三回くらいは身なりを変えまして、内緒で外出するのです。
田　村　どこへお出でなのです。
黙阿弥　ただいまは、新聞というものがございまして、毎日の出来事が翌朝の紙上にのるような結構な時節でございますが、以前はそうは参りませんから、いろいろな方面に潜り込んで、その時その時の出来事を聞き出して、それを種にホットニュースを脚色して書いたものです

（「無線電話　河竹黙阿弥幽冥談」―第一次『歌舞伎』第七六号、四八頁）。

もっとも、こういう取材方法は、黙阿弥の専売特許というわけではなく、上方歌舞伎の作者から伝統的に伝わった方法といえるかもしれない。

昔、昔、上方歌舞伎に東三八《あずまさんぱち》という作者がいた。彼が新作を工夫するときには、駕籠屋を呼んで、「どこへなと、おもろいことのありそなとこへ連れて行ってくれへんか。駄賃ははずむさかい」と頼む。駕籠屋は喜んであちらこちらに足を運び、景色のいいところへ連れて行ったり、遊女町で女を買わせたりする。三八はさんざん遊びまわり、家に帰ったとたんに、「でけた！」といって、役者をそ

ろえて稽古にかからせたとのことである。三八がいうには、「時がたつにつれて、世のなかはだんだん変わって行きますがな。その世のなかの変わり工合を気にするのが、人情というものやおまへんか。流行歌は、人から人へと、次々に広まっていきまっしゃろ。駕籠屋がすすめてくれた色町の女子は、いろんなお客はんと付き合いますさかい、時代の空気をよう知っとりますのや。そやさかいに、そういう女子の話を聞いて、時代の空気を頭に入れて、狂言を作るんどす」といったという（『歌舞妓事始』巻之五―『日本庶民文化史料集成』第六巻、一三二頁）。

黙阿弥は世相・人情を活写した作者だったが、その素地は、世間の出来事のあれやこれやに鋭く反応した、好奇心豊かというか野次馬根性に満ち溢れているというか、彼の人間的資質にあったといえるだろう。

それとともに、黙阿弥は豊かな機知の能力に恵まれていた。

さきに紹介した『朝茶の袋』の茶番にしろ、ここにあげた狂歌や狂文にしろ、芳三郎のもって生まれた機知の力がなければできない文芸作品である。そして、芳三郎は、その能力を、狂言作りのうえに十二分に発揮したのだった。

4　再び作者部屋に

足掛け三年目の一八三八年（天保九）正月、黙阿弥は作者部屋にもどり、再び、勝諺蔵としての生活を始めるのだが、もちろん、「見習い」からのやり直しである。『仮名垣魯文宛て書簡』にいう。

腹を決めての再出発

・一八三八年（天保九戊戌年）一月、河原崎座にもどって、「見習い」からやり直しです。けれども、帳元の鈴木屋松蔵《すずきやまつぞう》が取り立ててくれて昇格いたしまして、同年顔見世のときから、一場面の稽古を任され、「狂言方」の末席を汚すようになりました。

けれども、黙阿弥の気持ちは、前の入門時のそれとはすっかり変わっていた。「遊び半分、やってみよう」という以前の軽い気持ちとは違って、作者の道で一生を送るという腹を決めての再出発だったのである。彼はいう。

イジメられるぐらいは我慢もいたしますが、金の方がなかなか続きません。その後、親父に勘当されたということにして、再び出勤することになりました。そうしておけば、仲間から無心をいわれずにすみますし、仲間に奢る習慣から脱け出せもするからです（室田武里「無線電話　河竹黙阿弥作劇談」―第一次『歌舞伎』第七七号、一一五頁）。

「親父に勘当されたということにして」。偽りの勘当に違いはないが、「勘当」という言葉の効き目はすこぶる大きかったらしい。

こうして諺蔵は、ようやく芝居の空気に馴染んで行った。

あるとき稽古場で、諺蔵が、「明日の朝、脚本を持って家に来てくれろ」と七世団十郎にいわれた。宵から雪がちらつき始め、翌朝、起きてみると、一メーター以上も積もっていて、外に出るのも難しいほどの大雪。出かけるのはたいへんだと思ったが、いったん約束したことだから打っ倒れても行こうと腹を決めて、尻端折りに合羽というかっこうで家を出て、永代橋を渡ったときには、このまま凍え死ぬかと思ったという。

そのとき、途中で、河原崎座の会計責任者（大札《おおふだ》）に出会った。「この雪にどこへ行く」。「成田屋の親方のお宅にうかがう約束になっていますので」。「昔のお前なら、駕籠に乗って行くんだろうが、勘当の身じゃあ気の毒だ」。そういって、その人は、小額の金貨を一枚くれた。そのとき、諺蔵はそれほど困っていたわけではなく、「懐には、三、四両も持っていたのですが、彼の親切は、死ぬまで忘れません」と、若き日の思い出を語っている。

そのような諺蔵の真摯な生き方が、河原崎座の帳元《ちょうもと》の目に留った。帳元とは劇場の支配人、劇場経営の総責任者のことをいう昔の業界用語である。加うるに、諺蔵には、豊かな機知の働きがあった。帳元鈴木屋松蔵はそれに感心し、見習いにしておくのはもったいないと、諺蔵を狂言方に昇格させるよう、口を利いてくれた。

稽古の進行をリードするのは、いうまでもなく、狂言方の仕事だ。諺蔵は、再勤した年の十一月から、稽古係りを言いつかった。

また、狂言方の業務の一つに、合図の拍子木を打つ仕事があるとは、すでに述べたところである。拍子木には、開幕を知らせる打ち方、幕を閉めるときに打つ打ち方など、いろいろな打ち方があり、また、芝居の進行や演技のタイミングに合わせて打たなければならないので、拍子木を打つのは、たいへん難しい仕事なのである。江戸歌舞伎の内部事情や年中行事を記した『三座例遺誌《さざれいし》』という本には、こう書かれている。「拍子木を略して『木《き》（柝）』と呼ぶ。柝の打ち方にはいろいろと習わしがあり、開幕の時に奏でる音楽によって、それぞれ打ち方が変わる。閉幕のときも同じである。その他、リズムの刻み方もさまざまだし、一つの作品が終わったときの柝、一日の興行が終わったときの柝など、それぞれに、打ち方が決められている」（『日本庶民文化史料集成』第六巻、三〇一〜三〇二頁）と。

諺蔵も、柝を打つにはかなり苦労したらしい。三世尾上菊五郎が、ある武士の役を演じたときのこと。菊五郎が蛇の目傘を開くのに合わせて、チョンと最初の一打ち。それをきっかけにして幕を閉めるという手順だったのだが、諺蔵は、その最初のチョンを、傘を開くタイミングに合わせることができず、毎日、叱られてばかりいた。しかし、必死に工夫を重ねるうち、五日目になって初めてタイミングを合わせられたので、大層誉められたという。

狂言方に昇進した諺蔵は、舞台で役者にセリフを教える仕事にも従事しなければならなかった。そのとき、諺蔵は、ほかの狂言方には真似のできないようなやり方でセリフを教えたと伝えられている。「ほかの狂言方には真似のできないようなやり方」とは、どういうやり方か。「無本」である。彼は舞台に脚本を持ち出さず、セリフを暗記して教えてやることができたのである。

一八四〇年（天保一一年）三月、諺蔵、二十五歳のときのことであった。その月の河原崎座では、新作『勧進帳』が上演された。能楽の『安宅』を踏まえて書かれた作品である。

兄の源頼朝と仲違いした義経が、忠義な家来たちに守られ、山伏に姿を変えて、奥州藤原秀衡《ふじわらのひでひら》のもとへと落ちて行く。けれども、義経の一行をつかまえるための関所が、方々に設けられていた。石川県の安宅《あたか》にも新しい関所が設けられ、富樫左衛門《とがしさえもん》が守りを固めて、義経一行が通るのを許さなかった。義経を守護する武蔵坊弁慶《むさしぼうべんけい》は、富樫を威《おど》したり、本物の山伏であることを証明しようとしたり、緊急避難のために主君義経を打ち叩いて富樫の心をゆさぶったりして、なんとか危機を乗り越え、一行を守って奥州に急ぐ。

『勧進帳』を書いたのは、その年の河原崎座の首席作者で、諺蔵をイジメ続けた例の三世並木五瓶だった。そして、その稽古を任されたのが、ほかならぬ勝諺蔵であった。主役の弁慶を務めたのは、いうまでもなく、首席役者の七世市川団十郎。

弁慶というのは、難しいセリフがたくさんある役だが、団十郎はあまり物覚えのいい役者ではなかったので、初日までにセリフを暗記する自信がない。それに反して、諺蔵の記憶力は抜群であった。団十郎は、そこに目を付けた。

彼は諺蔵を呼んでいった。「今度の芝居は、お能そっくりにやってみてえんだ。だから、舞台でセリフを教えてもらうようなことはしたくねえ。だいたい、お能そっくりだから、狂言方が舞台で体を隠すような装置はどこにもありゃしねえ。脚本《ほん》を持って、ウロウロされちゃあ、みっともねえ。だが、おいらにゃあ、初日までにセリフを覚えこむ自信がねえ。たとい覚えこんだつもりでも、舞台でどんな間違いを仕出かさねえとも限らねえ。考えあぐねて頼むんだが、弁慶のセリフを無本で教えちゃあくれめえか」。

諺蔵も、団十郎の悩みが分かったから、一所懸命暗記して、初日から無本で舞台に出た。それがきっかけで、諺蔵は団十郎に可愛がられ、出世街道を進むようになったということだ。

首席作者に出世

黙阿弥が首席作者に昇格したのは、興行師の河原崎権之助《かわらさきごんのすけ》に引き立てられたからだといわれているが、その権之助が養子にもらったのは、ほかならぬ七世団十郎の五男だったのである。

芳三郎が、生涯、心を許して付き合った香以散人《こういさんじん》こと津国屋藤次郎《つのくにやとうじろう》、通称津藤《つとう》と知り合ったのも、狂言方時代のことだった。

諺蔵が尾張町（銀座）の袋物屋（袋状の小物を扱う店）に、煙草入れをあつらえに行ったときのこと。彼が、生地と形はこれ、金具はこれ、根付はこれ、緒締めの玉はこれと注文していると、たまたま傍

にいた、でっぷりと肥えて、月代も剃らずに髪を伸ばしたままの男がそれを見て、

男　お前さんは、河原崎座の狂言方ですね。

諺　さよでございます。

男　道理でよく見た顔だ。いま、お前さんがあつらえなすった煙草入れ。金は、わたしが払ってあげましょう。

見た目にはあまり人相がよくないし、彼のことを芝居者と確めてから急にそんな話をし出したのだから、あとで掛かり合いになったらたいへんだと、諺蔵はその申し出を断った。すると、その男は、「ご心配にはおよばない」といって袂から金を出し、その場で払ってくれたという。

諺蔵は、狐につままれたような気分で礼をいって帰ったのだが、あとで聞くと、その男は、世間に名高い山城河岸《やましろがし》の大金持津藤だということが分かり、やっと安心したと伝えられている（室田武里「無線電話　河竹默阿弥幽冥談」―第一次『歌舞伎』第七四号、四二頁）。

これをきっかけに、津藤は、諺蔵を贔屓して、陰に陽に彼の出世を支えてくれた。

津藤は、徳川時代末期の狂歌師であり、通人であり、芸人たちのパトロンでもあった。山城河岸（東京都中央区銀座六丁目）の大金持ち津国屋の家に生まれ、若い時から、文人や芸人を引き連れて色町で豪遊し、「今紀文《いまきぶん》＝現代の紀伊国屋文左衛門《きのくにやぶんざえもん》」とあだ名されるほどの人だったが、遊蕩がすぎて

破産。いったん千葉に隠棲したのち、江戸にもどり、落ちぶれたまま、一八七〇年（明治三）、四十九歳で没した。

義理堅い芳三郎は、若いときから世話になったことを徳として、落ちぶれた津藤の茅屋を訪れたり、貢いだりして、その不幸な晩年を篤い友情で慰めたのだった。

再び素人に、そして三度玄人に

諺蔵の前途は開けてきた。けれども、「好事《こうず》魔多し」というとおり、諺蔵が順風満帆の人生を送りつつあったその年の九月、家業を継いでいた弟が亡くなったのだ。『仮名垣魯文宛て書簡』にいう。

・一八四〇年（天保一一庚子年）九月、弟が死んだため、勝諺蔵の名を師匠に返して、実家の家督を相続しました。

・一八四一年（天保一二辛丑年）四月、狂言作者の中村重助に頼まれ、仮に柴晋輔と名乗って、河原崎座に出勤しました。

放蕩息子の兄に代わって質屋の家を継いでいた弟、金之助《きんのすけ》が、病に冒されて世を去ったために、芳三郎は親戚の者に迫られて実家にもどり、改めて家督を相続、名を六世越前屋《えちぜんや》勘兵衛《かんべえ》と改めて、芝新《しん》網町《あみちょう》（東京都港区芝浜松町三〜四丁目）に住むことになった。勝諺蔵は、再び素人、吉村芳三郎の境遇にもどったのだ。

けれども、芝居者と交わって五年。勝諺蔵は、いまさら、六世越前屋勘兵衛（吉村芳三郎）に変身することは出来なかった。交わる友人知己の多くも、「芳三郎」の友人知己ではなくなっていた。しかつめらしく帳場にすわって、十露盤片手に、堅気の生活を送る芳三郎ではあったが、たとえていえば魂の抜け殻。心は遠く作者部屋に漂っていたのである。「勝諺蔵」として付き合っていた友人・知人を訪ねては愚痴をこぼし、心を慰める日日を送っていたと伝えられている。

作者部屋こそ、芳三郎が道楽の果てに見出した終の棲家だったのだ。彼は思案した。狂言作者という好きな道に生きながら、なんとか家族を養う手はなかろうか。

仕合せなことに、当時の芝居の世界は作者飢饉に陥っていた。能力のある作者に飢えていた。芳三郎＝諺蔵の豊かな想像力と機知、自由自在な筆の運びを、芝居の世界はぜひとも必要としていたのだった。

一八四一年（天保一二）四月、作者部屋の先輩で、すでに河原崎座の首席作者を務めていた四世中村重助が、「部屋にもどってこないか」と、彼に言葉をかけた。というよりはむしろ、重助に、「もどってきてくれ」と懇願されたとみた方がいい。

芳三郎の肉体に宿っていたのは、芳三郎の魂ではなく、諺蔵の魂だった。彼は喜んで重助の招きに応じ、名前も、芝に住んでいたところから、柴《しば》（斯波《しば》）晋輔《しんすけ》と改めて、三度、作者部屋の住人となったのである。芳三郎、二十六歳の年のことだった。

この三度目の勤務のときから、勝諺蔵改め柴（斯波）晋輔は、次席作者に昇格した。首席作者まで、あと一息。

次席作者は、首席作者の相談相手として、あらゆる事柄を引き受け、多忙である。「首席作者の相談相手」として、かなりの部分の執筆を任される。もっとも、次席の地位に進んでから、脚本の書き方を習うわけではない。脚本執筆の勉強は、すでに、見習いの時代にはじまっていた。弟子の育成について語りながら、黙阿弥は、次のように話している。

○　ねえ、お師匠さん。いったいお弟子さんたちが入門してから稽古の一つも任され、また、一場面でも書かせてもらうまで、ずいぶん年季を入れなければならないのでしょうが、その間は、どういうことを心掛けて、どんなことをしているのですか。

△　心掛けるということになると、舞台を見ているときはもちろんのこと、部屋におりましても、他人の話をうっかり聞いているようではいけないのでして、何か、狂言の筋にでもなりそうなことは、なるたけ心掛けておかなければならないのです。また、稽古を任されるようになるには、先ず、三年はかかります。その間は、自分で狂言の筋をこしらえては師匠のところへ持って行って、見せて、直してもらうのです。そうして、人形芝居の脚本と旧来の歌舞伎の脚本とを、できるだけたくさん読めと勧めておくようにしています（室田武里「無線電話　河竹黙阿弥作劇談」―第一次『歌舞伎』第七七号、一一三頁）。

「人形芝居の脚本と旧来の歌舞伎の脚本とを、できるだけたくさん読め」とは、貸本の山に埋もれていた柴（斯波）晋輔自身の、若き日を想い起こしての意見かもしれない。

次席作者に昇格した晋輔の前に、新しい作者名を付ける話が持ち上がった。河原崎座の主河原崎権之助が、晋輔の温厚な性格と、優れた才能を愛でて、「河原崎」という自分の姓を与え、ほかの座に移籍しないようにしようと考えたらしい。けれども、晋輔は、「よく考えてからお返事させていただきます」と、言葉を濁した。

座主の姓を許されるのは、たいへん名誉なこととされていた。それなのに、晋輔は即答を避けた。というのも、晋輔は、「特定の座や特定の役者のために芝居を書くのは、とかく表現の自由を侵されるものだ」ということを知っていたからである。その事実を教えてくれたのは、彼を三度作者部屋に呼びもどした、中村重助だった。

重助は晋輔に諭していった。「自分がいまのように病気がちになったのは、五世岩井半四郎と初世岩井紫若親子のためなんだ。わたしがどんなに骨を折って作った狂言でも、二人の気に入らないと、再三再四、手直しを強いられて、こうすればああせよ、ああすればこうせよと、めちゃくちゃにいじくりまわされ、簡単に〝ＯＫ！〟といわれたことは一度もなかった。このわたしの経験は、お前さんには、前車の轍というものだと思う。役者付きの作者には、絶対なりなさんなよ」と。

もともと、慎重で用心深い晋輔だった。彼は重助の教えに感じ入り、誓って重助の轍は踏むまいと決心した。そして、「将来のためには、誰にもしばられない、フリーの立場で仕事をするのが一番だ」

と考えた。そして、即答を避けたすえに、権之助の申し出を断ったのである。その話を、師匠の孫太郎南北は知らなかった。そこで、ある日、師匠は同輩の作者三世桜田治助と一緒に、晋輔に向かって、「この社会の習慣なのだが、名家の跡を継がなければ、なかなか出世できない。お前さんのようにいい腕を持ちながら、いつまでも柴（斯波）晋輔でいるのはもったいない。いい塩梅に、二世瀬川如皐の家が絶えているので、お前さん、その名を継いで、三世瀬川如皐となったらどうだ」と勧めた。晋輔の心は動いた。しかし、その提案を呑んでしまったら、せっかくの申し出を断った河原崎権之助に義理を欠くことになる。晋輔は、そう思って、師匠の提案も断ってしまった。

ところが、その後、桜田治助がまたやってきて、今度は「跡絶えて久しい、初世河竹新七《かわたけしんしち》の名前を継いではどうだ」とねんごろに勧めた。晋輔は、「河竹」の「河」の字は、「河原崎」の「河」に通じる、これなら義理を欠くことにはなるまいと、分かったような分からぬような理屈を考え出して納得し、その勧めにしたがった。こうして、柴（斯波）晋輔改め二世河竹新七が誕生したのである。

第二章　二世河竹新七の誕生

1　首席作者として

浅草への移転と改名

一八四三年（天保一四年）、河原崎座を含め、江戸の芝居は浅草猿若町（東京都台東区浅草六丁目）に移転を命ぜられた。一八四一年から四三年にかけて、老中水野忠邦が行った天保の改革による、芝居小屋と芝居者の強制移転である。『仮名垣魯文宛て書簡』にいう。

・一八四三年（天保一四癸卯年）、河原崎座も浅草猿若町に移転し、同年十一月、訳あって河竹新七と改名し、首席作者となりました。

・その年、三世桜田治助《さくらだじすけ》が「スケ」として、わたくしの上置きになりました。

芝居と遊廓は悪所場と呼ばれていた。ない方がいいに決まっているが、生活上の息抜きや、締め付けるばかりでは維持できない社会秩序の維持のためには、あった方が都合がいいと考えられていた、必要悪としての娯楽場だった。しかも、芝居も遊廓も、ともに性のタブーを担っていた。芝居は男色の、遊廓は女色の。それが悪所場だった。けれども、そのような悪所場が、良民たちの生活の場の傍にあっては好ましくないと、為政者は判断していた。

江戸の遊廓を吉原《よしわら》といった。縁起のいい「吉」の字を当ててはいるものの、もとは「葭原《よしはら》」だったのだ。葭つまり葦の生い茂る、東京都中央区日本橋人形町の辺りの、隅田川に近い辺鄙な湿地帯だったところである。ところが、江戸の町が発展するにつれて、その傍の日本橋は雑踏を極める繁華の地に変貌してしまった。町の中心部に遊廓があっては、良民たちの生活秩序、ことに道徳生活の秩序に悪影響を来たし、かつ、市街地の整備にも支障を来たす。ところが、明暦の大火と呼ばれる一六五七年（明暦三）の大火によって、天の配剤といおうか、上手い具合に吉原は消滅してしまったのである。

幕府は、この機会に遊廓の移転を命じ、替地を用意して、江戸の町の北のはずれ、浅草日本堤千束村《にほんづつみせんぞくむら》（現、東京都台東区千束四丁目）に所替えを命じた。それ以来、以前の吉原を元吉原、新しい吉原を新吉原と呼ぶようになった。

同じように、元吉原のあった近くに、芝居も建てられていた。堺町《さかいちょう》・葺屋町《ふきやちょう》・木挽町《こびきちょう》。中村座のあった堺町は、東京都中央区日本橋芳町《よしちょう》二丁目、人形町《にんぎょうちょう》三丁目の辺り。芳町がもとは葭町《よしちょう》であったことを知れば、そこが元吉原と同じような条件の土地、江戸の東端に位置し、隅田川下流に近接する葦や萱の生い茂った土地だったことが分かるだろう。市村座のあった葺屋町は、堺町に隣接する中央区日本橋堀留《ほりどめ》一丁目、森田座や河原崎座のあった木挽町は、そこから南へおよそ一キロあまり隔たった中央区銀座一～八丁目、つまり、三十間堀《さんじっけんぼり》の岸辺を指していたのである。

いずれも、「町なかに芝居を作ってはいけない」という一六四八年（正保五）のお触れに基づいて設けられた、芝居町だった。

けれども、この芝居町も、だんだんと「町なか」になっていった。幕末の天保の改革は、その「町なか」から、芝居を、辺鄙な郊外、台東区浅草六丁目に移転させたのである。このときも、うまい具合に、一八四一年（天保一二）の火災によって芝居町は焼失してしまったのだった。行き先は、浅草今戸聖天町《しょうでんちょう》近辺の、姥《うば》が池《いけ》という大きな池のあった低湿地で、埋立て費用に天文学的数字を必要とした土地。新吉原同様、隅田川の下流、江戸北辺の辺地だった。

この新しい芝居町は、猿若町と名付けられた。江戸歌舞伎の元祖、猿若勘三郎《さるわかかんざぶろう》の名をとって付けた町名である。猿の異名を、エテとかエテ公というので、俗に、エテワカマチとも呼ばれていた。

猿若町は江戸のはずれの辺鄙の地で、芝から通うには、たいへん不便なところである。おそらく芝居が移転して、間もなくのことと思われるが、新七は、住居を芝から浅草に移した。広大な浅草寺の一角を占めていた子院正智院《しょうちいん》の地内だった。彼が後に、「地内《じない》の師匠」と呼ばれるようになったのは、そのためである。

その一八四三年、河竹新七と筆名も新しく、彼が首席作者の地位に昇り詰めた河原崎座の十一月興行に、改名を勧めてくれた三世桜田治助が「スケ」、つまり、首席作者の仕事を「タスケル」作者として、首席作者と同格で加わることになった。というのも、そのときの首席役者が、四世中村歌右衛門だったからである。

四世歌右衛門は、江戸で生まれ、上方で修業し、後に江戸に定住して、上方・江戸両歌舞伎を股にかけた名優である。堂々とした体格で、立派な武士の役を得意とした役者。善人であろうが悪人であろうが、女性であろうが少年であろうが、どんな役でもこなすことができるうえ、踊りも達者という万能役者だった。

三世桜田治助は、この歌右衛門に引き立てられて、首席作者になった人なのである。後には、江戸歌舞伎の古老に祭り上げられてしまったが、一時は江戸各座の脚本を一人でまかなってのけるほどの売れっ子だった。

その歌右衛門が首席を務める芝居だったから、狂言作者の連名に、治助も一枚加わって、首席作者の役割を実質的に果たすことになったのである。

二世河竹新七が、首席作者として、脚本作りの業務を行うようになったのは、だから、もう少しあと、二年ばかり遅れた一八四五年（弘化二）十月のことだった。

前に挙げた首席作者の仕事のなかに、「首席作者は全体の筋を一言であらわす総タイトル（大名題）を書き、十一月興行の役者たち全員が顔合わせをする儀式（寄初）の際には、楽屋の稽古場で、首席作者が総タイトルを読み上げる。」というのがあった。

この「総タイトルの読み上げ」を、一八四五という年に、新七は初めて経験したのである。以後、一八八一年（明治一四）の末まで、三十六年間、彼は首席作者の重責を負い続けたのだった。

なお、この首席作者の役割は、「十一月興行」という特定の月の行事の一環とされている。右記の文章は、最初に断ったように、現代語訳したうえ、業界用語を普通の言葉に書き改めて記された文章であるが、原文には、「顔見世《かおみせ》寄初《よりそめ》の節《せつ》」と記されている。その「顔見世」を「十一月興行」、と言い換えたのだが、以下に、「顔見世＝十一月興行」について説明しておく。

毎年、旧暦十一月のなか頃に、冬至《とうじ》が訪れる。その日が、一年でいちばん日照時間の短い日であることはいうまでもない。人々はそれを、太陽が衰弱死する日、稲の枯死がきわまる日と感じ、それになぞらえて、一年の労働に疲れ果てた人間の魂が萎え衰えて死ぬ日と感じとったのである。ご存知のように、冬至を越すと、日照時間は少しずつ長くなって行く。新七が書いた『閻魔小兵衛』という作に出てくる、西念という坊主のセリフに、「『冬至からは畳の目ほど日が延びる』というけれど、まだ延びたような気がしない。今日も朝から修行に出て、暮れないうちにと急いだが、いま鳴る鐘ははや六時」（『黙阿弥全集』第一巻、四六頁）とある。その「畳の目ほど日が延びる」自然現象を、太陽の命が、稲の霊魂が、人間の魂が再び力強くよみがえって行くからだと、人々は考えた。冬至の日の夜を境に、冬が終わり、春が始まるのだ。自然の死を悼み、その再生・復活を喜ぶ。それが、冬至の日になすべき儀式だった。

冬至の夜が明ければ春、元旦である。十一月は、旧年がきわまるとともに、新年へと年が明けて行く月であった。その月を、芝居の世界では、一年間の興行の最初の月としたのである。この季節のリズムに即して、芝居の一年が決められた。その結果、芝居の一年は、十一月興行から始まることに定められた。

十一月から翌年の十月まで。それが、芝居の一年だった。十月に、向こう一年間の専属契約を済ませた役者たちが、翌十一月、顔をそろえて、見物に初お目見えの挨拶をする。それを、全員がそろって「顔を見せる」興行、つまり、「顔見せ（顔見世）」と称したのだった。いうまでもなく、旧暦の十一月は新暦の十二月にあたる。京都の南座で、上方歌舞伎と東京歌舞伎の役者たちを集めて催される十二月興行を「顔見世」と称するのも、そのためである。

顔見世は、一年のうちで、いちばん重要な興行とみなされ、それを迎えるに当たって、さまざまな儀式が執り行われた。ことに、なにかにつけて故事や形式に寄り掛かろうとする江戸歌舞伎の顔見世には、面倒くさい約束事が目白押しに並んでいた。

「寄初《よりぞめ》」という関係者全員の顔寄せの儀式もその一つである。そして、その折に、向こう一年間、脚本を提供する責任を負った首席作者が、年頭を飾る自作の総タイトルを読み上げて披露することに定められていたのだった。

一八四五年（弘化二）十月、新七は、初めて、その儀式を執行したのである。

琴との結婚

その翌年、新七は三十一歳で結婚した。妻は琴《こと》といい、伊藤源兵衛《いとうげんべえ》、通称を大和屋《やまとや》源兵衛という茶器・骨董商の家の次女で、桜田門外の変で名高い井伊家の奥向きに、行儀見習いとして仕えていた、二十一歳の娘だった。もっとも、惚れた腫れたの挙げ句の結婚ではない。母親の気に入った娘。新七は、見合いさえしなかったのではあるまいか。

彼はもともと、女性に心を傾ける男ではなかったらしい。一八六三年（文久《ぶんきゅう》三）刊行の、山々亭有人《さんさんていありんど》・仮名垣魯文編『粋興奇人伝《すいきょうきじんでん》』には、「この人は、ふだん友人と一緒に遊里に行く場合でも、酒席にはつらなっても、女と寝ようとはしない。女の魅力におぼれぬ性質」（四ウラ）と評されているし、一八六七年（慶応三）刊の『くまなき影』には、「身持ちが堅い」と記されているほどである。

新七は、この妻から、大名の奥向きに関する知識を得たといわれている。だから、桜田門外で井伊直弼が暗殺された事件の脚色を頼まれたときも、妻のご主人は、自分にとってもご主人筋にあたると、その執筆を断ったという。

先に（第一章3　素人から玄人に）、筆者は、〝九世市川団十郎が「素人」の娘を嫁にもらったとき、その娘は、「役者のところへ行くのですから、親類（実家）とは縁を切って」嫁がねばならなかった。役者が、社会的に差別される「賤しい」立場の人間だったからである。それに反して、芳三郎は、いとも容易に「玄人」の境遇から抜け出すことができた。彼が、「役者」ではなく、「素人」の出身だったからだ〟と書いた。新七の結婚も、「素人」の家と家との結婚として、滞りなく、行われたようだ。

ところで、柴（斯波）晋輔が二世を継いだ河竹新七の初世とは、どんな作者だったのか。

初世河竹新七とは

初世新七は、「河竹」という作者名を初めて名乗った人で、十八世紀後半の江戸歌舞伎で活躍した作者だった。彼の作品は、名優初世中村仲蔵のために書いたものが多く、特にぬきんでた作はないが、一七七五年（安永四）の春に執筆した『垣衣恋写絵《しのぶぐさこいのうつしえ》』略して『荵売り《しのぶ》』とも『双面《ふたおもて》』とも呼ばれる舞踊曲が有名である。荵草《しのぶぐさ》を籠に入れて売り歩く二人の女性が、一人の男を争う。その曲は、後に改作の手を加えられながら、いまでも上演される人気作品となった。

初世新七は、一七九五年（寛政七）に四十七歳で没し、以後、後継者は絶えてしまった。晋輔の改名当時、初世新七のことは、あまりよく知られていなかった。その墓所さえ、誰も知らなかったという。

義理堅い芳三郎＝新七は、血筋でもない赤の他人の自分が、その名跡を継ぐというのも、なにかの因縁だろう。せめて、先代の亡き跡を厚く弔い、法事をして、その名を顕彰するのが後継者のとるべき道だと、その墓所を古老に尋ねてみたが、とにかく古い人なので、知る者もなく、二三年がすぎてしまったが、偶然、その所在が知れることとなったのである。

吉村家の檀那寺《だんなでら》は浅草門跡添地《あさくさもんぜきそえち》にあった真宗大谷派子院《しんしゅうおおたにはしいん》の源通寺《げんつうじ》であった。あるとき、新七が年忌法要のために同寺を訪れ、庫裏で住職と談話するうちに、初世新七の名前が出た。住職は、「あなたが名跡《みょうせき》をお継ぎになった先代の菩提寺《ぼだいじ》について、思いがけない話がありますよ。

先日、愚僧が所用で隣地唯念寺《ゆいねんじ》のなかにある南松寺《なんしょうじ》に出かけて話をしているうちに、そこの住職が、『いま狂言作者として名高い河竹新七さんは、お宅の檀家《だんか》だそうですが、本当ですか』と、愚僧に訊いたのです。『仰る通り、いまの河竹は、先祖代々の檀家ですが、本姓を芳村といい、当代の主人はたいそう芝居好きで、とうとう家の商売を止めて、狂言作者なんかになってしまったのです』と、愚僧は答えました。すると、その住職は、それを聞いてしばらく思案してから、『そうでしょう。いま河竹の名を継いだ人は、俗縁がないにきまっています。実は、貴方に河竹の名を訊いたのは、ほかでもありません。その先代の河竹新七は、この寺の古い檀家で、亡くなった年月などは過去帳に詳しく記されていますが、なんといっても、昔の人ですので、跡を弔う者もなく、墓はいつの間にかなくなってしまって、そのあった場所も分らなくなってしまいました。けれどもうちの檀那だったことは間違いありません』と話されたことがありました」とのこと。新七は、それを聞いて、ハタと膝を打ち、「なんという奇遇でしょう。実は河竹の名を継いだからには、先代の菩提所くらい知らなければと、古老の人に尋ねたのですが、誰も知らず、そのまま空しく月日を過してきてしまいました。ところが、今日、死んだ親父の年忌の当日に、初めて、先代河竹の墓所の話を聞いたのも、御仏のお導きというものでしょう。これで多年の願いがかない、大喜びです」と、深く謝意を表して、その日は帰宅。翌日、南松寺に赴き、初代の戒名などを詳しく訊き、以後、年忌の法要を営み、忌日ごとの墓参をおこたらず、盆・暮れにはお布施を届けて真心を尽くした。

彼は、さらに、先代の作と言い伝える『葱売り』の舞踊曲にちなんで、向島の隅田堤に、一基の塚を建立し、先代の名誉を永く後世に伝えて、縁あって二世を継ぎ、河竹新七となった義務を果たそうと苛々していたが、なんとしても、百年の昔の脚本で、初世新七の作と言い伝えはするものの、後の作者たちが、原作を作り替えたり、あるいは、原作の文句を補ったりしていると思われるので、初世新七の勝れた作意を保証する方法がなく、ただただそのことを気に病んで、博識の人に尋ねて古書をあさってみたものの、どれ一つとして、初世新七作と断定するだけの根拠がなく、心痛、ただならぬものがあった。ところが幸いに、幕末のある日、日ごろ懇意にしている市村座の事務方名倉五郎平《なぐらごろへい》が、四方山話の末に、ふと思いついた様子で、古い脚本をいっぱい持ち出してきた。そして、いった。「この脚本は、以前、ある人からもらい受けたもので、疑うべくもなく、先代河竹新七自筆の脚本なのです。なかには、一世の誉れとなる例の『惣売り』の舞踊曲もあります。うちにあっては役に立ちませんが、幸いなことに、貴方が新七の名跡を継いでおられるので、全部差し上げます」といって、それを贈られた。新七の喜ぶまいことか。「これは、わたしにとっては、『孫呉の秘書《そんごのひしょ》』も同前。実は、数年来、『惣塚』を建てたいと願ってきましたが、先代の作という確かな證拠がないので、とうとう、その願いを果たすことができませんでした。しかし、いま、その自筆の脚本が手に入りました。これは、不思議のこととしかいいようがありません」と、厚く礼を述べ、その後、脚本を熟読してみると、確かに安永年間に先代新七が書いた『惣売り』であるうえ、稽古のときにセリフなどを直した書き入れもあり、『惣売り』が初世の作であること疑いなしと、年来の疑問が氷解し、以後十余年を経た一八八〇年（明治一三）三月、向島《むこうじま》の花屋敷百花園（東京都墨田区東向島三丁目）にあった桜の古木のかたわらに、その脚本をみずから写し取った写本を埋め、「しのふつか」と彫った立派な石碑を自力で建立し、その前で法要を営んだのであった（以上、門弟竹柴孝治記「忍塚の記 付《つけたり》 師の履歴」――『歌舞伎新報』第一一四〜一二〇号による）。

2　初めての作品　その一、『閻魔小兵衛』

デビュー作は世話狂言

一八五一年（嘉永四）十一月、河原崎座の顔見世に、「地獄・極楽が隣り合わせになっている世話場」を書いたのが、新七の最初の新作だった。『仮名垣魯文宛て書簡』にいう。

・一八五一年（嘉永四辛亥年）十一月、地獄と極楽が隣り合わせになった世話場を書いたのが、新脚本を書いた最初です。

「世話場」とは、「世話」、つまり、町人と総称される「農工商」身分の人たちの日常言語（庶民の言葉遣い）で交わされる対話によって、登場人物が相互に意志を伝え合う場面や行為が展開される場面をいい、そのような「世話場」で構成された脚本が世話狂言・世話物である。

ちなみに、「世話」に対比して「時代」という言葉がよく用いられるが、「時代」とは、庶民の言葉

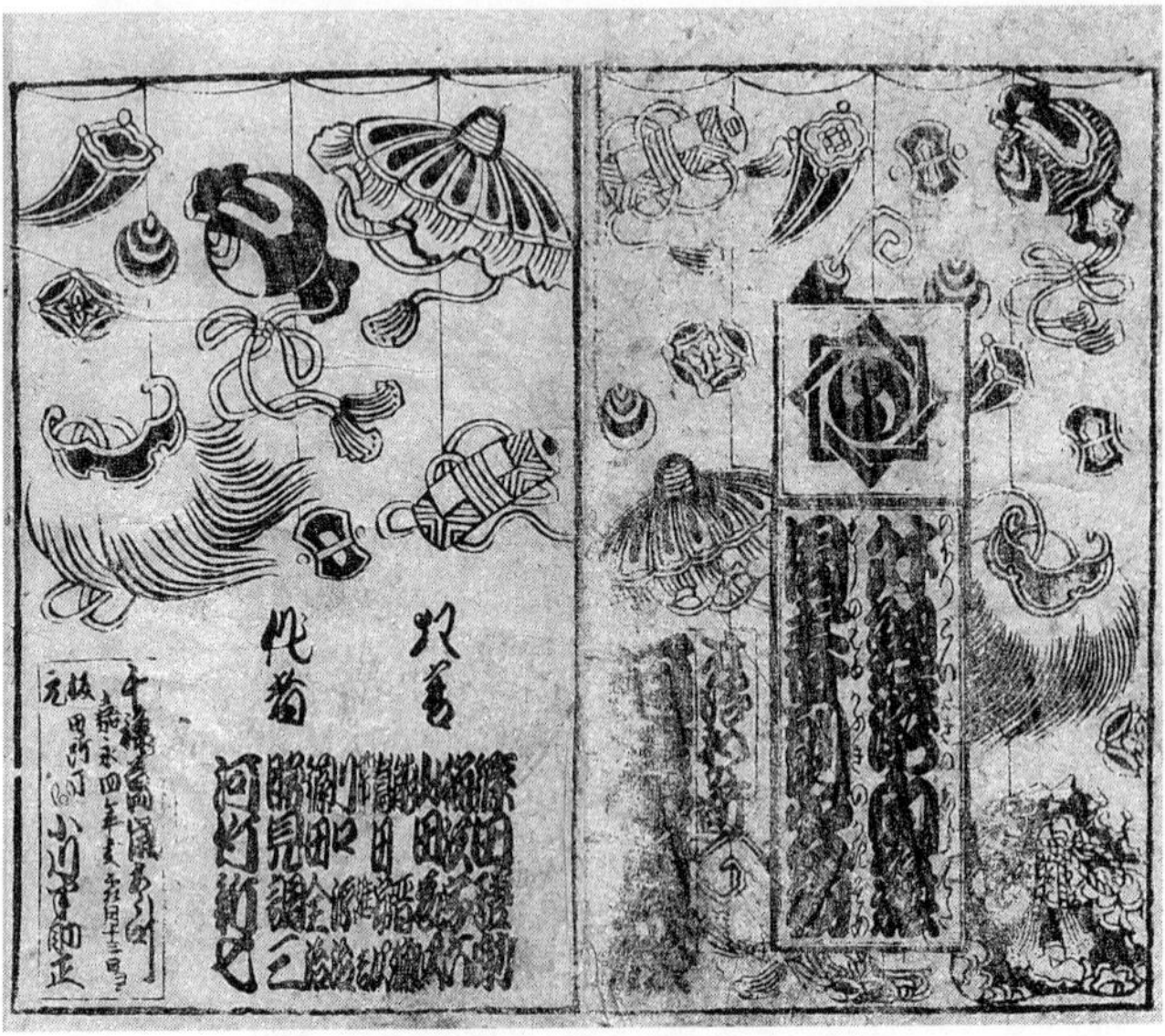

『升鯉瀧白旗』絵番付（表紙・背表紙）

から隔絶した武士言葉をいい、主な登場人物たちが、武士言葉で意思を交す脚本を時代狂言・時代物という。

「地獄・極楽が隣り合わせになっている世話場」というのは、先に顔見世の説明のところで「『冬至からは畳の目ほど日が延びる』……」というセリフを引用した『閻魔小兵衛』のこと、正式のタイトルを『升鯉瀧白旗《のぼりごいたきのしらはた》』という。新七は、その「世話場」を書いたのだった。

通常、江戸歌舞伎では、「庶民生活のなかで起こるドラマ」を書くのは、次席作者の仕事であった。新七は首席作者でありながら、彼が書いたのは、次席作者の持ち場だったのである。

変則的なやり方である。

このとき、河原崎座の狂言部屋には、

十人の人間が所属していた。絵で見るプログラム（絵番付）の背表紙には、作者部屋の連名が記されている。すなわち、

篠田瑳助《しのださすけ》（二枚目）
梅沢宗六《うめざわそうろく》（狂言方）
山田藤次《やまだとうじ》（狂言方）
能《のう》　晋輔《しんすけ》（狂言方）
島田安次《しまだやすじ》（狂言方）
柴《しば》　進吉《しんきち》（見習い）
川口源治《かわぐちげんじ》（狂言方）
篠田金治《しのだきんじ》（狂言方）
勝見《かつみ》　調三《ちょうざ》（三枚目）
河竹新七（立作者）

普通は首席作者を真っ先に書くものなのに、ここでは、そこに次席作者を置いている。そして、首席作者の新七は、末尾に、少し離して大きめの字で書かれている。変則的な書き様である。変則的といえば、このときの狂言の構成もまた変則的なものだった。

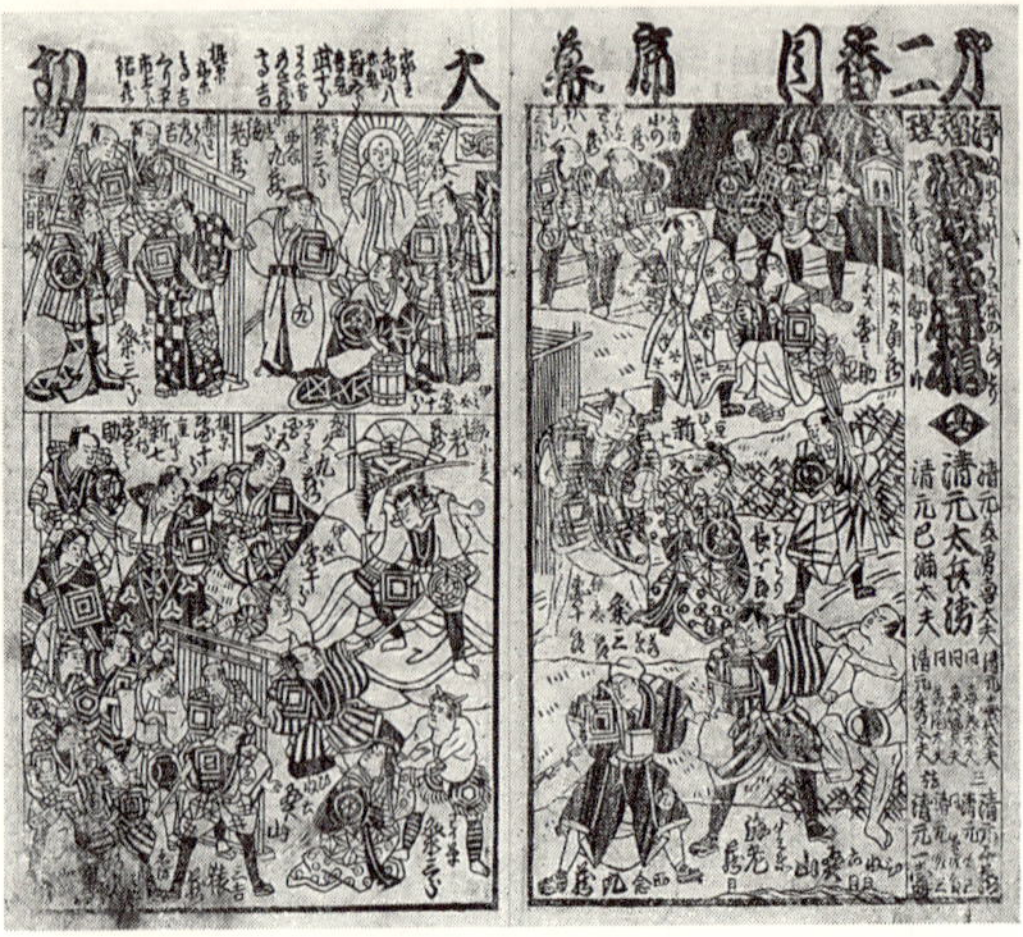

『升鯉瀧白旗』絵番付

プログラムの表紙には

舛鯉滝白旗
周春劇書初

と二つのタイトルが二行に分けて記されており、一頁に「第一幕（三立目）」、二頁に「第二幕（四立目）」、三頁に「パントマイム（だんまり）」、五頁に「青柳硯　第二幕第一場（二の口）」、六頁に「同　第二場（二の切）」、七頁に「嫗山姥」、八頁に「後半部　第一場（二番目　序幕）」「舞踊曲（浄瑠璃）濡嬉浮寝鳰《ぬれてうれしいうきねのみずとり》」、九頁に「締めくくり（大切）」と記されている。

江戸歌舞伎の常として、一編の芝居は、前半部（一番目）が「時代物」、後半部（二番目）が「世話物」という組合せで作られる。ところが、この場合は、通例に即して構成されていない。『周春劇書初《しゅうのはるかぶきのかきぞめ》』というのは、『小野道風青柳硯《おののとうふうあおやぎすずり》』と、『嫗山姥《こもちやまんば》』とを組み合わせたものを総括するタイトルで、「周春」とは、十一月の顔見世のこと、「劇書初」とは、向こう一年の最初の興行のために書いた脚本という意味。『小野道風青柳硯』とは、一七五四年（宝暦四）十月に大阪で初演された人形芝居のための作品で、小野道風が柳の枝に飛びつく蛙を見て発奮して書道に精進したという有名な話を中心に構成された脚本の二幕目、『嫗山姥』とは、名作者近松門左衛門が一七一二年（正徳二）七月、大阪の人形芝居のために書いた、「鉞《まさかり》かついだ金太郎さん」の誕生秘話とでもいえるよう作品である。なお、山姥というのは、金太郎の母親のこと。全体は長い作品だが、人気があるのは二幕目で、このときもそこだけが上演された。この二作が、一日の前半と後半の間に挟んで上演され、それとはなんの関わりもなく、『升鯉瀧白旗』が作られ、演ぜられたのである。

ちなみに、人形浄瑠璃——義太夫節の浄瑠璃（語り物）をバックにして、人形を操って見せる芝居——のために書かれた脚本を借りて、歌舞伎が、人間の演じやすいように手を入れて作り直した作品を、浄瑠璃狂言とも義太夫狂言ともいっている。

『升鯉瀧白旗』は、源氏に追われて落ち延びる、平家の武将にまつわる身替りの悲劇を書いた作品で、それに関係する闘争場面を最初に置き、次いで、義太夫狂言『周春劇書初』を演じるのが一番目で、そのあとに、「地獄・極楽が隣り合わせの世話場」が続くのである。要するに全体は、古い脚本の再利用で、新しく書かれたのは、「地獄・極楽が隣り合わせの世話場」だけだったのだ。首席作者が「世話場」を書かざるを得なかったのも、もっともだと思われる。

地獄と極楽の対比を描く

「地獄・極楽が隣り合わせ」とは、閻魔大王の像が置かれている貧乏長屋の家と、阿弥陀さまや天人の絵姿などを壁に貼りめぐらせた家とが隣り合わせになっている有様をいっているので、閻魔の家には、主家《しゅうか》の没落後、戦乱を逃れ、閻魔小兵衛と名のって仏師を職としている平家の家臣平盛次《たいらのもりつぐ》が、また、その裏隣には、平家一門の菩提を弔いながら、再起する日のくるのを願っている坊主の西念《さいねん》、実は、盛次の義理の弟平盛久《たいらのもりひさ》が住んでいる。

閻魔小兵衛には娘がいた。生まれ落ちてすぐ三条小橋に捨てられたのだが、その後、拾い親によって遊廓に売り飛ばされ、いまでは、若草《わかくさ》という遊女となっている。その若草が、恋人の伊之助《いのすけ》と駈け落ちして、伊之助の知人の坊主西念の家にかくまわれている。

また、閻魔小兵衛は、その若草・伊之助を身替りにして、源氏に追われて窮地に陥った主人平重衡《たいらのしげひら》と呉羽《くれは》の内侍《ないし》とを救おうと考えている。ところが、手を負った若草の血と、伊之助に斬られた小兵衛の血が流れて一つに融け合ったところから、二人は親子と知れ、小兵衛の素性が明らかになるとともに、いままで、二人をかくまっていた西念とは、叔父・姪の間柄と分かる。伊之助にとってその二人は未来の舅、義理の叔父。伊之助は未来の父に手を負わせたことを悔いて切腹し、小兵衛は若草・伊之助の首を打って、主人夫婦の身替りに立てるのだった。

小兵衛　ああ、なんという宿命か。
伊之助　地獄の苦しみ、いま眼前。
若　草　親子が互に斬り合うとは。
小兵衛　とりもなおさず地獄の修羅道。

伊之助　閻魔の前に寄り合って。
若　草　剣の山か刃物の山か。
西　念　心の鬼に責められて。
小兵衛　むごい地獄の苦しみより。
伊之助　つらい親子の。
若　草　この世の別れ。
西　念　思えばはかない。
四　人　身の上だなあ。
伊之助　ああ、いつまでいっても返らぬ愚痴。それでは首を打ってください。
小兵衛　いうまでもない。
西　念　若い命を。南無阿弥陀仏。
小兵衛　エイ！

（『黙阿弥全集』第一巻、七〇〜七一頁）

閻魔＝地獄と、阿弥陀＝極楽とを隣り合わせに組み合わせた見た目の面白さと、その閻魔像の前で繰り広げられる不幸な堕地獄の人間模様。新七のアイディアの斬新さが見物の共感を呼んだのか、大当りだったと伝えられている。

3　初めての作品　その二、『天一坊事件』

新作嫌いの興行師の下で

『升鯉瀧白籏』は、新七にとって、「新作を書いた最初」ではあったが、一番目を義太夫狂言との組み合わせで済ませたため、「新作」は、あくまでも、二番目に限定されざるを得なかった。

だが、首席作者本来の務めは、「全体のストーリーを作る」ことにほかならない。新七という首席作者がいるのに、どうして、義太夫狂言を持ち込んで、彼に「全体のストーリー」を作らせなかったのだろうか。それは、彼が所属していた河原崎座の興行師河原崎権之助のせいだった。

権之助は、良くいえばたいへん慎重な、悪くいえばたいへん臆病な興行師だった。「新作お断り」というのが、彼の信条であった。当たりはずれの予測のつけにくい新作よりも、定評のある旧作を出した方が無難だというのが、彼の考えだった。だから、新七は、二番目の世話場しか、書かせてもらえなかったのである。

芝居興行は水物というから、興行に安定感を求めれば、当然の結論だったといえるかもしれない。けれども、作者、ことに、首席作者にとっては、なんとも歯がゆい、いらいらさせられるような興行方針である。なにしろ、首席作者とは名ばかりで、その本来の務めを放棄してかからなければならないのだから。

しかし、新七の書くものが、奇抜な想像力や人並優れた機知の才能に恵まれた、客受けのするものだということが、だんだん分かって来たからだろうか。あるいは、俗にいう「ダメモト」で、もともと客足のあまり当てにできない夏場の芝居で客が来れば「めっけもの」と、権之助が思ったからか。新七が首席作者になった一八四三年（天保一四年）から数えて十一年目、一八五四年（安政一）の七月、新七は、初めて、新作の筋《ストーリー》を作ることを認められたのだった。

『仮名垣魯文宛て書簡』にいう。

・一八五四年（安政一甲寅年）七月、天一坊《てんいちぼう》の事件を二日に分けて上演するように脚色したのが、一日の脚本の筋《ストーリー》を作った最初でした。

「筋《ストーリー》を作った最初の脚本」。それは、『吾孺下五十三駅《あずまくだりごじゅうさんつぎ》』という作品であった。首席作者が、自分の作を公にするに際して書く、業界用語でカタリと呼ばれる書き物がある。その作品の内容を概観した一種の宣伝文である。『吾孺下五十三駅』のカタリには、こう記されている。

上の巻は、天日坊の悪巧みに、大江広元の仁政話。
中の巻は、地雷太郎の反逆に、遊女高窓の貞操話。
下の巻は、人丸お六の強盗に、香川三作の忠義話。

（『黙阿弥全集』第二七巻）

このカタリを読んでも分かるように、この作品はかなり複雑で、三人の悪人が活躍する話を混ぜ合わせて作られているのだが、最初に記された「天日坊の悪巧みに、大江広元の仁政話」というのが、全体を貫くメイン・ストーリーになっている。

事は、木曽義仲の滅亡に始まる。

源頼朝・義経に滅ぼされた木曽義仲の妻は、猫間中納言《ねこまちゅうなごん》の娘山吹御前《やまぶきごぜん》だった。父の中納言が、義仲に味方したとの疑いをかけられたのを残念に思い、山吹御前は自殺した。ところが、その霊魂が飼い猫に乗り移って大猫に化け、宮中で怪異をひき起こす。帝は怒って、猫間の嫡子中将光義《ちゃくしちゅうじょうみつよし》を捕えて鎌倉幕府に引き渡し、死刑に処する予定である。勝れた祈りの力を持つという修験者観音院《しゅげんじゃかんのんいん》が、化け猫降伏の祈禱を命ぜられ、また、京都警護の武士北条駿河介《ほうじょうするがのすけ》は、武器を使って化け猫を退治せよと命ぜられる。

祈禱の満願の日。観音院の祈りによって化け猫は鎮められ、それを北条駿河介が、一矢で射殺す。

観音院には、法策《ほうさく》という弟子がいた。観音院が拾って育てた、捨て子だった。知人のお三婆さんが、法策を孫のように可愛がってくれた。そのお三婆さんの娘のお沢は、伊豆の伊東祐親《いとうすけちか》に奉公して、源頼朝の胤《たね》を宿し、後の證拠にと、頼朝から、立派な短刀と自筆の書き物とを渡された。ところが、赤子は生まれ落ちるとすぐに息を引きり、お沢も気絶して、赤子のあとを追った。

その話を聞いた法策は、その短刀と書き物を利用して、頼朝を相手に詐欺を働こうと悪心を起こし、お三婆さんを殺して二品を奪い、逃走する。

ところが、法策は、実は、木曽義仲の息子で、父義仲滅亡後、行方しれずとなり、観音院に養われていたのであった。母親の山吹御前は、今際のきわに「その子は、左の腕に〈天〉の字の痣があり、夫義仲が信仰した清水の観世音の尊像を持っています。見付けたら頼みますよ」と遺言して死んだ。

一方、猫間中将は鎌倉へ護送されて行く。許婚の花園姫《はなぞのひめ》は、船木雅楽之助《ふなきうたのすけ》を供に連れてそのあとを追うが、会うことは許されない。雅楽之助が警護の武士と争ううちに、二人は離れ離れになり、姫は、通りかかった百姓孫右衛門に助けられる。孫右衛門は、雅楽之助の父親だった。

雅楽之助には香川三作という兄と、お辰《たつ》という妹がいた。香川三作は、亡くなった猫間中納言の家臣だったが、同僚の竹川伊賀之助《たけがわいがのすけ》と口論して、二人とも暇を出されてしまった。

その後、竹川伊賀之助は、無実の罪で自殺した猫間中納言の無念を晴らそうと、軍用金を集めるために、地雷太郎と名を変えて盗賊になった。その地雷太郎に惚れて、女房になったのが、人丸お六という、やはり盗賊である。そして、地雷太郎が武士だったように、人丸お六も、実は、木曽義仲の家臣今井四郎という武家の娘だった。

地雷太郎は、鈴鹿山で中将護送の列を襲って、中将を奪い返し、反逆軍の総大将になるようにと頼むが、中将は承諾しない。

その鈴鹿の闇のなかで、地雷と人丸夫婦は、法策に出会う。三人は、互に相手の様子を探りあったすえ、地雷は、法策の観音像を手に入れるが、それが切っ掛けとなって、法策の素性が分かり、地雷夫婦は、法策に味方することとなる。法策は、腕の痣の〈天〉の字に、父朝日将軍木曽義仲の〈日〉を加え、〈天日坊〉と改名、短刀・書き物を證拠として、鎌倉に乗り込むことにする――ここまでが「一日目」で、ここからが「二日目」になる。

花園姫は孫右衛門に助けられて、かくまわれるが、許婚の猫間中将の身を案じるあまり、泣き続けてとうとう目を泣きつぶしてしまった。しかし、孫右衛門の長男香川三作が医者からもらった妙薬と若い雅楽之助《うたのすけ》の血汐の力とが効いて、目は治る。そこへ、世を忍ぶ虚無僧《こむそう》姿の猫間中将が訪れ、花園姫と対面。中将は、雅楽之助の身代りによって救われ、花園姫を連れて立ち退く。

一方、化け猫を退治した北条駿河之助は、島原の遊女高窓太夫を身請けして帰国する。駿河之助の母は、息子の放埒は、側近の家老鳴沢隼人《なるさわはやと》のせいだと誤解する。

隼人の身の上にはさまざまな噂が立っている。妻の賤機《しずはた》は、良人隼人の身を案じて、迎えの旅に出た。ところが、賤機は、妊娠九ヶ月の身。小夜《さよ》の中山《なかやま》で、大家の姫を装った人丸お六の行列に出会ったとき、にわかに陣痛が起こった。賤機の供の者が医者を呼びに行ったあと、人丸お六は、賤機が百両あまりの路銀を持っていることを知り、それを盗り、「今街道に隠れのねえ、人丸お六という勇み肌の女泥棒さ」(『黙阿弥全集』第二七巻、八六三頁)と名乗り、賤機を縛りあげさせる。

お六の供侍を装っていた地雷太郎の弟分盗賊赤星大八《あかぼしだいはち》は、賤機を物にしようとして抵抗され、誤って、賤機を殺してしまう。すると、その傷口から赤子が生まれる。その赤子も殺してしまおうとすると、死んだ賤機が、我が子を思う心から、起き上がり、血みどろの手を合わせて拝む。大八は、赤子を投げ棄てて逃げて行くが、賤機の亡霊は大八に付きまとう。

賤機の夫鳴沢隼人がせがれ左門之助とともに来かかり、妻の死と同時に、生まれ落ちると直ぐ母を失った薄幸な赤子の誕生を知る。そのとき、連絡の侍がきて、掛川の本陣で、お部屋様高窓様が若君を御出産になったと告げる。隼人は、赤子の男子を抱いて、嘆きのうちに喜びを味わい、賤機の仮葬を左門之助に命じて、掛川へと急ぐ。

大江広元は、頼朝の命を受けて、天日坊が主君の落しだねか偽者かを取り調べるために、法策を呼び出す。法策は言葉巧みに言い抜けるが、広元が、かつて下男として、法策と一緒に観音院に仕えていたところから、天日坊すなわち法策と見顕わす。追い詰められた法策は、「我こそは、朝日将軍木曽義仲の忘れ形見、清水の冠者義高《よしたか》なるわ」（『黙阿弥全集』第二七巻、九一八頁）と名乗り、書き物に記された頼朝の名を短刀で貫き、返す刃で切腹、広元に介錯を頼む。

「天日坊の悪巧み」とは、一七二八～二九年（享保一三～一四年）に起こった天一坊事件を指している。

天日坊事件

『徳川実紀』という本がある。代々の将軍の治世に起こったさまざまな出来事の記録を編集した本である。その巻二十九、八代将軍徳川吉宗時代の一七二九年（享保一四）四月のところに、「近ごろ、天一坊という名の山伏が、源氏坊義種《げんじぼうよしたね》と名乗り、自分は将軍の落しだねなので、近々、大名になれるといって、詐欺を働いた。福井県の出身で、幼時に父を失ったが、母が紀州徳川家に仕えていたことを利用して打った芝居だったので、死刑のうえ、さらし首にされた」（『新訂増補国史大系 四五 徳川実紀 第八篇』、四九八〜四九九頁）と記されている。

この天一坊の悪巧みを裁いたのが、名奉行大岡越前守忠相《おおおかえちぜんのかみただすけ》だということになっている。そして、俗に「大岡政談」と呼ばれる講談の種になった。

「伯山は天一坊で蔵を建て」という川柳がある。幕末の講談師初代神田伯山《かんだはくさん》が、この「天一坊の大岡裁き」を得意にして、それを売り物にしていたからだ。新七は、この天一坊の講談を種に、全体の大筋を作ったのだった。なお、話は鎌倉時代の出来事とされているので、「大江広元の仁政話」とは、実は、大岡忠相の名裁判のことを示唆しているのである。

また、猫間家の娘山吹御前の霊魂が飼い猫に乗り移って大猫に化けたという話は、猫マタ伝説に取材した古物語を受け継いだものである。

例えば、『徒然草』の第八十九段には、「『奥山に、〈猫また〉というものがいて、人を食うのだ』とある人がいった」（『新潮日本古典集成』、一〇七頁）とあり、木藤才蔵《きどうさいぞう》の注には、「平安時代以来、人を食うと伝えられてきた怪獣。『明月記《めいげつき》』には、『目は猫のごとく、その体は犬の長さのごとし』と記している」とある。

この「猫また」を脚本に書いたのは、おそらく、近松門左衛門が最初ではあるまいか。一六九五年（元禄八）一月、京都の早雲座《はやくもざ》という劇場で、初世坂田藤十郎《さかたとうじゅうろう》と初世水木辰之助《みずきたつのすけ》という二人の名優のために、近松が書いた『今源氏六十帖《いまげんじろくじゅうじょう》』がそれだろうと思われる。水木辰之助の演ずる姫松という女性が、藤十郎扮する相生《あいおい》いくよの介《すけ》に恋し、夫婦約束をするが、いくよの介は自分の実の兄と知れ、「猫は兄妹でも夫婦になる。わたしも、猫になってでも、いくよの介さまと結ばれたい」（『近松全集』第十五巻、五九頁）と、恋の一念で猫の姿になり、飛んできた蝶にたわむれ、狂う。いくよの介が、「こうなったからには、姫松、畜生になっても夫婦だぞ」（同上、六〇頁）という声を聞き、姫松は喜び、元の女性の姿にもどる、というのである。

次いで、近松は、二年後の一六九七年（元禄一〇）ごろ、京都の人形芝居、宇治座《うじざ》で上演される『猫魔達《ねこまた》』の手直しをして、語り手宇治加賀掾《かがのじょう》のために、『下関猫魔達』を書いている。

人形芝居では、そのあと、作家紀海音《きのかいおん》が、今川家の御家騒動に猫の怪異をからめて脚色した『忠臣青砥刀《ちゅうしんあおとかたな》』（一七三一年〔享保一六〕）、それをもとに、初世竹田出雲《たけだいずも》が文耕堂《ぶんこうどう》と合作した『今川本領猫魔館《いまがわほんりょうねこまたやしき》』（一七四〇年〔元文五〕）があり、また、歌舞伎の脚本としては、四世鶴屋南北が、一八二七年（文政一〇）の夏芝居に書いた、『独道中五十三駅《ひとりたびごじゅうさんつぎ》』が名高い。

『独道中五十三駅』は、有名な小説『東海道中膝栗毛《とうかいどうちゅうひざくりげ》』を下敷きにした複雑な作品である。化け猫の話というのは、こうだ。

昔、南洋からやってきた猫が、山辺に捨てられ、精気が凝り固まって石となった。その猫石の精が、牢死した老女の死体に乗り移り、巨大な怪猫となって静岡県鞠子の古寺に現われ、行燈の油をなめたり、寺に泊まった子年の女を噛み殺したり、赤子を食ったりと、さまざまな怪異を見せるが、楠の系図の威力で、力は萎え衰え、そのうえ、「竹篦太郎《しっぺいたろう》」という名の犬に襲われて、大きな猫石にもどる。

とんだ横道に入ってしまった。怪猫の話はこれで止めておくが、興味のある方は、横山泰子著『江戸東京の怪談文化の成立と変遷』（風間書房、一九九七年（平成九）三月発行）をお読みになると良い。硬い学術書であるが、内容はすばらしい。氏は、この『独道中五十三駅』を、「怪猫物の先駆とみなされる」（二三八頁）と評価している。

ところで、河竹新七が、『吾孺下五十三駅』に、猫間家の娘山吹御前の霊魂が飼い猫に乗り移って大猫に化けたという話を持ち込んだのは、この『独道中五十三駅』を参考にしたものと思われる。事実、四世南北の孫にあたる師の五世南北は、一八三五年（天保六）二月、先に紹介した中村重助や三升屋二三治とともに、夏芝居の『独道中五十三駅』に手を入れて、『梅初春五十三駅《うめのはるごじゅうさんつぎ》』という春芝居に作り変えた。新七が南北の門をたたいたのが、前年の年末だったたから、このときすでに市村座に顔を出していたわけで、当然、その改作を目にしていたと思われる。だから、新七が参考にした怪猫話は、その改作の方だったかもしれない。

新七は、あとで、もう一度天一坊事件を脚色し、一八七五年（明治八）一月、二人の音羽屋、つまり、五世坂東彦三郎（大岡忠相）と五世尾上菊五郎（天一坊）のために、『扇音々大岡政談《おうぎびょうしおおおかせいだん》』を書く。これは、もっぱら天一坊の話だけを脚色し直したもので、確かに、すっきりと筋が通ってはいるが、芝居としての面白さは、『吾孺下五十三駅』におよばない。

新七はまた、隠居して黙阿弥と名乗っていた一八八七年（明治二〇）、中村座の夏芝居

『五十三駅扇宿付《ごじゅうさんつぎおうぎのしゅくづけ》』のなかに、古寺の化け猫を書き込んだ。もっとも、そのときの中村座の立作者は、高弟の三世河竹新七で、黙阿弥は、「スケ」の立場だったから、彼自身は、この化け猫芝居を自作とは認知していない。

ちなみに、『五十三駅扇宿付』の化け猫は、『吾孺下五十三駅』の鞠子古寺の場面を生かして作られているが、化け猫を退治した猟師の一家が、祟りのために滅びるという話が付け加えられている。

第三章　市川小団次と河竹新七

1　四世市川小団次

ところで、この芝居で主役の天日坊を演じたのは、四世市川小団次という幕末の名優だった。小団次は天日坊のほかにも、隼人の妻賤機と香川三作と化け猫の三役を務めている。

幕末の名優・小団次

下男久助《きゅうすけ》実は大江広元と地雷太郎に扮したのは三世嵐璃寛《あらしりかん》。女の役、男の役をともにこなす演技の幅の広い役者で、上方歌舞伎の人気者。一八五一年（嘉永四）十一月、新七が河原崎座で、首席作者として初めて筋を作った『升鯉瀧白旗』上演のときに、江戸に下って来た人だった。そのときの興行では、小野道風と八重桐という義太夫狂言の主役二役を演じている。

人丸お六と傾城高窓を務めたのは、初世坂東《ばんどう》しうかという、派手な芸風で、勇み肌の女の役を得意

吾孺下五十三駅
（四世市川小団次〔天日坊〕安政１年８月，河原崎座）

とした女方だった。

いま、筆者は、しうかのことを「女方」と書いたが、「女形」と書いてもいい。ご存知のように、歌舞伎は、男の役者だけで演ずるのが原則で、当然、女性の役も男優が受け持たなければならない。その、女性の役を演ずる男優のことを、業界用語でオンナガタという。オンナガタは、最初は「女の表現を受け持つ方の人」という意味で「女方」と書いたが、後に、「女の形を真似る人」という意味で「女形」と表記するようになった。だから、どちらを使ってもかまわないのであるが、筆者は、「女方」という古風な書き方が好きなので、そのように表記したのである。

小団次という役者は、非常に表現領域の広い役者だった。天日坊・賤機・香川三作・化け猫という右記の配役を見ても分かるように、天日坊は悪人、賤機は女性、三作はきりっとした若者、化け猫は異類。

たんに、表現の幅が広いだけではない。小団次は、「地芸《じげい》」の名人で、おまけに、俗にケレンと呼ばれる離れ業を使いこなし、上方と江戸、両方の歌舞伎で活躍した世紀の名優だった。

「地芸」とは、言葉＝セリフを大切にするリアルな演技、あるいは、人間表現のことをいう業界用語である。賤機が生きている間は「地芸」で処理できる。だが、賤機は殺されて幽霊になる。化け猫はもちろんのこと、幽霊にしても、その行動には、人間離れした表現を見せなければならない。そこで離れ業《ケレン》が役立つこととなる。

ケレンとは、「外連」という字を当てるが、語源不明の業界用語である。『角川古語大辞典』には、「歌舞伎・浄瑠璃用語。定格を破って俗受けをねらい、見た目本位の、また、その場限りの奇抜さをねらった演出、演技。宙乗り・早替り・籠抜けなどをいう。浄瑠璃の場合には奇抜な語りにもいう」（第二巻、三六四頁）と説かれている。まことに的確な説明だといえよう。

歌舞伎の演技・演出には、中世以来の軽業やカラクリの芸能の伝統が流れ込んでいる。例えば蜘舞《くもまい》。綱渡りの曲芸だが、歌舞伎に取り入れられて、危機を脱出する場面に利用されたり、空中を飛翔する「宙吊り」のような人目を驚かす演出を生み出す原動力になった。

「宙吊り」はまた、「宙乗り」とも「宙渡り」とも呼ばれ、役者の体を綱（ワイヤーロープ）で吊って、客の頭上を移動させる表現方法をいう。

軽業芸はまた、お能の「切組（チャンバラ）」にも利用されており、前方宙返りや、直立したまま仰のけに倒れる「仏倒れ（枯れ木倒れ）」と呼ばれる技術などは、そのまま、歌舞伎に取り入れられて行った。

また、カラクリは、人形芝居だけではなく、歌舞伎の演出を豊かにするのに役立った。石川五右衛門という大泥棒が、宙に浮かんだ葛籠《つづら》のなかから飛び出す「つづら抜け」だとか、狐忠信という霊狐が、一瞬のうちに正面の階段に現われる「階段の打ち返し」、お岩という女性の幽霊が、墓場の提燈のなかから出現する「提燈抜け」……。

「宙吊り」というのも、綱渡りの軽業とカラクリとが融合した演出だといえるかもしれない。あるいは、一人の人物の人格を、アッという間に別の人格に変えてしまう瞬間変身（早替り）も、衣裳や鬘《かつら》の作り方に、カラクリ仕掛けの発想を応用した演出の一種だといってもいいだろう。

こういう軽業やカラクリの伝統が、幽霊や妖怪の行動を表すのに利用され、歌舞伎の表現の幅を広げ、奥行きを深めて来たのだった。

小団次は、九つの年に、父親に連れられて、江戸から上方に上った。そして、一八二二年（文政五）、十一歳のときに、子供芝居に出たのを皮切りに、一八四七年（弘化四）十一月、江戸市村座に下って、初お目見えをするまでの二十五年間、彼は、上方役者として、どうすれば、目の肥えた京・大阪の観客にアピールできるのか、芝居を見る喜びを味わってもらえるのかと考えに考えて、技を磨き、豊かな表現力を身につけて行ったのである。

彼は、男女・老若・善悪、さまざまな立場・性格の人間を演じるとともに、それぞれの人間の本性や心情を描き出すことに務めて、「地芸」を磨き、また、それらの人間を演じ分ける「早替り」のようなケレンの技を極め、さらには、多種多様なケレンの技法を創案して、現世の人間を超越する霊魂の働きや、超能力に恵まれた異類の活躍を自由自在に表現することに成功した。

その小団次だからこそ、『吾孺下五十三駅』の役々を、立派にこなすことができたのである。

ところが、明治時代の、西洋かぶれで、新し物好きのうえに、鼻持ちならぬ支配者意識を持った田舎紳士たちの気に入られるような舞台を志す東京歌舞伎では、旧時代の地芸やケレンは卑しめられて、舞台から排斥されてしまった。辛うじて生存を許されたのは、下級役者たちが、闘争の場面で斬られたり、投げられたりするときに見せる宙返りのような演技だけだった。ことに、藩閥政府の官人さんや昔のお殿さま、あるいは外人さんなど、言い換えれば、新時代の高貴なご見物さまたちの歓心を得ることに汲々としていた東京の歌舞伎役者、なかでも、徳川時代以来、江戸歌舞伎の中心と自負してはばからなかった市川家の当主九世団十郎は、ケレンを含め、表現のための虚構《フィクション》を大切にして、「嘘を真に見せる」ことに徹してきたいままでの芝居ではなく、文明開化にふさわしい〈嘘偽りのない実〉を表す上品な芸術に、歌舞伎を作り変えようとしたのである。

彼が目の敵にしたのは、父親の七世団十郎であり、先輩の四世小団次だった。

七世市川団十郎は、息子の九世団十郎に先駆けて、舞台に実物の武具を持ち出し、お咎めを受けて、江戸を追放されたような人だったが、九世は、その父親でさえ、「親父は尋常《ただ》の役者です」（岡本綺堂「私の観た団菊」――『演芸画報』第三年第七号、三四頁）と断言してはばからなかった。また、彼はいった。「故人小団次は、なかなかの名人で、わたしも何回か出かけて行って話を聞きましたが、考え方が全く違うので、一度も信仰したことはありませんし、真似をしたこともありません。彼の演じ方は、行燈の油がなくなったといえば、『下皿《したざら》（油皿を受ける皿）にこぼれて溜まっている油をさらえたらいいだろう』というような末梢的な部分で、見物の当たりをとる人でした」（松居真玄著『団洲百話』、一三頁）と。

もっとも、そんなセリフを、小団次が勝手にいったわけではなく、新七が一八六五年（慶応一）、江戸中村座の八月興行のために書いた、『上総木綿小紋単地《かずさもめんこもんのひとえじ》』のなかに出てくるセリフ、つまり、小団次の百姓市兵衛と、四世尾上栄三郎《おのええいざぶろう》扮する女房お賤《しず》との会話に出てくるセリフである。

米屋の払いも滞り、屑屋に売るものさえない、貧にあえぐ市兵衛夫婦。

市兵衛　いま持っている銭を全部集めても、たったこれだけ。今夜は粥でもたいて我慢しよう。しかし、行燈の油はあるかい。

お　賤　下皿にこぼれた油をさらえたら、宵のうちは何とかもつでしょうが、年寄りや子供もいますから。

市兵衛　それでは、油を買わねばなるまい。

ト、お賤は家にある銭《ぜに》を集めてみて、

お　賤　これで、油が買えるかなあ。

市兵衛　質に入れられるものはみんな入れてしまったし、はて、困ったなあ。

（『黙阿弥全集』第二一巻、八一四頁）

歌舞伎にとってのケレンの伝統

「下皿にこぼれて溜まっている油をさらえたらいいだろう」。

このセリフだけを抜き出したら、たしかに、お客さまをワッと沸かせるような、なんとなく下品な演技を思い浮かべるかもしれない。けれども、前後を読めばそうではなく、貧にさいなまれた生活の苦労を象徴する、実感のこもったセリフにほかならなかったのだ。それを、「そのような末梢的な部分で、見物の当たりをとる人でした」の一言で片付けたのだから、団十郎の主張には、なにやら、小団次に対する悪意が感ぜられて仕方がない。「文明開化の時代には、いても何の役にも立たない役者。文明開化の足を引張る前世紀の遺物」。そういうニュアンスを聞くものに感じさせる悪意であり、思い上がりである。

上流の人々にシッポを振った東京歌舞伎は、貧に苦しむ庶民の生活を描くことを忌避したように、使い方によっては賤しい見せ物に堕しかねないケレンを嫌った。そのために、ケレンによって人間の行動をダイナミックに描き出す表現方法は、廃絶・消滅の一途をたどらざるを得なかった。そして、わずかな役者たち、例えば、東都の高名な四世中村芝翫《しかん》と二世市川段四郎、上方の代表的な役者の一人初世市川右団次（斎入《さいにゅう》）が、ケレンによる表現の大切さを伝える希有な人々であった。

そのケレンによる表現を現代の歌舞伎舞台に蘇らせたのが、いま、体をこわして休んでいる三世市川猿之助である。彼は、明治以来の、次第にエネルギーを失って行く東京歌舞伎の歴史を顧みて、改めて、ケレンが、歌舞伎にとって大切な表現であることを認識。ケレンによる、躍動的な芝居作りを復活させたのであった。

その市川猿之助の曽祖父が、ケレンの巧者と称された右記の二世市川段四郎。そして、祖父市川猿翁の先輩かつ同志で、歌舞伎の近代化に挑んだ二世市川左団次の父初世左団次こそ、名優小団次の養子にほかならなかった。

加うるに、上方におけるケレンの伝統を守った初世市川右団次は、小団次が上方に残して来た実子で、息子の二世右団次ともども、ケレンの伝統を守り続けてきた。その上方歌舞伎の芸脈に伝えられたケレンの技法を、古老の狂言方松井正三さんが継承し、その記憶の数々が、三世猿之助の演出と歌舞伎改革の意志に注ぎ込まれたのである。こうして三世猿之助は、由緒ある小団次のケレン芸の、正統な継承者として立つにいたったのであった。

小団次は、一八四七年（弘化四）十一月、三十六歳の年に、初めて江戸に下った。そして、市村座の顔見世に武士の役を演じて、目の醒めるような闘争場面を演じ、それに続く七役早替りの舞踊で大当りをとった。『役者産物合《やくしゃものあわせ》』（一八四九年（嘉永二）一月刊）という批評の本には、「芝居好きがいう井戸側の戦い。古今に稀な離れ業、無類無類。江戸中、古今に例《ためし》のない演技と、驚き入りました。江戸ッ子がいう上方の若手は、鞍馬山で天狗から業の伝授を受けるのかなあ。先に下った四世嵐三《あらしさん》五郎《ごろう》さんも近頃の二世尾上多見蔵《おのえたみぞう》さんも、身の軽いこと、恐れ入りました」（江戸の巻、八丁ウラ）と記されており、また、七役早替りについても、「大衆席の見物がいう遊女と客との男女の早替り、奇妙奇妙。船頭は江戸ッ子の威勢のいい若者。上方風ではなくって、手軽いこと手軽いこと。大黒様になって、掛軸から踊り出す遣り方。本当に小さな神像に見えました。芝居好きがいう乙姫の踊りは奇麗奇麗。宙渡りは無類の離れ業。特等席の見物がいうくるくると踊り終って花道の真中に落ち、一瞬のうちに衣裳を変えて牛若丸となり、八世市川団十郎の弁慶との戦い。これも離れ業。大当り大当り。ヒイキがいうだから古今稀な大入りは、小団次さんのお手柄お手柄」（江戸の巻、八丁ウラ〜九丁オモテ）と記述した。

「古今稀な大入りは、小団次さんのお手柄お手柄」と褒めそやされている。上方でつちかったその表現力は、江戸の観客をも魅了し尽くしたのであった。

その後、小団次は、貧しい人々の生活を活写する地芸に、生き生きとした闘争の場面に、一人で多種多様な役を踊り分ける舞踊に、人目を驚かせるようなケレンに、上方で身につけた力を、十二分に発揮したのであった。彼が、江戸に下る直前、大阪で見せた演技の有様を、一八四七年（弘化四）三月発行の『役者五十三駅路《やくしゃごじゅうさんつぎ》』という当時の批評の本から抜粋しておこう。彼が江戸に下る年の正月、大阪随一の大劇場角《かど》の芝居での初春興行の様子である。

彼は、島原の乱で知られる天草一揆を描いた『けいせい飛馬始《ひめはじめ》』という狂言で、粟島甲斐之助《あわしまかいのすけ》という若殿さまの役に扮した。この作品は、もともと、初世並木五瓶が、一七八九年（寛政元）正月、大阪角の芝居に書き下ろした作品で、粟島甲斐之助というのは、島原の乱の平定に功あった鍋島甲斐《なべしまかいの》守直澄《かみなおずみ》のことである。もっとも、小団次が演じたときには、原作にかなり手が加えられていた。もともとの粟島甲斐之助は、足腰の立たぬ病に冒されているのだが、乳母の小夜路《さよじ》とその双子の兄弟立浪《たつなみ》兵部《ひょうぶ》の血汐によって本復するということになっている。それを、小団次のときには、足腰の立たぬ病ではなく、作り阿呆の若殿と設定し直され、腰元梅《うめ》の井《い》の真心で本心に立ちもどるという筋になっている。小団次は、この馬鹿殿さまを見事に演じた。「特等席の見物がいう茶坊主の珍才を馬にして花道から出て、勅使が来るのもかまわんと、いろいろとおどけてかかる愚か者の演技、ええぞええぞ。それから三津姫《みつひめ》と寝るまで、おもろいこともおもろいこと。こういう演技は、上手な役者でないと見てられへん。さすがは名人名人」（下の巻、一五丁オモテ）と評された。その次に、小団次は娘の役を務めた。徳川時代中期の科学者平賀源内が書いた人形芝居の脚本『神霊矢口渡《しんれいやぐちのわたし》』、すなわち、北条氏《ほうじょうし》を亡ぼし、足利尊氏と対立した南北朝時代の武将新田義貞の子義興《よしおき》が、多摩川の下流六郷川《ろくごうがわ》の矢口の渡しで、謀殺された話を脚色した作品である。

義興の弟義岑《よしみね》は、矢口の渡し守頓兵衛《とんべえ》のもとに流浪の身を寄せ、渡し舟を出してくれと頼む。頓兵衛の娘お舟は、義岑に一目惚れし、新田の討手に囲まれた義岑を助けるために、囲みを解く合図の太鼓を打つ。小団次は、そのお舟に扮したのである。腕はよくとも、声も悪く、小男で、容姿も優れぬ小団次には無理な役だった。果たして、「義岑に惚れて、くどくとこは、余りにもゆっくりせりふを言うよって、長う感ぜられて退屈やった」（一五丁ウラ）とか、「声が悪いうえに、無理に可愛らしく見せようとするよって、えろうイヤらしかった」（同）などと、批判の声があがった。けれども、「太鼓櫓に上がって太鼓を打つ場面は、操り人形の動きを真似しやはって、目を瞠《みは》るほどの出来、人形の動きをよう真似したものやと、感心感心。太鼓を打つとこや、敵の六蔵と戦うとこも、大でき大でき」（同）と褒められた。

もともと、小団次には、女方専門の役者のお舟と張り合う気持ちはなかったはずで、いままでにも経験して好評を得ていた操り人形の物真似、業界用語でいう「人形ぶり」による表現を見せることに、目的があったのだろうと察せられる。その意味では、予測される批判だったといえるだろう。

『義経千本桜』　次いで二月、『義経千本桜』が上演された。

平家の滅亡を柱に、殺されて鼓の皮に使われた親狐を慕う子狐の感動的な物語を脚色した作品である。小団次は、源義経の忠臣佐藤忠信と、狐忠信――義経が愛人静《しずか》御前《ごぜん》に渡した鼓を慕い、佐藤忠信に化けて静御前のまわりに出没する子狐の役――を務めた。お得意のケレンの技を発揮するチャンスである。

芝居好きがいう　静御前との旅。「源氏車《げんじぐるま》」の模様のお決まりの衣裳を着て、花道の穴から昇降装置で出て、舞台へきて、静御前を相手に、忠信の戦いぶりを、身振りまじりの物語り。うまいことうまいこと。古今無類の名優三世中村歌右衛門にそっくりや。感心感心。世話役がいう　次に、ほんまの佐藤忠信になって、久し振りに義経公の安否を尋ねに来る場面。義経は師匠の七世市川団十郎が演じとったけど、その義経に、「静御前と離れて行動するとは、贋者の忠信やろ」と疑われ、言い訳をするとこは、しっとりした地芸で結構やった。義経の家来たちに囲まれて退場するとこまで、小男やけど、堂々とした演技で大きゅう見え、感心感心。特等席の見物がいう　それから狐忠信になって、静御前が打つ鼓の音につれて姿を現わすとこ。今度は、義太夫節を語る語り手の譜面台のなかから出現しはりましたが、先度のように、伴奏する三味線弾きの三味線の共鳴胴から出現した方が、綺麗に見えましたで。親の皮を張った鼓のいわれを話すとこは、憂いに満ちていて、心を打たれ、客はみんな涙を流しました。大衆席の見物がいうこの動きの間に、階段から下へ体を反らせたり、下から高い御殿に飛び上ったり、まるで骨なしやがな。ヒイキがいうそのあとで、天井に抜け、長裃《なががみしも》を着たままで、御殿の左手から、狐の丸絎帯《まるぐけおび》に体をまかせて宙に飛び出し、一回転して、はるか下の舞台に飛下りたとこ、見物はみんな肝をつぶしました。特等席の見物がいうそれから、義経から鼓をもろて、悪僧どもが夜討ちに来ると予言して、二人の僧を相手に戦う場面、おもろいことおもろいこと。ヒイキがいうその最中に、いつものように、首筋に金具を付け、宙吊りになって、舞台の向かって左手から右手へ飛んで入ったかと思うと、すぐ、義太夫節を語っている床のなかから飛び出して、斜めの宙吊りで、一気に二階席の奥に入ったり、途中で止まったり、後ろへもどったり、身の軽いこと、大当り大当り。無駄口をたたく男早竹虎吉《はやたけとらきち》いう軽業師がいよるが、早竹小団次と苗字を変えるとええ。まるで軽業師や。ヒイキがいう何ぬかすのじゃ。こんなことが、ほかの役者にできるかい。命に関わることやで。無駄口をたたく男それじゃによって、誰もせえへんのや。役者いうもんは、三世歌右衛門はんや三世嵐璃寛はんみたいに、地芸で当てなあかんのや。いまの若手は、地芸が下手やによって、ケレンで人気を取りよるのや。宙渡りかて、そればかりやっとると、具合のようないもんや。珍しゅうなくなるによって、なんぼ骨を折っても客が入らへん。ごヒイキはん、どや。チュウとでも鳴いてみ。世話役がいうこれこれ、そんな無駄口で遣り合うていられては、芸評の邪魔になります。そやけど、去年の盆狂言は、小団次はんのお働きで大入をとられました。芝居好きがいう御殿の場の最後に、忠信にもどって、三世嵐吉三郎はんの横川覚範《よかわのかくはん》実は平教経《たいらののりつね》との戦い、熊坂長範《くまさかちょうはん》と牛若丸の戦い同様、えろう評判がええ（下の巻、一六丁オモテ～ウラ）。

若手役者のホープとして、このような高い評価を受けていた小団次は、「古今稀な大入りは、小団次さんのお手柄お手柄」と江戸のお目見えを、予想以上の好評で迎えられたあと、翌一八四八年（弘化五）、三月の弥生興行で初めて、お得意の狐忠信を江戸の見物に披露した。「大衆席の見物がいう忠信は、三味線の共鳴胴から出て、宙渡り。見物一同、恐れ入りました」（『役者産物合』下の巻、九丁オモテ）。大阪でのお名残り興行では、「義太夫節を語る語り手の譜面台のなかから出現」する工夫をした小団次だったが、そのとき、「先度のように、伴奏する三味線弾きの三味線の共鳴胴から出現した方が、綺麗に見えましたで」と評されたことを思い出したのだろうか。江戸のお披露目では、その「綺麗に見えた」遣り方を再現して褒められたのだった。

〔『歌舞伎新報』第一〇〇八号、寿座略評〕

○五世小団次の忠信。扮装もすべて結構で、義経の家来たちに引き立てられるところも無難におやりになりました。狐忠信の役は親御四世小団次丈が、江戸下りの翌年の春お務めになり、義太夫《ちょぼ》の三味線の共鳴胴から出られて評判になりました。そのときは、季節は花の三月、静御前に扮したのは坂東しうか、義経は有名な八世市川団十郎。たいへんな大当たりで、大入りでした。その遣り方でなさるのかと思いましたが、今回は義太夫語りの譜面台からの出現でした。しかし、なかなか鮮やかで、手際よく出られて、評判もようございました。狐の動作も申し分なく、好評でございました。先代小団次の声色をお使いになり、それが愛敬になって、よかったです。二度目の出は階段から出られましたが、これもうまくいきました。終わりの所は、僧をたぶらかし、いつもの通りにやって、縫ぐるみの狐を出してそれに相手をさせ、自分は宙乗りで針がねで花道の上を入っていかれ、花やかでようございました。大体、宙乗りの芸は、尾上菊五郎家の人以外にはあまりするものがなく、菊五郎一派の得意芸とされていたのですが、先代小団次が工風して、針がねを利用した手軽な遣り方を始められたのをきっかけに、今では、誰がしても、この仕掛を使うようになりました。先代小団次のおかげです。ですから、宙乗りに関しては先代小団次によって再び盛んになったわけで、小団次家の名誉といえるでしょう（四丁ウラ）。

忠信を演じ終えた小団次は、その五月、主君織田信長に反旗を翻し、羽柴秀吉と戦って敗れた悲劇の武将明智光秀を演じた。

ところで、明智光秀という役は、信長や秀吉の天下取りにからむ、大きさや風格の求められる悲劇の武将である。およそ、小柄で風采の上がらぬ小団次には、不向きな役だといえるだろう。けれども、小団次は、その難役を見事にしこなした。その結果、「小男だが、扮装といい演技といい、申し分なし」(『役者産物合』江戸の巻、九丁オモテ)と、褒められたのであった。

狐のケレンから天下の謀叛人まで、小団次の表現能力の確かさ・幅広さは、江戸の見物をうならせた。そして、その年の暮れの顔見世興行から、小団次は河原崎座に所属を変え、河竹新七と、歴史的な出会いをするにいたったのである。

2 小団次との出会い

新七の『吾孺下五十三駅』は、小団次という優れた役者の力によって成功をおさめた。新七と小団次と。この二人のコンビが、幕末の江戸歌舞伎を支えた。

『桜清水清玄』

二人の出会いは、一八四八年(嘉永元)の顔見世興行だったが、すでに記したように、新七は、首席作者とはいいながら棚上げされたも同然で、顔見世から一年間、河原崎座で上演された作品は、おおむね旧作の再演か、でなければ、人形芝居の脚本ばかりだった。河原崎座の興行主権之助が、当たりはずれのある危険な新作よりも、客足が確実に見込まれる定評ある名作か、過去に当たった旧作の焼直しに頼っていたからである。

そして、一八五四年(嘉永七)という年を迎えた。師の七世市川団十郎について所属を中村座に変えていた小団次は、四年ぶりに河原崎座にもどり、三月興行から再勤することになった。そのとき、権之助が選んだのは、二十年前、一八三〇年（文政一三）三月、四世中村歌右衛門が演じて好評を博した、『桜《さくらさくら》 清水清玄《きよみずせいげん》』という旧作だった。

この作品は、二つの話から成り立っている。

一つは、タイトルにも窺えるように、桜姫と清水清玄の話である。清水寺の僧清玄が、美貌の桜姫に惚れて戒律を犯すが、恋はかなえられず、恨みを残して死んでしまう。

もう一つは、中世に成立した、俗に隅田川物と呼ばれる話。吉田家の梅若丸という幼児が、戦乱で行方不明になった親兄弟を尋ね歩いて、隅田川の河原で悲しい最期を遂げる。里人がその幼児を哀れみ、塚を築いて傍らに柳を植え、梅若寺を建立したという話である。この話には、後に、梅若丸は、信夫の藤太という人買いにかどわかされて殺されたという話が付け加わり、だんだん複雑になって行った。

四世歌右衛門という人は、上方・江戸の両歌舞伎に君臨した幕末の名優である。彼が、どんなに素晴らしい役者だったか。彼は、一八三六年（天保七）一月、大阪角の芝居で歌右衛門の名を継いだのだが、そのときの劇評『役者手柄競《やくしゃてがらくらべ》』の冒頭に記された賛辞が、すべてを言い尽くしている。

世話役がいう 当節大芝居の花形役者。素晴らしい男振りで、おまけに、善人・悪人・物堅い武士・勇ましい若者・女性・舞踊にいたるまで、兼ね備わった大役者歌右衛門はんでござります（上の巻、一九丁オモテ）。

地芸の幅が広いことはいうまでもないが、地芸だけではなく、歌右衛門は舞踊さえ、自家薬籠中のものとしていたのである。いまでもよく踊られる、主人にはぐれたお供の奴を描いた『供奴《ともやっこ》』は、その代表的な作品である。

次いで同書に記された、前年の正月、大阪角の芝居の初春興行、『けいせい入相桜《いりあいざくら》』の批評を瞥見しよう。ちょうど、右記の清玄・桜姫を扱った作品なので、『桜清水清玄』を理解するためにも、歌右衛門の清玄に、簡単に触れておく。

けいせい入相桜
（三世中村芝翫〔四世中村歌右衛門〕〔清玄〕天保6年1月，大阪角）

世話役がいう 去年の正月、角の芝居の初春興行、『けいせい入相桜』に清水清玄の役。**特等席の見物がいう** 清水寺の場、花道からの登場。品のええ坊さんぶりやった。**芝居好きがいう** その後、清玄と桜姫の二人が、道ならぬ仲になっとることが表沙汰になりそうになったとき、腰元妻木《つまぎ》に、道ならぬ恋の相手は、あの清玄さまどすといわれてびっくりする仕草はよろしおました。**見功者がいう**それから妻木が、人目をしのんで謎をかけるように、「道ならぬ恋の相手になってやってほしい」と頼むので、その忠義な心に打たれ、また、人の命に関わることでもあり、「人を助けるのは出家の役」と納得して、道ならぬ恋の相手になってやる場面、なかなか良うできました。**女性客がいう**見たこともあらへん人に、道ならぬ恋の男にさせられて、お師匠はんから勘当されはる場面、お芝居やとは、とても思われしまへなんだ。ほんまにいたわしいことどした。**芝居好きがいう**桜姫が、清水寺の舞台から飛ぶのを、花道で見ていて焦るところがよろしおました。**大衆席の見物がいう**気絶した桜姫をいろいろ介抱しているうちに、女が欲しゅうなり、息を吹き返して逃げ歩く姫を付け回して堕落するまで、申し分のない大出来大出来。それから下《しも》部《べ》淀平《よどへい》に滝壺にほり込まれるとこ、凄い凄い。**世話役がいう**その後、滝壺からずぶ濡れになって出て、まるで魂が抜けたように、桜姫、桜姫と呼びながら花道を入って行かはるまで、良かった良かった。**芝居好きがいう**墓場の場面、桜姫のことばかり思うて、恋わずらいでやつれ果て、墓場の番人に落ちぶれて、囲炉裏にあたり、姫の絵姿を見て、独り事をいうとるとこもええ。**大衆席の見物がいう**その後、棺桶の死人を改めようと、蓋を取ってなかを見ると、桜姫が入っとるさかいに、思いも寄らんことでびっくりする拍子に、桶から桜姫が転がり出るのをつかまえ、顔を良う見て、「やっぱりそうじゃ。桜姫どのじゃ、桜姫どのじゃ」というて喜ぶ仕草、良かった良かった。**芝居好きがいう**それから姫に、「どうか、わたしに抱かれて寝とおくなはれ」と頼むとこ、芝居とは思われしまへんでした。その後、淀平に殺されるまで、申し分なしゃ。大出来大出来。世話役がいうおしまいが『恋袂二人道成寺《わけふたつににんどうじょうじ》』の踊り、二世中村富十郎《なかむらとみじゅうろう》はんと二人でお務め。特等席の見物がいうこないな踊りになると、相手を務められる人がおらへん。親玉親玉ア。悪口屋がいう娘の姿は肥えすぎでちと不恰好やった。富十郎はんの方が、おっとりしてはって女の情が見えた。贔屓《ひいき》がいう扇を二本使うて踊るところは、お得意お得意（上の巻、一九丁オモテ～二〇丁ウラ）。

この評を見てもお分かりのように、僧清玄は、歌右衛門の当たり役だったのである。ところが、この清玄・桜姫という芝居は見せ場が少なく、一日の芝居をそれだけで持たせるには不向きな内容だったから、ほかの話と抱き合わせて、その都度、筋を作り直さねばならなかった。『桜清水清玄』の場合は、隅田川狂言の筋と抱き合わせにされたのである。

この芝居で、歌右衛門は、清水寺の住職清玄と、吉田家の下部淀平後に男伊達忍ぶの惣太、それに、後鳥羽院の亡霊の役を務めた。新七は、この狂言から、清玄・桜姫の件をカットし、隅田川の話を芯に据えて、骨組を作り直したのだった。

小団次は、男伊達忍ぶの惣太実は山田六郎、ほか、三役を務めたが、忍ぶの惣太が梅若を殺す場面で、問題が起こった。

それに関しては、いろいろな説が流布されているが、わたしは、小団次の養子初世市川左団次が、新七の口から直接聞いた話として紹介しているのがいちばん確かだと思っている。それは、雑誌『歌舞伎新報』に連載された「莚升訪問記《えんしょうほうもんき》」という記事に出てくる話である。ちなみに、「莚升」とは、左団次の俳号。

みんながよく知っている話ですが、『都鳥廓白浪』などでも、親父の性質がはっきり分かります。ずっと昔に、四世歌右衛門がやりました葱の惣太の梅若殺しの芝居が、どういうわけだか、親父の気に入りません。そこで、作者の新七師匠のところに使いをやって、来てもらって、「何か名案はないか」と、真剣に尋ねます。師匠もさすがに名人ですから、「なるほど、それはごもっとも」と、しきりに首をひねって考えます。師匠は、若い時から工夫が早い。すぐ新しい案を考え出して、「これではいかが」と、親父に見せるのですが、親父の気に入りません。「直しておくれ」と突き返すので、「さあ、例の癖が始まった」と、頭を抱えながら書き直します。「今度は、いかが」と尋ねて見ると、相変らず、首を横に。「ええ、コン畜生メ」と、むきになって、また、直します。ところが、駄目です。何度書き直しても結果は同じことなので、とうとう、師匠が腹を立てて、「そんなら、どういう風に書いたらいいか、貴方の方から注文してください。お好みに合わせて書きますから」と、鋭く突っ込みますと、「お前さん、冗談いっちゃあいけません。わたしに上手い工夫がつくものなら、別に作者なんか要らないはずです。馬鹿なことをいってないで、上手に作っておくんなさい」と、理の当然のことをいわれますので、「嫌な奴だ」と立腹しながら書き直します。「もうこれ以上は、何をいっても、知らないぞ。ぐずぐずぬかしたら、作者を止めりゃアいいんだ」と、十分に気力をこめました。すると、これがピッタリ。「素晴らしい名案だ。こういう上手いアイディアなら、立派に大入りにしてみせる」と、夢中になって師匠を褒めあげます。これが、そもそも、親父と師匠の気が合う始まりで、それからあとというものは、何かにつけて、仲がいい。以上は、師匠、生前の直話です。「『嫌な奴だ』と思ったときは、実に口惜しかった」と、たびたび笑いながら話してくれました（第一六五〇号、一二丁ウラ～一三丁オモテ）。

『都鳥廓白浪』との比較

話の問題点は、「ずっと昔に、四世歌右衛門がやりました惹の惣太の梅若殺しの芝居」を上演しようという興行師権之助の意向で、小団次もそれを承知したのだが、その歌右衛門が使った脚本の、「梅若殺しの場面が、どういうわけだか、親父の気に入らない」という点にあった。そして、「新七を呼んで、『何か名案はないか』と、真剣に尋ねた」のだった。それにたいして、「師匠もさすがに名人ですから、『なるほど、それはごもっとも』と、しきりに首をひねって考えます」。そして、試行錯誤を繰り返したすえに、「素晴らしい名案だ。こういう上手いアイディアなら、立派に大入りにしてみせる」と小団次を満足させるものに仕上げたのだった。

歌右衛門が演じた古い脚本に手を入れて、その「アイディア」を尊重しながら、小団次の表現力にピッタリあてはまるように書き直したのである。この「莚升訪問記」には、それ以外のことは記されていない。

問題は、歌右衛門のために書かれた鳥目の惣太が、梅若の口を手拭いでふさごうとして、目の見えぬ悲しさ、誤って梅若を殺してしまうという場面を、小団次の体に合うように書き直したという点にある。それは、小手先の部分修正ではなかったと思われる。

以下に、両方の脚本を並べ、それを読み比べながら、両者の違いを大雑把に書きとめておく。それでも、新七の脚色の特長は分かっていただけるだろう。

『桜清水清玄』と『都鳥廓白浪』とを読みくらべて、特に目を引かれる点が二つある。一つはセリフの扱い方の違いで、二つ目は、梅若を殺す惣太の描き方の違いである。

セリフの扱い方の違いとは、どういうことか。

『桜清水清玄』では、主人公の忍ぶの惣太が、独り言を長々としゃべる。その独り言の内容は、「二百両」という金がどうしても必要だということである。上段をみてほしい。

『都鳥廓白浪』

惣太　憂き世のなかとはいいながら、⑥今宵に迫る金の工面。いまだに何の当てもなく。

梅若　行き先しれぬ辛い旅、母にも供にもはぐれてしまい、訪ねる先も分からずに。

『桜清水清玄』

いま鳴る鐘は夜八時。明日になるのは、もう間もなく。「都鳥の印判」を買い取る期限は明日限り。

⑥ぜひともほしいその費用。

元はといえばこのわしは、吉田のお家の下

部淀平。金の工面の心労も、お家の宝の「都鳥」。それが紛失したために、

①人にかかる謀叛の冤罪。流罪となられたそのうえに、人手にかかりあえないご最期。姫君さまもご最期と、聞いてびっくり。このうえは、頼みとするのは双子の若君。

②幼いときに家出した、松若様も日陰の身。松若様にどうしても、「都鳥」を渡したさ。そのお行方を尋ねるうち、

③吉原廓で目に付いた、花子太夫が瓜二つ。もしものときはお身替りと、思えば相手の花子にも、どういうことか惚れられて、

④通うそのうち俄の病気。ソコヒにかかり、視力の衰え。

⑤人目を忍び、夜ごとに通う、それゆえあだなに「忍ぶの惣太」。

⑥忍ぶに忍べぬ今宵どたん場。どうか大枚二

惣太　苦労を重ね、心を砕き。

梅若　さ迷い歩くも①父上の、ご最期のため、便りもなく、

惣太　道具屋小兵衛が所持する品、なんとかこれを買い求め、不忠のお詫びの種にもと、思いはすれどうまくは行かず、

梅若　これにつけても兄上が、居てくださればわたくしの、頼りになってもらえるのに。

惣太　お別れ申したそのときは、②まだご幼少の若君さま。

梅若　家出なさってお行方しれず。

惣太　いまは謀叛の片割れと。

梅若　人相書きで厳しい追及。

惣太　お身にわざわいかからぬようにと、思う一方③吉原で、たまたま会った花子の顔。松若さまに生き写し、もしもの

百両、なんとか工面できまいか。

梅若　ときはお身替りと、④通うそのうちこの眼病。
惣太　わたしが御殿にいたときは、
梅若　雨の降る日も雪の夜も。
惣太　乳母やお守りに付き添われ、襖風《ふすまかぜ》さえ避けたのに、
惣太　⑤忍んで通えばあだなささえ、「忍ぶの惣太」と付けられて、
梅若　宿にも迷うこの身のはかなさ。
惣太　⑥忍ぶに忍べぬ金の工面。
梅若　神や仏のお助けあれば、
惣太　なければならぬ大事の宝。
梅若　頼みに思う家来の居場所。
惣太　どうか、この手に入るよう。
梅若　今宵に迫る。
惣太　身の難儀、はて、どうしたら、
両人　いいのだろう。

上段の惣太の独りゼリフを、下段に見られるように、新七は、惣太と、惣太に殺される梅若丸――松若丸の弟――との、二人の心情告白という形に作り変えたのである。

①から⑥まで。番号を打ったのは、両脚本に共通する内容のセリフである。言い換えれば、『桜清水清玄』では独り言による惣太の心情告白が、そして、『都鳥廓白浪』では、惣太と惣太に殺される梅若丸との、二人別々の心情告白が、最後の、「梅若 今宵に迫る／惣太 身の難儀、はて、どうしたら／両人 いいのだろう」と、「差し迫った身の難儀を処理する手立てに苦しんでいる」という二人に共通する悩みが、最後になって一つに溶け合わされ、クローズ・アップされるという形に変えてしまったのだ。それは、たんにしゃべり手を一人から二人に分けたというだけのことではない。

『桜清水清玄』における、惣太の述懐は、「『都鳥の印判』を買い取る期限は明日限り」という男伊達忍ぶの惣太こと吉田の下部淀平の、差し迫った状況と、その状況を切り抜ける目処が立たない困惑のつぶやきから始まっている。

両作品に共通する、①から⑥まで、番号を打った箇所の源は、いうまでもなく、『桜清水清玄』である。

①は、「主人は謀叛の疑いを受け、流罪のすえ、殺された」。

②は、「松若丸は幼少時に家出して、行方もしれない日陰の身」。

③は、「吉原で見かけた花子太夫が、松若丸に生き写し。万一の場合は、松若丸の身替りにしようと、花子太夫に近付いた」。

④は、「吉原通いを続けるうちに、自分はソコヒとなってしまい、視力の衰えが著しい」。
⑤は、「忍んで通う」ところから、「忍ぶの惣太」とあだなされた。
⑥は、しかし、「忍ぶ」とは名ばかりで、「忍ぶに忍べないのが、今宵のどたん場。なんとか二百両の工面ができないだろうか」。

『桜清水清玄』では、「『都鳥の印判』を買い取る期限は明日限り、ぜひともほしいその費用」および「今宵どたん場。どうか大枚二百両、なんとか工面できまいか」と、前後に分割された惣太の苦悩の告白を、『都鳥廓白浪』では、冒頭の惣太のセリフとして、しかも、「憂き世のなかとはいいながら、⑥今宵に迫る金の工面。いまだに何の当てもなく」と、状況の全体を言いきった形で提示するが、その切迫した状況が、以下の梅若丸とセリフを交わしているうちに、惣太一人の問題ではなく、梅若丸の置かれた状況でもあるということが、効果的に訴えかけられる。さらに『都鳥廓白浪』では、その苦悩は、最後には、

惣太　忍ぶに忍べぬ金の工面〽梅若　神や仏のお助けあれば〽惣太　なければならぬ大事の宝〽梅若　頼みに思う家来の居場所〽惣太　どうか、この手に入るよう〽梅若　今宵に迫る〽惣太　身の難儀、はて、どうしたら〽両人　いいのだろう

と、惣太は「都鳥の印と金の工面」に苦しみ、梅若丸は「訪ねるべき家来の居場所が分からず、行き

くれて」悩んでいるという、それぞれの相異なる苦悩の状況が、縄を綯うように綯い合わされて、最後に「今宵に迫る〓身の難儀、はて、どうしたら〓いいのだろう」と、一つの大きな苦悩にまとめあげられる。

これは、二人の置かれた状況を一挙に表現し、二人の苦悩が結局は究極の一つの苦悩に収まることを示す、たいそう巧みな遣り方である。

『桜清水清玄』における惣太の独り言は、役の心のなかで生まれて、心のなかで終わる心情の告白だった。それにたいして、『都鳥廓白浪』の縄綯《なわな》い風の告白は、二人の心情の吐露が、結局は単一な結論に達すること、つまり、それぞれの心のなかの争いが、二人に共通する心の争いであることを明らかにし、いままでは赤の他人でしかなかった二人の間に、深い人間的関係が潜んでいたことを明示するのである。そして、二人に共通する当面の問題は、「二百両」という大金の有無と、それが誰の所に行き着くかということだと、明確に指摘するのである。

独り言の場合は、そこに表わされた意思表示によって、惣太が一方的に行動へと駆り立てられて行く印象を与えるが、反対に、縄綯い風の告白の場合は、その告白以後の行動が、二人の、宿命的としかいいようのない人間関係によって惹き起こされるということを、強く印象づける。

「二百両」が原因で、梅若丸は惣太に殺されることとなる。その殺人にいたるプロセスが、『桜清水清玄』と『都鳥廓白浪』とでは、根本的に違っている。

まず、『桜清水清玄』の場合から。

惣太は、梅若丸が金を持っていることを知って、「切り取りするのも武士の習慣」と強盗殺人を決心するまで、たいへん短絡的で、「切り取りする」と腹を決めた以上、目標に向かって脇目もふらずに走り出す。そこには、惣太の強引さ、あるいは、単純さが窺われる。惣太は、そう決心したうえで、「金を貸してくれ」と頼み、あとで返すつもりで、梅若丸に母親の名を尋ねる。そして、「慈悲じゃ、情じゃ」と梅若丸に訴えかけるが、それが駄目だと分かったとたんに、「ご主人のためにはやむを得ない」と、当初の決心を実行に移すのである。もっとも、惣太にしても、梅若を殺すことが目的ではない。惣太は、梅若の命をとらぬようにと配慮する。そのために、騒がれては困るので、手拭で梅若の口をふさごうとするのだが、その手拭が間違って、口ではなく、喉元を締める結果におちいってしまう。でも、ソコヒの惣太にはそれが分からない。彼は、てっきり口をふさいだものと信じ込んで、梅若の喉を、力任せに締めてしまうのだ。梅若は絶命する。

次いで惣太は、梅若丸があばれないように、下げ緒《さお》（刀の鞘を帯に止めるための紐）で縛ろうとして、梅若の様子がおかしいのに気付き、その体を撫で回して「コリャ死んだ」と驚き、「殺すのも因果のため、殺されたのも因果のためと思って許してくれ」と、許しを請う。けれども、一時の驚きから自分を取りもどした惣太は、あくまでも冷静に、死体を探って二百両の金と巻物一巻を奪い、「この巻物で死んだ子の素性が分れば、身寄りの人に、金をもどしたうえで、存分に処罰してもらおう」（『桜清水清玄』、五二丁オモテ）と、念仏を唱えて、死体を隠すのだが、「南無阿弥陀仏、南無阿弥陀仏。人が来ないうちに」と、手探りで死体を隠すついでに、あちこちを触り、自分の下駄と傘とを探すのである。『都鳥廓白浪』に比べれば、そのお念仏や言訳は、たいそうゾンザイに思える。ちなみに、『都鳥廓白浪』では、同じ場面を、「殺すのも因果のため、殺されるのも因果のためと思って、旅のお子、許して下さい、許して下さい」（『黙阿弥全集』第二巻、二三頁）と、身をかきむしって悔むが、いくら蘇生を祈っても、梅若の命は二度ともどってこない。

「『せめて人目にかからぬうちに、この亡骸を水葬して。そうだそうだ。南無阿弥陀仏、南無阿弥陀仏』と、惣太は、手探りで、後ろの土手から隅田川に死体を流して回向する」（前掲書）。

『桜清水清玄』における、殺した梅若にたいする惣太の態度の描き方の違いは、惣太の人間像の作り方の違いによるところすこぶる大きいが、それだけではなく、梅若丸に扮した役者のレベルの違いにも、原因の一端があるように思われる。

『桜清水清玄』で梅若丸を演じた中村仲治《なかむらなかじ》は、そのときの批評の対象として扱われていないのはもとより、批評の書に、名前さえ載せられていない。仲治はそれほど、話題性に乏しい、マイナーな子役だったのだと思われる。

それにたいして、『都鳥廓白浪』で梅若を演じたのは沢村由次郎《さわむらよしじろう》という役者で、後に三世沢村田之助《たのすけ》と改名して名女方の名をほしいままにする、麒麟児とうたわれた子役だった。そういう子役だったから、小団次と対等にセリフが言えたのだと思われるし、ただ一方的に殺されてしまうばかりではなくて、〽断りきれないその頼み、イヤといわれずうろうろと、波にただよう小舟のように」と語られる義太夫節の調子や三味線のリズムに演技を合わせ、「お前よりわしが頼む、これだけは許して下さい」と、惣太の相手役として、立派に対話を成り立たせることができたのだった。そして、その見事な殺され方――受け身の演技によって、惣太の梅若殺しのドラマを、より生き生きと浮き上がらせることができたのだ。

『桜清水清玄』では惣太の独り言として扱われたセリフを、新七は、惣太と梅若丸の縄綯い風のセリフとして処理し直した。そうすることによって、『桜清水清玄』の、一方的に行動する短絡的な惣太像を、梅若丸との人間的な関係のなかで行動する悲劇的人物に作り変えたのである。

歌右衛門が得意とした図太い惣太像は、小団次の表現能力にぴったりの、人情味の豊かな惣太像としてよみがえった。小団次の喜びや思うべし、である。それとともに、新七の狂言作りの技量のすばらしさを、小団次は強く信頼するにいたったのだ。

その意味で、幕末の江戸歌舞伎を飾る新七・小団次コンビの誕生の切っ掛けとなった『都鳥廓白浪』は、江戸歌舞伎の歴史のうえで、忘れることのできない作品となった。

しかし、ここで、一言、断っておかなければならないのは、この輝かしい『都鳥廓白浪』を、新七自身は、〈自作〉として認知していないという事実である。だが、それについて説く前に、「チョボ」の話をしておかなければならない。

新七は、『都鳥廓白浪』を書くに当って、チョボを使った。

3 チョボ

チョボとは何か

チョボとは、義太夫節浄瑠璃という叙事音楽の一派で、人形芝居から借りた脚本や、また、その脚本の形式にならって作られた歌舞伎の脚本を上演するために用いられる語り物をいい、歌舞伎で育てられた特種な音楽である。

人形芝居の語り手＝太夫たちは、脚本を最初から最後まで、全部、自分で語るが、歌舞伎の上演にたずさわる語り手たちは、脚本を一人で全部語ることはなく、「ここは、役者がセリフとしてしゃべるところ」、「ここは、語り手が語るところ」という風に、いわば、脚本を、役者と分け持って語るのである。そこで、役者の領分にうっかり侵入しないよう、水色や薄桃色の小さな紙片を、語り出し、語り終わるところに貼って、自分の語る箇所の目印にしていた。その小紙片が、まるで「点」のように見えるので、それを「点《ちょぼ》」といった。そして、そのような本を使って語る義太夫節を「チョボ」と呼びならわすようになったのである。

チョボを語る語り手＝太夫《たゆう》は、役者の演技を背後から支える役割をになっており、人形芝居の太夫のように、自分の語りの芸術的価値を、直接、見物に訴えることはできない。

人形芝居の太夫たちは、そのような歌舞伎独自の義太夫節の太夫たちを卑しんで、というか、自分たちは高級な太夫なのだと偉ぶって、チョボ語りの太夫を卑しめ、差別した。そして、自分たちの名前につける「太夫」という字を書くに当たって、「わしらはチョボやあらへん」と、「太夫」の「太」の字から、「、《ちょぼ》」を省き、「大」の字に替えて、「大夫」と書くようになった。

チョボの太夫の方でも、人形芝居の語り手に劣等感を覚えて、チョボといわれたくない、チョボは差別用語だと主張し、「竹本」と呼ばれて喜んでいる。義太夫節の創始者初代義太夫の姓が「竹本」、その活躍した劇場が「竹本座」だったところから付けられた呼び名だろうが、歌舞伎で使われる音楽は、「常磐津節《ときわづぶし》→常磐津」とか「清元節《きよもとぶし》→清元」などと、どれもこれも「○○節」の「○○」をとって呼びならわしているので、「竹本節」という音楽があるわけではなし、何とも落ち着きの悪い妙な呼称だと思われる。

新七は、『都鳥廓白浪』に、そのチョボを用いた。

音楽という、聞き手の感覚を刺激する表現方法を用いて、第三者が客観的に、そして、情緒たっぷりに語る人物の行動や心情。それに支えられて、役者が、人物の行動や心の綾をきめ細かく表現する。それが、チョボの効用である。

余談になるが、歌舞伎の演技表現の一種に、「ポテチン」と呼ばれる方法がある。「ポテチン」とは、本来、義太夫節の三味線の演奏法で、「三本の絃を、トン・テン・チンと弾いたとたんに余韻を消してはなやかに聞かせる手法」(吉永孝雄―『演劇百科大事典』第五巻、一八七～一八八頁)をいうのだが、その「ポテチン」のリズムに乗って、華やかな演技を繰り広げ、たっぷりと感情表現を見せる遣り方をいうのである。演じる役者も気持ちよさそうだが、見る見物も舞台に引き込まれて、感情をたかぶらせる。役の気持ちと見物の気持ちとが通じ合える、まことに効果的な表現方法である。もし、歌舞伎にチョボがなかったら、気持ちを通い合わせるこのような表現など、まったく成り立たなかったに違いない。「臭い遣り方だ」といって「ポテチン」を嫌う役者もいるが、「ポテチン」をやると、異人さんでさえ拍手で沸くほどだから、その効用には大なるものがある。「チョボさまさま」である。

生まれは江戸であったが、子供の頃から上方で育ち、上方役者として成長し、上方の芝居に習熟していた小団次である。チョボの効果を知り尽くし、チョボに支えられて芝居をすることに慣れきっていた小団次である。あるいは、ポテチンのリズムに乗って、見物をワクワクさせ、見物に涙をしぼらせる術を心得ていたかもしれない。その小団次の表現力を一〇〇パーセント引き出すために、新七は、迷うことなくチョボを使ったのだ。言い換えれば、新七は、チョボを入れて、『桜清水清玄』を『都鳥廓白浪』に変えたのであった。

もっとも、チョボを使ったのは、新七の創意工夫ではない。すなわち、新七は、小団次が一八五一年（嘉永四）八月、中村座で演じて大当りをとった芝居、三世瀬川如皐が、『東山桜荘子』で使った手法を真似たのである。

三世瀬川如皐。ひょっとすると、河竹新七の替りに、晋輔が継いでいたかも知れぬ筆名である。郡司正勝が『かぶきの発想』のなかで紹介した、『三瀬川《みつせがわ》の水名基《みなもと》／吾身《わがみ》の懺悔《ざんげ》』という如皐の自伝に即して、彼の生い立ちを略記しておく。

彼は呉服店の支配人をしていた父のもとに生まれ、幼名を吉太郎《きちたろう》といったが、幼いときに、葉茶屋《はちゃや》の家に養子にやられた。養父は、彼に読み書き十露盤を覚えさせ、また、倫理・道徳の勉強もさせて、一人前の商人に育てようとしたが、彼は、「少しでも時間があれば劇場に立ち入り、時としては、両国の寄席に出かけて落語を聞き覚え、小説を愛読して、なんとか文筆で身を立てたいと思った」。しかし、所詮叶わぬことと思い止まり、養父の主家《しゅうか》に丁稚奉公にあがった。その後、大人になって、呉服の行商で生計を立てたが、芝居好きはつのるばかり。

養父は、四世鶴屋南北父子と親交があり、吉太郎自身、六、七歳のころ、養家を訪れた南北に会ったこともあった。南北の没後、彼は、孫の五世孫太郎南北にめぐりあい、商売のかたわら、南北の仕事を手伝い、芝居の世界に入り込んで、一八三七、八年（天保八、九）ごろ、「絞《しぼ》りの吉平《きちへい》」という筆名をもらったときは、鬼の首を取ったような喜び。もともと乏しい財産を、見事に傾けてしまった。それでも、両親のいる間は、細々と呉服の商いをしていたが、両親の死後は、「これでよし」と、芝居の世界に身を投じ、五世南北に導かれ、姥尉輔《うばじょうすけ》と改名して狂言作者の列に加わった。一八四二年（天保一三）三月のことという。

その後、四世中村歌右衛門に引き立てられ、一八四四（天保一五）十一月、中村座で、歌右衛門の幼名藤間吉治郎《ふじまきちじろう》の名を取って、藤本吉兵衛《ふじもときちべえ》と改名。翌々四六年十一月には、首席作者に昇進したが、「押しの強さで、なんとかやってのけはしたものの、名ばかりの首席作者」。一八五〇年（嘉永三）十一月の中村座で、三世桜田治助に勧められて、瀬川如皐の名を継ぎ、三世如皐と名乗った。

如皐となった翌五一年の八月、彼は、同じく中村座に所属する市川小団次のために、『東山桜荘子』を書く。下総国《しもうさのくに》（千葉県）佐倉《さくら》領印旛《いんば》郡公津《こうづ》村の名主木内惣五郎《きうちそうごろう》（宗五郎・宗五）が、領主堀田正信《ほったまさのぶ》の苛斂誅求《かれんちゅうきゅう》に悩む村民のために、江戸に出て将軍に直訴し、捕えられ、妻子ともども、死刑に処せられ、のち、神に祭られた。一六五〇年ごろ（承応年間）のことという。この、俗に『佐倉義民伝』と呼ばれる稗史・伝説を脚色したのが、『東山桜荘子』で、世直しの民衆運動を扱った脚本は、それ以前にも以後にもなく、たいへん貴重な作品として評価されている。

大々当たりの『東山桜荘子』

『東山桜荘子』は大成功だった。『藤岡屋《ふじおかや》日記』という面白い本がある。徳川時代末期の、江戸の世事・世相を知るのにたいそう役立つ本である。藤岡屋由蔵《よしぞう》という本屋が、江戸のお成道《なりみち》——神田から上野へと通ずる道。将軍が上野の寛永寺にご参詣になるときに通られる道——の入り口の賑やかな広場に莚を敷いて、古本を並べて商うかたわら、素麺《そうめん》の箱を机にして、一日中、江戸の世事を安物の黄半紙《きばんし》に書き付けていた記録である。それには、「脚本はそれほど面白くないが、大評判大当たりで、押すな押すなの大見物。まして、千葉県の百姓は、まるでお伊勢神宮へのお蔭参《かげまい》りのように、農作業の最中でも、惣五郎の芝居を見て来た話を聞いたとたんに、鍬をホッポリ出して駆け出す。途中、宿屋でも茶屋でも、新しい芝居の話で持ち切り。実直な堅物《かたぶつ》で家にばかりいて、この芝居を見ない人は、仲間はずれにされ、付き合いもしてもらえなくなる」（第四巻、四三七頁）と記されている。

上総《かずさ》・下総《しもうさ》（千葉県）の地元意識を背景とした人気の沸騰である。主役の当吾（宗吾）を演じた小団次の評判は上々だった。『続歌舞妓年代記』には、「佐倉宗吾物語を脚色し、古今の大出来。瀬川如皐の手柄である。小団次、大いに評よく、これよりますます評判よし」（六〇三頁）と、如皐・小団次のコンビを褒め称えている。

なかでも、三幕目の、「当吾宅、雪の別れ、愁いの場」、小団次の当吾と二世尾上菊次郎《おのえきくじろう》の女房おみねとの別れ、当吾と三人の子供たちとの別離は、ことに「大々当たり《だいだい》」（六〇三頁）であった。役者たちの好演の結果である。しかし、その好演を引き出した秘密は、如皐が用意したチョボの語りにあった。たとえば、夫婦別離の場面。

みね　そんなら、とうとう身を捨てて、願いをかなえるお心か。
当吾　そうとも。賤しい農夫の身分のわしが、いくら願いのためとはいえ、高貴なお方に近付けば、掟を犯す大罪人。たとい願いがかなうとも、この身は重い科《とが》を受け、
〽《チョボ》身は極刑に処せられて、塩漬けにされるも覚悟のうえ、あとに残る妻や子に、罪の傍杖《そばづえ》受けさせず、苦しませせぬための離縁状、憎いと思うて渡しはせぬぞ。
〽《チョボ》といえば、女房は恨み泣き。
みね　そりゃ、恨めしい、こちの人。それ程のこと始めから、どうして隠してくださった。わたしに苦労させまいとは、思い遣りもすぎました。あなたはこの国だけでなく、隣りの国まで

御支配の、領地に住まう数万人《すまんにん》、助けてやろうとこのたびの、身を生贄のお訴え。わたしもあなたにあの世まで、ともに連れ添う身であれば、通い合わせる縁と縁、夫が罪を受けるなら、女房のわたしももろともに。

〽捕縛《チョボ》の恥もいといはせぬ。

けれども幼い子供らが、うちのぢいさまととさまは、いつお戻りか本当に、どうぞ教えてくださいと、いわれるわたしの心のなか、ひとしお子供がいじらしく、だましすかして、やっとのこと、寝かせ、わたしも寝たけれど、寝た間も忘れぬあなたの運命。

〽露《チョボ》と消え行く我が命、覚悟は疾うにきめている。

たとい地獄の底までも、放れたくないわたしの心。それが夫婦じゃないかいなあ。

〽操《チョボ》正しいこの一言、下賤のものには惜しい女房、何を思ったか去り状を、夫はずたずたに引き裂いて、
ト、おみねの言葉を受け止め、当吾、その離縁状をとりあげて、ずたずたに引き裂いて、
おみねに見せる。

当　吾　それなら、夫婦の縁を、どこまでも。

縁の切れないしるしには、まず、このように。
ト、離縁状を囲炉裏に投げ込む。パッと炎が立つ（四二丁オモテ～四三丁オモテ）。
み　ね　あなた。

当吾　むなしい夫婦の、

両人　運命だなあ。

〽《チョボ》たがいに手と手、取り合って、不忠不孝のその罪が、この身にめぐってきたのかと、涙を雨と流しつつ、泣く声、袖で押し隠す。その悲しみももっともと、思いやられて哀れなり。

ト、おみね・当吾両人、愁いの表現を見せ、涙を流す。

〽《チョボ》その時、虫がしらせたか。乳をもとめる幼子を抱いた長男藤太郎《とうたろう》、一緒に国松《くにまつ》走り出て。

ト、このチョボの内に、笛で赤子の泣き声を聞かせ、藤太郎が赤ん坊を抱き、そのあとから、弟国松も一緒に走り出て、

藤太郎　もし母《かか》さま、何だか、三之助《さんのすけ》が大層怖がって泣きます。

みね　血のつながりは隠せない。これが父との生き別れ、幼心に虫のしらせ。さあさあ、ここへお出で。

〽《チョボ》乳房ふくます幼子を、目にしたとたんにこらえなく、かけ出る当吾。

ト、当吾こらえきれなくなって、走り出る。藤太郎・国松、当吾にすがり付いて、

〽《チョボ》二人の子供は取りすがる。それをなだめて別れを告げる。

ト、語りを助ける三味線が、「子守り」の曲をあしらう。

藤太郎　コレ、父《とと》さま、どうしても都にお行きになるのですか。できることなら、いつまでもここにいてくださいな。

国　松　モウ、どこにも行かないでくださいな。

二　人　コレ、父さまや（『早稲田大学蔵資料影印叢書　国書篇』第一三巻、五五七〜五六〇頁）。

将軍への直訴という大事を前にして、当吾の女房子に対する愛は、累《るい》が彼らにおよぼさぬようにとの配慮から、女房に離縁状を渡すにいたる。しかし、「夫婦の愛はあの世まで」と心に誓っているおみねは、離縁状を受け取らない。それだけではない。「わたしもあなたにあの世まで、ともに連れ添う身であれば、通い合わせる縁と縁、夫が罪を受けるなら、女房のわたしももろともに」と、捕縛の恥もいとわずに、罪を一緒に引き受けようと、けなげな覚悟を打明ける。愛の絆の確かさを強く誓い合い、夫婦生き別れの状況を悲しむ。子供たちは子供たちで、これが、父親との生き別れと直感し、別離の運命を受け入れようとはしない。

このような烈しい心の動き、コトバでは言い尽くせぬ感情のやり取りを、哀切に満ちたチョボの語りと旋律に乗って、全身的に表現して行く。見物も、その舞台に引き込まれ、ともに悲しみ、ともに涙する。「大々当たり」を生み出す原因がそこにあった。

新七は、新たに相方となった小団次との連携を有効にするための方法として、小団次の力量を生かし切った如皐の脚本作法を取り入れ、重要な場面にはチョボの助けをかりて、有効な表現を現出させたのであった。

『都鳥廓白浪』の、梅若殺しの一節。

惣　太　やあ、これ旅のお子、これはまあ。旅のお子やあい。ええ、もう死んだか情けない。声、出さすまいと猿轡、それがはずれてあなたの喉に、手探りするも見えぬゆえ、道に背いたことだけど、あなたのお蔭で手に入る宝。松若様のお行方たずね、お渡しすれば、いま盗った、金を調えその金を、あなたの身寄りにお返しし、それから突くなり切るなりと、思い通りにわしはなる。殺すわしも因果ゆえ、殺されるあなたも因果ゆえ、そう思うてくだされや、これ旅のお子。

〽《チョボ》許してください、許してと、身を掻きむしり悔んでも、いくら呼んでも魂は、もはや返らぬ子の命、

せめて人目にかからぬうちに、この亡骸《なきがら》を水葬に。そうだそうだ。

〽《チョボ》目は見えないが手探りで、亡骸流す隅田川、水に流れるその哀れ、そこに生い立つ青柳が、印となって後の世に、残るは噂ばかりなり。

南無阿弥陀仏々々（『黙阿弥全集』第二巻、二二一〜二二三頁）。

『江戸歌舞伎の残照』（二〇〇四年九月、文芸社刊）という、黙阿弥研究の素晴らしい成果を世に問う

た吉田弥生は、「三世瀬川如皐は、黙阿弥の歌舞伎史における位置づけとその作劇法の創成に深く関わる作者であった。黙阿弥は、同門三世瀬川如皐の繁栄に執着し、成功の秘訣を研究して自作に取り入れ、かつて如皐が提携した小団次を手に入れると小団次の仁にあわせて書き、成功した」（四三頁）と記している。広汎な視野と深い洞察に支えられた見事な見解である。

新七は、このあとも、如皐への関心を深め、一八六一年（文久一）八月、『東山桜荘子』を補って、『桜荘子《さくらそうし》後日文談《ごにちぶんだん》』を書いた。それだけではない。かつて、春日八郎が、〽粋な黒塀　見越しの松に／仇な姿の　洗い髪／死んだ筈だよ　お富さん／生きていたとは　お釈迦さまでも／知らぬ仏の　お

与話情浮名横櫛
（八世市川団十郎〔伊豆屋与三郎〕嘉永６年１月，中村座）

富さん／エーサオー　玄冶店《げんやだな》」と歌って人口に膾炙《かいしゃ》したお富《とみ》・与三郎《よさぶろう》のドラマ『切られ与三郎』（正式名称『与《よ》話《わ》情《なさけ》浮名横櫛《うきなのよこぐし》』）は、『東山桜荘子』と並ぶ如皐の代表作であるが、新七は、これにも深い関心を寄せて、その書き直し『縮屋新助《ちぢみやしんすけ》』（『八幡祭《はちまんまつり》小望月《よみや》賑《のにぎわい》』）を世に問うたのをはじめ、お富と与三郎の立場を逆にして『切られお富』（『処女翫浮名横櫛《むすめごのみうきなのよこぐし》』）を書き、また、そのお富を明治の女に替えて、『散切《ざんぎり》お富』（『月宴升毬栗《つきのえんますのいがぐり》』）を書いたのであった。

第四章　作者と作品

1　食い違う作品の記録

河竹新七作ないし河竹黙阿弥作といわれている作品の範囲も数も、新七（黙阿弥）の生前と没後とでは食い違っている。原因は、創作に関する新七自身の理解と、後継者のそれとが食い違っていたからであろう。

『著作大概』

筆者が、新七ないし黙阿弥の作品に関する最も基本的な資料と見なしているのは、本人が生前に記した『著作大概《ちょさくたいがい》』という覚え書きである。彼は、一八九三年（明治二六）一月に西方浄土に赴くが、その数ヶ月ほど前、一八九二年十月一日の夜に筆を擱《お》いた手記である。

この『著作大概』は、黙阿弥が一種の自伝資料のつもりで、自己の生涯を振り返りつつ、自分の書いた脚本について、一作一作、自作として認知すべきか否かを確かめ、上演時の客入りの善悪を回想しながらしたためた雑録と推察される。でなければ、『早稲田文学』所載「古河黙阿弥伝」には『著作大概』と同じ文章が見受けられるので、関根只誠に送った自伝の覚え書きの草稿から、作品だけを抜き出したものかとも考えられる。

しかし、そのような黙阿弥自身の検討とは違う見地から、恐らくは身内の者――黙阿弥の娘や高弟――の選定した目録が、黙阿弥の死後間もなく発行された『歌舞伎新報』第一四四一～四九号連載の作品一覧である。そこに挙げられた作品数は、舞踊曲を除いて一八七篇。それにたいして、『著作大概』で認知された作品は、舞踊曲を含めて一一九篇。

「身びいき」という言葉があるが、この作品数の差を生み出したのは、おそらく、「身びいき」のなすところだったろうと察せられる。つまり、「身びいき」のあまり、その脚本作りに「新七＝黙阿弥」が一枚噛んでいたことを理由に、本来は、「新七＝黙阿弥作」とすべきではないものまでも、すべて「新七＝黙阿弥作」としてしまったからではなかろうか。それにたいして、『著作大概』の場合は、黙阿弥がみずから、「自作」か否かを決定するための前提条件を、はっきり踏まえてチェックしていたのだと考えて良い。

作者を見きわめる物差し

いったい、ある脚本が誰の作かということを、どうすれば見きわめられるのか。

先に（第一章）引用した『狂言作者心得書』には、「首席作者」の仕事の範囲について、「首席作者は、脚本の大枠となる物語を選び、それに基づいて全体の筋《ストーリー》を作り、各場面の粗筋《あらすじ》を書き、次席・第三席の作者に、それぞれが得意とする場面を渡し、脚本に仕立てさせ、下書きができたら、それを手直しして清書させ、でき上がったものを正規の脚本とする」とあった。

要するに、その作品の作者が誰かを決める物差しは、事、江戸歌舞伎に関する限り、「全体の筋を作ったのは誰か」にあったのだ。

『都鳥廓白浪』は新七にとって思い出深い作品ではあったが、『桜清水清玄』に手を入れたものにすぎなかったから、「全体の筋を作った」のは新七ではなく、元の『桜清水清玄』の作者、つまり、二世勝俵蔵ということになるのである。

俵蔵は、一八三〇年（文政一三、暮に天保と改元）、父四世鶴屋南北から譲られた中村座首席作者の地位にあって、三月には四世中村歌右衛門のために『桜清水清玄』を書き、六月には、日蓮上人の活躍と怪談とを組み合わせた芝居を書いて大当たりを記録するなど、充実した一年をすごしたが、十一月の顔見世に坂田金時や渡辺綱の活躍する芝居を書いたのを最後に、改元のお達しがあって間もない十二月十七日、五十歳で死去。首席作者として狂言を書いたのはたった一年。薄幸の作者といえるだろう。

『桜清水清玄』は、したがって、俵蔵の数少ない作品の一つなのである。默阿弥が、『都鳥廓白浪』を自作と認知しなかった根本は、その筋を立てたのが自分ではないという明確な認識があったからだろうが、心の奥底には、師の義父であり、薄幸の首席作者だった俵蔵を悼む気持ちがあったのかもしれない。

首席作者の権利・義務とは、「筋を立てること」にほかならない。だから、筋を立てる力のない人は、どんなに古参の作者でも、首席の地位に就くことはできないのである。繰り返していっておく。「ある作品の作者を決定するには、その作品の筋を立てた人が誰かを見極めれば良い」ということを。

興味深い記事がある。三木竹二《みきたけじ》の「三世新七氏の談話と著作と」という記事である。三世河竹新七という作者は、二世新七＝黙阿弥の高弟で、前名を竹柴金作《たけしばきんさく》といった人。二世新七は、黙阿弥と改名するとともに、名前と住居を金作に譲ったのだった。一八七二年（明治五）、彼は市村座で首席作者になり、三世新七を継いだあとも、市村座や歌舞伎座などで、首席作者として活躍した。その新七の言として、

氏は、師匠が盗賊を活躍させてばかりいる泥棒作者だといわれたのが嫌で、なるべく品のいい作品を作ろうと心掛けていました。彼の著作は、かつて、師匠の「脚本題名目録」を印刷したときに、それと一緒に刷ったパンフレットに載せてあります。師匠の目録中、「二世新七作」となっているもののなかには、実は、三世新七が、ほぼその全体を書いたものが四種類あります。それらは、「師の作を出来るだけたくさん後世に残したいと思って、師の作に加えておいたのです」と彼はいいました（第一次『歌舞伎』第九号、四二頁）。

とあって、

『蝶千鳥曽我実伝《ちょうちどりそがのじつでん》』（曾我兄弟の仇討）　二世の署名がありますが、実は、三世新七の作だといいます。一八七四年（明治七）三月、村山座《むらやまざ》上演。
『実成秋清正伝記《みのりのあきせいしょうでんき》』（加藤清正）同上。一八七五年（明治八）十月、新堀《しんぼり》・中村《なかむら》両座合併興行上演。
『早苗鳥伊達聞書《ほととぎすだてのききがき》』（伊達騒動）同上。一八七六年（明治九）六月、新富座《しんとみざ》上演。
『黒白論織分博多《こくびゃくろんおりわけはかた》』（黒田騒動）同上。一八八二年（明治一五）十一月、新富座上演。

の四作が挙げられている。

このうち、『蝶千鳥』と『早苗鳥』の二作は、ともに、『著作大概』に「自作」として記録されている作品である。「村山座、曽我の実伝、大入り」、「新富座、伊達聞書、大入り」とあるのがそれであるが、なぜこのような食い違いが出てきたのだろうか。恐らく、「筋を立てること」についての理解の違いによるものと察せられる。

筋を立てたのは誰か。一目瞭然の場合もあるが、かなり複雑な経緯を経て成り立ったものもあるらしい。『蝶千鳥』と『早苗鳥』の場合をも含めて、そこらあたりの事情の一端を明らかにしたものに、この記事の続編がある。それは、新七（黙阿弥）の俳名「其水《きすい》」を譲られたもう一人の高弟竹柴進三《たけしばしんぞう》が、三木竹二に宛てた書簡である。ちなみに、三木竹二とは、森鷗外の弟で、近代歌舞伎批評の基礎を築き、方向を定めたたいへん優れた批評家、そして、この本でよく引用している第一次『歌舞伎』の編集者として活躍した人。

●清正誠忠録《きよまさせいちゅうろく》（毒饅頭《どくまんじゅう》の清正）　これは、河原崎座に九世団十郎が出勤した際、師匠が筋を立てようとされたときに、体調をお崩しになり、余儀なく、門弟の竹柴金作に筋を立てさせたので、金作の作ということになさったのです。

●筑紫講談浪白縫《つくしこうだんなみのしらぬい》（黒田騒動）　これは、新富座で、師匠が筋書を作られ、金作・進三・寿作《じゅさく》・栄治《えいじ》たちに原稿を渡して脚色させたものです。その折、師匠は眼病に罹られたので、金作が師匠に代わって一部に目を通し、直すところは直しました。ですから、金作の作とはいえないので、筋を出した師匠の作なのです。菊五郎や左団次が証人です。

◎蝶千鳥曽我実伝と早苗鳥伊達聞書も、同様の手続きで出来たものです。

●上州織侠客大縞《じょうしゅうおりたてしのおおしま》（国定忠次《くにさだちゅうじ》）　これは市村座で五世菊五郎が演じた芝居で、師匠が『国定忠次で行こう』と大枠を決められたとき、三世新七の方でも、浪花節を種にした国定忠次の作にかかっており、第一幕が出来上がっているとのことでした。それを師匠が聞き、『それなら、そのあとを書いてやろう』といって仕上げたのでした。ですから、これは、三世新七にお譲りになりました。

☆籠釣瓶花街酔醒《かごつるべさとのえいざめ》（吉原百人切《よしわらひゃくにんぎり》）　これは、千歳座《ちとせざ》で師匠が書こうとなさったとき、上州織侠客大縞と同様、講談を種に、三世がすでに三幕分を書いたと聞き、『それなら』と、発端と六幕目とを書き加えられました。そして、わたしが、縁切りの場面と最後の百人切りの場面とを書き加えて、一部の作ができあがったのです。師匠がわたしに申しますには、この狂言は、前後を二人で書き加えたが、もとは三世新七が土台となる三幕分を書いているのだから、新七の作にしてやりたいと話され、わたしも賛成いたしました。そこで、この作は、三世新七のものとなったのです。このような訳ですので、師匠が弟子のものを自作とみなすようなことはございません。三世新七が申し上げましたのは、代役を務めて直したことを、自分の作といったわけなのです。

（第一次『歌舞伎』第一〇号、四八〜四九頁）

「◎」印を付けたところに、問題の『蝶千鳥』と『早苗鳥』のいきさつが記されている。「（筑紫講談浪白縫と）同様の手続きで出来たものです」とごく簡単に触れられているが、要するに、『筑紫講談浪白縫』と同じように、「師匠が筋書を作られ、弟子たちに脚色させ」、何らかの事情で、「金作が師匠に代わって一部に目を通し、直すところは直しました」。そういうプロセスで出来上がった狂言ゆえに、「三世新七の作とはいえないので、筋を出した師匠の作なのです」ということに落ち着いたのである。其水は、最後に、「（師匠の）代役を務めて直したことを、三世新七は、自分の作といったわけなのです」と止めを刺すように言い切った。

「☆」印を付けた『籠釣瓶花街酔醒』の成立経過からも知られる通り、一篇の脚本が作り上げられるには、たいそう複雑な過程を経る場合もあった。そのような場合に、「作者」を決定するのは、その作の土台となる筋を誰が書いたかによるとされていたのである。

新七＝黙阿弥自身が田村成義に語ったという話のなかにも、作者の力量と筋を立てる力との関わりに関する談話が出てくる。例えば、黙阿弥は、自分の前名新七を譲った金作と、自分の俳名其水を譲った進三について、名前を譲った理由を次のように語っている。

門弟が十人いれば、それぞれ長所も短所もありますが、簡単に申しますと、金作は筋の話をして聞かせれば、私が思っている線で書いてまいりますが、その他の弟子は、例えば、十五枚のものを五枚書いて渡さなければ、これをまとめることができませんし、ひどいのになりますと、十五枚のものを十五枚全部書いてやらなければ駄目なものもおります。ですから、比較的力のある金作を第一とし、進三を第二としまして、金作には河竹新七を、進三には俳名其水を譲った訳なのです。

（「無線電話　河竹黙阿弥幽冥談」―第一次『歌舞伎』第七六号、四八頁）

弟子の力量を判断する尺度は、「首席作者が話す筋の真意を理解し、それに基いて、想像力を働かせる力の有無」に求められたのである。

だから、黙阿弥は、弟子の育成にあたって、筋を作る力の涵養に努めた。「弟子の心掛けということになりますと、舞台を注意深く見ていることはもちろん、部屋におりましても、人の話をうっかり聞いているようではいけないのでして、何か狂言の筋にでもなりそうなことは、なるたけ心掛けておかなければならないのです。また、稽古をするようになりますには、まず三年はかかります。その間は、自分で狂言の筋をこしらえては、師匠のところへ持って行って、見せて、直してもらうのです。

そうして、『人形芝居の脚本と、いままでに上演された歌舞伎の脚本とをできるだけ読め』と勧めるようにするのでございます」(第一次『歌舞伎』第七七号、一一三頁)と。

首席・次席・第三席の作者たちによる「合作制度」。それが歌舞伎の作者部屋のしきたりだった。近頃の研究者の間では、その三者がそれぞれどこを書いたのかを明確にすることが流行っているようだが、筆者は、そのことに、あまりこだわりたくはない。

歌舞伎の脚本制作は、ピラミッド型の上下関係によって秩序付けられた作者部屋での合作で、脚本作りの責任は、そのピラミッドの頂点に位置する首席作者一人にあったのである。

2　因果の理『文弥ころし』

河原崎座と森田座

一八五五年(安政二)十月二日の夜十時ごろ、江戸は大地震に見舞われた。いわゆる直下型の地震で、震源は江戸の真ん中あたり、比較的浅いところで起こった地震と推定されている。マグニチュードは六、九。倒壊家屋一万四千戸余り、死者およそ七千〜一万人。

『仮名垣魯文宛て書簡』にいう。

・一八五五年(安政二)、河原崎座が閉鎖され、

・翌五六年正月から、市村座に出勤。小団次も市村座と出演契約をして、七月から一緒に勤めるようになり、もっぱら新しい脚本を綴りました。

ひと月ほど余震が続き、地震に伴う火災も猛威をふるった。「武家屋敷、町人の家、お寺などにいたるまで、原形を止めている建物はほとんどありません。倉庫という倉庫は、ことごとく壁が落ち、それに当たって死んだ人がたくさんいます。火災の起こった場所の倉庫は全部焼失して、家財道具はいうまでもなく、それぞれの家にとって大事な器や宝物の多くが滅び失せてしまいました。町の集計によれば、変死者男女あわせて四千二百九十三人、怪我人二千七百五十九人とのこと。各所の寺院でとむらったものの数は、武家・牢人・僧尼・神職・町人・百姓をあわせて、六千六百四十一人とのことです」（斎藤月岑著、金子光晴校訂『増訂武江年表』二、一五一～一五三頁）。

芝居町の被害も大きかった。浅草寺から起こった火が、猿若町をなめ尽くし、中村・市村・河原崎という三軒の劇場も、お客を周旋するお茶屋も、役者たちの家も、ほとんどが焼け失せてしまったのだ。三座はさっそく新築にかかり、いちばん早く落成したのが市村座で、翌年の三月三日開場、次いで中村座が四月十四日。河原崎座はそのまま廃座となり、由緒ある本家の森田座が五月十五日に舞台開きをした。

ここで、河原崎座と森田座*の関係について触れておく必要があろう。いま「本家の」と記したが、あまり正確な言い方ではない。森田座が休んだときにだけ、興行を代行することを許されていたのが河原崎座。その場合、「座」とは、劇場という建物を指すのではなく、公に認められた興行権をいうコトバである。言い換えれば、代々河原崎権之助《かわらさきごんのすけ》と名乗る興行師が、森田座の劇場を借りて、河原崎座と看板をかけかえて、興行をさせてもらうのである。

中村・市村・森田三座というのが、江戸の大劇場であった。けれども、「芝居は水物」といって、あてにならないものの筆頭に挙げられるくらい、成功・失敗の予測のつけ難いもので、興行師の懐が、大当りで潤うときもあれば、不入り続きで、資金ぐりに悩み、結局、休業に追い込まれる場合も少なくなかった。

＊　一八五八年（安政五）七月、「森田」を「守田」と改称。

江戸で興行権を公認されていたのは三座だけだったが、一攫千金を夢見て、芝居興行を希望する人たちはたくさんいた。けれども、徳川幕府は、無制限に芝居の興行を許しはしなかった。古い順とでもいおうか。江戸の場合は、中村座・市村座・森田座の三座に限って、「櫓」を揚げる権利が認められていたのである。厳密にいうと、もう一座、山村座《やまむらざ》というのがあったが、一七一四年（正徳四）、不祥事を起こして取り潰され、二度と櫓を揚げることができなかった。だから、江戸三座。

ちなみに、「櫓」とは、劇場の正面入り口の屋根の上に取り付けられ、幕で覆われた、火燵《こたつ》櫓に似た馬鹿でかい構築物をいう。いまでも、四国の金毘羅大芝居や京都の南座、それに東京の歌舞伎座の入り口の上に、櫓がデンと居すわっている。櫓は、もともとは、軍事用の建物だったが、神さまをそこに呼び迎えるための神聖な施設として、芸能の場にしつらえられるようになったものであった。江戸時代の都市では、櫓は公許の興行権のシンボルとして尊重されていた。

三座以外の、いわば選に洩れた興行希望者の何人かに、幕府は、三座の代理を務める権利を認め、三座の経営が二進も三進も行かなくなり、櫓を下ろして休みたいといったときに限って、興行を代行することができるようにしたのである。一七三五年（享保二〇）春、森田座が休んだときに、三世河原崎権之助がそれに代わって櫓を揚げたのが最初だといわれている（『歌舞妓年代記』、一二五頁）。それ以来、森田座が左前になると、河原崎座が興行を代行するようになった。

このような関係にある興行代行業のことを「仮櫓《かりやぐら》」と呼ぶ。「控櫓《ひかえやぐら》」と記したものをよく見かけるが、徳川時代の文献には、「控櫓」という言葉はあまり出て来ない。

森田座の興行権者十世森田勘弥《もりたかんや》のとき、借金に首が回らなくなって休座したのが一八三七年（天保八）十月。その休座中、謝礼を勘弥に贈呈するという条件で、六世河原崎権之助が櫓を揚げた。ところが、この安政の大地震を機に、森田座が櫓を再興することになり、権之助は興行権を失ったのである。このときの森田座の当主は、十一世森田勘弥であった。

一八五五年（安政二）、新七と小団次とは、所属する座をそれぞれ異にしていた。新七は河原崎座、小団次は中村座。そこに、大地震と火事が起こって河原崎座は潰滅した。

新七が河原崎座を離れて市村座と契約したのも、そのためである。そして、小団次は、一年間出勤していた中村座が焼失。家も、出演の場も失って、春から六月まで、地方巡業に出かけ、豊橋から名古屋、伊勢へと足を伸ばし、六月に帰東。新七のいる市村座と出演契約を結ぶ。一年間、離れ離れだった新七と小団次は、再び職場を共にして、それ以来、幕末の江戸歌舞伎を二人で彩ることとなったのであった。

「七月から一緒に勤めるようになり、もっぱら（小団次のために）新しい脚本を綴りました」。

市村座での名コンビ復活

名コンビともいうべき新七・小団次の同座第一作が、一八五六年（安政三）九月上演の、哀れな盲人の末路と、その盲人を手にかけざるを得なかった男の悲惨な生涯を描いたドラマ、「座頭ころし」とも「文弥ころし」とも呼ばれる作品であった。正式のタイトルを、『蔦《つた》紅葉《もみじ》宇都谷峠《うつのやとうげ》』という。「赤い血汐で紅葉した、蔦のからまる宇都谷峠」という分かり易いタイトルである。

座頭とは、盲人で、髪を剃って坊主頭になり、芸をしたり、按摩や鍼をなりわいとする人たちの総称である。文弥という盲人が惨殺されるところがこの芝居の眼目になっているので、「座頭ころし」とも「文弥ころし」ともいうのである。

しがない暮しをしている座頭の文弥。盲人としての正式の官位を得ようと、姉が身を売って作った百両という大金を持って上京するが、途中、主人のために金を求めている伊丹屋《いたみや》十兵衛《じゅうべえ》によって、暗闇の宇都谷峠《うつのやとうげ》で殺され、金を奪われてしまう。

十兵衛は、その後、泥棒提婆《だいば》の仁三《にさ》に證拠を握られて脅迫されるとともに、恨みに凝り固まった文弥の亡霊に苦しめられる。

なお、「正式の官位を得る」とは、徳川時代、盲人の組織に設けられていた「四官（四種の官位）」を買って、生活を安定させること。四官とは、検校《けんぎょう》・別当《べっとう》・勾当《こうとう》・座頭《ざとう》をいい、もともとは、中世に、『平家物語』を語る琵琶法師たちによって作られた芸能組織（当道座《とうどうざ》）の秩序を維持するための制度だったが、近世になって当道座の権威がゆらぎ、琵琶法師の保護と統制を強化し、琵琶法師以外の盲人を組織化するために、当道座の四官は売買の対象とされた。盲人たちは、官位を買うことによって組織に所属し、社会的地位を向上させ、生活の経済的安定を計ることができるようになったのである。京都がその本拠であった。

眼目となる「座頭ころし」の場は、初世金原亭馬生《きんげんていばしょう》という落語家の人情噺《にんじょうばなし》『座頭ころし』に取材したものといわれているが、「座頭ころし」の話が、全体の筋を貫いているわけではなく、筋の展開に大事な役割を果しているのは、佐々木家の寵臣尾花才三郎《おばなさいざぶろう》という若侍である。言い換えれば、この脚本の土台となるのは佐々木家のお家騒動で、全体は、そのお家騒動の解決を任された尾花才三郎の人間関係、ことに姉おしづの薄幸の生涯に端を発する悲劇なのであって、「座頭ころし」「文弥ころし」は、そのなかのエピソードにすぎない。

佐々木家の家老筑田喜太夫《つくだきだゆう》の子喜蔵《きぞう》は、二百両の公金を盗んだのを、尾花六郎左衛門《おばなろくろうざえもん》・才三郎親子に見出され、追放されてしまった。ところが、喜蔵は、尾花親子を恨んで失脚させようと、六郎左衛門が預っている佐々木家の宝物「花形《はながた》の茶入《ちゃいれ》」を盗み出す。責任をとって、六郎左衛門は切腹。主君佐々木《ささき》桂之助《かつらのすけ》は、才三郎に宝の詮議を命じ、費用として百両を渡す。六郎左衛門は、才三郎に、かって尾花家に奉公していた若党の作平《さくへい》を頼って世を忍び、茶入の在処《ありか》を探れと言い残して絶命する。朋輩と口論して主家《しゅうか》尾花家を去った若党作平は、伊丹屋十兵衛と名乗り、六郎左衛門の助けで酒屋をいとなんでいた。

妻おしづは、尾花才三郎の実の姉。幼いときにかどわかされ、吉原に売られて勝山《かつやま》という遊女になっていたのを、十兵衛が、「元の主人の娘さんを助けなければ」と身請けしたのだった。しかし、身請けの費用二百両のうち半金しか納められず、未納の半金を厳しく催促されている。

十兵衛のもとに隠棲する尾花才三郎は、見るに見かねて、主人から渡された百両の金を立て替えてやる。その金を返すために、十兵衛は、京都に住む知人を頼って旅に出た。

以上が、十兵衛が犯す犯罪の発端であり、動機である。

一方、文弥が目を潰したのは、彼がまだ三歳の幼時だったとき、抱いていた姉のお菊が過って取り落し、石にぶつけたのが原因であった。

お菊は、その弟に、せめて、官位を取らせて生活を立てさせてやろうと、吉原に身を売って作った百両の金を、文弥に与えたのである。それが、文弥が殺される原因の百両であった。

文弥は、姉の肉体を代償としたその金を持って京都に上る途中、鞠子《まりこ》に宿をとった。相部屋となったのが、十兵衛である。それだけではない。彼を神奈川からつけてきた旅人狙いの泥棒提婆《だいば》の仁三も、そこに宿をとった。

相部屋の十兵衛は、仁三の待ち伏せを防ぐために、時間を早めて出かけるようにと忠告し、難所の宇都谷峠まで文弥を送って行く。

宇都谷峠で、十兵衛は、文弥が百両の金を持っていることを知り、借金を申し込むが断られ、心ならずも、文弥を斬り殺して金を奪う。

十兵衛　その金なければお主《しゅう》の難儀、道に背いたことだけど、わたしも以前は若党で、武士の飯を食ったからは、切り取りするのも武士の常、お主のためには仕方がない。その替りには一周忌、おそくも貴方の三年忌、そのときまでに金作り、身寄りの人を尋ねて行って、敵と名乗って討たれる心。京の都を駈け歩き、それでも都合のつかぬ金、その金持ったが貴方の因果、ほしくなったがわたしの因果、因果同士の悪縁で、殺す所も宇都谷峠、蔦のからまる細道に、血汐の紅葉散らしつつ、血汐の涙流しつつ、この明け方が命の終り、許してください文弥どの（『黙阿弥全集』第一巻、七〇六頁）。

それにたいして、文弥は、

文　弥　ええ、殺すなら殺すがいい。恨みはきっと晴らしてやる。死んでもしつこく生き返り、生まれ変わって虫けらに、なったらなったで構わない、恨み晴らさでおくものか（七〇七頁）。

と、深い恨みを残して、息絶える。

文弥のあとを追って物陰に隠れていた提婆の仁三が、十兵衛の煙草入れを盗む。

文弥の霊は、十兵衛の妻おしづを病みつかせる。

おしづの病みついたのが、文弥が命を落とした日と聞いて、十兵衛は、涙を流しながら、念仏を唱えるが、文弥の恨みは深く、おしづに取り付いて十兵衛を責め抜いた果てに、十兵衛の手で、おしづを殺させてしまう。

十兵衛には、彦三《ひこそう》という弟がいた。彼らは大津の貧家に生まれ、両親の没後、十兵衛は彦三を連れて東に下り、尾花家に若党奉公。弟の彦三は、材木商白木屋の養子になり、一人娘のお駒と結婚することになっていた。

ところが、お駒は、髪結となって訪れた尾花才三郎と深い仲となり、彦三は養父への、また、兄の故主《こしゅう》尾花六郎左衛門への義理から、身持ち放埒と見せかけ、養家を出てしまう。

ところが、彦三が吉原で馴染んだ遊女古今《こきん》とは、誰あろう。文弥のために身売りした姉のお菊で、かつて、座頭たちに虐められる文弥を彦三が助けたとき、彦三に一目ぼれした女性だった。

彦三は、盲の弟の幸せを願って廓に身を沈め、かつ、その弟の行方を尋ねている古今の心根に感じ入っているが、居候の身で、彼女を身請けすることができない。古今は古今で、彦三一筋、他の客はどんどん離れて行ってしまう。二人は世をはかなんで心中を決意し、彦三の菩提寺品川の海禅寺《かいぜんじ》にやって来た。

蔦紅葉宇都谷峠（四世市川小団次〔提婆の仁三〕安政３年９月，市村座）

けれども、彼らは死ぬことができなかった。彦三が古今に刃を向けると、腕が痺《しび》れてしまうのである。文弥の霊が、姉の心中死を妨げたのだ。

「お懐かしい、姉《あね》さま。縁の深い彦三どの。どうか短気を起こさずに、母や妹を頼みます」（七九五頁）と、文弥は消えて行く。

　そこへ、古今・文弥の母親おりくが駈けつけ、「文弥を殺したのは伊丹屋十兵衛と知れた。どうか、古今の力となって、文弥の敵を討たせてやってくれ」と、彦三に頼むが、いうまでもなく、十兵衛は彦三の実の兄。

りく　虐《いじ》めにあった文弥の難儀、助けてくれた彦三さま、今また娘が力と頼み、夫婦の縁を結んだと、聞けば義理あるその兄御《あにご》、討つに討たれぬ文弥の敵。

古今　知らぬこととはいいながら、助太刀頼んだ夫とは、敵とねらう男の弟。

りく　思えばホントに浅ましい、血筋の者と血筋の者が、たがいに争う、

古　今　夫婦、兄弟。
彦　三　因果同士が、
三　人　集まったなア（七九九頁）。

鈴ヶ森では、十兵衛が、自分を脅迫する仁三を斬り殺す。来合わせた古今・彦三に、十兵衛は、「自分を討って、文弥の霊に手向けてくれ」と頼む。

そこへ、才三郎がきて、百両で身請けした古今の年季証文を、十兵衛に渡したうえ、いったん息を引き取ったおしづが、身替り不動の利益で甦ったと告げる。十兵衛は証文を古今に渡し、いさぎよく討たれようとするが、彦三や古今には、とても討てない。それを見て十兵衛は、みずから刀を腹に突っ込み、切腹する。そして、才三郎は、「古今の身請が済んだから、彦三ともに白木屋の、家督を継いだそのうえで、もしも一子が生まれたら、伊丹屋のあとを取らすがよい」（八〇六頁）と、両家の家督相続の在り方を指示し、十兵衛も彦三も古今も、その計らいに感謝する。

幾つもの話が重なって、一見、複雑に見えはするものの、その割には、分かり易い筋の展開である。才三郎を軸にした人間関係に、無理な設定がないからだろう。

ところで、この狂言には、とくに注意してもらいたい点が幾つかある。それは、筋とは関係なく、『都鳥廓白浪』から引き継いだ構成上の工夫が見られるからである。

第一は、小団次の登場する場面からチョボが入る点。

〽世《チョボ》のなかの、善いも悪いも見えぬ目に、突く杖の木は真っ直ぐでも、心のゆがんだ二人の座頭、孝子文弥を左右から、情け容赦もあらばこそ、あらあらしくも打ちたたき、ト、このチョボに鳴り物を入れ、花道から文弥、下駄履きで杖を持って出てくる。でく市・こぶ市の二人の座頭、文弥を乱暴に引っぱって出てくる。あとから白木屋彦三、町人の姿で、二人を止めながら出てきて、

彦三　どういう訳が知らないが、二人がかりでさっきから、可哀相に打ちたたき、もういい加減にあなたがた、許しておやりなさいまし（二幕目第一場「芝片門前文弥内の場」──『黙阿弥全集』第二巻、六一二頁）。

第二点は、鞠子の宿で、小団次演ずる提婆の仁三が自己紹介するところがあるが、そこが、期せずして、小団次自身の略伝になっている面白さである。

三幕目第二場「藤屋座敷の場」。相宿の客たちが集まっているところに、提婆の仁三が上方商人の身なりでやってくる。そこで使う言葉は上方言葉である。

さ、御遠慮なう火鉢のねきへお寄りなされ（六六二頁）。

「お寄りなされ」は、ひょっとすると、「お寄んなハれ」と発音したかもしれない。

このあと、仁三は、「わたいは京都下立売松原上るところで、小間物を商うております、仁兵衛と申しますものでござります」（六六六頁）と、やはり上方言葉を使うのだが、泥棒がばれたあとで、江戸言葉に変化する。

仁　三　（顔を上げ江戸口調にて、）もし、どうぞ堪忍して下さりませ。今日から心を改めまして、決して盗みはしませぬから、命ばかりはお助けなすって下さりませ。
十兵衛　（これを聞き、合点の行かぬ表情で）もし、皆さんお聞きなされましたか、上方者だと思ったら、こいつァ江戸ッ子でござりますぜ。
勘太郎　ほんに、今の言葉の様子。
太　郎　江戸なまりに違いない。
仁　三　へい、何をお隠し申しましょう。生まれは江戸でござりますが、身持ちが悪くて暮らしに困り、仕方なくなく江戸を出て、今では五十三次で、生きる手立ての護摩《ご ま》の灰《はい》、旅人相手の泥棒でござります（六八一頁）。

『都鳥廓白浪』再利用　「身持ちが悪く」とか、「護摩の灰……」はともかくとして、「生まれは江戸で」、「京大阪で役者商売」。「五十三次」とまでは行かぬものの、伊勢や名古屋の主な芝居をめぐったうえで大阪に戻り、そこから江戸に下ってきた小団次だった。旅稼ぎの仁三という役の人生を借りて、ご披露におよんだ小団次略伝。バイリンガルの小団次をアピールする格好のセリフ。新七も気の利いた場面を書いたものだと、感心させられる。

ちなみに、この提婆の仁三という役は、新七が創造した人物ではなく、小団次が上方から持ち込んだ役だという指摘がある。上方・江戸両歌舞伎を見据えながら、取り分けて上方歌舞伎の研究に造詣の深い、青木繁の説である。すなわち、四世中村歌右衛門が手を入れた上方脚本『けいせい稚児淵《ちごがふち》』と『蔦紅葉宇都谷峠』との関連。「この、提婆の仁三という役名は他の狂言にもあって、狂言の筋のよくわからないものもあるから断定はできないけれど、趣向が同じところからしても、この『稚児淵』の仁三が、後に小団次を通し、黙阿弥を通して、哀れな文弥殺しを目撃し、殺害した十兵衛の煙草入れを拾って、これを後日の證拠とし、あの有名なゆすり場を展開する『宇都谷峠』の仁三に当世風な変貌を遂げるのではないか――『座頭ころし』が初代馬生の人情噺から来ているという説は確かだろうが、こうした演劇効果をあげる面では、小団次を通してかなり在来の狂言が入ってきているはずである」（『若き日の小団次』、一九二～一九三頁）。

まことに的確な指摘といわなければならない。

第三点は、梅若殺しの再利用である。『都鳥廓白浪』の梅若殺しが、『蔦紅葉宇都谷峠』の文弥殺しとおしづ殺しに、巧みに取り入れられている点である。

『都鳥廓白浪』　　―『蔦紅葉宇都谷峠』

〜許してくれと手を合わせ、歎けば惣太は可哀相と、思えど切羽につまる金。

惣太　貸されぬというは無理ではないが、大枚二百両という金を、持ったが因果、さわるが煩悩、どうもそのまま諦められず、事を分けて説き聞かせても、幼い子供のことだから、手荒なことはしたくない。それでも聞き入れない以上、可哀相だが①お主《しゅう》のため、②切取りなすも武士の習い（殺人強盗は武士の常）。

梅若　えっ。

〜《チョボ》切羽詰まって無理矢理に、手を突っ込んで引き出せば、どうか許して下さいと、声をかぎりに泣き叫べば、その子が主《しゅう》とはつゆ知らず、月の光に③猿轡《さるぐつわ》、かけるはずみに手拭いが、喉に回れど目

三幕目　宇都谷峠の場

〔十兵衛は、文弥の様子をうかがう。そして、脇差を抜き、ためらったすえに思いきって切りつける。文弥はガクッとなり、肩先に血が滲み出るのを手探りで知って、驚く。〕

十兵衛　文弥どの、堪忍してくだせえ。あれこれいって頼んでも、貸さぬはもっとも、無理はない。だが、百両のその金が、なければ恩あるお主《しゅう》の難儀、道にはずれたことだけど、わたくしも以前は若党奉公、武士の飯を食ったからは、②切取りなすも武士の習ひ、①お主《しゅう》のためにはかえられぬ。遠い京まで駈け歩き、都合のできぬその金を、持っていたのがお前の因果、ほしくなったが私の因果、因果同志の悪縁か、殺すところも宇都の谷峠、蔦のからま

に見えず、それに気付かずぐっと締め。トこのうち、惣太、思い切って梅若丸の懐から金包みを引き出す。梅若丸すがりついて叫び立てる。惣太、袂から桜に忍ぶの③手拭いを出し、猿轡をかけようとして、梅若丸が逃げるはずみに、その喉に引っかかったのを知らず、ぐっと締める。そのため、梅若丸はもがき苦しむ。惣太、猿轡をかけたつもりになって、

どこの誰の子か知らないが、賤しくない物の言い方、歎く涙は見えないが、心で分かるこのような、手荒なことはしたくはないが、①お主のためには替えられぬ、どうぞわしに貸してください、な、な。
〽《チョボ》いっても何の答えもなく、蕾みの花の姿のまま、夜半の嵐に散ったのだ。

る細道で、血汐の紅葉血の涙、此の暁が命の終わり、許して下さい文弥どの。

（『黙阿弥全集』第一巻、七〇六頁）

五幕目　伊丹屋奥の場

〔おしづは、十兵衛の文弥殺しに気付き、十兵衛にすがりついて泣く。十兵衛が、おしづを説得している間に、文弥の亡霊がおしづに憑《つ》く。〕

しづ　いいや、いわねば腹がおさまらぬ。宇都谷峠で文弥どのを、殺害したのは伊丹屋十兵衛（ト、いいかける）。

十兵衛　（③おしづの口を押へて、）ええ、またしても無駄口か。この身に覚えもないことを、夢か現《うつつ》か、情ない。

ト、じっと思いに沈む。おしづは十兵衛の手を振り払って、

しづ　十兵衛は、人殺しじゃ人殺しじゃ。

ト、十兵衛がつかまえようとするのを

ト惣太、手拭を取って手を放す。④梅若丸死んで、ばったり倒れる。惣太は
それを知らず、
これ旅の子、承知か、承知なら、貸して
くれ、これこれ。
トせりふをいいながら、梅若丸の体を
探ってみて、びっくりし、
やあ、これ、旅の子、⑤これはしまった。
旅の子やあい。ええ、死んでしまったか、
情ない。
（『黙阿弥全集』第二巻、二二一〜二二二頁）

振り払う。ちょっと争って、③十兵衛、
おしづの口をぐっと押さえ、
十兵衛　ええ、お主《しゅう》の娘でなければなあ。
ト、おしづが十兵衛の手を振り払おう
とする。③十兵衛が、抱きしめるはず
みに、口を押さえた手が、知らぬうち
に喉にかかり、ぐっと締める。おしづ
目を明き、苦しみ、十兵衛をきっと見
る。十兵衛、びっくりして、
やや、こりゃ女房を。
ト、手を放す。④おしづ、ひょろひょ
ろとなって、倒れる。
⑤息が絶えたか、はかない最期、しまっ
た（七八八〜七八九頁）。

人殺しは因果の理

興味深いのは、「梅若殺し」が、「文弥殺し」と「おしづ殺し」に分裂していることと、『都鳥廓白浪』では「殺す」側にあった小団次が、『蔦紅葉宇都谷峠』

では、「殺される」人物になって、立場を逆転させていることであるが、とくに注意しなければならないのは、どちらの狂言でも、「人殺し」は、「お主のため」という公的な理由により、かつ、「切り取りするは武士の習い」という社会常識として正当化された立場から行われるのであって、私利私欲のためでもなければ、私人としての責任が問われるような人殺しでもないということだ。さらに問題は、「殺す」人間と「殺される」人間との関係が、偶然の事の成り行きで決められるのではなく、人智・人力のおよばぬ「因果の理」によって決定されているという設定にある。

いま、「設定にある」と書いたが、厳密にいえば、そのような「設定」をあえてした、「新七の人生観にある」とすべきだろう。

『蔦紅葉宇都谷峠』の面白さは、「その金を、持っていたのが貴方の因果、ほしくなったが、わたしの因果、因果同士の悪縁か」と十兵衛がいい、おりくに敵討ちを頼まれた彦三が実は十兵衛の弟と知れて、一同が、「思えばホントに浅ましい、血筋の者と血筋の者が、たがいに争う／夫婦、兄弟／因果同士が／集まったなあ」と歎く声にも窺えるように、新七が、「因果」という、人間の命を飲み込み、人間の知恵や力では免れることのできない法則に支配されて起こる人間関係の悲劇を、目の当りに描き出すと同時に、そのような人間の人生を、小団次が地芸の力で完璧に表現し、さらに、そのケレンの技によって、物凄く、かつ、哀れな中有に迷う魂の働きを見事に活写したからにほかならない。

「その金を、持っていたのが貴方の因果、ほしくなったが、わたしの因果、因果同志の悪縁か」。

「因果の理」による殺し手と殺され手との人間関係。それは、『桜清水清玄』を『都鳥廓白浪』に書き換えるときに、新七が選び取った殺しの人間関係だったのだ。

『桜清水清玄』で、惣太は、「そんならこれ金。今宵に限る金の才覚、しかもちょうど二包み、見るに目の毒　触るが煩悩、行こうとすれど一足も」という。

それにたいして、『都鳥廓白浪』の惣太は、「大枚二百両という金を、持ったが因果、さわるが煩悩、どうもそのまま見逃されず」というのである。

『桜清水清玄』の「見るに目の毒」が、『都鳥廓白浪』では「持ったが因果」に変えられたのだった。『桜清水清玄』の場合、「見るに目の毒」も「触るが煩悩」も、どちらも、惣太個人の気持ちの動きを指している。「見る」という行動が個人的な欲望を刺激して、「目の毒」という反応を呼び覚ます。それとともに、「触ったために、その金がほしいという煩悩がむくむくと起こってきた」わけで、惣太個人の視覚と触覚が、梅若丸の金を奪い取るという結果を導き出したと述べているのである。

それにたいして、『都鳥廓白浪』の場合は、「触ったのが煩悩の起こるはじまり」である点は同じだが、惣太をそのような気持ちにさせたそもそもは、「因果なことに」、梅若丸が大金を持っていたからであり、梅若を死へと導く運命も、その「持ったが因果」によって決定されているのだと説く。「因果なことに」。人間の運命を支配する絶対的な条件として、「因果」を考える。そして、なすすべもなく、「因果」の前にひれ伏すのである。

「神さまの思し召し」と言い換えても良いかもしれぬ。この世に生きる人間の力のおよばぬところで、この世に生きる人間の力を超えたところで、すべてを決定する神の意思・神慮、そして、持って生まれた、避けることも変えることもできない運命・宿命。

新七は、そのような絶対的な力を持った「因果の理」の存在を、かたく信じて疑わなかった。新七の、そういうものの考え方が、『桜清水清玄』を『都鳥廓白浪』に書き替える際に、惣太のセリフに出て来たのであった。

その「因果の理」が、二年後の『蔦紅葉宇都谷峠』の殺しに、再び現われた。

「その金を、持っていたのがお前の因果、ほしくなったがわたしの因果、因果同士の悪縁か」。二年前には、梅若丸が二百両の金を持っていたこと自体が「因果」であっても、それは、「触ったために、その金がほしいという煩悩がむくむくと起こってきた」という惣太の行動を導く力になっていただけだったが、二年後には、「その金を、持っていたのがお前の因果」だとすれば、「その金を、ほしくなったのは私の因果」であり、二人のそれぞれの立場が、個々の「因果の理」によって対等に結ばれているとする。それを、新七は、「因果同士の悪縁」と言い換えた。

天変地異と因果観

『都鳥廓白浪』から『蔦紅葉宇都谷峠』へ。二年という短い期間に、「因果」についての新七の考えが深まっているような気がする。新七の因果観が深まる原因は、その間に起こった安政の大地震の経験をおいて、ほかには考えられない。

一八五四年『都鳥』→一八五五年「安政の大地震」→一八五六年『宇都谷峠』

安政の大地震だけではない。新七が作者部屋に入るころから大地震までの間に、どれくらい多くの天変地異が起こったか。大きなものだけを拾ってみても、次のような天災年表が作れるほどである。

・一八三三〜三六年（天保四〜七）――天保の大飢饉。風水害と異常気象のために、関東・東北大凶作。農村では田畑を手放し、妻や娘を売り、主人は乞食となって流浪。餓死者続出。人肉を食うことが日常化した。

・一八三四年（天保五）二月七〜十日――四日間にわたる江戸大火。

・同年　　四月――富士山麓一帯惨害。豪雨と地震により、富士山の雪解け水が流れ下り、山麓一帯に甚大な被害をもたらした。

・同年　　七月十〜十二日――三日間にわたる大阪大火。

・一八三五年（天保六）三月――芳三郎、作者見習となり、勝諺蔵と称する。

・一八三七年（天保八）――大塩平八郎の乱。

・一八四一〜四三年（天保一二〜一四）――天保の改革。

・一八四六年（弘化三）一月十五〜十六日――二日間にわたる江戸大火。

・同年　　六月――江戸近郊大洪水。長雨のため、利根川の堤防が決壊。江戸の北辺の近郊は、海のようになった。

・一八四七年（弘化四）三月――信濃大地震。

・一八四八年（嘉永元）四月――日蝕。不吉な前兆か。
・同年　　　　　　　八月――京都の中心地に竜巻。
・一八五〇年（嘉永三）五～八月――安芸国、大暴風雨、洪水・高潮。
・一八五三年（嘉永六）二月――東海大地震。
・同年　　　　　　　六月――ペリー来航。
・一八五四年（嘉永七）四月――京都大火。御所から出火。安政と改元する契機となる。
・同年　　　　　　　十一月――四国・近畿・東海大地震。大阪には大津波。
・一八五五年（安政二）十月――江戸大地震。

歴史に残るような大きな天災・人災が、踵を接して起こった二十年間だった。

人は、日常の社会秩序を拠り所として生活している。そのような日常生活では、人間を取巻く自然現象も秩序正しく繰り返され、社会の安寧もまた保障されているのである。人々は、そのような平穏無事な日常生活が続くことを信じて疑わない。

天保から安政にいたる、幕末のさまざまな災厄は、そうした日常生活の意識を、根こそぎ引っ繰り返してしまった。人々は、安らかな生活を失うと同時に、この世からなる地獄が現われるのを、目の当たりにしたのである。

作者見習から、押しも押されもせぬ首席作者へ。その職の歩みとともに送ってきた新七の生活の秩序が、政治の変革や頻発する災害によって大きく崩れてしまったのだ。

「この人は、ふだん友人と一緒に遊里に行く場合でも、酒席にはつらなっても、女と寝ようとはしない。女の魅力におぼれぬ性質」（仮名垣魯文・山々亭有人編『粋興奇人伝』、四丁ウラ）と、仲間にあきれられた新七である。「遊び仲間の悪童たちと知り合ってはいても、一緒に馬鹿を尽くすようなことはせず、親しく交わりながらも距離をおいて付き合い、君子危うきに近寄らずと、慎み深く、身持ちの堅い大人物である」（悪摺り「羅漢像」――河竹繁俊著・春陽堂刊『増訂改版河竹黙阿弥』挿画七）と評され、一目置かれていた新七である。

「女の魅力におぼれぬ性質」といい、「親しく交わりながらも距離をおいて付き合い」といい、彼は、常に醒めた目を持ち続けていたのだった。

日常生活の秩序が破壊され、現実の真っ只中に地獄が現われるのを眼前にしたとき、彼の醒めた目には、常日頃は気にしたこともない、日常生活の秩序の奥深くに潜む人智を超えた恐ろしい力、つまり、「因果の理」の働きがまざまざと見えたのである。

「因果の理」こそ、この世のありとあるものを支配している原理。その原理を直感して、新七の心には大きな変化が訪れたのだと思われる。けれども、新七は、いわゆる因果論者ではなかった。彼にとって、「因果の理」にたいする直感は、彼の世界観となり、人間観となり、ひいては、演劇観――狂言作成の論理《ドラマツルギー》となったのだ。だから、「因果の理」にたいする認識は、歌舞伎におけるドラマの意味を根本的に問い直し、そのドラマとしての構造に疑問を投げかける大きな切っ掛けを含み込んでいた。

『桜清水清玄』を『都鳥廓白浪』に変える際に、新七は、梅若丸を殺さざるを得ない理由を、逆にいえば、梅若丸が殺されなければならない理由を、「因果の理」に委ねたのだった。けれども、安政の大地震の恐怖を経験した新七は、「殺す・殺される」人間関係そのものを、「因果の理」の支配する結果だと考えたのである。それが、「その金を、持っていたのが貴方の因果、ほしくなったが、わたしの因果、因果同士の悪縁か」というセリフになって表われたのだった。

第五章　「勧善懲悪」の人間観

1　人の性は善なるもの

「悪に強いは善にも強い」。人間の性は善なるもの。だからこそ、自覚して悪を脱け出し、善に立ち戻った人間は、力強く、善に満ちた人生を生きることができる。だが、また、反対に、「『天網恢恢疎《てんもうかいかいそ》にして漏《も》らさず』、何時かはかかる天の網」なのであって、善なる性に立ち戻ろうとはせず、悪業を続けて止まぬものは、遅かれ早かれ、天の罰を受けなければならない。

『勧善懲悪覗機関』

これを一言で、「勧善懲悪《かんぜんちょうあく》」という。「善い行いを勧め、悪い行いを懲らしめる」。それが天地を支配する神の意志である。

その「勧善懲悪」を、ずばり、タイトルにいただき、「性は善なるものじゃなあ」という感慨の言

勧善懲悪覗機関

（四世市川小団次〔屑屋久八〕文久２年８月，守田座）

葉で締め括られる作品がある。『勧善《かんぜん》懲悪《ちょうあく》覗機関《のぞきからくり》』、通称を『村井《むらい》長庵《ちょうあん》』という。

『勧善懲悪覗機関』は、一八六二年（文久二）八月に、守田座で上演された。『著作大概』に見られる、「小団次の評よく大入」という添え書きにも窺われるように、新七が自讃した作品である。

『勧善懲悪覗機関』。善と悪とは、一人の人間の中に潜む二つの心の側面である。覗きからくりを見るように、その心の中を窺えば……。この難しい命題を、新七は、「二役早替り」という演出手法を介して舞台化することに成功した。村井長庵という悪の体現者と、久八という善の体現者とを、早替りに巧みな小団次という一人の役者の肉体を借りて表現したのである。

話は、藤掛家のお家騒動という形で展開する。そのお家騒動を惹き起こしたのが悪人村井長庵であり、その秩序の崩壊、悲惨な一家の末路を救って、秩序を回復させるのが、かつて藤掛家に出入りしていた百姓久右衛門のせがれ屑屋の久八である。

藤掛道十郎《どうじゅうろう》は、赤穂塩冶《えんや》家の家臣であったが、

[一]「お預かりの短刀「白露《しらつゆ》」を、お国元から持参の途中、盗まれたのをとがめられ、切腹せねばならぬのに、主君のお慈悲で助けられ、ご追放で済まされた。間もなく主君の刃傷沙汰、ご恩返しの討入に、参加の望みも健忘の、病のために加われず、お役に立てぬは口惜しいが、短刀詮議果たすまで、死ぬに死なれずそのままに、牢人暮らしをするうちに」(『黙阿弥全集』第四巻、五五八〜五五九頁)、心労が重なって病になり、近所の町医者村井長庵の配剤で治りはしたものの、

[二] その家に置き忘れた傘を、長庵に悪用され、無実の罪で捕えられ、惨めにも牢死し、あとには、妻のおりよ、長男の道之助《みちのすけ》、次男の巳之松《みのまつ》が残された。

[その結果]

たまたま屑買いに訪れた久八――藤掛の父に仕えた百姓久右衛門の拾い子――に、おりよと道之助は、こもごも、悲惨な現状を話して聞かせる。

りよ 無実の罪で入牢の夫、言い訳通らぬそのうちに、惨めに死んでしまわれた。あとに残ったわたしたち、土地の人にその顔を、見られるのさえ恥かしく、あちらこちらに引越して、長年貯めたたくわえも、三年前から減り続け、見るに堪えない町裏住居。世にも因果な身の上を、どうか察しておくれでないか。

道之助　話すも面目ないけれど、お前に道具を売るほどの、身の上だから母様は、汚れ落としや洗濯や、内職仕事で賃かせぎ。わしは季節の果物売り、冬は蜜柑に秋は柿、その間にはゆで卵、または枝豆・サツマイモ、顔を隠して歩いても、昔なじみの商人や、職人などに出会うとき、見て見ぬ振をするのは彼ら。その悲しさも我が家には、隠して帰る苦しさは、どんなものだか分かってか（五五九〜五六〇頁）。

藤掛一家の窮乏を知った久八は、弁当や所持金を恵む。そして、いくら探しても失った「白露」が見付からないと歎くおりよにたいし、「白露」の短刀は、「この間まで私が、奉公をしておりました、しかも神田の三河町*、伊勢屋五兵衛という店で、五十両の質ぐさに、預っておりまする」（五六七頁）とその所在を明らかにし、その後、大館左馬之助《おおだてさまのすけ》の名裁判で、自分が伊勢屋の養子になると決まったときには、「私が家を継ぎましたら、お探しなさる短刀は、親久右衛門のご恩返し、あなたさまに差し上げます」（六四四頁）と約束する。

＊　現在の、東京都千代田区内神田一丁目、神田司町一・二丁目、神田美土代町《みとしろちょう》に当たる。

悪は滅び、善は栄える

道十郎に無実の罪をきせて藤掛家を没落させたのは、町医者の村井長庵である。彼は、「坊主頭を売り物に、医者というのがわしの得、得は徳に通ずると、その十倍も得とれと、身に十徳《じっとく》の衣を着、立派な駕籠に乗っては見ても、所詮出世ができねえのは、いうまでもなく藪だから。藪蚊が吸うより乱暴に、人の生血を吸い取って、悪事を犯す企みは、馴れ親しんだ匙加減、実の妹の亭主でも、金と聞いては見逃されず、手荒い手術の人殺し、むごい殺しも金のため、恨みがあるなら金にいえ」（四〇八〜四〇九頁）という金の亡者。「ケチな借家も玄関付き、絹織物を着ていれば、わずか五人か七人の、病人たちが持って来る、わずかな礼じゃあ割りを食う。そこで時たま古医術の、荒療治はするものの、できることなら憎まれる、悪人役はしたくねえな」（四四七頁）という裏表のある生活を送っており、妹聟の重兵衛が娘お梅を吉原に売った金を奪うために、重兵衛を騙して殺し、その傍に道十郎の傘を捨ててきて、罪を道十郎になすりつけ、冤罪におとしいれた。しかし、そのとき、貝坂（東京都千代田区平河町）に住む「職安稼業《ひといれ》」（五七四頁）の忠蔵《ちゅうぞう》とすれ違い、忠蔵は後に奉行所で証人に立つ。その後、重兵衛の妻である妹おそよが国元から出てきて、娘お梅に逢わせてくれと喧しくいうのを嫌い、チンピラの早乗三次《はやのりさんじ》を使って殺させ、お梅＝小夜衣《さよぎぬ》に惚れ込んだ伊勢屋の息子千太郎を騙して五十両の金を奪い、奉行の取調べにも知らぬ存ぜぬを極め込んで、罪を認めようとしない。しかし、千太郎の自害を止めるはずみに、過って千太郎を刺し殺してしまった久八が、潔く「主殺しと自首して出た、忠義の心に動かされ、……過去の悪業を後悔し、否認を続けた悪事の数々、重兵衛殺しも白状するにいたった」（六四二頁）。

名奉行大館左馬之助《おおだてさまのすけ》は、それを聞いて、「性は善なるものだなあ」（六四二頁）と感動し、敵討は天下の法度で許されないが、「貞女孝子の心に愛でて、死罪の折の首切り役を、道之助に命じる」（六四三頁）だけではなく、吉兵衛には小夜衣の身請・養育を命じ、藤掛家の家督永続を保障する。そして、「悪は滅び、善は栄え、目出たい目出たい」（六四五頁）と、長庵の服罪と、被害者たちの前途を、寿ぐ。

「悪は滅び、善は栄える」。『村井長庵』は、「悪の滅び」と「善の勝利」を描く。それは、単に「勧善懲悪」に終わるお涙頂戴の甘ったるいドラマではない。

悪の魅力を書き、その滅びを書く。『勧善懲悪覗機関』の別称を『村井長庵巧《たくみの》破傘《やれがさ》』というが、本作における「悪の滅び」の第一歩は、「悪を実践し、しかも、その罪を他人になすり付けようとする行為」つまり、「傘を悪用する巧み」にあるが、その傘が「破れ傘」となるように、彼の「巧み」も「破綻をきたす」。そして、その挙げ句に、「悪は滅び、善は栄える」のである。

新七が「白浪」を書き続けたのは、その伝奇的興味のためだけではなく、「白浪の滅び」を描くためだったといってもよいのではなかろうか。

「白浪の滅び」といえば、新七の書く数々の白浪を演じた「小団次の滅び」が問われなければならない。

2 『富士三升扇曽我』その一、小団次との別れ

守田座への書き下ろし

それは、一八六六年（慶応二）二月のことだった。

新七は守田座に、『富士《ふじ》三升《とみます》扇《すえひろ》曽我《そが》』を書き下ろした。富士山の見える由比ヶ浜の海辺で、河津《かわづ》祐泰《すけやす》の遺児一万《いちまん》（曽我十郎）と箱王《はこおう》（曽我五郎）が、頼朝の命令で死刑に処せら

れようとするが、畠山重忠《はたけやましげただ》によって救われるという『曽我物語』に取材した歴史劇。それに、鋳掛《いか》け屋《や》の松五郎《まつごろう》が他人の贅沢な生活を羨んで盗賊＝白浪に転身するが、大恩ある人を助けようとして手違いを生じ、責任をとって切腹するという人情話とをからみ合わせた作品である。

『富士三升扇曽我』は、畠山重忠を柱とする前半部（一番目）と、義賊鋳掛け屋松五郎に焦点を合わせた後半部（二番目）とからなっている。後半部だけを上演する場合には、『船打込橋間白浪《ふねへうちこむはしまのしらなみ》』というタイトルを使う。

［前半部］工藤祐経《くどうすけつね》の弟祐康《すけやす》は、神前の試合で曽我の家臣団三郎《どうざぶろう》に負けたことを根に持ち、六浦《むつら》主水《もんど》が神前に供えた赤木の短刀を家来にすり替えさせて、短刀紛失の科《とが》を主水になすりつけ、それを口実に、兄祐経を煽動して、頼朝《よりとも》に曽我の一万・箱王兄弟を死刑に処するよう進言させる。頼朝も、兄弟の祖父伊東祐親《いとうすけちか》に恨みを抱いており、その恨みを晴らすため、兄弟の死刑を命ずる。しかし、畠山重忠の理を尽した諫言によって翻意し、助命を認める。

［後半部］六浦主水は、紛失した短刀を取りもどすため、鳶の者くりから伝次《でんじ》の仲介で、半七と名を変えて、刀屋森戸屋《もりとや》に奉公する。伝次は、元は武士で、六浦主水と同じ家中の金沢文吾《かなざわぶんご》の家来。朋輩と喧嘩して相手を傷つけた科でお手討ちになるところを、主水の父親の口利きで助けられた。その恩に報い、主水の苦境を救うため、短刀を買いもどす手付金として、妹お組《くみ》に横恋慕する柴《しば》崎屋《ざきや》藤兵衛《とうべえ》から五十両借金する。しかし、残金五十両の負担は、あまりにも重い。

一方、鋳掛け屋松五郎は、島屋文蔵《しまやぶんぞう》と妾のお咲が栄耀栄華を尽くして遊び暮らしているのを見て、「鋳掛け屋なんかしていたら、一生できねえあの贅沢、ああ、あれも一生、これも一生」(『黙阿弥全集』第五巻、七三九頁)と、商売道具を川に投げ捨て、盗人に転身する。

しかし、鋳掛け松は、「悪事はするが涙もろく、人の難儀を見ていられず、時折他人の難儀を救う」(八五一頁)盗賊、つまり「義賊」となり、祠堂金《しどうきん》を盗まれた花屋佐五兵衛《はなやさごべえ》の命を助け、盗んだばかりの金百両を恵む。鋳掛け松は、その佐五兵衛の娘お咲と不思議の縁で結ばれる。

鋳掛け松の父母は、刀屋森戸屋の恩を受けている。その森戸屋の息子宗次郎《そうじろう》の恋人お組の兄というのが、例のくりから伝次。その伝次が五十両の金の工面に苦しんでいるのを見て、宗次郎は、「千葉の屋敷の妙見様に、納められた金」(八四〇頁)に手を付けて伝次を救う。しかし、その金が返せなくなって、宗次郎は自殺に追い込まれ、お組もともに死のうとする。そのことを知った鋳掛け松は、森戸屋への恩返しにと、お咲の兄島屋文蔵こと、泥棒梵字《ぼんじ》の真五郎《しんごろう》から貰った百両の半金を宗次郎に与え、急場を凌がせるが、その金は北条家の印のついた紛失金で、不幸にも、宗次郎は追い詰められてしまう。鋳掛け松は、「危うい命をお助けした、金がかえって仇となり、宗次郎様にご難儀かけ」(八六六頁)てしまったことを悔い、宗次郎の身の潔白を立てるため、始終のわけを書置に認め、「身のいい訳に」(八七二頁)自害する。佐五兵衛は、「『悪に強きは善にも強い』、あっぱれ見上げた松五郎どの。恩を知らぬは人ではない」(八七二頁)とその自己犠牲を讃える。

この作品は、江戸の歌舞伎史にとって、見すごすことのできない三つの重要な歴史的意義を持っていた。第一に、新七と小団次との別れ、第二に、鋳掛け松の転身に托された社会批判と悪人の生成、第三に、新歴史劇の誕生である。

小団次が病に倒れる

第一に、小団次との別れ。

「鋳掛け屋松五郎。評判よく、大入りだった」(『著作大概』)。しかし、好事魔多しの譬えのとおり、この「大入り」芝居は三日間で打ち切られなければならなくなる。肝心の小団次が、病に倒れたのである。

『続々歌舞伎年代記』にいう。「小団次の鋳掛け屋松五郎は、河竹新七の作で、非常に評判がよく、時間の都合でカットしていた最後の場面、松五郎が切腹するところと賑やかな踊りの場面を、三月七日から付け加えて上演したところ、評判がますます高まり、近年稀に見る大入り・大当たりであった。けれども、わずか二日をすぎた三月十日から、小団次が病気になり、無理して舞台を勤めたが、その無理もできなくなってしまったので、どうしようもなく、興行はその日限りで打ち切り。小団次は、五月八日、五十五歳で亡くなった」(七〇頁)。

時に、新七、五十一歳。首席作者になってから、なにかと引き立ててくれた、気心の知れたこの先輩の死が、新七には耐えられなかった。彼は、『著作大概』に、そのときの状況を回想して、こう記している。

この芝居のとき、守田・中村・市村三座の町名主たちが芝居茶屋中菊に出て来られ、終演後、座の経営者・幹部役者・首席作者が呼ばれて、こういい渡されました。「近年、庶民の生活を描いた芝居は、人情の機微に触れること甚だしく、その結果、世情に悪影響をおよぼしかねないので、今後は万事あっさりと、色気なども薄く、なるたけ、人情に通じないようにせよ」と。一同、承知いたしましたとハンコをついて引き取りました。その帰り道、わたしは小団次の家に寄って、話を伝えました。小団次は顔色も悪く、「お前さん同様に、あっしも、庶民生活を演《や》って見せるなあ難しくなったんだねえ。作者とおんなじで、役者も、人情の機微に通じるように演ってるんだ。だのに、なんでえ。人情の機微に通じねえようにしろたあ、『泣く子と地頭』だね。しょうがねえ。止めるしかねえじゃあねえか」といいます。わたしは、いろいろ慰めて、『なにか武士の生活を対象にした新作を書きましょう』といって帰りました。明くる朝、芝居から通知があって、小団次が病気で出勤不可能とのこと。早速、見舞いに行ったところ、たった一晩で、面影が変わり、病勢が一気に悪化したかのように見えました。それ以来、だんだんひどくなって、彼は、五月八日に死にました。病気の原因は、全く右のいい渡しにあります。

この書き込みの誤り、ないし、記憶違いを指摘し、その真意を読み解いたのは、黙阿弥研究の泰斗渡辺保である。彼は、名著『黙阿弥の明治維新』（一九九七年〔平成九〕一〇月、新潮社刊）において、「黙阿弥は意識的に三月十日の小団次の休演と五月八日のその死を結びつけようとしているようにわたしには思える。黙阿弥がそうするのも『全く病根は右のいい渡しなり』という黙阿弥の感想を正当化するためにほかならない。黙阿弥のこの感想ははたして正しいのだろうか」（一七〜一八頁）と、疑問を呈した。そして、そのいい渡しが『鋳掛け松』とは直接関係を持たないこと、小団次がその後、一時、外出し得るまでに快方に向かったことを明らかにし、小団次の直接の死因は、春になっても納まらないその年の異常な寒気にあったのではないかと推測して、「こうしてみると、その後の演劇史の定説となった黙阿弥の、小団次の死の原因は『全く病根は右のいい渡しなり』という説は、必ずしも正確ではないことがわかる。それにもかかわらず、なぜ黙阿弥はそう思ったのか。黙阿弥が一途に、激しくそう思ったのは、黙阿弥が小団次と深く結びついていたからである。狂言作者としての黙阿弥の前半生は小団次なくしては到底存在しえなかった。黙阿弥三十九歳から五十一歳まで。作家として人間として、この十三年間が脂ののり切った時代であったことはいうまでもない。小団次はそういう黙阿弥を引き立て、黙阿弥またよくそれにこたえた。黙阿弥は小団次をなによりも徳としていた」（二八〜二九頁）。「黙阿弥すでに五十一歳。当時の定命をこえている。小団次を失って、定命をすぎた自分に、これから先なにができるか。そういう索漠たる想いが黙阿弥の胸を去来しただろう。やがてその想いは悔恨に変わる。三月九日の夜、小団次の家に行ってあの禁令を告げたことが小団次の死を早めたのではないか。なんであんな禁令を――。そう思えば、悔恨が自分から小団次を奪ったものとしての権力への憎悪に大きく変化し、クローズ・アップされたのも当然である。『全く病根は右のいい渡しなり』。黙阿弥のその心の痛手は、二十数年後まで深くのこっていたのである」（三一〜三二頁）。

見事な考察である。

小団次は、「新狂言の親玉」と染め抜いた幕を贈られた（『歌舞伎新報』第八八三号、五丁オモテ）ほど、新作を成功させる名人と称えられていたが、その「新狂言＝新作」を小団次に提供し続けたのは、ほかならぬ新七であった。しかし、逆にいえば、新七を幕末第一等の狂言作者の地位に上らせたのは、「新狂言の親玉」その人だったのである。

新七は、その「小団次をなによりも徳としていた」。そして、小団次没後、芝居界から疎外されていた遺児市川左団次を支え、引き立て、明治の名優に育て上げて、その恩義に報いたのであった。その話は後に詳しく述べることとする。

3　『富士三升扇曽我』その二、悪人の生成

社会格差への認識

「できるだけ人情の機微に触れないようにせよ」というお上の干渉は、直接、上演中の『富士三升扇曽我』を対象としたものではなく、当時の芝居一般の傾向についての命令であったかもしれない。

だが、『富士三升扇曽我』には、情の働きに棹ささない鋳掛け松の行動だけではなく、鋳掛け松を突き動かした、厳しい社会批判が認められる。

松五郎　本当に、この物価の高いのは、貧乏人殺しだ。老人じみたことをいうようだが、もう一度、どうか昔のような世の中にしてえものだ（七三二頁）。
松五郎　本当にこうしてお互いに、天秤担いで一日中、歩き回って稼いでも、これでやっと食うのがギリギリ。そうかと思やあ年がら年中、なにもしないで金を儲け、遊んで暮らす人もあり、不幸と幸福は人次第、とはいうものの同じ人間、思えばだらしのねえことだ（『黙阿弥全集』第五巻、七三三頁）。

この自己の貧しい生活状況と、他人の裕福な生活状況との間に横たわる格差の認識が、松五郎の転身への意志を準備する。

松五郎　なるほど、橋から下を見りゃあ、涼しくなってもまだ川に、幾艘となく屋根船が、芸者を乗せてあの騒ぎ、おれたちにゃあ手の届かねえことばかりだ。
ト、川のなかをじっと見て、癪に触った様子で、持った鉄瓶を思わず放り出す（七三四頁）。
松五郎　ああ、どう考えて見てもつまらねえ、どれ、早く店じまいして帰ろうか。
ト、荷を片付けはじめる。この時、船のなかで、島屋文蔵の声が聞える。
文　蔵　おい、秋の日は暑くってしょうがねえ。ちっと障子を明けちゃあどうだ。

お咲　気晴らしに、それがよろしうござんしょう。

ト、流行唄《はやりうた》になり、船の障子を開けると、なかに、羽織を着た、野暮な田舎者の扮装の島屋文蔵がいる。お咲が派手な妾の扮装で、文蔵に酌をしている（七三五頁）。

文蔵　これでお前の好きなものを買うがいい。

ト、お咲、金を手にとって見て、

お咲　いいえ、旦那、こんなにたくさんは……、

文蔵　残ったら芝居でも見ておいで。

ト、お咲の手を取ろうとする。この間、松五郎は荷を担ぎ、橋の上の適当なところまでやって来て、ずっと、船のなかを見詰めて考え込んで、

松五郎　こう見たところ、江戸者じゃねえ、群馬あたりの商人風だが、横浜《はま》ででも儲けた金か。気前のいい金使い。あれじゃあ女も自由になるはず、鋳掛け屋なんかをしていちゃあ、一生できねえあの贅沢。ああ、あれも一生、これも一生。

ト、つまらないという気持ち。此の時花道の揚幕のなかで題目太鼓の音がする。松五郎は耳を澄ませて、

あの太鼓は、日蓮宗の覚林寺《かくりんじ》か。

ト、考え込む。文蔵は思い付いたかのように、

文蔵　ああ、二十四日はたしか庚申《こうしん》の日、

お　咲　今夜は寝ると泥棒の、子が生まれると世の伝え。
松五郎　こいつあ宗旨を、
ト、うなずいて、鋳掛けの荷を川へ放り込む。ドンと水の音がする。その音で、お咲・文蔵びっくりして飛び退く。松五郎は橋の上で欄干に片臂《かたひじ》をかける。橋の上下で顔を見合わせる。それを合図に閉幕の拍子木。
変えなきゃならねえ。
ト、川面を見込む（七三九〜七四〇頁）。

このような、一人の人間の、善から悪への転身は、心理的な変化によるものではなく、「この物価の高いのは、貧乏人殺しだ」という、断末魔の幕政がもたらした社会的な貧富の格差の状況認識によって得られた結論である。

「不幸と幸福は人次第、とはいうものの同じ人間、思えばだらしのねえことだ」という状況認識。貧富の差によって生ずる不幸と幸福の格差。しかし、その格差は、社会的身分のそれとは違って、なんらかの方法で逆転させることができる。事実、鋳掛け松に転身の気を起こさせた豪遊する大金持ち島屋文蔵は、実は、梵字の真五郎という泥棒だった。

松五郎　群馬あたりの商人は、千両箱単位で儲けるから、大きな肚《はら》だと思ったが、大きいはずだ、名の高い、兄貴は梵字の真五郎。

文蔵　縁につながる弟も、噂に高い鋳掛け松（八二五頁）。

実直に生きている一人の人間が、士農工商のような社会的身分の高下ではなく、財力の高下、あるいは、貧富の格差を実感し、自覚したとたんに、そして、「富」に恵まれた豊かさに憧れ、それが他人の金＝財産を奪取することによって容易に、かつ、手っ取り早く獲得し得ると認識したとたんに、悪への転落が始まる。

いや、転落という受動的な結果ではない。悪の道に生きることを、人生の進路として、積極的に選び取るのである。もちろん、「手元にある品をなにげなく盗んだ場合、その金額が現金で十両以上、または、十両以上に見積もられる品物であれば、死刑」（石井良助著『第三江戸時代漫筆　盗み・ばくちその他』、四頁）という掟を承知したうえでのことである。

こうした社会的身分に関わる人間の格差にたいする反抗ではなく、したがって、決して集団的な反権力運動には転ぜずに、あくまでも個人的、私的な人生の進路として選び取られた盗賊への「転身」の提示、換言すれば「職業選択の自由の実現」は、しかしながら、やはりその「職業」の反社会的性格ゆえに、当局を苛立たせる原因となったに違いない。

しかも、鋳掛け松は、栄華を求め、贅沢な生活を求めて、「宗旨を変えた」はずなのに、彼は、「悪事はするが涙もろく、人の難儀を見ていられぬ」（八五一頁）という、持って生まれた性格のために、富貴に満ちた私生活を楽しむことができず、「時折他人の難儀を救う」ことになってしまう。それだけではない。「他人の難儀を救う」善意が仇となって、大恩ある森戸屋の若旦那を窮地に陥れ、結局、それを救うために自害するという不幸な人生の終焉をむかえるのである。まさに「不幸と幸福は人次第」なのだ。

その結果、鋳掛け松は、予定した「富裕な人々の織り成す社会」に入ることができない。彼はかえって、例えば、「寺門前の花屋」（八四八頁）に「成りさがったこと」（八五八頁）を恥じるような、世の裏面に生き、不幸が染み付いた人生を送る下層の人々の仲間に入り、盗みを事とする反社会的な境遇に生きることとなる。そして、上辺を取り繕う必要のない「人情の機微」に満ちた人生を送る人々の仲間として生きるのである。

ところで、鋳掛け松における人生の進路の選択によって、新七は、人間の行為の在り方に、新しい劇的世界を切りひらいた。

　あれも一生、これも一生。こいつあ宗旨を、変えなきゃならねえ。
　　ト、うなずいて、鋳掛けの荷を川へ放り込む。

それは、仮に人間の運命が、因果の理によって厳しく支配されているとしても、先天的な因果の理に自らの運命を委ねて生きて行くのではなく、自らの意志によって自分自身の生き方を選び取り、道を切りひらき、その選択・開拓に責任を持って生きるという、自己意識的に行為する人間の自由な生の世界である。

もっとも、新七が、そのような人生の選択を描いたのは、この鋳掛け松が最初ではない。これより七年前、彼は、すでに、自己の生き方を選び取る人間を描き出していた。一八五九年（安政六）二月、市村座で上演された『小袖曽我《こそでそが》薊色縫《あざみのいろぬい》』の僧清心《せいしん》がそれである。

鎌倉極楽寺の役僧清心《せいしん》は、大磯《おおいそ》の廓の十六夜《いざよい》という女郎に馴染み、放蕩を尽したかどで追放の刑に処せられ、十六夜とともに稲瀬川に身投げする。しかし、千葉県市川市行徳《ぎょうとく》の漁師の子に生まれた清心は、自然に泳げる体になっていたために、体が浮いて死ぬことができない。清心が、重しの石を袂に入れ、もう一度身を投げようとしたとき、梅見帰りの遊山船《ゆさんぶね》から賑やかな騒ぎが聞えてくる。

清　心　ああ、人の歎きも知らないで、面白そうな遊山船、死のうと覚悟はしたものの、耳に入って死ぬ妨げ、人の盛衰・貧福は、前世からの約束で、力で止めるわけには行かぬ、あれあのように面白う、芸者幇間《たいこ》を連れ歩き、騒いで暮らすも人の一生、その日の米もカツカツで、ボロをまとって門に立ち、物乞いするのも人の一生。またこのように身投げして、死のうというのも人の一生。死ぬに死なれぬ心の迷い、こりゃどうしたらよかろうなあ（『黙阿弥全集』第三巻、三七八頁）。

胃痛で苦しむ寺小姓恋塚求女《こいづかもとめ》を介抱し、胸をさすってやろうとたまたま懐に差し入れた手が財布に触る。「なかには五十両の大金」と聞いた清心は、死んだはずの十六夜を供養するために、その金がほしくなり、財布を取ろうとする。

清　心　胃痛に苦しむその胸を、さする拍子に金財布、手に触ったが互いの因果、悪事をするなと心では、自分に意見をしたものの、思い切れずにこの有様、悪い奴に見込まれたと、無理であろうがあきらめて、どうかその金貸して下さい（三八三頁）。

求女が承知するはずもなく、脇差を抜いて切りかかってくる。清心は傘でそれを受け止める。戦うはずみに、求女は、波除けの杭を斜《はす》に切り落とす。求女は脇差を打ち落とされ、よろめくはずみに、その杭で咽喉を突き、おまけに取り合った財布の紐が首にからみ、苦しんで絶息する。清心は、人を殺して取った金では十六夜の供養にならぬと、その脇差で腹を切ろうとする。そのとき雲間から月が顔を覗かせる。清心はそれを見て、死ぬのは止めて生き延びようと思い返す。

清　心　だが待てよ。今日十六夜が身を投げたり、おれがこいつの金を取り、殺したことを知ったのは、お月様とおれだけだ。人の寿命は五十年、せいぜい延びても六、七十。ボロをまとう人間でも、金さえあればできる楽しみ。同じことならあのように、騒いで暮らすが人の徳。

一人殺すも千人殺すも、死刑になるのは同じこと。どうせ悪事を始めたからにゃあ、泥棒仕事に精を出し、人の物はおれの物、贅沢三昧するのが得だ。こいつあめったに死なれぬわい（三八五頁）。

と独り言。脇差を川に投げ込み、求女の死体も、「ホラ、水葬だ」（三八五頁）と川のなかに捨てる。

余儀なく下層に生きる

「一人殺すも千人殺すも、死刑になるのは同じこと」。清心は偶然とはいえ、殺人という犯罪行為を経験した。そのあとで、その一時的に汚れた手を、恒常的に汚すことを決意する。転身のための踏み切り板を、進路選択の前に、彼はすでに踏み終わっているのである。つまり、彼の人生の選択とは、彼の予定にはなかった新しい路線の出現を迎えて、その路線に沿って進まざるを得ないことの確認だった。その点が、同じ善から悪への転身ではあっても、鋳掛け屋松五郎の人生の選択と違うところである。砕いていえば、「毒を食わば皿まで」なのであって、行き掛り上あとには引けなくなってしまった人生の路線変更なのである。

賤業とはいえ、鋳掛けという正業で飯を食っていた松五郎の、泥棒という社会病理的存在への転身を劇的なるものとして認識したのは、新七が、上方歌舞伎のお家狂言の伝統を受け継ぎ、ヤツシの戯曲構造を重視していたからであろう。

お家狂言が成立したのは、元禄時代（一六八八〜一七〇四）の上方歌舞伎においてだった。

若殿は廓遊びにはまり込んで勘当され、跡取のいなくなった国元では、性質の悪い継母と悪家老が権力を握って、国をのっとろうと企みます。忠義の家臣は命懸けで若殿のために働き、乱れた国の秩序を回復しようと苦心するお芝居（『三ケノ津浅間嶽二の替芸品定《かわりげいしなさだめ》』京之巻、平岡八十八《やそはち》の項――『歌舞伎評判記集成』第一期第一〇巻、一七〇頁）。

というのが、お家狂言の基本的な構造である。

お家狂言は、右の文章にも知られるように、「若殿の廓遊び」「勘当された若殿の没落した姿」「浪人して、若殿を世に出すために、また、国の秩序を回復するために苦しむ忠臣の苦労」といった見せ場を確立させた。

「若殿の廓遊び」を踏まえて成立する見せ場とは、「濡れ場」と呼ばれる濃厚なラブシーンである。また、「勘当された若殿の没落した姿」とか、「浪人して、若殿を世に出すために、また、国の秩序を回復するために苦しむ忠臣の苦労」が提示する見せ場とは、俗にヤツシ事という。つまり、高い身分の者が、落ちぶれて、昔の生活とは違うヤツシた生活＝落ちぶれた、みすぼらしい生活を強いられながら、本来の生活感覚を失わない、いわば、昔と今に引裂かれて生きているような、アイデンティティを失った両義的な人生を描く場面をいう。

その「強いられたみすぼらしい生活」という脚本構造上の最も注目すべき場面に焦点を当て直し、そこをクローズ・アップして、ヤツシをリニューアルしたのが、新七・小団次コンビによる幕末江戸歌舞伎の新風だったといえよう。

田沼意次によって断行された経済の構造改革に支えられて、ようやく上方文化を受け入れられるようになった江戸の文化状況。それを背景として、上方から人気作者並木五瓶を招くことに成功し、その力を借りて質的向上を計った江戸歌舞伎の改革。五瓶から四世鶴屋南北に、四世鶴屋南北から、その子孫を経て二世河竹新七にと、上方歌舞伎の劇作法が伝えられた。加うるに、上方歌舞伎で人となった四世市川小団次が、江戸歌舞伎の主導的立場に立った。その小団次に引き立てられて、新七は、西東の歌舞伎を集大成する歴史的役割を担ったのである。その過程で、彼は、お家狂言からヤツシの劇的行動を自立させ、クローズ・アップする手法を確立したのであった。

高貴な人物が、心ならずも、社会の底辺に落ちぶれて行く。ヤツシは、一個の人物が下降し、再び上昇して行く有為転変を示す。新七は、格差の増幅される社会的状況が、一個の人物に社会的病理集団への転身——身分制社会からの脱落、すなわち、自由の獲得——をうながし、ヤツシの再上昇の替わりに「滅び」をもってした。

その転身の実体を、彼は、僧清心に、鋳掛け屋松五郎に見出したのである。ただ、このような転身の劇作法が、新七独自の社会観察から得られたものか、あるいは、四世鶴屋南北が『解脱衣楓累《げだつのきぬもみじがさね》』ですでに試みた、堕落僧空月《くうげつ》が雷鳴をきっかけに心中の中止を図る趣向を介して発想したものかは、明らかでない。しかし、この種の人生の在りようが、よほど新七の気持ちを占めていたらしく、新七は、さらに、これに類した情景を、隠退後の一八八九年（明治二二）四月、古河黙阿弥名義で執筆した戯曲『千社札天狗古宮《せんじゃふだてんぐのふるみや》』の第一幕第三場に書き込んでいる。だが、それは、逆に悪事の進行を止めるためである。すなわち、金毘羅十吉《こんぴらじゅうきち》が天狗小助《てんぐこすけ》に、小助が拾った百両の金を半分寄越せと要求。それがもとで激しい喧嘩になり、十吉は、殺されることを覚悟のうえで、一言、小助に意見する。

十吉　素人ならば知らぬこと、互いに盗みをする身じゃあ、五十や百はわずかな金。別に遺恨のねえおれを、その金のせいで殺したら、それでおめえは人殺し。死刑になるのは当たり前。昼と違って夜になりゃあ、人の通らぬ箱根山、おまけに深い谷底だから、木の間の月が見るばかり。ほかに見ているものはねえ。しかし、「天知る、地知る」とやら。ひょっと誰かに見られたら、お前の命にかかわること。大した金ならともかくも、わずか五十や百の金、それで命を捨てるのは、盗人だけに割に合わねえ。卑怯で命助かりたさに、いうかとおめえは思おうが、決して命は惜しまねえ。いまいったのが気に入らなきゃあ、もう手向かいはしねえから、好きなように殺しなせえ。

ト、十吉、頭を下げて、覚悟の様子（『歌舞伎新報』第一〇〇〇号附録、六丁ウラ）。

しかしながら、こうした転身のドラマは、たんにヤツシ劇の伝統をリニューアルしただけで成立したわけではない。転身が現実化されたのは、その当事者に転身を可能にする条件が備わっていたからである。

すでに「『悪に強いは善にも強い』。人間の性は善なるもの。だからこそ、自覚して悪を脱け出し善に立ちもどった人間は、力強く、善に満ちた人生を生きることができる。だが、また、反対に、『天網恢恢疎にして漏らさず』、いつかはかかる天の網』なのであって、善なる性に立ちもどろうとはせず、悪業を続けて止まぬものは、遅かれ早かれ、天の罰を受けなければならない。これを一言で、『勧善懲悪』という。『善い行いを勧め、悪い行いを懲らしめる』。それが天地を支配する神の意志である」と書いた（本書、一六二頁）。

「性は善なるもの」と、新七は考える。性善説である。「悪に強いは善にも強い」と、新七はいう。性善説から導き出される当然の人間観である。

このような人間観が、下降したヤッシの状況と結び合わされたとき、新七のドラマが生み出された。あるいは、その発想が、人形芝居に多く見受けられる「モドリ」、すなわち、「悪人が善心に立ち返って、人生を全うする状況」と結合した結果と見てもよかろう。

ところで、このような役の創造は、歌舞伎の役者が久しく担い続けて来た、いわゆる「役柄」を完全に破壊するものであった。

役柄とは、社会における人間関係を明示する人間の基本的な存在類型をいう。それが成立したのは、一六八〇年前後（延宝末〜貞享末）のことであった。最初の役柄は、人間の基本的な性別、男女の間に生じた。男方と女方《おんながた》との区別である。その区別に、善悪の倫理的な人間関係と長幼の年齢による人間関係とが持ち込まれ、男方は、善の立場にたつ成人男子を表す「立役《たちやく》」と、悪の立場にたつ成人男子を表す「敵役《かたきやく》・悪人方《あくにんがた》」に分化するとともに、老人を表す「親仁方《おやじがた》」と、未成年の男子を受け持つ「若衆方《わかしゅがた》」とを輩出した。また、女方は、もっぱら年齢的な区別に焦点が当てられ、未成年の娘から若い成人女性を含めた善の立場に立つ者、すなわち「若女方《わかおんながた》」と、いわゆる年増を表現する「花《か》車方《しゃがた》」という分類を成立させた。女性の役は原則として善の立場に立つことが求められていたが、世間には、男性同様、悪の立場に立つ女性も存在する訳で、そのような役は、すべて花車方の受け持つところであった。以上のような六種類の人間類型によって、舞台には、男女・善悪・老若の人間関係を多角的に表出することが可能となったのである。

なお、役柄にはいま一つ、「道化方《どうけかた》（道外方）」を加えなければならない。その成り立ちは、歌舞伎の発生期にまでさかのぼり、数少ない歌舞伎学者の一人郡司正勝によれば、他の人間類型とは質を異にし、主として、「見物を滑稽なせりふとものまね的身振りで笑わせて劇を進行させる役目をもち、舞踊もよくした者が多い。性格は、多く阿呆振りを表現し、その扮装術も特定なものがあった」（『演劇百科大事典』第四巻、一三七頁）。道化方は、役の表現者である以前に、一種の特殊芸能技術の所有者だったが、歌舞伎が演劇として展開して行く過程で、阿呆という性格を獲得し、もっぱら観客に笑を誘う人間を表すようになって行った。

ところで、役柄は、脚本の劇的内容が複雑になり、役者の創造活動が多方面にわたるようになると、その人間表現のためのパターン化された枠組みが、かえって、表現の妨げとなるようになり、それにつれて個々の役柄の枠組みが崩れるようになって行く。

郡司正勝の意見によれば、役柄の崩壊・混淆は十八世紀の前半期に始まるが、役柄そのものが解体され、替って、個の人格形成が演技創造の格となって行くのは幕末、新七によって代表される。さしづめ、「善に強きは悪にも強い」という新七の劇的人間観は、立役と敵役という二つの役柄を同時に解体させ、両者の別を無視した人間創造を要求するにいたった。

役柄の解体は、登場人物が、先験的に当該役柄の属性を担うことを否定した。登場人物に与えられた性格は、先験的なものではなく、生成される人格の問題として舞台に描かれるようになったのである。鋳掛け屋松五郎の転身は、その典型的な例にほかならない。

立役・敵役系統の男方ばかりではない。女方の役にも、そのような悪の生成が担われるようになる。

女方における悪人の生成

新七は、手初めに、男勝りの女性像を描いた。一八五三年（嘉永六）二月、河原崎座に書き下ろした『しらぬい譚《ものがたり》』がそれである。

大友宗麟《おおともそうりん》の娘若菜姫は、宿敵菊池を討つために、下賤の女すずしろに姿を変え、菊池貞行に近付き、「なるほど、みんながいう通り、菊池の殿と知ったので、傘を求めるのを幸いに、この賤の家に連れて来て、恋を仕掛けてうまうまと、手に手を取ったそのとたん、身動きできねえ心の乱れ、あの貞行が懐に、菊池の家の大切な、宝の鏡を入れていて、蜘蛛の術も使われず、無念ながらに見逃して、一先ず帰したあの貞行」（『黙阿弥全集』第一巻、一四九頁）と、父の無念を受け継いで復讐の念を燃やす激しい女心を描いたのである。

しかし、若菜姫＝すずしろは、父の敵討ちという限定された目的に生きる武家の娘というにすぎず、まだ悪を担う立場にはいたらなかった。

　若菜姫に扮したのは当時人気の若女方初世坂東しうかであったが、次いで新七は、翌一八五四年（安政一）八月、河原崎座の盆狂言に『吾孺下五十三駅』を書き下ろし、そのしうかに、悪を担う女賊を演じさせた。

　すでに、天日坊の芝居として記述したこの作品には、坂東しうか扮する、「いま、街道に知れ渡る、〈人丸お六〉という」（『黙阿弥全集』第二七巻、八六三頁）女泥棒が登場する。

　しかし、お六は、生まれながらの女賊ではなく、木曽義仲の家臣今井四郎の娘梯《かけはし》という由緒正しい武家の姫君であったが、「餓鬼の時から手癖が悪く、小遣いほしさに風呂屋では、他人の衣類や装身具、金銭盗む板の間稼ぎ、美人局《つつもたせ》やら強請《ゆすり》やら、とうとういまではベテランで、立派な泥棒・かっぱらい、死刑承知の追落し、人丸お六と異名を取った、けちな女の盗人さ」（七三六頁）と、その切っ掛けは闇の中だが、とにかく、善から悪に生育した女性であった。

　このような、悪に成育する女性の人生を、新七が明確に描き出したのは、それから十年を経た、一八六四年（元治一）のことであった。前に触れた『都鳥廓白浪』で梅若丸を演じ、名子役の名をほしいままにした若女方三世沢村田之助のために書かれた『処女翫浮名横櫛』がそれである。通称を『切られお富』という。

　『切られお富』という名前から連想されるのは、『切られ与三郎』である。

　『切られ与三郎』とは、先に触れたように、新七の先輩三世瀬川如皐作『与話情浮名横櫛』の通称である。小間物を商う伊豆屋の若旦那与三郎は、千葉県木更津の浜辺でお富を見初め、互いに憎からぬ仲となった。しかし、お富は土地の親分赤間源左衛門の妾。密会がばれて、与三郎は、赤間一家の者たちに、なぶり切りに切りさいなまれるが、命だけは助けられる。一方、お富は、海に身投げするが、通り掛った船に乗っていた和泉屋の番頭多左衛門に助けられ、その囲い者に納まる。その家が、春日八郎の歌う「粋な黒塀　見越しの松」の、「玄冶店」の妾宅である。玄冶店とは、いまの地名では、東京都中央区日本橋人形町三丁目に該当する。三年後、傷癒えて、「切られ与三」とあだ名され、借金を無理強いしたり、強請《ゆす》りをしたりする小悪党となった与三郎が、その妾宅に、相棒の蝙蝠安《こうもりやす》と連れ立って強請りに行き、「仇な姿の　洗い髪」のお富と再会、「死んだと思ったお富たあ、お釈迦さまでも気がつくめえ」という名セリフとともに、傷だらけの顔でお富を強請るが、多左衛門にたしなめられて帰って行く。お富と多左衛門とは、実の兄妹であった。

この、『切られ与三郎』の人間関係を土台に、切られる人物を与三郎からお富に置き換えたのが、新七の『切られお富』である。赤間源左衛門実は盗賊観音久次《かんのんきゅうじ》の妾お富は、浪人井筒与三郎《いづつよさぶろう》との密会がばれ、源左衛門の手にかかって、なぶり切りにされるが、子分の蝙蝠安に助けられ、静岡県旧東海道の薩埵峠《さったとうげ》に茶店を出して同棲する。通りかかった与三郎と再会。彼が求める刀北斗丸《ほくとまる》を買うための金の調達を引き受け、安蔵《やすぞう》と連れ立って赤間を強請り、二百両を手に入れる。しかし、その帰り道、二人は金を取り合い、お富は安蔵を殺して金を与三郎に貢ぐ。しかし、お富の父親丈賀《じょうが》の口から、お富と与三郎は兄妹、殺した安蔵はお富の旧主と知れる。刀は与三郎の手にもどり、源左衛門とお富は自害して果てる。

吉田弥生は、この作品を読んで、お富が「実に血の通った人間として描かれている」(『江戸歌舞伎の残照』、七〇頁）と評した。確かな読みである。

吉田に、そのような感想を抱かせたのは、新七が、たんなる性悪女・不良女性を描いたからではなく、お富という「性善」な一個の女性が、悪人に生成する過程を的確に描出したからであろう。

お富の父親丈賀はお富にいう。「ええ、お前はお前は、いつの間にそのような悪党になったのだ」(『黙阿弥全集』第七巻、一〇五頁）と。本来、悪党ではない人間が、悪党になる。悪党に成長する。

お富が強請りをするのも、恋しい男であると同時にお主である与三郎に尽くす心、「強請り騙《かた》りもお主《しゅう》へのご恩返し」(一〇七頁）のためである。また、騙り取った二百両を、安蔵が独り占めにしようと企み、それを知ったお富が、安蔵に切りかかる。手傷を負った安蔵は、お富の手にした包丁を踏みつけていう。

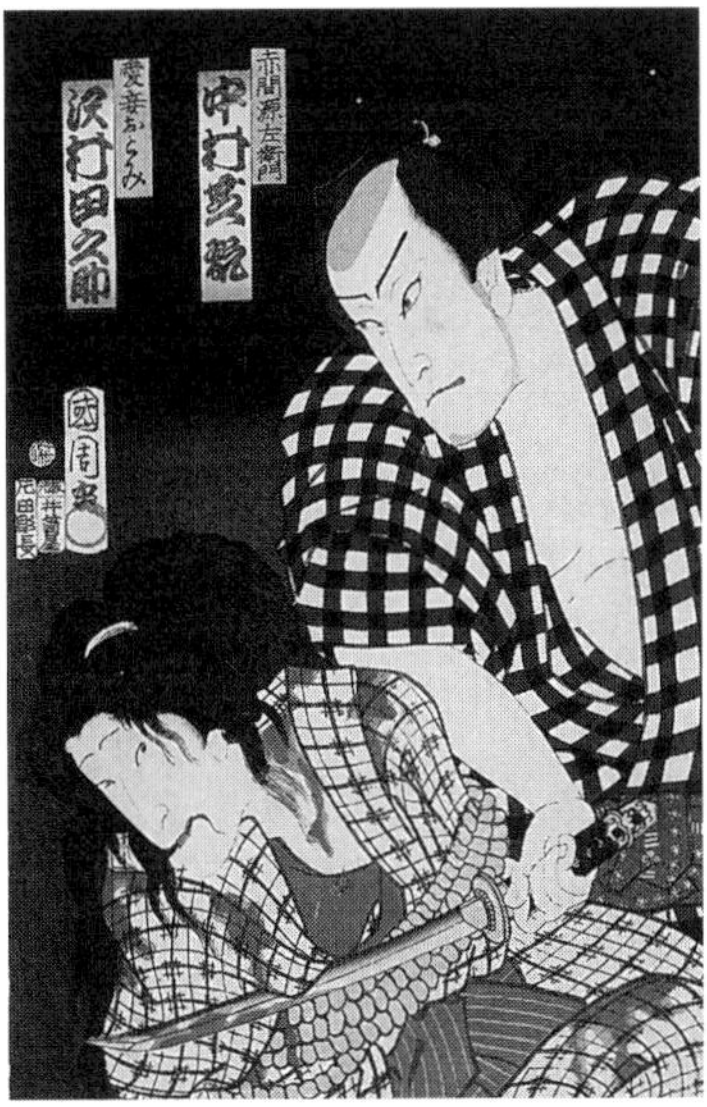

処女翫浮名横櫛
（三世沢村田之助〔切られお富〕元治１年７月再演，守田座）

安　蔵　いま息の根を止めてやるから、冥土《めいど》の土産に聞いて行け。赤間の妾の時分から、ぞっこん惚れて乞食を頼み、かどわかさせたそのうえで、強姦しようと思ったが、与三郎めに邪魔をされ、予定が狂った腹癒せに、簪《かんざし》・小柄《こづか》を証拠として、お前と与三との密会を、赤間に告げてその挙げ句、七十五針縫うほどの、傷をつけてやったのだが、思いに思う恋心、きっと晴らしてくれようと、介抱をして女房に、持ったは俺の悪心から。強請り騙りもおれが仕込み、挙げ句の果てに殺されちゃあ、あんまり馬鹿な目を見るものだ。ここは静岡、狐ヶ崎《きつねがさき》、そいつはもともとおれの金。取り返すから覚悟しろ（一一九頁）。

お富の悪の性格は、亭主である安蔵に仕込まれた、後天的なものなのである。悪に染まって行く過程を、お富は与三郎に、こう告白する。

与　三　やや、それではいまの金のため、連れ添う亭主を殺したとか、そういう事情があるからは、ここにいるのは身の危険、故郷に帰る我ともども、今宵この地を立ち去って、千葉のあたりに隠れ住み、所領に帰ったそのうえで、屋敷に引き取り妻としよう。

お　富　そのお気持ちは嬉しいが、赤間に傷を受けてから、蝙蝠安にすすめられ、三年このかた強請りや騙り、それだけでなく不届きな、人殺しさえ犯した身。殊に顔から体中、多くの傷のあるわたし。ご新造さまだ奥様だと、付き合い堅いお屋敷に、どうして行かれるものですか

（一二五頁）。

蝙蝠安に嵌められ、夫婦となって性を弄ばれ、悪の道に導かれる。のっぴきならぬ立場に追い詰められた環境の変化が、男社会のなかで自立性の弱い女性を、悪の世界に引きずり込んで行く。お富は、悪人に生成するのである。

この、悪人への生成に認められる説得性が、吉田弥生に、お富を、「実に血の通った人間として描かれている」と評させた大きな理由であろうと思う。新七は、役柄の解体という代償のうえに、劇的な行為と個の人格形成との関わりを重視するドラマを作り上げたのである。

新七は、その翌年、一八六五年（慶応二）閏五月の中村座に、今度は、小団次のために、俗に『女《おんな》定九郎《さだくろう》』と呼ばれる赤穂浪士劇の変種を書き下ろした。正確なタイトルを『忠臣蔵後日建前《ちゅうしんぐらごにちのたてまえ》』という。

小団次扮する「まむしのお市」は、間瀬《ませ》久太夫《きゅうだゆう》（金太夫トモ）と、同家の腰元おかやとの間に生まれた不義の子で、本名を「およし」といった。しかし、間瀬家に引き取られ、「母様（養母）に、蝶よ花よと育てられた、その愛《いつく》しみが仇となり」（『黙阿弥全集』第五巻、五〇〇頁）、自己中心的な我が侭娘（不羈奔放な人格）に育ち、親の定めた許嫁小山田庄左衛門《おやまだしょうざえもん》との結婚を厭い——多分、自分の意思とは無関係に、親が一方的に定めたがゆえに——、たまたま出会った定九郎《さだくろう》の魅力、すなわち、悪のニヒリズム、あるいは、社会通念のなかに埋もれて生きるのではなく、たといそれが「悪」であろうと、自立的な個の人生を生きようとする人間の魅力に引かれ、「定九郎命《いのち》」と腕に墨を入れるほど惚れ込んで、駈け落ち。二人の「悪の」生活を維持するために売春を事として京の私娼窟を経巡り、亭主の死後は、男性の子分を顎で使う「まむしのお市」と二つ名のある一廉《ひとかど》の姐御《あねご》に成長、「ありとあらゆる悪事の数々」（四九八頁）に手を染めて、自立的に生きて行く。しかし、お市は、塩谷《えんや》家を滅亡の危機に陥れたのが、ほかならぬ定九郎であり、その定九郎が盗んだ塩谷家の「系図」が、主家の再興に無くてはならぬ品であるとともに、その詮議のために、小山田庄左衛門父子が「不義士」の汚名を被ていることを知る。そして、自己の自立的人生も、より価値的な他者を犠牲にする似而非《にてひなる》自立だと覚ったうえ、自分が直接脅迫し、暴行を加えた相手が実の母親だと知って、「人の皮着た畜生の罪も報いももうこれまで」（五〇〇頁）と、「悪念発起」（五〇一頁）して、塩谷家に由縁ある人々を不幸に陥れた「系図の一巻」を、「親の定めた許嫁」小山田庄左衛門に手渡したうえ、鉄砲の筒先を自分に向け、足で引き金を引き、苦しみもがき、口から血を吐いて息絶えるのであった。

庄左　おお、「悪に強いは善にも強い」と、お前が所持する系図によって、塩谷のお家が再興すれば、不忠が君への忠義に変わる。

かや　末期になって娘が改心、冥土にござる旦那様（間瀬久太夫）も、さぞお喜びでございましょう（五〇二頁）。

男社会において、一個の女性が自立し、かつ安楽に生きて行くためには、多くの場合、生活力のある男に頼らざるを得ず、その男の人間的価値の如何によって、女の人生も支配されてしまう。鋳掛松の積極的な人生の選択に比べて、あくまでも受動的な悪の人生ではあるが、およしもまた、鋳掛松ではないが、「不幸と幸福は人次第」。頼った男の人間的価値の低さゆえに、悪の世界に生きる女性、人々に多大な被害を与える加害者へと生育。しかし、「悪に強いは善にも強い」のであり、「末期になって」初めて自立の真意に目覚め、「改心」という自己認識を実現して、自ら犯した「不忠・不孝」の罪を、死をもってつぐないながら、「性善」の根元にもどって「忠義・孝行」へと転じ、成仏するのである。

4 『富士三升扇曽我』その三、「活歴」への道

歴史物語を直接取材

「人情の機微に触れないように」との、小団次を絶望に追い込んだ命令は、鋳掛け松のような下層社会の「人情の機微」をのみ、取り締りの対象とするものではなかったはずだ。小団次が演じたもう一つの大役、『富士三升扇曽我』前半部の柱となる畠山重忠もまた、「人情の機微をうがつ」役であった。そして、この方が、武士に「人情の機微」を要求するだけに、かえって当局の不快感を煽ったかもしれないのであるが、新七・小団次のコンビは、忠信無二の主人公を創出することによって、たくみに幕府の検分の目を免れた。

「なにか武士の生活を対象にした新作を書きましょう」という新七の言葉が、小団次を「なぐさめ」、今後に希望を持たせる発言として記されているのも、気にかかるところである。

幼い曽我兄弟——一万・箱王——の武運を祈るため、八幡宮に代参した家来の団三郎《どうざぶろう》が、工藤家が催す武芸の試合を見て、酷評。中間たちに捕えられ、病気の祐経に代わって参詣した犬坊丸《いぬぼうまる》の前に引き据えられて、勝負を強要される。団三郎は、六人の武士を打ち据えたうえに、祐経の弟伊豆の次郎祐兼《すけかね》をも打ち負かし、恥辱を与える。それを遺恨に思った祐兼が、兄をそそのかして、「二人の兄弟が頼朝を敵とねらい、成人したらどんなことをするか分からぬ。急いで死刑になされませ」と、讒言させる。頼朝はその弁舌にまどわされ、一万・箱王を死刑に処すべく命じた。鎌倉の大小名は、それを歎き、二人の幼子の助命を歎願したのだが聞き入れられない。検使を命ぜられた結城七郎朝光《ゆうきしちろうともみつ》が、やむを得ず、刑場に出かけようとしたとき、畠山重忠が出仕して諫言。

曽我兄弟が、敵伊東の子孫だから死刑にせよとの思召しは、乱世に際しての政治のあり方。いまは天下泰平で、鎌倉山には草木もなびき、頼朝公のご威勢は、雷のように異国までも響き渡り、日本六十余州のなかに、敵対するものは一人もおりません。ですから、人々が助命を願うのは、これこそ、平和なときの政治のあるべき姿でございます。乱世の折には、武力によって人を従え、太平の世には、愛の力によって人をなつかせます。いまの世が乱世であれば、敵伊東の孫である一万・箱王を死刑に処せられるのは当然のこと、正しいご判断だと思います。しかし、いまの世は平和な時世でございますので、死刑に処すべき罪人でさえ、命を助けておやりになり、慈愛をもって人をなつかせなさるのが、源氏繁昌の根本、それを思っていならぶ諸大名、助命を願うのは間違っておりませぬ。これもまた正しい考えと存じます（六五三〜六五四頁）。

と、道理を尽して説得、さらに、「こりゃお話でございます、お聞きください」（六五六頁）と断ったうえ、ここに来る途中、宿駅で休憩していると、荷運び人足たちが、曽我兄弟死刑の噂をし、「工藤祐経が讒言《ざんげん》して、頼朝公に、曽我兄弟の死刑を頼んだに違いない。やれやれ、天下に役人なく、情を知らぬ盲ばかり」と軽蔑するのを聞きました。「このまま二人を死刑にいたしましたなら、頼朝公は天下を掌握する太っ腹の方と思っていたが、讒言を用いるとは、取るに足らぬケチな野郎だ。それを止めない大名たちは、情を知らぬ盲ばかりと、噂が噂を呼んで、話が全国に広まりましょう。そうなりましたら、武道の家としての源氏の価値もすたりましょう。頼朝公お一人のお心で、万人に非難されるというのは、北条殿をはじめ皆さん、嘆かわしいことではござりませぬか」（六五七頁）といい聞かせ、とうとう、「助命を命ずる」（六五九頁）と頼朝にいわせた。頼朝は、その場で赦免状を書かせ、それを重忠に渡した。

由比ヶ浜の刑場で、二人の首を打つ刀が振り上げられたそのとき、重忠が馬で駈けつけ、赦免状を読み上げて、一万・箱王は釈放される。

『富士三升扇曽我』は、『曽我物語』巻第三（『日本古典文学大系』八八）の、「源太《げんた》、兄弟めしの御つかいにゆきしこと（梶原源太景季《かじわらげんだかげすえ》が、一万・箱王兄弟を頼朝のもとに連れて来るお使いに行ったこと）」から「曽我へ連れて帰り、喜びしこと（二人の兄弟を曽我に連れて帰り、母親がこの上なく喜んだこと）」にいたる一連の事件に取材しており、畠山重忠の諫言は、そのなかの「畠山重忠、乞い許さるること（畠山重忠が、お願いして許されたこと）」および「臣下ちょうしがこと（賢人チョウシの逸話）」を下敷きにしている。

　このような歴史物語に直接取材して、その描写や文辞を用いることは、過去の狂言作りにはないことだった。

　もっとも、新七は、『曽我物語』の描写をそのまま写し取ったわけではない。例えば、「人々、君へまいりて、こい申さるること（人々が、頼朝公のご前に出て、懇願なさったこと）」の「人々」が、『曽我物語』では、梶原平三景時《かじわらへいぞうかげとき》・和田左衛門義盛《わだのさえもんよしもり》・宇都宮弥三郎朝綱《うつのみやのいやさぶろうともつな》・千葉介常胤《ちばのすけつねたね》の四人であるのにたいし、『富士三升扇曽我』三幕目「鎌倉営中《かまくらえいちゅう》の場」では、北条時政・千葉介常胤・佐々木三郎盛綱《ささきさぶろうもりつな》・結城七郎朝光・宇都宮弥三郎朝忠・梶原平三景時の六人に増やされており、また、畠山重忠の、「仏法や俗世間の掟をはじめ、中国・インドの例まで引用して、あれこれ申しあげた」（『曽我物語』―同上、一五九頁）博識多弁な諫言を、乱世と治世との政道の区別に単一化して述べさせている。

　それは、「乱世の折には、武力によって人を従え、太平の世には、愛の力によって人をなつかせます」という、政治のあり方を問う「倫理ないし原理」の主張であり、それにたいする頼朝の反論を受けて、一転、世間話に砕け、「このまま二人を死刑にいたしましたなら、頼朝公は天下を掌握する太っ腹の方だと思っていたが、讒言を用いるとは、取るに足らぬケチな野郎だ。それを止めない大名たちは、情を知らぬ盲ばかりと、噂が噂を呼んで、話が全国に広まりましょう。そうなったら、武道の家としての源氏の価値もすたるでしょう。頼朝公お一人のお心で、万人に非難されるというのは、北条殿をはじめ皆さん、嘆かわしいことではございませぬか」という、半ば脅迫じみた主張であった。

「もうお諫めはいたしませぬ。こりゃお話でございます。お聞きください」と、堅苦しい諫言から世間話に砕ける行き方が、新七の芝居作りのうまいところで、武士の役よりも下層庶民の役を得意としていた小団次は、諫言から世間話に変わるその変わり方がうまかったと伝えられているが、確かな資料に基づく説ではない。

「お話」が「諫言」の堅苦しさを脱していることは一読して明らかである。しかし、だからといって、それが庶民的な砕けた言葉遣いでないことはいうまでもない。強いていえば、改まった「物語」の口調——十音十拍以上の音・拍を連ねた語り口調——から、砕けた「話」の口調へと、言葉のリズムが変化し、七五、七七、七八、七六のような七音七拍を芯にしたなだらかなリズムのなかに、八音八拍、六音六拍、五音五拍という少し抵抗感のあるリズムを交えて、より話し言葉らしい調子に乗せて文章を綴っている点、前半の「諫言」より砕けた印象を与えていることは事実である。

九世団十郎の芝居の改良

新七は、これより先、一八五七年（安政四）五月の市村座で、小団次のために『敵討《かたきうち》噂古市《うわさのふるいち》』（俗称『正直清兵衛《しょうじきせいべえ》』）を書き、四幕目「佐々木館《ささきやかた》の場」の荒川隼人《あらかわはやと》に扮した小団次に、殿にたいする諫言をいわせていた。それは、七五調とは無縁の調子で、しかも、硬い言葉遣いで綴られていた。この作品は、小団次の正直清兵衛・女房お瀧《たき》の二役早替りで人気を得たといわれており、小団次の荒川隼人については伝えられるところがない。しかし、明治以降の小団次評価は、旧来の歌舞伎に批判的であるとともに、抜群の表現力を誇った九世市川団十郎の存在をフィルターとしてなされていることが明らかで、必ずしも、小団次の価値が客観的に評価されてきたとはいい難いのである。小団次は、もろもろの研究書や入門書では、下層社会の人間を表現するに長けた役者として通っているが、実は、お堅い武士の役、少なくとも、お家狂言における忠臣を得意とする役者だったと思われる。上方歌舞伎での彼の成功は、暗黙のうちに、その事実を物語っていよう。

九世団十郎は、文明開化の新しい時代に登場した新しい役者であった。彼は、旧来の文化を「改良」することに血道をあげた世の流れに乗って、「虚」の価値を重視してきた旧来の芝居の在り方を批判し、「実」の価値を主張して、芝居の改良を試みた。

彼はいう。「芝居を改良してみようと思い立ったのは、わたしが十三歳のころでした」（榎本虎彦著『桜痴居士《おうちこじ》と市川団十郎』、一七頁）。団十郎は一八三八年（天保九）の生れだから、数えで十三歳といえば、一八五〇年（嘉永三）。ペリーが浦賀に来航するのが一八五三年、日米和親条約の結ばれるのが、その翌年。開国か攘夷かと、社会の価値観に変動がもたらされる幕末の、騒然とする時期に当たっていた。

彼は、言葉を続ける。「改良の気持ちが起こったのは、土佐風の絵を習ったので、絵巻物を見たり、また、自分でも描いて見たりするうちに、なんとか、こういう具合に衣裳でも被り物でも本物そっくりにこしらえてやってみたい。いまの芝居でやっているのは、みんな『嘘』だと考えはしたものの、当時は、とても実行するわけには行きません。なにしろ、わたしの親父が実物の鎧を着て舞台に出ただけで、幕府に咎められ、江戸から追放されたくらいですから、実現させようがありません」と。

幕府の圧力だけではない。「次に困難だったのは、時代々々の言語風俗や故実などを教えてくれる人がいないことでした。学者や物知りはたくさんいましたが、その人たちと、河原者と賤しめられていた役者との間には厳しい境界があって、教えを受けることができません。河竹新七は、狂言を書くことは巧かったかもしれませんが、武家の故実を記した『青標紙《あおびょうし》』をのぞいたことのない人ですから、役には立ちません。という具合で、まことに困難でしたが、それにも負けずに、改良の工風をしていました」（一九頁）。

けれども、明治維新は、こうした悩みから団十郎を救った。「ご維新になって、いままでの社会との境界は自然に破れ、自由に交際できるようになりましたし、うるさく咎め立てする幕府のご法度も構わないようになって、長年思い描いてきた改良がやっとできるようになりました。けれども、それには甲冑の着け方、装束の約束、その着方など、実地に稽古してみなければダメだと思い、もと有馬家のお装束師だった松岡という人を呼んで、公家の式服の着方や武家の甲冑の着け方まで稽古しました」（二一〇〜二一一頁）。このような団十郎の意思を、明治新政府の文教方針が後押ししたのである。

その結果、元号が明治と改まるのと歩調を合わせるかのように、団十郎は、年来の所信を次々と舞台のうえで実行し始めた。しかし、それは、所詮、独りよがりの自己満足でしかなかった。世間の良識ある人々は、有職故実にはまり込んだ団十郎の演出を、当時の流行語「活歴＝活きた歴史」と呼んで軽蔑した。

世間では、それを、「新歴史劇の誕生」とは思わなかったのである。団十郎の腐心した芝居改良は、要するに、「活きて動く歴史絵巻」としか、受け取られなかった。もっとも、「活きて動く歴史絵巻」は、無言の行ではなかった。それには、「活きて動く歴史の言葉」が付随した。

団十郎は、セリフについて、回顧していう。「まずセリフでなく談話のようにいおうと最初に思い立ったものですから、いろいろ研究をしてやっと旧習を脱け出しましたが、そうやってできたセリフを、ほかの役者たちはいい難いいい難いと苦しがっていました。福地桜痴先生の脚本が演りにくいというのも、先生のお書きになるセリフが〝五七・五七〟の昔のリズムで調子よくできていないからです。しかし、わたしは平気だ。もともと自分の希望で新しいセリフを研究したのですから、字余りでも字足らずでも、一向に構わない。どんな文章でも、セリフにして表現しました。平重盛が父親の清《きよ》盛《もり》を諫める重盛諫言がそうです。なにしろ『平家物語』の名文をそっくりそのままセリフに書いてもらったのですから、わたしでさえ、よほど演りにくかったのです」（二三頁）。

しかし、『平家物語』の名文を嫌がったのは、仲間の役者だけではなかった。なによりも、見物の耳がそれを受け付けなかった。

しかし、新七が小団次のために書いた、平重盛諫言ならぬ荒川隼人諫言も、そのあとを受けた畠山重忠諫言も、ともに、七五調の調子のいいリズムを避けて綴られていたのである。九世団十郎が、得々として自慢げに語る新しいセリフの創造や「活歴」調のセリフ術は、新七・小団次コンビによって、とっくの昔に試みられ、小団次はそれを、すでに自家薬籠中のものとしていたはずである。

新七と小団次は、幕末の江戸庶民の「人情の機微」を芝居に仕立てただけではなく、歴史的人物における「人情の機微」を核として、「活歴」ならぬ、真の新しい歴史劇を創造したのであった。

小団次の死の遠因になったという、お達しの、「人情の機微に触れること甚だしく」は、たんに鋳掛け松のような庶民生活を対象とする作品にのみ関わるものではなく、新しい歴史劇の根底にまでおよぶものであった。だからこそ、新七は、「庶民の生活を描いた芝居」にたいする禁令を逆手にとって、「武士の生活を対象にした新作を書きましょう」といい放ったのである。

しかし、これが、新七・小団次コンビの終焉であった。「人情の機微に触れること甚だしい」芝居作りを、あたかも形見のように新七の手に委ねて、小団次はこの世を去って行った。そして、小団次と結ばれて、新しい人情劇の道を切りひらいた新七は、小団次と結ばれて、新しい歴史劇の開拓者という栄誉を担った。

ちなみに、団十郎の演劇改良運動の成果を「活歴」と名付けたのは当時の幕末・明治の戯作者であり、新聞記者であった仮名垣魯文だというのが、「明治演劇史の常識」、すなわち、「定説・通説」となっている。たとえば伊原敏郎（青々園）という劇評家は、著書『市川団十郎』に、こう記している。

一八七八年（明治一一）十月の新富座で、新七は、団十郎のために、斎藤実盛が駒王丸（後に成長して木曽義仲となる）の命を救う芝居『二張弓千種重籐《にちょうのゆみちぐさのしげどう》』を書いた。そのときの団十郎の実盛の衣裳は、「相変らず故実を調べたものであった。そして、例の仮名垣魯文が、『仮名読新聞《かなよみしんぶん》』に、団十郎の演技表現を評して『活歴』という新しい造語を使った。『活歴』とは『活きた歴史』というコトバの略語で、団十郎が歴史上の人物に扮するに当たって、むやみに写実にしようと努めることを指していったのであるが、この未熟な新造語は、これ以来、世間に広く用いられ、今日にいたっても、『活歴』の語は、団十郎の名を連想させながら、世間一般に、そのように理解されている（一九一〜一九二頁）。

と。

間違いである。真っ赤な嘘である。

この伊原説の誤りを、根本的にただしたのは、優れた演劇学者松本伸子《まつもとしんこ》であった。松本はいう。

「このコトバが、最初、誰によってどういう具合に使われたのかは不明だが、それはともかくとして、すでに一八七二年（明治五）四月十三日の東京日々新聞の諭言一則《ゆげんいっそく》という欄に、『人名・事実を正しくして、活歴史とし……』という風に使われており、さらに新富座開場の一週間ほど前の一八七八年五月三十日の郵便報知新聞の雑報欄でも、団十郎が依田学海《よだがっかい》に史劇上演の際の校訂を依頼したという記事のなかに、『したがって、今度の芝居はいよいよ本当の活歴史であろう……』と用いられている。そして、開場式当日の六月七日付読売新聞は、『新富座開場に際して、ある人からあちこちに送られた印刷物』についての記事をのせており、その印刷物の内容を引用したなかに、『勧善懲悪の活歴史を演じて……』とあるのだが、このある人というのが誰かはさておいても、この印刷物の広告文らしいものが、魯文の使うよりだいぶ前に、『活歴史』という語を使っていたことは明らかである」(『明治前期演劇論史』、一六八頁)と実証した。

これだけを見ても、伊原説の好い加減さが明らかであるが、いまだに、その非学問的なダメ説が、世間の人々の、権威にたいする甘さ・無防備さを嗤《わら》いながら、「定説」としてまかり通っている。「演劇史の常識・定説」が、「演劇史の事実・真実」を伝えているとはいえないのだ。

「活歴」の語はともかくとして、新しい歴史劇としてのその実体は、「嘘を真にする」幕末の江戸歌舞伎のなかに、すでに芽生えていたのであった。たといそれが、有職故実に即した衣裳や装置とは無縁のものであったとしても……。

新しい歴史劇への志しは、「青標紙」に忠実な「活歴」ではなく、歴史のなかに埋もれた「人情の真実」を掘り起こすドラマとして、新七・小団次コンビの芝居作りのなかに、すでに第一歩をしるしていたのである。

新七は、こうして、たんなる先行作の焼き直しではなく、改めて古典に材を求め、自分の目で古典を読み深め、そこに描かれた人間の生き方を想い描きながら、想像力を駆使して、新しい筋＝人間の社会的な行動の展開を創造し、人物を造形するという芝居作りの基礎を築いたのであった。

第六章　新七と明治維新

1　「一世一元の制」始まりとともに

新七にとっての明治維新

小団次の死後一年半。明治維新が起こる。「しかし江戸の市井の一劇作家、一人の庶民の小さな胸のうちに『明治維新』がはじまるのは、慶応二年（一八六六）五月八日、この小団次の死の日であった」（『黙阿弥の明治維新』、三三頁）と渡辺保は指摘する。

だがその日、本当に、新七に明治維新が始まったのだろうか。新七の仮名垣魯文宛て書簡にも、「河竹新七の伝」（『魯文珍報』）にも、この時期について触れるところがない。『著作大概』の記録をたどってみよう。

一八六六年（慶応二）

契情曽我廓亀鑑（三世沢村田之助〔おさわ〕慶応3年2月，市村座）

○守田座も、小団次の没後は不入だった。

一八六七年（慶応三）市村座

○『契情《けいせい》曽《そ》我《が》廓亀鑑《くるわかがみ》』

○大道芸人小町お静を演じた三世沢村田之助の評判が高く、大入りだったが、興行中に田之助の足の指が痛み出し、舞台を勤められなくなって休場。それにともなって、芝居も閉場してしまった。田之助が引っ込んでからは、どんな狂言を上演しても不入りだった。

田之助の足指の痛みとは、彼を終生悩ました業病脱疽《だっそ》の初期にほかならない。以後、田之助は、両手両足を切除せねばならなくなり、達磨同然の体になっても、気丈に舞台を勤めていたが、後に発狂し、一八七八年（明治一一）、悲劇的な一生を閉じるにいたる。

ところで、この『契情曽我廓亀鑑』は、実は、小団次の遺児市川左団次を世に出すきっかけとなった新七の苦心作だったのである。『続々歌舞伎年代記』にいう。

作者河竹新七は、常々左団次に同情してあれこれと考えた末、近年、大阪から来た市川市蔵《いちかわいちぞう》が色気のある敵役に成功しているので、左団次もそれにならわせようと思い、そのためには、第一の欠点である大阪訛りを出させないことが肝要だと、この芝居の二幕目に「無言の箱王」という一幕を書き加えた。滝に打たれて無言の行をしている箱王（曽我五郎）を、大勢の敵役がさんざん嘲っていると、箱王が「いまこそ、満願、成就したか。アラ嬉しや」と、敵役を取って投げ、闘争におよぶというのであったが、この役は左団次にうってつけで、セリフはたった一言。河竹の計画が図に当たって、始めて左団次に人気が出、また、二役の牛島主税《うしじまちから》も、安っぽい敵役ながら好評を得たのは、父小団次の栄光のお陰でもあろうが、河竹の恩恵によるところ頗る大きい。牛島主税の「父親にも先立たれ、頼りも少ねえところから」というセリフが大受けに受けた（七七頁）。

小団次の死の日に始まった、新七の明治維新とは、後に東京歌舞伎の名優の一人と謳われた市川左団次＝小団次の遺児に、栄光の第一歩を印し付けさせることから始まったのであった。

人気役者沢村田之助の病気休場は、芝居町に閑古鳥を鳴かせることとなった。以後、新七は、守田座の十月興行に、人気役者四世中村芝翫に、闘争に明け暮れる侠客勢力富五郎《せいりきとみごろう》の役を演じさせた作品『巌石砕瀑布勢力《がんせきくだくたきのせいりき》』を書いただけで、翌一八六八年の春を迎えた。

一八六八年、すなわち、その年の九月八日、元号が「慶応」から「明治」に変わる。代始改元であり、「一世一元の制」の始まりであった。

『著作大概』「明治元年」の項に、新七は書き記した。

市村座は在来の狂言ばかり蒸し返していたので、わたしは、新作を書かなかった。八月にも、前半が伊達騒動の旧作で、後半が、百年も前に書かれた『葛《くず》の葉《は》狐《ぎつね》』（『芦屋道満大内鑑《あしやどうまんおおうちかがみ》』）。朝廷の勢力争いを背景に、信田《しのだ》の森の白狐が安倍保名《あべのやすな》と情を交わし、陰陽師安倍晴明《あべのせいめい》が生まれたという異類婚姻伝説を描いた義太夫狂言である。『伊達騒動』では、四世市村家橘《いちむらかきつ》が五世尾上菊五郎と改名し、下男小助《こすけ》を務めた。『葛の葉狐』では、人間に化身した白狐を五世大谷友右衛門、その相手役安倍保名には初世河原崎権十郎が扮した。信田の森で葛の葉狐を助け、悪人を討つ奴与勘平《よかんぺい》を左団次にさせようと思っていたところ、同座に興行資金を供給し、依然として権力を握っていた元河原崎座の座元五世河原崎権之助がウンといわず、与勘平の役は、五世尾上菊五郎に持って行かれてしまった。権十郎は、後に九世市川団十郎となって勢威をふるうのだが、当時は、権之助の養子で、まだなにもできない時分。とはいえ、彼はそもそも七世団十郎の五男で、親の七世は小団次の師匠だった。したがって、小団次が、「師匠のせがれ」だからと、わたしと相談して、いままで権十郎を引き立てて来てやったことを思うと、左団次に、与勘平ぐらいの役はさせてくれてもよかろうに、そのように我意を通すとは、権之助は義理を知らない奴だと愛想を尽かし、小団次の未亡人から預かっていた左団次と一緒に市村座を止めて、翌年から、わたしは守田座に出勤した。

市川左団次を育てた新七

「小団次の未亡人から預っていた左団次」。

小団次には、三人の子供がいた。第一は弟子の升若《しょうじゃく》で、芸養子に迎えた初世市川左団次。第二は、かつて自分が養子に入った大阪道頓堀の芝居茶屋鶴屋の娘お竹との間にもうけた実子福太郎、後の初世市川右団次。第三は、福太郎母子と別れ、江戸に下る際にめとった初世中村歌六《なかむらかろく》の娘お里との間に生まれ、須原家の養子となった五世市川小団次。

初世市川左団次は、一八四二年（天保一三）五月、大阪に生まれた。父は、小団次の床山新駒屋清吉《とこやましんこまやせいきち》。幼名を小米《こよね》。小団次が名付け親だったという。後、改名して、升若。一八六五年（元治《がんじ》二）正月、江戸に招かれて中村座に出勤、『鶴寿亀曽我島台《ちよばんぜいそがのしまだい》』に左団次と名乗ってお目見得の舞台を勤めた。小団次・河原崎権十郎・二世岩井紫若《いわいしじゃく》のなかにはさまり、信田小太郎《しだのこたろう》の役。「適当なところで笠をとると、中村座の奥役《おくやく》（役者雇用の責任者）が惚れ込んだだけあって、素晴らしい男振り。客席は喝采に沸いたが、セリフの大阪訛りがきつく、その喝采はたちまち罵声と嘲笑に変わり、さんざんの不評であった」（『続々歌舞伎年代記』、五九頁）。同年十月、小団次との養子縁組成立。しかし、翌一八六六年（慶応二）に小団次が亡くなったので、たちまち後ろ盾を失い、かつてのご贔屓も弟子たちも離散して、顧みる人もいなくなってしまった。

左団次の遺児二世左団次は、そのころの家庭の様子をこう記している。

わざわざ養母のところにきて、江戸歌舞伎を守り立てた名人小団次の名前を汚すおつもりか、汚さぬおつもりなら、早速、左団次を追放なさるがよかろう。そうすれば、門弟一同、亡き師のご高恩にむくいるだろうなどと、門弟のなかから代表を立てて勧めにくるものがいます。父は傍で聞いていて無念なこと、このうえもない。忌々しい奴だ。養父が在世中は、自分を若旦那とか若親分とかいっておきながら、その舌の根の乾かぬうちに、この悪口は何事だ。人に顔を合わせれば合わせるだけ、恥に恥を重ねるのだと、つくづく自分の身に愛想が尽き、なぜ自分はこうも不甲斐ないのだろうと、拳をふるわせて立腹したそうです。名跡を汚させるのも汚させぬのもわたしの勝手、決して人様のお世話にはなりませんと、養母がきっぱりと返事をすると、彼らは、末が案じられるというように苦笑をして帰って行きます。そこで、そんなことやなにやかやと口がうるさいので、とうとう住み慣れた猿若町の家を引き払い、別荘にと求めておいた向島《むこうじま》の柳島《やなぎしま》に、養母と一緒に引っ越したのです（『父左団次を語る』、七八〜七九頁）。

養母とは、小団次の後妻おことのこと。柳島とは、江戸の外れ、いまの東京都墨田区業平のあたりをいう。

世間から見捨てられたような左団次母子。それを救ったのが河竹新七だった。

「どうか養父の家を継ぎ、養母にも安心させられるよう、お守りください」と、夜毎に井戸水を浴びて柳島の妙見《みょうけん》様を祈り続けていた左団次。その満願の日に、「母子にとって、神とも仏とも頼むべき大恩人が、柳島の詫び住居を訪ねてきたのでした。その人こそ、ほかならぬ狂言作者の河竹新七氏だったのです」（『父左団次を語る』、八三頁）。

「わたしがこれだけの作者になったのは、小団次さんのお陰です。そのご恩返しに、左団次さんを引き立てるから、芝居にお出しになってはいかが」（五九頁）と、再三再四、左団次の舞台復帰を養母にすすめ、挙げ句の果てに、「今度は三年間、わたしの子として任せてもらいたい」（六〇頁）と、新七は、左団次の身柄を引き受けることとなった。そして、翌春から左団次は、新七のいる市村座で、再び舞台を踏み、年間を通じて地位相応の役がつきはしたものの、評判は湿りがちであったという。そうして、問題の年、問題の月を迎えた。

「小団次の未亡人から預かっていた左団次と一緒に市村座を止めて、翌年から、わたしは守田座に出勤した」。

守田座の座元は、十二世守田勘弥。歌舞伎の近代化と歌舞伎役者の社会的地位の向上に大きな役割を果たした、大興行師である。新七の守田座移住は、その大興行師との出会いを意味した。

その最初の正月興行『当訥芝福徳曽我《あたりどしふくとくそが》』に、新七は、敵役の篠塚軍藤太《しのづかぐんとうだ》という役を左団次に配し、次いで三月興行の『好色芝紀島物語《こうしょくしきしまものがたり》』でも、源四郎坊主《げんしろうぼうず》という憎まれ役を左団次にあてがった。

左団次は、それまで、敵役をしたことがなかった。容貌と押出しに恵まれた左団次には、いつも、すっきりとした色男役や、おっとりとした美男の役などが与えられていたのであるが、新七は、それらの役で芽の出なかった左団次であってみれば、いままでとは正反対の役で、その可能性を試してみようと思ったのである。

樟紀流花見幕張（初世市川左団次〔大竹初蔵〕明治3年3月，守田座）

新七の、この試みは成功した。「芝紀島物語は河竹の作で、左団次の源四郎は憎々しさも十分、いままでとは別人のようだとたいへん好評だったから、河竹も世話のし甲斐があると喜んで、ますます力を添える気になったという」（『続々歌舞伎年代記』、九四頁）。ただ、依然として大阪訛りが抜けず、そのため、相手役の三世沢村田之助と三世中村仲蔵という、芸にうるさい名優たちに、舞台で叱られ続けたと伝えられている。もっとも、それが左団次の修業の薬になったことは否めない。

こうして新七は、左団次を育てることによって、亡き小団次の恩義に報いたのだが、その最初の実りともいうべき作品が、翌一八七〇年（明治三）三月、左団次の可能性にかけて守田座に書き下ろされた『樟紀流花見幕張《くすのきりゅうはなみのまくばり》』通称『慶安太平記《けいあんたいへいき》』であった。

「左団次の忠弥、大入り」と、新七は『著作大概』に特記している。「忠弥」とは丸橋忠弥《まるばしちゅうや》のこと。講釈や実録で知られる「慶安事件」、つまり、一六五一年（慶安四）七月に露顕し、未遂に終った由井《ゆい》色した脚本である。

正雪《しょうせつ》・丸橋忠弥・加藤市郎右衛門《かとういちろえもん》・金井半兵衛《かないはんべえ》ら牢人たちによる反乱計画、徳川幕府転覆計画を脚色した脚本である。

『樟紀流花見幕張』は、慶安事件と四つに取り組んだ一大叙事劇で、新七が書いた歴史劇のなかでも、素晴らしい出来の作品である。全六幕の長篇。なかで丸橋忠弥は、四幕目の「足利城外《あしかがじょうがい》の場」と六幕目の「丸橋寓居《ぐうきょ》の場」で大活躍をする、線の太い、豪快な大酒呑み。ただ、酒の上の不用意な一言で、自己の破滅を招くとともに、由井正雪をはじめとする同士を訴人する結果を生み、天下簒奪の企てを挫折に導く。

体制＝幕府によって組織された秩序を破壊するために立ち上がった反体制側の志士たちの志が、蟻の一穴から崩壊し、志士たちは滅びる。志士たちだけではない。その周辺に生きる女性たちが、いずれも自死を遂げて滅びて行く。志士たちの滅びとともに、その現世の愛も滅びるのだ。主役は首謀者正雪であり、忠弥は脇役の一人にすぎない。けれども、新七が左団次に割り当てたその脇役は、主役を引き立てる縁の下の力持ちではなく、酔いにかこつけて城の堀の深さを計測したり、逆に大酒呑みの一失で、同士の計画を暴露してしまったり、捕り手を相手に大奮闘するという見せ場を担った大役だった。

忠弥は当たった。『続々歌舞伎年代記』には、次のように記されている。

作者河竹新七が左団次を引き立てていたとは、前にも述べたことがあったが、特に、左団次の真価を発揮させたのは、この丸橋忠弥で、例の堀端と捕り手相手の大奮闘が呼び物になり、大入り大当たりを独り占め。そのために、他の劇場は客を奪われた結果、閑古鳥が鳴くくらいで、左団次はたいへんな名誉に浴し、その喜びは口ではいい表わせないとのこと。また、河竹もいろいろ左団次のために尽くし、ああでもないこうでもないと工夫に工夫を重ね、一八六二年（文久二）五月、守田座の宮本武蔵の芝居（『三升蒔画卮《みつぐみまきえのさかずき》』）で、亡くなった三世市川市蔵が宮本武蔵を務め、風呂場から薮へと大掛かりな闘争を見せて喝采を博したので、今回、それを取り入れたところ、見込み通りに成功し、たいへんな人気を博したので、新七も大喜びだったとのことである（一〇三頁）。

新七は、翌年、同じ守田座で、赤穂浪人による吉良邸夜討の芝居『四十七刻忠箭計《しじゅうしちこくちゅうやどけい》』を書き、酒の上の失敗で、夜討の義士の列に洩れた不義士小山田庄左衛門《おやまだしょうざえもん》を左団次に演じさせた。それが、またまた、大当たり。「左団次の小山田は、はまり役で申し分なく、丸橋以来の当たりだと、評判がよかった」（二一九頁）と、『続々歌舞伎年代記』は記録している。

①大酒呑みで、酒の上で大失敗する。

②些事にこだわらぬ豪快で剛腹な人物であるが、その性格が、自己の破滅を招来する。

新しい男性像の発見であり、創造である。こうして、新七は左団次を世に出し、おことと未亡人との約束を立派に果たすとともに、小団次に負った恩義に報いることができたのであった。

2　文明開化と新七

新しい時代との対決

新七の明治維新は、こうして、左団次の出世、すなわち、小団次への報恩とともに始まった。あえていえば、新しい表現者の養成と、それを介した新しいドラマの創出である。

とはいえ、芝居界内部のそのような試みだけが、彼の明治維新のすべてではなかった。新旧二つの時代、新旧二つの社会を生きざるを得なかった新七にとって、明治維新とは、文字通りの「ご一新」にほかならなかった。そして、新七は、「ご一新」の結果出現した新しい社会との対決を経験しなければならなかったのである。

「ご一新」が明らかにした「開化　対　未開」の諸相。それは、未開すなわち野蛮な日本文化を負った者の、文明開化との全面的な対決を意味していたのだ。対決という言葉は当たらないかもしれない。未開すなわち野蛮な日本文化を負った者が、開化された未知のもろもろの事象を経験しながら、それらの価値を計る態度とでもいうべきかもしれない。

「開化　対　未開」。両者は互いに、他を相対化しているのだが、荒浪のように押し寄せて来た「ご一新」は、そのような本質論的思惟を無視して、それがただ「開化された西洋文明の所産」であるという理由だけで、諸々の事象の価値の絶対性を信じ込み、過去の日本文化の所産を「未開＝野蛮なるもの」すなわち「無価値なもの」として、頭から否定し去る傾向をあからさまにした。
「開化」とはCivilizationの訳語であってみれば、「文明開化」とは、同語反復である。それほど強調すべき、重要な価値を持った事象として、西洋文明の生み出したもろもろの精神的・物質的成果が渇仰された。反対に、「未開」な過去の日本文化の所産は、否定されて当然なのである。

その結果、新七が吐露したのは、旧時代の「死」と新時代の「生誕」に関する実感であった。死＝滅びと、生誕＝生まれ。新七は、旧時代にたいする挽歌を奏で、新時代にたいする讃歌を歌った。新時代にたいする讃歌。それは、優れた「散切物《ざんぎりもの》・散切狂言《ざんぎりきょうげん》」にほかならなかった。
「散切」とは、散髪した髪型、つまり、丁髷《ちょんまげ》を切って、頭の真中から髪を左右に分けた髪型をいう。頭髪を「散切」にした「散切り頭」。それは、別名を「開化頭《かいかあたま》」ともいうように、文明開化の視覚的な象徴であった。その散切頭の人物が登場し、文明開化のさまざまな風物がちりばめられた新奇な視覚的世界を描き出した狂言が、「散切物」「散切狂言」と呼ばれている。

散髪脱刀令

一八七一年（明治四）八月九日、いわゆる「散髪脱刀令《さんぱつだっとうれい》」が公布された。

このお触れにたいする反応はさまざまだった。「自由である」というのだから、若い新しがり屋は喜んで散髪する。思い切りの悪いのは、首を切られるような気になって、なかなか決心がつかなかった。

散髪《さんぱつ》、制服、略服、脱刀《だっとう》等、自今《じこん》勝手タルベク、尤《もっと》モ礼服着用ノ節ハ帯刀《たいとう》致スベキ旨、仰セ出サレタリ（『新聞雑誌』八月第一〇号――『明治文化全集』第二四巻、四七八頁）。

〔現代語訳〕「今後は、丁髷《ちょんまげ》を切って髪形を散切り頭にするのも、制服を着たり、略服を用いたり、刀を差さないのも、自由である。ただし、礼服を着たときは、刀を差すように」とのお触れであった。

当時、世間で流行った歌。「ザンギリ頭をたたいて見れば、文明開化の音がする。チョンマゲ頭をたたいて見れば、因循《いんじゅん》姑息《こそく》の音がする」（『キング』第七巻第一号付録『明治大正昭和大絵巻』明治四年「散髪令が出る」の項）。「因循姑息」とは、古い習慣などに馴染んで、それを改めようとはせず、その場を一時逃れに逃れること。その歌が、「ザンギリ節」と呼ばれて、翌年も流行したという。

小西四郎は、散髪脱刀令についてこう記している。「これまでの日本人男子の頭髪は丁髷（ちょんまげ）であり、それは日本独特の風習で、欧米人から奇異の目で見られていた。これを廃して欧米並みの散髪に変えようとして発せられた法令で、明治六年三月には天皇も散髪し、散髪はかなり急速に人々の間に普及し、文明開化の象徴ともいわれた」（『国史大辞典』第六巻、五九八頁）と。

新七自身は、思い切りの悪い方であったようだ。残された写真によれば、彼が髷を切ったのは、お触れから大分経った、一八七五年（明治八）から七八年（明治一一）の間と察せられる。新七の頭も、しばらくは、文明開化から取り残された「因循姑息の音」がしていたのだ。新しい文明の価値を計りかねていたかのように……。

散切り頭は、文明開化の象徴であったが、その歴史的・社会的な意義を明確に説き明かしたのは、旧来の通説・定説に根本的な疑義を呈して、維新を挟む二つの時代を生きた歌舞伎に、新しい考察を加えた神山彰であった。

彼は、「『もの』の構造として見る散切物」という極めて刺激的で価値高い論文のなかで、以下のように論じている。

○「散切物」には、お定まりの公式見解的批判が用意されている。曰く、旧来の劇作術を出なかった、曰く、旧劇の作者の限界があった、曰く、新風俗を写したにすぎず人間が描けていない等々。だが、正に、過去の作品に「限界」を設定してそれを超克する「新しさ」や「可能性」を追及し、「普遍性」を探り、「人間を描く」のが「価値」であることを無意識の内に前提とする語彙で語られる、それらの公式見解こそ批判されるべきであろう（『歌舞伎　研究と批評』三六、三二頁）。

○「実」の価値を重んじる明治という時代に「虚」の価値を訴えた逍遙が「心」に重点を置くのは、「実」の世界が「目」と結び付くものだからである。一方、「実学」の立場からの、典型的な「文明」へのまなざしは以下のようなものである。「そもそも、人間の心が事物に触れて感動したり物と物との違いを区別したりするのは、すべて、『眼視ノ力』（目で物事を見極める力）による」（大久保利通「博物館ノ議」）。明治前期という時代の文脈でいえば、散切物の面白さは、正にこの「眼視ノ力」による「もの」の魅力を眼前化させたことにあるといえよう。そして、なにを論じても「人間」「人生」「内面」の繰り返しになる、「近代的芸術観」という価値体系が批判され、疑問視されている現在の文脈から見れば、散切物が逍遙のいう「心」という内面が欠落しているところにこそ、「近代」を見通したのでなく、「近代日本演劇」の価値観の外に居たことにこそ驚くべきではないだろうか（二二三頁）。

○髪型は、社会「良識」や秩序との距離関係を表象するものである。散切が、文明開化の証しなのは、それが身分を表現しない「四民平等」の髪型だからである。散切物は身分に関係なく誰もが目にし、触れられ、耳にし、身につけられる「もの」そのものの表現なのである（二三五頁）。

新七にとって、明治維新とは、他の大多数の江戸庶民同様、政治制度や社会体制レベルの問題ではなく、さまざまな旧時代の制約から解放されるとともに、目新しい開化の風物や制度に彩られた生活レベルにおける変化の始まり、あるいは、新時代の幕開きであった。

3　『男駒山守達源氏』

『東京日新聞』

一八七三年（明治六）十一月、新七は、守田座に『男駒山守達源氏《おとこやまもりたてげんじ》』を書きおろした。前半部は、当道系八坂《やさか》流本『平家物語』の「鵯越《ひよどりごえ》」から、平維盛《たいらのこれもり》の長男六代御前《ろくだいごぜん》が斬首されて平家の子孫が絶える「断絶平家」までと、『源平盛衰記』の「弓流し」から「大仏供養」にいたる源平闘諍・平家滅亡の次第に取材した新歴史劇。

また、後半部は、浪士鳥越甚内《とりごえじんない》が、新時代の生き方に目覚める物語。旧弊な浪士甚内は、文明開化の世に逆行するような、反社会的な生活を送っていたが、自己の非を悟って改心し、旧師の娘や旧友が自分のために冤罪に問われていることを知って、自首する。この後半部は、『東京日日新聞《とうきょうにちにちしんぶん》』という別タイトルで呼び習わされている。

〔前半部〕

源平の激しい戦のなかで、平家の最後の頼みともいうべき勇将能登守教経《のとのかみのりつね》が戦死。平維盛の長男六代御前――残されたたった一人の平家の血筋――は一たんは助命されて仏門に入るが、「髪は剃っても、心は出家していないだろう」と疑われて、斬罪に処せられる。平家の最期の抵抗者平景清と源氏の智将畠山重忠は再会を期して別れる。

注目すべきは、新七がこれを書くに当たって、ほかならぬ八坂流本に取材したことである。というのも、八坂流本『平家物語』こそ、平維盛の遺児六代御前の刑死を以て「平家の子孫は絶えてしまった」（『新潮日本古典集成　平家物語』下、三八九頁）と、平家の完全な滅亡を告げる唯一の本だからであり、「祇園精舎の鐘の声、諸行無常の響きあり。沙羅双樹の花の色、盛者必衰の理をあらわす」という冒頭の雄大な詩句に対応する、「盛者平家」の完全な滅びを告げているからである。

校注者水原一《みずはらはじめ》は、「平家最後の人六代の処刑を以て、平家の子孫は絶え、『平家物語』が終る――これが八坂系『平家物語』の最も鮮烈な特色なのである」（同上）と記す。すなわち、「（平維盛の嗣子六代御前は、文覚上人のとりなしで命助かり、剃髪して）修行に専念しておられたが、文覚上人が隠岐の国に流されたあと、『油断ならぬ人の弟子であり、油断ならぬ人の子、孫である。髪は剃って坊主頭になってはいても、心は出家していないだろう』と疑われて、鎌倉の六浦坂《むつらざか》で斬罪に処せられた。そのようにして、平家の子孫は絶えたのであった」（『新潮日本古典集成　平家物語』下、三八九頁）。

この八坂流本を下敷きにしながら、新七は、六代御前が死をまぬがれることに話を変えた。すなわち、源氏の臣三保谷《みおのや》四郎国俊《しろうくにとし》が、頼朝・政子の方の意をたいして、息子国松を身代りに立てて六代を救い、命助かった六代が、「平家の血筋をたち切ったうえで、頼朝の世継ぎに立てられる」（『黙阿弥全集』第二三巻、一六六頁）という虚構を夢見たのである。

だからといって、生き延びた六代が、父維盛のあとを継いで平家を再興する立場に立つことはあり得ない。身代りによって命を助かりはするものの、「六代御前」という存在は、身代りによって、この世から消滅してしまうのである。六代御前は、「六代御前」としては死に、「国松」として生きながらえているにすぎない。したがって、六代が「頼朝の世継ぎに立てられる」というのは、「平家の若君たちを見かけたら、見のがしてやれという、義経公のご命令」（三頁）や、伊勢《いせの》三郎義盛《よしもり》が、番場《ばんば》の忠太《ちゅうた》（梶原平三《かじわらへいざ》景時《かげとき》の家来）に向かって説く「勇力だけでは世を治めることはできませんぞ。貴方もここらで情を働かせ、憎まれぬよう用心なさい」（三一頁）と、治者もしくは勝者の論理に呼応する形での虚構なのであり、国松身代りというドラマチックな一幕を介した世継への幻想なのである。

そのような虚構を生み出しながら、新七は、六代の死と平家の完全な滅亡を肯んじている。「鎌倉殿の世継の君」と立てられるにしても、「国松と入れ替った六代」は「平家の血筋」としては、「たち切られてしまった存在」なのだから。

それだけではない。源氏にたいする最後の抵抗者であった景清は、重忠との再会を期しながら、日向島《ひゅうがじま》に去って、平姓《たいら》を名乗るものは、すべて、現世から姿を消してしまう。

こうして平家は滅びる。源氏も、間もなく滅亡するだろう。そのあとを継いだ北条も、足利も、織田も、豊臣も。そしていま、新七が半世紀にわたって呼吸し続けた徳川の世も消え、それに替って明治という開化の世が姿を現した。武家社会の矜持と武士であることを保障する凶器とを以て生きる者たちは、結局、自滅せざるを得ない。

新七は、「平家断絶」をもって終わる八坂流本に材を得て、平家の滅亡をはっきりと描いた。そうすることによって、新七は、久しい武家支配の社会に挽歌を捧げ、滅び行くものに哀悼の意を表した。しかしながら、新七は、そのあとに、見事な創造力を発揮した。『男駒山守達源氏』から『東京日新聞』へと……。

『男駒山守達源氏』の最後の情景を見てみよう。

景　清　皆さん。

皆　々　さようなら。

へ霧《チョボ》に隠れる春日山、姿隠して景清は、日向島へと落ちて行く。「又の時節を待つがいい」と、空に空しく響く声。

ト、太鼓を入れた能の曲に、戦場の響きをかぶせ、舞台にたくさんの兵士が登場して、景清・重忠とともに気持ちを通い合わせる。拍子木の音につれて幕を閉める（『黙阿弥全集』第二三巻、一六七〜一六八頁）。

平家への挽歌は、あたかも、平家成仏の祈りであるかのような奈良東大寺大仏殿の舞台装置の前で演ぜられた。その滅びを象徴する大仏殿が幕で蔽われ、後半部『東京日新聞』の幕が開いたとき、観客の目の前に現われたものはどのような風景だったか。

舞台は、東京両国橋西詰めの繁華街広小路。「中央に、煉瓦石造りでガラス窓のある電信局」（一六九頁）。

〔後半部〕

巨大な木造の大仏殿に替って、「眼視ノ力」が選び取ったものは、煉瓦と石の近代建築、それも、電信という、近代が生み出した文明の利器を介して、社会に新しい人間関係をもたらす役所「電信局」の一大建造物であった。挽歌をもって葬られた武家社会のあとに、文明開化のもたらした巨大なモノが、観客の眼前に聳え立ち、新時代の出現を誇示したのである。

渡辺保は、この「煉瓦石造りでガラス窓のある電信局」に注目し、

第一幕第一場では早くもこの主題が視覚的に示される。この電信局が最後の場面で甚内の告白の電報を届ける電信を示しているのだが、この第一場では一度も使われない。人も出入りしなければ芝居でも言及されない。それにもかかわらずこの建物が印象にのこるのは、その前で、四民平等を叫ぶ居酒屋の手代を甚内たち無法な浪士が刀で嚇《おど》しつけるからである。ここにこの芝居の対立が示されていることはいうまでもない。これらのものは伊原敏郎のいうように、たんなる新風俗ではないのだ。旧時代を代表する鳥越甚内と対立し、圧迫する社会思想の象徴なのである。この「電信局」が最後に多くの人間を救うことになるが、東京日日新聞を読み電信を打つ覚悟をした甚内は、こういう。

思へば行程百三十里の西京に居て旧友の、違変を知るも新聞紙、世界になくてならざるもの、斯《か》かる有用も旧習を捨てざるゆゑに洋人を敵のやうに思いしが、輪船、列車はいうも更なり、伝信器械の便利の自在、総て究理*の詳法を発明なして開化に進み、今日おのが頑愚を悟り誠に後悔いたしたり。

（『黙阿弥の明治維新』、二〇七〜二〇八頁）

＊「究理の詳法」とは、宇宙を解明する科学的真実というほどの意味である。

〔現代語訳〕思えば、百三十里も隔たった京都にいて、旧友の非常事態を知るのも新聞のお陰。新聞はこの世に

なくてはならぬ有益なもの。いままでは、旧習を捨てずにいたから西洋人を敵のように思っていたが、汽船や列車はいうまでもなく、電信器械がどんなに便利で、思い通りに使えるものか。〝総て究理の詳法を発明なして開化に進み〟、つまり、『なにかにつけて、物事の詳しい道理・法則を明らかにし、そうすることによって機械文明が発達し、文化が開けて行く』。今日、自分の頑迷さに気付き、本当に後悔している次第だ。

と書いた。また、神山彰は、「『もの』の構造として見る散切物」において、

『東京日新聞』は、転換点（認知、移動、転換）に前記の「もの」がからみ展開するが、第一幕の幕開きから電信局前に車夫がいる構図が視覚化される。

電信（電信柱・電線）は今日では景観を損なう「文化的後進性」の見本のようにいわれるが、明治期には「西洋」を想起させる「もの」だった。明治九年の神風連事件で襲撃され手傷を負った熊本鎮台司令長官の愛人が打った電信「ダンナハイケナイワタシハテキズ」が評判となり、その外題で劇化され、昭和期に至る迄上演された、「神風連」の人々は、三島由紀夫の『奔馬』にあるように、電信を身の穢れとして忌避し、電線の下を通る際には扇を翳《かざ》したというほどだった。

『東京日新聞』でも、鳥越甚内が「一刻も早く我が科を電信をもって官に訴へ（略）幸い刀を売払いし金子をもって神戸より、蒸気船に乗るならば、三日の日数で横浜へ、着せば直に列車に乗り、

其日のうちに訴え出で」「電信局へ一通出さん」とあるように、事件の解決と秩序の回復は、文明開化の「電信」、「蒸気（船・汽車）」によってなされるのである（『近代演劇の来歴』—二〇〇六年三月、森話社発行、一三七頁）。

と記し、渡辺同様、幕明きの「視覚的に示され、視覚化された」電信局の建物が持つ、文明開化の視覚的表象としての新しい価値、すなわち、「散切物・散切狂言」への期待を強調した。

『東京日新聞』の概要を記しておこう。

第一幕 丁髷・帯刀の旧弊な浪人鳥越甚内《とりごえじんない》は酒に溺れて、したい放題の自堕落な生活を送っている。昔自宅で雇っていた車曳きの正直長次《しょうじきちょうじ》に意見されるが、それに耳を傾けると見せかけて金を巻き上げる。一方、散切り頭の書生船岡門三郎《ふなおかもんざぶろう》は、師の娘浅茅《あさじ》と駈け落ちし、身投げするところを太物屋半左衛門《ふとものやはんざえもん》に救われ、七〇円を恵まれて落ち延びる。

その半左衛門を、甚内が、無礼打ちにして斬殺する。息子の半次郎《はんじろう》と下男徳助《とくすけ》がその死骸と七〇円の盗難を発見。七〇円の札番号には控えがある。

第二幕 長次が車に忘れた門三郎・浅茅の財布を届けた礼に貰った十円札の番号から、門三郎が半左衛門殺《ころ》しの犯人と見なされ、半次郎・徳助は彼に「敵」と切りかかる。しかし、宿役人長崎《ながさき》幸兵衛《こうべえ》がそれを止め、「新時代になって、仇討は禁止されている。お調べのうえで裁判にかけられれば、敵はお上がとってくれる」と、時代の変化を諭し、門三郎・浅茅に縄をかける。

第三幕　甚内は、知恩院の説教を聞いて禁酒。廃刀令に背いて刀を帯び、人を殺した自分の非を悟って刀を売却、「武士を捨て、商人になって生活する気」になったのだが、たまたま目にした『東京日新聞』で、大恩ある剣術の師の娘浅茅と同門の友人船岡門三郎が、家出して、殺人罪を犯したと知り、さらに長次の話から、二人は、自分の犯した人殺しの犯人として、冤罪に陥れられたのだということを知る。そして、甚内は、「一時も早く、自分の殺人の罪を電信でお上に自首し、入牢させられた二人の苦しみを救い、刀を売り払った金で、神戸から蒸気船に乗れば、わずか三日で横浜に着く。それから直に汽車に乗り、その日のうちに訴え出て、殺人の刑罰を受けよう」(二七一〜二七二頁）と決心する。

究理の詳法

渡辺が引用した、「思えば、百三十里も隔たった京都にいて、旧友の非常事態を知るのも新聞紙のお陰。新聞はこの世になくてはならぬ有益なもの。いままでは、旧習を捨てずにいたから西洋人を敵のように思っていたが、汽船や列車はいうまでもなく、電信器械がどんなに便利で思い通りに使えるものか。〝すべて究理の詳法を発明なして開化に進み〟、つまり、『なにかにつけて、物事の詳しい道理・法則を明らかにし、そうすることによって機械文明が発達し、文化が開けて行くのだ』。今日、自分の頑迷さに気付き、本当に後悔している次第だ」(『黙阿弥全集』第二三巻、二六五頁）という文明開化の本質を突いた言葉は、新聞を見ての、甚内の感想であった。

〝総て究理の詳法を発明なして開化に進み〟。「究理」とは「窮理」とも書き、事物の道理や法則を徹底的に調べることをいう。汽船・列車・電信器械はいずれも〈科学がもたらした文明の利器〉で、「汽船」は、鋼鉄船が航海するにはどう作ればよいのかという「道理」に基いて素材の選択と設計・建造が行われ、その結果〈便利な道具〉としての有用性を獲得している。「列車」「電信器械」、いずれも同じ。このような「科学的な道理の知識に基づいて発明が行われ」、それが「文明の開化」をもたらしているにもかかわらず、そのような進歩した文明の道理に合わない生き方をしている事実が、すなわち、「自分の頑迷さ」なのである。

「究理の詳法を発明なして進んだ開化＝新聞」のお蔭で、甚内は「自分の頑迷さ」を悟り、「究理の詳法を発明なして進んだ開化＝電信」のお蔭で、また、それを利用することによって、自白を速やかに直訴することができ、「究理の詳法を発明なして進んだ開化＝汽船」のお蔭で、迅速に法廷に駆けつけることが可能となり、「剣術の師匠の娘浅茅どのと元朋輩の門三郎」が冤罪に苦しめられるのを、事前に阻止することができた。

挽歌をもって追悼された武家社会のあとに、どのような新しい時代が出現するのか。新しい社会に、どのような期待を寄せることができるのか。

この問にたいする回答は、「究理の詳法を発明なして進んだ開化」にほかならない。それは、甚内の改心によって象徴される。甚内の改心は、武家社会の文化の完全な消滅と、新時代の文化の誕生とを意味する。

要するに、「究理の詳法を発明なして進んだ開化」を拒否するもの＝旧時代の武士の人生観、あるいは倫理観が、「究理の詳法を発明なして進んだ開化」の恩恵に浴するようになる経緯、換言すれば、新旧の時代に生きる「人間の変革」が、この後半部のドラマの内容ともいえるだろう。

新七は、舞台の上に、新時代の風物、つまり、新聞や鉄道などの、視覚的に認知し得る異文化のさまざまなモノを登場させた。しかし、彼の「散切物・散切狂言」の目的は、異文化のもたらしたモノにたいする驚きや憧れを舞台上に視覚化するに止まりはしなかった。

新七の「眼視ノ力」は、そのような価値高いモノのよって来る源を見抜いた。「眼視」の「視」とは、たんに目に映るモノの存在を「認める」ことを意味しない。「視」とは、意識的・自覚的に視覚を働かせて、モノの本質を見究めようとする積極的な態度をいう。新七の「眼視」は、モノを存在させるにいたった根元に、「理」があることを見て取った。そして、新七は、その「理」を「究める」るにいたる英知の根底が、なにによって形作られたかを考えた。その結果、彼は、「学問」と「教育」、つまり、「さまざまな事象に疑問をもち、その疑問を自ら解き明かそうと思惟する行為」と、「そのような行為を啓蒙してきた近代教育の力・可能性」に想到したのである。

第七章　一世一代のために

1　『島鵆月白浪』

一八八一年（明治一四）、新七は齢六十六。もう十分、人生を生き切った年齢である。

尾上菊次郎の七回忌

六月十四日は、二世尾上菊次郎《おのえきくじろう》の七回忌だった。幕末の女方の名優で、小団次の女房役者として名高い。その養子二世尾上多賀之丞《たがのじょう》から、新七のところに配り物が届けられた。新七は昔を偲んで、傍にいた人に、「わたしもいろいろと筆を凝らしたが、故人の小団次と菊次郎は、本当に素晴らしい夫婦役者だった。新作狂言を得意として、特に守田・市村の両座で、たびたび大当たりをとったものだ。そのころの世間の噂に、市川小団次・尾上菊次郎の二人に、わたしを加えて『三幅対《さんぷくつい》』と褒め立てているのを聞いたことがある。そのうちの『二幅』は故人となり、わたし一人が取り残され、五徳の脚が折れて、一本脚になったように思われるのだ」などと話した。そのことを多賀之丞に告げたところ、多賀之丞はたいそう喜んで、当時のことを思い出し、涙ぐんでいたという（『歌舞伎新報』第一五三号、三丁ウラ～四丁オモテ）。

名誉の狂言作者瀬川如皐老人は、去る六月二十二日より病の床に着かれましたが、二十八日午前三時、七十五歳で、とうとうあの世に行ってしまわれました。惜しみても余りあるものがあります（『歌舞伎新報』第一五六号、五丁ウラ）。

三世瀬川如皐は、いうまでもなく、新七の先輩。小団次とのコンビに先鞭を付けた人。同じ幕末の江戸歌舞伎で活躍した役者と作者の永眠。新七の心には、涼風が立ちはじめていた。それに促されたかのように、同年暮れ、新七は、新富座の十一月狂言をもって、一世一代のお名残りとしたのである。座主十二世守田勘弥の『口上』にいう。

狂言作者河竹新七は、年老いて、世間の流行に追いつけなくなった、隠退したいといい出して、すでに四五年が経ちましたが、作者に人を得ない折から、あと、四五年頑張って勤めてほしいと頼んでいたのです。しかし、早くも、その期限が来て、是非とも今年こそは身を引きたいと再三の願い。それを放っておくわけにも行かず、願い通り、今月の狂言を一世一代として、隠退させることになりました。新七は、一八三四年（天保五）、五世鶴屋南北に入門、勝諺蔵と名乗って作者見習いとなり、その後、縁あって河竹新七の名を継ぎ、一八四七年（弘化四）、人々に推されて首席作者の位置に上り、今年まで三十五年間、書き続けました数々の新作狂言が評判を取り、褒められて参りましたのも、全くご贔屓さま方のお蔭でございます。今回、めでたく隠退いたしますのも、作者冥利にかないましたからで、当人は肝に銘じて、厚く御礼申し上げ奉ります。なお、この狂言、拙い作ではありますが、書き納めでございますので、悪いところはお見逃し願いまして、褒めてやって下さいますよう、よろしくお頼み申し上げます。

座長　守田勘弥

（『六二連　俳優評判記』一四号、目次オモテ～ウラ）

「四五年前」といえば、新七が六十の坂を越えたころ。自分とほぼ同年配の尾上菊次郎が身罷ったのは、新七がちょうど還暦を迎えた年だった。

人生五十年という当時の常識からすれば、すでに生きすぎたのかもしれぬ。後輩＝弟子たちにあとを任せ、第一線を退いて悠悠自適の老年を送ろうと、新七は考えたに違いない。

一世一代のために、新七は、白浪＝泥棒を主人公とする狂言を数多く手掛けて来た自分にふさわしく、白浪の末路を書きたいと望んだ。

白浪の末路。それはたんに刑場の露と消えて行く果敢ないものであってはならない。白浪という反社会的な生き方を深く反省し、自己の犯した罪を償って、素人の真人間に返ろうとする人生の選択。

善から悪へと人生を選び取って来た者たちが、逆に、悪から善へと人生を選び直して、素人として生きる道を歩もうとするエネルギー。そのような輝かしく明るい白浪の末路をドラマに凝縮させようと、新七は考えた。そして、そのドラマに自分の人生を重ね合わせるかのように、「白浪作者」と呼ばれて来た自分自身の「末路」を飾り、芝居者の世界＝社会的病理集団から離脱し、元の素人に回帰して、新しい時代・新しい社会に生きるべき老後の人生を選び取ったのである。

一世一代に、新七は、情熱を傾けた。「新富座の十一月狂言も、いよいよ去る三十日に本読みになりましたが、今度は河竹翁の一世一代なので、五幕物の狂言は、同翁一人の筆になり、門人の助筆もなく、本読みもただ一人でお遣りになりました。多年の功とはいうものの、例の快弁で、舞台の芝居を見るようで面白かったとの評。翁が老いてますます盛んの根気強さには、実に驚かされたと、本読みを聞いた人の話」（『歌舞伎新報』第一八一号、二丁オモテ）。

新七一世一代の狂言

新七の一世一代の狂言。それは『島衛月白浪《しまちどりつきのしらなみ》』と名付けられた。明石島蔵《あかしのしまぞう》と松嶋千太《まつしませんた》という二人の盗賊が、自己の犯した罪悪に目覚めて、悔悟し、盗んだ金を返却、自首して罪を償うという、因果の恐怖と教育の効用とのからみ合った懺悔録。それが『島衛月白浪』であった。島蔵を演じたのは尾上菊五郎、千太を務めたのは市川左団次。

もっとも、主人公明石島蔵・松嶋千太という盗賊が登場するのは、この作が初めてではない。半年前、同年六月に新七が新富座に書いた『古代形新染浴衣《こだいがたしんぞめゆかた》』がそれである。新七は、そのとき、すでに一世一代の下拵えに取り掛かっていたのであった。

『古代形新染浴衣』は、大阪南新家《みなみしんけ》福島屋《ふくしまや》清兵衛《せいべえ》の抱える遊女お園《その》と大工六三郎《ろくさぶろう》との情話を借りて、その設定を質屋と愛娘という関係に置き換えた上、福島屋に忍び込んで、大枚千円を盗み、主人清兵衛に傷を負わせて逃走する盗賊、明石島蔵・松島千太の話をからませた作である。すなわち、その第一幕、「福島屋庭先の場」。明石島蔵と松島千太が、福島屋に千円の入金があったと知って盗みにくる。

島　蔵　向こうの福島屋を、この間から狙っているが、質屋だけのことはあって、戸締りが厳重だから、裏手もやっぱり厳重だろう。

千　太　ともかく、塀を乗り越えて様子を見よう。

千太が踏み台になり、島蔵がそれに乗って塀を越え、辺りを窺うと、入り口が開いている。

島　蔵　や、庭の入り口が開いている。

千　太　そいつあ、奇妙だ。

二人は、入り口から忍び込み、千円の金を盗み、福島屋清兵衛の足に傷を負わせて逃走する（『歌舞伎新報』第一五六号、表紙ウラ）。

「公園地、奥山の場」。島蔵と千太が、盗んだ千円の金を山分けし、

島衛月白浪

（五世尾上菊五郎〔明石島蔵〕，初世市川左団次〔松島千太〕明治23年７月再演，市村座）

島蔵　おれの故郷は兵庫県の明石だから、故郷から京・大阪・西国をまわって、盗みから足を洗う気だ。

千太　おれは仙台に、お袋が達者でいると聞いたから、奥羽地方にでも行ってこよう。

島蔵　そんならしばらく東西に、別れて互いに稼ぐとしよう。

島蔵　夜が短けえから、もう夜明けだ。

千太　今夜のうちに二、三里は、ここから離れていなけりゃ危ねえが、湯治場で夏を凌ぐつもりだ。

島蔵　おれも、東京に帰るのは八月の末か、九月だな。

千太　奥州土産というような、変わったアイディアもあるだろう。

島蔵　こっちも数ある明石の名所。それを土産話にでも。

千　太　尽きぬ芝居の種となる、新聞記者の話を聞き、
島　蔵　いずれ今度は気を替えて、
千　太　古い奴だといわれぬように、
島　蔵　腕を磨いて、
両　人　働こうか（三丁オモテ）。

島蔵・千太のセリフに託して、二人を再登場させる芝居を秋にでも書こうかという、一種の予告編である。そして、この『古代形新染浴衣』の、いわば続編として、新七が筆を執ったのが、開化の時代に即応するかのように、島蔵・千太が罪を悔い改めるドラマ『島鵆月白浪』であった。

島蔵は、三年前、悪事を働いて逮捕され、八十日の懲役刑に処せられた。それを苦にして、妻のおなぎは、気病みになり、一子岩松《いわまつ》を義父の漁師磯右衛門《いそえもん》の許に残して、はかない最期を遂げてしまった。その五七日の日、島蔵が帰国したが、「面目ない」と思ったのか、「東京に行って、日雇いになり、一人前になって帰ってくるから、それまで、この岩松を養ってくれ」（『黙阿弥全集』第一六巻、四六二頁）といって、明石の家を出た。

その島蔵が、三年ぶりに帰ってきた。

島　蔵　わずか三年しか経たぬのに、道幅は広くなり、汚い橋が綺麗になって、学校も立派に建て

直され、こんな明石の田舎にも、石や煉瓦の建物が。世界はますます開けてきたな（四七一頁）。

「開化」された世間の中で

「世界はますます開けて来たな」。この言葉を、島蔵は、たんなる詠嘆として口にするのでもなければ、あるいは、自分とは関わりのない娑婆世界の出来事として、距離を隔てて眺めているわけでもない。「開化」された世間の現実は、島蔵の心を揺さぶり、犯罪者の「未開性」を意識させて、「開化」の人間へと生まれ変わらせるのである。

島蔵は、妻の位牌に手を合せ、磯右衛門に、土産替りと三百円の金包みを渡す。しかし磯右衛門は、それを「盗んだ金」（四七六頁）と推察し、「今日、急に帰ってきて、土産にくれた三百円、真実稼いだ金でさえ、悪事を働き盗ったと思う。貧乏暮らしはしていても、人様の物は箸一本、盗んだことのない磯右衛門。汚い金はほしくない。とっとと持って帰りおれ」（四七七頁）と、金包みを投げ返す。

島蔵　これにつけても人間は、正直一途に生きねばならぬ。いったん悪事をしたために、親の暮らしを助けようと、大事に持ってきた札も、こうなったら反故同然。みんな自分が犯した科、つまりは自分が悪いのだ（四七八頁）。

そこへ岩松が、樫の杖に縋り跛《びっこ》を引きながら、墓掃除から帰って来る。父が帰宅していると聞き、嬉しさのあまり、急いで、つまずいて、バッタリ転ぶ。

磯　右　島蔵、お前から預かった、この岩松を片輪にして、実は、合わせる顔もないのだ。

島　蔵　せがれはどうしてこのような、跛になったのです。

磯　右　先月のことだったが、研ぎ上げた出刃包丁を、下に置くのは危ないと、棚の上に上げたのを、うっかり忘れてしまったのだ。その晩、猫が鼠を追い掛け、棚から落した包丁が、下に寝ていた岩松の、足に当って思わぬ大怪我。筋を一本切ったので、とうとう跛にしてしまった。

島　蔵　それはとんだ怪我。いつのことでございましたか（四八〇頁）。

磯右衛門に代わって、妹のお浜が答える。

お　浜　はい、二十日の晩でございました。

島　蔵　それでは、先月二十日の晩か。

島蔵は、なにやら覚えのある様子。

島蔵　そうして、時間は何時だった。
お浜　十二時前でございました。
島蔵　それでは先月二十日の晩、十二時前であったとか。

それは、島蔵が、相棒の千太と一緒に福島屋に忍び込み、清兵衛の脚に切り付けた日時である。島蔵は、「さては、その夜、福島屋に押し入り、主人清兵衛に傷を負わせた報いなのか」と、思い当り、

島蔵　ああ、悪いことはできないなあ。
磯右　なに、悪いことができないとは。
島蔵　せがれの思わぬその怪我は、わしがさせたのでございます（四八一頁）。
島蔵　わたしの懺悔話、親父様も妹も、とっくりと聞いて下さい。悪事を止めて善人に、生まれ変わってみせようと、東京まで参りましたが、知人とてもおりませず、曖昧宿に女の世話、安い宿屋に泊り込み、月日をぼんやり送るうち、着ているものも売り飛ばし、着の身着のまま垢光り、どうせ汚れた体だと、またも盗みを始めたところ、間もなく捕まり八十日。懲役中に兄弟の、縁を結んだヤクザ者、奥州無籍の松島千太と、満期で出てからいい合わせ、大きな仕事を最後にして、それで盗みを止めようと、二十日の晩に浅草で、質屋の家に忍び込み、刃物で主人を脅かして、引っさらった金包み、明けてびっくりそのなかは、十円札で千

円も。思いがけねえ大仕事、ここらが盗みの止めどころと、五百円ずつ二つに分け、千太は奥羽わたしは兵庫、右と左に別れたが、故郷に飾る身なりを整え、盗みはフッツリ止めようと、心を清めて伊勢参り、京・大阪から明石に来て、久し振りに親父に会い、不孝の詫びにと持って来た、三百円も盗んだ金と、見透かされてギックリと、どきつく胸になんとまあ、この岩松の足の怪我。千円盗んだそのときに、あらがう主人の向こう脛、切って急いで逃げましたが、日時も同じ先月の、しかも二十日の十二時前。

磯右　え。

島蔵　親の悪事がたちまちに、我が子に報うせがれの怪我。悪いことはできませぬ。

島蔵は、因果の恐ろしさにおののく。

岩松　これお父《とっ》さん、子として親を恥しめるのは、天の道に反しますが、

〽《チョボ》お前は学問しないから、親に孝行することも、お知りにならずいままでに、お祖父様《じい》にご苦労を、お掛けなさるをわたくしも、申し分けないことだと思い、お前に代わって孝行を、しようと思いはするものの、生まれも付かぬこの片輪。お年寄られた祖父様《じい》や、まだ幼いわたくしを、可哀相だとお思いなら、

盗みを止めて下さいまし。

〽《チョボ》すがって泣けば親の愛、情を知らぬ強盗も、胸に迫って涙にむせ、

島　蔵　おお、お前が恨むのはもっともだ。いまもお前がいうとおり、おれが育つ時分には、学校などというものは、話に聞いたこともなく、漁師のガキに手習いは、無駄なことだというなかで、親のお蔭で寺子屋に、とにかく『商売往来《しょうばいおうらい》』まで、やっとのことで読み終えたが、子供用の教訓書『童子教《どうじきょう》』すら習わぬから、「仁《じん》・義《ぎ》・礼《れい》・知《ち》・信《しん》」だとも「義《ぎ》・慈《じ》・友《ゆう》・恭《きょう》・孝《こう》」だとも、いわれる五常《ごじょう》の道知らず、親が勝手に作った子だ、孝行なんざしなくていいと、自分勝手に理屈を付け、親を親とも思わずに、おれは本当に不孝をした。お前なんかは開明の、この結構な世に生まれ、物の道理が分かるのは、どこへ行っても学校で、子供が教育受けるので、こんな有難いことはねえ。誰に意見をされるより、お前にいわれるその意見は、棒や鎖の責め苦より、胸に響くこの苦しさ。盗みはいっさい止めるから、おれに代わって親父様に、長く孝行尽くしてくれ。

岩　松　そんならいまからフッツリと、盗みを止めて下さいますか。

島　蔵　うん、止めるとも。

お　浜　おお岩松、よくいった。あんたの意見で兄《あに》さんが、盗みを止めると仰るのだから、こんな手柄なことはない。

磯　右　本気で止めるつもりなら、盗んだ金をお返しし、罪を名乗って自首をしろ。

島　蔵　故郷に飾る身なりを整え、百円足らず使いましたが、持って来た三百円に、まだ百円あり

ますので、あと百円足しますと、全部でちょうど五百円。いまからすぐに東京に、帰って必死に稼ぎ貯め、不足の金を調えたら先に返して警察署へ、強盗したと自首をして、お上の刑罰受けましょう（四八四頁）。

東京に出て来た島蔵は、神楽坂に酒や醬油を商う小売店を開き、妹のお浜と息子の岩松を引き取って、一所に暮らすようになった。島蔵は、盗んだ金を返すため、福島屋清兵衛を探しているが、千円の金を盗まれ、足を切られた不幸の上に、姉娘のお園が、結婚式の夜、三三九度の盃も交わさぬうちに家出して、大工六三郎の許に走るという事件をひき起こしてしまった。その挙げ句、福島屋は潰れ、清兵衛一家は行方不明になって、島蔵が探しあぐねている。

折も折、岩松が、近所の神社招魂社から、丁稚の三太を連れて帰ってきた。

岩　松　いつもわたしを苛めます、悪餓鬼どもが大勢で、酒屋の跛とはやし立て、わたしの杖を取りました。ちょうどそこに来合わせた、お人が叱ってくださいましたが、わたしと同じで跛を引き、悪餓鬼どもが馬鹿にして、なにもいうこと聞かぬところへ、お巡りさんがお出でになり、お叱りなさってくださったので、杖投げ出して一目散、みんな逃げて行きました（五四六頁）。

お浜は、その人の足が不自由だということを聞いて、「ひょっとすると」と思ったのか、その人の様子を詳しく訊く。

岩　松　本当に見るから親切な、よいお人でございますが、不思議なことにはわたくしと、同じ左の足の怪我、話に聞けば月日も同じ、四月二十日の夜のこと。切られた時間は十二時前。

島　蔵　そして、その人の年・恰好は?

岩　松　年の程は五十ぐらい。鼻は高くて目は大きく、よい恰幅《かっぷく》でございます（五四七頁）。

島蔵は、その人こそ福島屋清兵衛だと察する。そこへ、清兵衛の妹娘のお仲が、醤油を注文しにやって来て、お浜に届け先を問われ、「宮比町*の米屋の裏、福島屋と申します」（五四九～五五〇頁）と答える。それを聞いて、島蔵はますます確信を深め、醤油を届けがてら、様子を探ってこようとする。

*宮比町には、上《かみ》・下《しも》両町があった。下宮比町は、現在の新宿区下宮比町で、昔と同位置にあるが、上宮比町の名は「新宿区神楽坂四丁目」と替っている。福島屋が逼塞した「宮比町」は、おそらく、「上宮比町」のことと思われる。

そこへ、明石から磯右衛門が、孫の岩松の顔を見に上京してきた。

磯　右　先達て来た郵便に、所書から番地まで、くわしく書いてあったので、せがれの家が直《じき》に分かった。昔と違って番地ができ、本当に便利のいいことだ（五五一頁）。

くつろいだ磯右衛門は、東京の開化の様相に驚き、「今日神奈川から鉄道で、新橋とやらにきたときに、こりゃアメリカにきたのじゃないかと、煉瓦作りにびっくりした」（五五三頁）と、お上りさんぶりを発揮する。島蔵も、「まだまだあんなことじゃない。諸官庁から三井の銀行、見るところはたくさんあります。先ずなによりもここから近い、招魂社に明日にでも、お参りなさってごらんなさい」と調子を合わせる。磯右衛門が奥にくつろぎに行ったあと、島蔵は独りごちる。

島　蔵　福島屋に返す金も、やっとのことで五百円、耳が全部揃ったから、残らず返して身の科を、直に自首して刑罰受け、誠の人に帰るのは、もう間もなくと思ったが、寸善尺魔という通り、兄弟分の松島千太、昨日外で出会ったから、尋ねてくるに違いない。願いが成就せぬうちに、なにか故障ができねばいいが。包む悪事が露顕して、もしもお縄を頂戴したら、わざわざ尋ねてきてくれた、親父に苦労を掛けねばならぬ。どうか国に帰るまで、無事な体でいたいものだ（五五四〜五五五頁）。

島蔵は、磯右衛門の世話をお浜に頼み、醤油を届けに福島屋に出かけ、ようやく探し当てた陋屋で、かつて自分が引き起こした強盗傷害事件のために、清兵衛が金に苦しみ、お仲が身売りまでしようと

していることを知って、持ち合わせた百円の金を差し出し、

島　蔵　近日中にその賊が、天罰覿面に捕えられ、金も返って参りましょうから、時のくるのをお気を長く、お待ちになっていらっしゃいまし（五七七頁）。

と言葉を残して、立ち去る。

再び、島蔵の店。

島蔵が恐れていた松島千太が尋ねてきた。千太は白川で捕えられそうになり、崖から谷に飛び込んで、夜通し逃げ歩き、行く先々で遊びたいだけ遊んだが、金の稼げるのは東京が一番と、先月東京に舞いもどり、安宿に泊って悪事を繰り返しては遊んでいた。ところが、奇妙なことに明石の島蔵に出会わない。千太にとって、島蔵ほど気心のしれた相棒はなく、早く兄貴に会いたいものと願っていたのである。

島蔵は、磯右衛門の前を取り繕ったうえ、磯右衛門やお浜・岩松を神楽坂の毘沙門天の縁日に行かせる。

島　蔵　お前、まだ止めねえのか。

千　太　酒と女がフッツリと、嫌いになったら知らぬこと、一杯やると一晩でも、遊びに行かにゃ

あ寝られねえから、死ぬまでおらあ止められねえ。
島　蔵　もういい加減に見切りを付けて、お前も足を洗えばいい。
千　太　そうして兄貴、お前は止めたか。
島　蔵　おれはフッツリ、止めてしまった（五八八～五八九頁）。

千太は、今夜、島蔵を相棒にして、士族の家に押し入ろうと誘いにきたのである。しかし、島蔵は、「せっかくのお前の頼みだが、金毘羅様に願を立てて、スッパリ止めてしまったから、それだけは堪忍してくれ」（五九〇頁）と断って、首を縦に振らない。

縁日から帰って来た磯右衛門が入りかねて、お浜・岩松と一緒に、門口で、なかの様子を窺っている。それを知らずに、

千　太　そりゃあそうかも知らねえが、明日にもおれが逮捕され、島流しになったそのときに、どんなお調べに遭おうとも、いわねえつもりでいるのだが、思いもよらず先方で、見知った人とバッタリ会い、罪がばれたそのときは、千円盗んだ旧悪で、お前も一緒に行かざあなるめえ。
島　蔵　なに（と、胸にこたえた様子）。
千　太　いくらお前が堅気になっても、どうせ一度は刑罰を受けなきゃ綺麗にならねえ体、今夜お

れと一緒に行って、もう一働きしてくれても、別に罪が重くなる、訳もないから、なあ兄貴、どうか一緒に行ってくんねえ。

島蔵　それに付いちゃあお前にも、話しておきてえことがあるが、なんといってもここは町中《まちなか》、隣近所にはばかるから、大きな声ではいえねえ身の上。なにはともあれこの四月、九月の末に会おうといって、西と東へ別れた二人。運よく天の網を逃れ、約束どおり九月の末に、めでたく会った今宵の出会い。達ての頼みを断るのも、あんまり愛想のねえことだから、一緒に出掛けるつもりだが、いま出るわけにはいかねえんだ。親父や妹が帰ってきたら、用を作ってあとから行く。暮れたら人も通らねえ、招魂社の鳥居前で、おれが行くのを待っていろ（五九〇〜五九一頁）。

千太が出て行くのと入れ違いに、磯右衛門ら三人が入って来る。

磯右　島蔵、まだ心が直らないのか。招魂社の鳥居前で、千太とやらいう奴と、待ち合わせるのは今夜また、盗みに行くのであろうがの（五九六頁）。

島蔵　そういう訳ではござりませぬが、いまこの家で断っても、心の曲った男ゆえ、得心させるは大ごとです。あたりに遠慮のないところで、とっくり千太にいい聞かせ、思い切らせるつもりですから、必ずお案じなさいますな（五九七頁）。

しかし、磯右衛門は承知しない。

磯　右　おお、行くなら勝手に行け。国に帰って島蔵も、悪い心がサッパリ直り、真人間になりましたと、土産話にしようと思い、それ楽しみにきたところ、やっぱり心が直らずに、夜働きを致しますと、人に話ができるものか。二度と国には帰られぬ。身投げしてでも死なねばならぬ（五九八頁）。

この磯右衛門の決意に、お浜も岩松も同調する。

岩　松　わたしがこんな片輪になったのも、「親の因果が子に報う」と、譬えのとおり怪我をして、跛になったこの岩松。それで善悪・邪正が分かり、盗みを止めてくださったのは、片輪になってもわたしの孝行。嬉しく思っていましたのに、情けない父様《とと》。

お　浜　はるばる遠い明石から、お前の心の直ったのを、楽しみにしてお出でになった。

岩　松　お年寄られたお祖父様《じい》を、

お　浜　殺すも生かすも兄《あに》さんの、お心一つでございます。

岩　松　どうか行かずにいてください。

島　蔵　いま岩松がいうとおり、「親の因果が子に報う」、道理を悟り目が覚めて、心改めフッツリと、盗みを思い切った島蔵。以前遊んでいたころに、兄弟分の縁を結んだ、千太が尋ねてきたのが災難。家では工合悪いから、向こうが頼むをこれ幸い、人通りのない招魂社の、鳥居の前でトックリと、意見を加えて足を洗わせ、誠の人にするつもり。いつものとおりまた盗みかと、いままで重ねた悪事のため、本当のことと思われず、親父様が死ぬというなら、死出の旅路の先駆けに、この島蔵が命を捨て、身の潔白を見せるのは、た易いことであるけれど、ただ一日も孝行せず、不孝に不孝を重ねる道理。だから死なねばならぬのを、恥を忍んで生きながらえ、金を調え福島屋に、返した上で自首をして、懲役刑に処せられて、満期を勤めたそのあとで、明るい身となり世間に出て、子供の時からご苦労掛けた、ご恩送りに一日でも、孝行をして島蔵が、不孝のお詫びをするつもり。嘘・偽りはいわぬから、しばしの間親父様、どうかお暇をくださいまし。

磯　右　うむ、嘘偽りでないのなら、暇をやらないわけではないが、もしまた心が直らなければ、おれは直に身投げして、生きてお前には会わないぞ。

島　蔵　親の命にかかわること、決して背きはいたしません（五九九〜六〇一頁）。

福島屋に返す金を磯右衛門に預け、島蔵は招魂社に出掛けて行く。

五幕目、「招魂社鳥居前の場」。

一　おい、吉公《きちこう》、この招魂社っていうのは、なにを祀《まつ》ったものだな。
二　こりゃあ最近戦争で、死んだ人を祀ったのだが、身分は軽い兵隊でも、お上の為に死んだのだから、こんなに立派にできたのだ。
一　おらあいつでも外を通って、なかを見たことがないが、こう見たところが綺麗そうだな。
蕎麦屋　昼間入ってご覧なさい。泉のなかに噴水があって、庭の樹木は大したもので、四季に花が絶えませず、わざわざ遠いところから、お出でなさってもようございます（六〇六頁）。

招魂社は、一八六九年（明治二）六月、東京随一の見晴らしのよい高台、九段坂上に建てられ、「鳥羽伏見の戦より箱館戦争に至るまでの戦死者三千五百八十八柱」（『国史大辞典』第七巻、五一三頁）を合祀する社であった。単立の神社だから、神社本庁には属さず、摂社や末社もない。文明開化の東京の新名所であったが、祭神については、あまりよく知られていなかったらしい。その大鳥居の前。「舞台の向かって右手寄りに、石の大鳥居。左右に石垣の土手。その上に小振りの松や、大木の松。後ろに銅製の燈籠が一対。数多くの石灯籠。奥に神殿を見せた夜の遠景」（六〇四頁）。
松島千太が先に、あとから明石島蔵がやってきて、石に腰掛け、

島　蔵　そりゃあそうとお前が今夜、一緒に行ってくれという、目当ての家は何者だ。
千　太　目当てというのは神楽坂下、表構えはちょっと見ると、官員かと思うような作りだが、元

獣《けだもの》。は幕府の直参《じきさん》（直属の家臣）で、いまは書家だといっているが、腹のなかの知れねえ旧幕時代に強談《ごうだん》（脅しの罪）で、とっくに首を切られるところ。ご一新後にお上から、特別大赦で釈放され、盗んだ金だか知らねえが、金貸し稼業で大儲け。いまは望月輝《もちづきあきら》といって、金に困らぬ楽な身の上、そこに今夜忍び込み、夫婦を殺して有り金を、残らず盗って上方へ、高飛びをする考えだ。

島蔵　うむ、その望月輝というのは、訳があって知っているが、金はあるに違えねえから、脅《おど》して取りゃあそれでいいのに、なんで夫婦を殺すのだ（六〇九頁）。

千太　その輝が表向き、女房にしている女というのは、この四月まで白川で、弁天《べんてん》お照《てる》と名を知られ、寝入った客の金銭を、盗んで歩く旅稼ぎ。そいつに惚れてうかうかと、十日ばかりも白川に、長逗留をしているうち、金に糸目を付けないで、物にしようとしたのだが、なかなか向こうの目が高く、おれの口説きに乗らねえから、強姦しようと思ったとき、警官たちに取り巻かれ、なんとかその場を逃げ去って、あちこち経廻《へめぐ》りここにきて、思いがけずもお照の住居、それが分かって昨日のこと、ノコノコゆすりに行ったのだが、以前は武士で強談を、してきた果ての輝だから、向こうが一枚役者は上。脅し文句を屁とも思わず、おれがお照に白川で、くれてやった百円を、返してやるから持って行け、早く帰れとあべこべに、向こうの凄味なセリフを聞き、金をもらって帰るのも、あんまり間抜けな話だから、素手でスゴスゴ帰ってきた。それの続きで仕返しに、今夜お前と一緒に行き、夫婦を殺して恨みを晴らし、盗んだ金を二つに分け、又半年も上方に、下って時を稼ぐ気だ。頼みというのはこの話。厭でもあろうが、おい兄貴、どうか助けてくんねえな。

島蔵　そりゃあ折角の頼みだが、どうもおれには聴かれねえ（六一〇頁）。

島蔵　いつぞやお前に浅草で、別れて故郷の明石まで、尋ねて行って分かったのは、親兄弟に変わりはねえが、おれが親父に預けておいた、一人息子が跛を引き、生まれも付かねえ片輪になった。その訳聞いて驚いたのは、出刃包丁を親父が研ぎ、棚に上げて置いたのを、夜更けて猫が鼠を取る、はずみに棚からそれを落とし、下に寝ていたせがれの足に、当たって深い傷を受け、それからとうとう跛となり、歩くも自由にならねえ片輪。ここに不思議なことがある。せがれが傷を受けたのは、四月二十日の夜のこと、しかも時刻は十二時前、おれがお前と福島屋に、入った晩と同じ日で、時刻も同じ十二時前、切ったも同じ左足。「親の因果が子に報う」と、世の譬えにもいうけれど、こう覿面《てきめん》に報うものかと、気付いて反省してみれば、およそ盗みをした者は、人間一生五十年の、坂を越えた者はなく、二十五歳の暁までに、天罰受けて早死にする。みんな悪事をした報い。こいつあ心を改めにゃあ、ならねえことと気が付いて、スッパリ悪事を止めてしまい、そのときちょうど四百円、金が残っていたために、五百円にこれをまとめ、福島屋へ返した上、自首してお上の刑罰受け、誠の人になるつもりで、こっちにもどって神楽坂に、小売酒屋の店を出し、いまは堅気な明石屋島蔵、こういう訳で折角の、お前の頼みが聞かれねえ（六一一～六一二頁）。

因果の恐ろしさ

島蔵が罪を自覚し、自首してその罪を償おうと決意するのは、一つには、「因果の恐ろしさ」を痛感したからであり、二つには、せがれ岩松に教え諭された、教育による人倫の思想、つまり、「開化＝価値観の根本的変化」の洗礼を受けたからである。それらが相俟って、犯した罪の重さに気付き、自首・服罪という新しい人生の在り方を認識するに至ったからである。

島蔵は、口を酸くして、説得を試みるが、千太は聞き入れない。それどころか、島蔵の決心に揺るぎはないと見て取った千太は、泥棒仲間、つまり、社会的病理集団固有の人間関係によって、島蔵の決心を翻させ、元の泥棒仲間からは逃げ出せないと諦めさせようとする。

千　太　いまさらいっても仕方がねえが、佃《つくだ》にいたとき貝殻の、こわれたかけらでお互いに、腕を切ってその血を飲んで、兄弟の義を結んだとき、これから先は生き死にを、一緒にしようといったのを、よもや忘れちゃいねえだろう。だのに頼みを聞かねえのは、あんまり誼《よしみ》がねえじゃアねえか（六一四頁）。

千　太　お前も四十にならねえが、たいそう焼きが回ったな、おらア八方取り巻かれても、逃げられるだけ逃げる気だ。いまから自首をしたところで、減刑されても十年の、懲役刑に服さにゃならねえ。おれのことを馬鹿だというが、お前も随分馬鹿げていらあ（六一四〜六一五頁）。

千　太　お前は親父や妹に、可愛いせがれがあることだから、心を改め堅気になり、素人になる気になったのだろうが、おらあ親も無けりゃあ兄弟もなし、いまさら堅気になったとて、誰も喜ぶ者はいねえ。だから一生盗みをして、してえ三昧《ざんまい》なことをしたら、切られて死んでも本望だ（六一六頁）。

2　玄人から素人へ

新七の隠退を示唆

「兄弟の義」・「誼」とは、社会的病理集団内部の密接な人間関係、疑似的な血縁関係を意味する。以後、千太は、しきりと「兄弟分の義理・誼」を強調して、島蔵の社会的病理集団からの離脱を食い止めようとするのである。

あるいは、「焼きが回ったな」と、千太は島蔵を馬鹿にする。「焼きが回る」とは、通常は、「頭のはたらきや腕前などが衰える。ぼける」（『日本国語大辞典』第一九巻、四二七頁）ことを意味する。しかし、ここでは、玄人の、玄人としての存在が危機的状態に陥ったこと、つまり、「社会的病理集団の一員としてズルズル生きて行くのを止めよう」と思い立ったことをいう。つまり、千太は、「泥棒の世界から脱け出せるものなら脱け出してみろ」と、島蔵を強迫しているのである。

「親父や妹に、可愛いせがれ」。市民としての平穏な家庭に生きることを願う島蔵。換言すれば、それは「堅気」の生活であり、ほかならぬ「素人」の生である。

島蔵は、「心を改め堅気になり」、社会的病理集団の一員から酒屋を営む堅気の商人に変わったのである。玄人から素人に変わったのである。それが千太には面白くない。ひょっとすると、千太には、脱玄人を果たしつつあった島蔵への強烈な嫉妬・羨望があるのかもしれない。

それはあたかも、新七の隠退を示唆しているかのようである。「玄人から素人へ」。この作品が、新七の一世一代であり、これを最後に新七は隠居して黙阿弥と改名、作者界から身を引き、玄人の社会を脱して素人の社会に立ちもどる。それと軌を一にするかのように、島蔵もまた、「玄人から素人へ」。社会的病理集団から堅気へと転身するのは、「開化」の如何による。「いまはお上のご処刑変わり、千円盗んだ強盗でも、一命助かり終身懲役」（六一五頁）。かつて、「十両以上の盗みは死罪」であった。「開化」は、「未開＝徳川時代」とキッパリ手を切ったのである。したがって、泥坊が「心を入れ替えて素人になる」のも、開化の恩沢に浴するが故であった。

千太の心を動かすことはできないと見た島蔵は、「いまから自首して、お前に縄を掛けるから、卑怯未練に逃げるなよ」（六一七頁）と、最後通告。千太も、尻をまくる。「卑怯未練に逃げねえから、いつでもおれを迎えにこい。今夜はおれは命懸け、二人殺すも三人殺すも、取られる首はたった一つ。余計な留め立てしやあがると、島蔵、お前の命はねえぞ」。

いうが早いか、千太は懐に忍ばせた短刀を抜いて、島蔵の眼前に突き出す。島蔵はせせら笑い、

島　蔵　おい、そりゃあ素人にいうセリフだ。おれにいうのは釈迦に説法、こんな無駄なことはね

え。忘れもしめえ佃にいたころ、熱を出して世話になった。それが縁で兄弟分の、契りを結んだ二人の仲。満期を終えて娑婆に出て、強盗をする脅し文句は、おれが教えてやったのだ。鼠小僧は闇の夜に、向こうが見えたということだが、同じ盗みをするくせに、お前は向こうが見えねえ奴だ。鼠小僧の墓に参り、樒《しきみ》の水でも飲んでおけ。なんだ脅しに短刀《どす》を抜き、それでお前は切るつもりか。墓石の角《かど》は欠けるだろうが、おれの頭は欠けねえぞ。さあ、切れるものなら切って見ろ。

千　太　おお、切らねえでどうするものだ（六一七〜六一八頁）。

千太は島蔵に切りかかり、島蔵は借りて来た岩松の杖でそれをあしらう。短刀を落とした千太と、摑み合いの乱闘となり、千太は負けて、「殺せ殺せ、早くおれを殺してくれ」（六一九頁）と悪あがき。島蔵は立腹するが、それを抑えて、最後の説得を試みる。

島　蔵　売り言葉に買い言葉で、殺せというなら殺してやるが、おれも一度は兄弟の、縁を結んだことだから、殺してえことはねえ。悪いことだと気が付いて、盗みを止める気になれば、お前の身柄を引き受けて、生涯世話をしてやる気だ。お前に分けた五百円も、改心をしてくれるなら、おれがなんとか都合して、福島屋に返したうえで、自首して出ればいいまもいう、十年刑なら七年か、五年になるはお上のお慈悲、それを頼みに思い切れ。見栄を張ろうというのじゃねえが、金を返して自首するとは、流石は立派な強盗だと、盗人《ぬすっと》仲間に噂され、人の性は善なるもの、悪いことだと気が付いて、盗みを止める者ができたら、少しはお上にご奉公。人に褒められ生き延びるか、悪くいわれて命を捨てるか、ここが生死の境だから、よく考えてみるがいい。

〽《チョボ》さすがは兄と立てられる、我慢強い島蔵の意見が千太の身にしみて、夢から覚めたかのように、歪んだ心も善に覚め、両手をついて涙をぬぐい、

千太　これ兄貴、堪忍してくれ。お前の意見でスッパリと、おらあ今日から改心した。

島蔵　そんなら、お前は改心したか。

千太　おお、改心せずにいられるものか。五年前から兄弟の、縁を結んだ仲とはいえ、おれのような人でなしを、愛想も尽かさず幾度となく、真身の者もおよばぬ意見。今日という今日肝にこたえて、おらあスッパリ改心した（六一九〜六二〇頁）。

「さすがは兄と立てられる、我慢強い島蔵の意見」とあるが、その説得のどの点に、千太の頑なな心は動かされたのであろうか。それは、「兄弟の義・誼」に関する、「さすがは兄と立てられる」だけの、島蔵の人間的な包容力によってである。

千太　佃*にいたとき貝殻の、こわれたかけらでお互いに、腕を切ってその血を飲んで、兄弟の義

を結んだとき、これから先は生き死にを、一緒にしようといったのを、よもや忘れちゃいねえだろう。だのに頼みを聞かねえのは、あんまり誼《よしみ》がねえじゃあねえか（六一四頁）。

＊「佃」は、佃島の人足寄場の意。実際は、佃島の北にあった石川島に設けられた人足寄場のこと。江戸末期には両島が地続きになったため、佃島と一つに扱われていた。テレビの『鬼平犯科帳』で知られる「火《ひ》付盗賊改《つけとうぞくあらため》」の長谷川平蔵《はせがわへいぞう》が、一七八八年（天明八）七月に拵えた無宿者の収容所・出獄者の社会復帰を助ける施設であって、「手に職があればその職をやらせる。職のない者は、米搗《こめつ》き・油絞《あぶらしぼ》り・炭団《たどん》作り・藁細工《わらざいく》というようなことをさせ」たという（三田村鳶魚著『捕物の話』、三二〇頁）。

千　太　おらあ親も無けりゃあ兄弟もなし、いまさら堅気になったとて、誰も喜ぶ者はいねえ（六一六頁）。

島　蔵　おれも一度は兄弟の、縁を結んだことだから、殺してえことはねえ。悪いことだと気が付いて、盗みを止める気になれば、お前の身柄を引き受けて、生涯世話をしてやる気だ（六一九頁）。

社会的病理集団における人間関係

千太が「兄弟」というとき、それは、「佃島の人足寄場で苦役に従事していたとき、血盃を交して、悪の世界に手を取り合って生きて行く契りを結んだ」罪人仲間の「義兄弟」を意味している。だからこそ、社会的病理集団に生きる者の「誼＝精神的なつながり」を重視するのだが、それはともかくとして、そのような人間関係としての「兄弟」は念頭にあっても、「おらあ親も無けりゃあ兄弟もなし」と、肉親としての血に繋がれた「兄弟」は、存在しないことをいい立てるのである。彼にとって、「兄弟」は、虚実二様の血縁者であったのだ。それにたいして、島蔵は、虚の「兄弟」が、実の世界に住みかえることによって、実の「兄弟」に転換して行くと考える。「一度は兄弟の、縁を結んだ」以上、それは、両者の生きる世界が同じである限り、永遠につづくものと理解されるのであり、当然のこと、「身柄を引き受けて、生涯世話をしてやる」に相応しい、「血の繋がった」人間関係なのである。本来は「社会的病理集団内部の密接な人間関係、疑似的な血縁関係」であったはずのものが、存在の場が素人の社会に移るとともに、「実の血縁関係」に変質するのである。どちらが、「兄弟の義・誼」を大切にしているか。どちらが、「兄弟の義・誼」に忠実であるか。クドクドと説明しなくとも、一読、了解されるであろう。

島　蔵　おれも一度は兄弟の、縁を結んだことだから、殺してえことはねえ。悪いことだと気が付いて、盗みを止める気になれば、お前の身柄を引き受けて、生涯世話をしてやる気だ。

「島蔵は磯右衛門の長男で、東京明石屋酒店の戸主であるから兵役に出る義務はまぬがれるが、弟千太は兵役に出なければならないし、島蔵には戸主として弟（たとえ義理の弟でも）を兵役に出す義務がある。島蔵には弟千太を改心させる責任と同時に戸主として千太を兵役につかせる義務があった。それが唯一つ前科者への差別をこえることでもあった」（『黙阿弥の明治維新』二九六頁）とは、渡辺保の優れた洞察である。そこに指摘された両者の関係は、島蔵と千太との人間性の差異として、内的なドラマを形成し、「兄貴、許してくんねえ。お前の意見でスッパリと、おらあ今日から改心した」という悲痛な言葉を、千太に吐かせるのである。

「金を返して自首するとは、流石は立派な強盗だと、盗人仲間に噂され、人の性は善なるもの、悪いことだと気が付いて、盗みを止める者ができたら、少しはお上にご奉公」という島蔵の言い分には、矛盾がある。しかし、そこにこそ、作者のいいたかったことがあると、渡辺は指摘した。彼の「招魂社の風景」と題する『島衛月白浪』論は、他に類を見ない優れた内容の学術論文であるが、このセリフについて、彼は以下のように記している。

金を返して自首すれば、盗人仲間はバカだというだろう。「立派な強盗」というのもおかしい。しかしそれはこのせりふだけをとり出すからそう読めるのであって、芝居のここまでの流れを見てくれば、この矛盾をはらんだ島蔵のせりふには千鈞の重みがある。その芝居の流れとは、前科者への差別である。一度間違いをおこせば、それは終生消えない。現に島蔵は実の父親からでさえ「まことのこともうそと思ふ」(→「真実稼いだ金でさえ、悪事を働き盗ったと思う」本書、一三八頁)といわれるのである。その苦しさから更生しようとする男にとって「立派な強盗」といわれるのは、どんなに矛盾しようが終生の願望なのである。それが盗人の手本になり、そんなことで改心する者があらわれるはずがないと思われるかもしれないが、それは全体の流れを無視した読み方であって、この島蔵の改悛の苦しみ（ことにいまはカットされる四幕目の宮比町の裏長屋で福島屋清兵衛の危機に出合った島蔵の苦悩）を見ればそういう願いがよくわかる。本当は盗人仲間の噂や世間の見方はどうでもいい。これは島蔵自身の内心の問題なのである。現にこの苦悩を聞いて、千太も望月輝も野州徳も改心する。このせりふのなかには、これまでの島蔵の苦悩の全てがふくまれているからである。

ところでわたしが問題にしたいのは、その島蔵の内心の問題が一転して「いささか上へのご奉公」（→「少しはお上にご奉公」本書、二五八頁）になることである。そこまでの島蔵の苦悩が島蔵自身の内心の問題ならば、それがお上への奉公になろうがどうしようが問題ではない。この唐突な転換にこそ黙阿弥のかくした仕掛けがあって、この時島蔵はフト招魂社をふり返ったのである。国家のための戦死者と改心した犯罪者。この対比が舞台にふたたび背後の招魂社をクローズ・アップする。

ここでもう一つ考えなければならないのは、「上へのご奉公」とは一般的には徴兵を意味するということである。明治十四年当時の徴兵制度は戸主は除外される。富国強兵の国策に従って国民皆兵の制が敷かれるのは三年後の明治十七年であり、その時一度は引退していた黙阿弥は『満二十年息子鑑《まんにじゅうねんむすこかがみ》』俗に「徴兵の狂言」といわれる作品を書いて、頑強に徴兵に反対する老人（結局は賛成するのだが）二人を描いて、痛烈に新徴兵制度を批判する市民感情を吐露している（『黙阿弥の明治維新』、二九四〜二九五頁）。

むろん「島衛」はその旧徴兵制の時代であるから、成年に達した次男三男は兵役に出なければならない。前科を別にすれば、島蔵は磯右衛門の長男で、東京明石屋酒店の戸主であるから兵役に出る義務はまぬがれるが、弟千太は兵役に出なければならないし、島蔵には戸主として弟（たとえ義理の弟でも）を兵役に出す義務がある。招魂社をふり返った島蔵が「上へのご奉公」といったのは、むろん直接的には罪を悔悟して人々の手本になることだが、もう一つは壮年になって兵役を勤めることであった。島蔵には弟千太を改心させる責任と同時に戸主として千太を兵役につかせる義務があった。それが唯一つ前科者への差別をこえることでもあった。

とすれば、いま、ここに展開している問題は、不肖の弟をもった兄、家のために家族に絶対的な権力をふるう戸主、家長としての兄という、新しい社会の家族の縮図であり、その新しい家族制度こそ明治国家がその徴兵制度を可能にし、支配しつづける基盤であった。招魂社の存在は、その国家基盤を象徴しているからこそ、この島蔵のせりふによってふたたびわたしたちの目前にクローズ・アップされるのである（二九六頁）。

優れた社会の観察者

卓見である。一介の狂言作者でしかない新七が、そこまで政治や権力構造の問題を観察し、冷静な批判精神を働かせ得たことに疑問を抱く向きがあるかもしれない。しかし、優れた狂言作者は、優れた社会の観察者であり、批判力を備えた文筆の徒であったのだ。

折から来合せた望月輝の好意を受け、千太の分け前五百円を調えた島蔵は、自分が用意した五百円と合わせて千円の金を福島屋に返却し、その足で、千太とともに自首する決意を固める。島蔵に雇われながら、着物を盗んで逐電、木蔭に隠れていた前科者の徳蔵《とくぞう》も姿を現わす。

千　太　ここに集まる人々は、
徳　蔵　「浜の真砂」の譬えの通り、数え切れないコソ泥より、
島　蔵　激しい沖の荒波に、比べられる強盗の、
千　太　荒気もサッと引き汐の、
　輝　　たちまち善に返る波。聞こえる太鼓はお社《やしろ》の、
島　蔵　毎朝四時の掃除の時刻。
千　太　不浄を払う鶏の、
徳　蔵　声勇ましい夜明け前、
　輝　　空も晴れ行く、東雲《しののめ》だなあ（六二六～六二七頁）。

最後の部分を、セリフのやり取りで締め括ったのは、新七が隠退に際して配った『引き汐』と題する挨拶状に、これとほぼ同じ文句が使われているからである。全文を紹介しておこう。

河竹翁が、今度、一世一代の作を上演するについて、方々の知人に配られた刷り物は、近年に稀な

特別製の印刷で、絵は、柴田是真《しばたぜしん》翁の手になる「引き汐に蟹」。素晴らしい出来で、狂歌と狂文は、新七翁の自作。それを筆に表したのは、翁と多年親交のあった綾岡輝松氏。包み紙の表は、「引しほ」の文字に波頭《なみがしら》を表した巴散らし。色刷りで、殊のほか美しく、おまけに、用紙は万町（中央区日本橋通り一丁目）の榛原の極上製と来ているので、上々の出来。ところで、その狂文と狂歌を書き出して、実物をご覧になれない多くのご見物方に、ちょっとお知らせいたします。

幼きころ竹柴の浦辺に育ちし由縁《ゆかり》にや浜の真砂《まさご》の尽《つき》せざる彼盗人の狂言を員《かず》多く脚色《しぐみ》しゆゑ白浪作者と言れしも素より智恵の浅瀬にして深き趣向のあらざれば沖を越たる功《いさお》しなく唯長しほの長々しくも硯の海に筆をとりしを算《かぞ》ふれば早五十年 額《ひたい》によする 漣《さざなみ》に磯馴《そなれ》の松の腰も曲りて言の葉の老さびぬれば茲《ここ》らが汐の引時と引いはひしてまた元の浪の素人に帰るになん

腸《はらわた》のなきおろかさに直《すぐ》な道知《しら》で幾とせ横にはふ蟹

〔現代語訳〕幼いころ、竹柴の浦（＝芝浦）で育ったからであろうか。「白浪や浜の真砂は尽きるとも、世に、盗人の種は尽きまじ」という大泥棒石川五右衛門の辞世にも知られるように、尽きることなく生まれて来る白浪（＝盗人）たち。その盗人の芝居をたくさん書いたので、「白浪作者」とあだ名されたが、もちろん浅知恵の悲しさ、深いアイディアが浮かぶわけもなく、評判になるような傑作も世に出せず、ただただ長汐のように長い間硯の海に筆を浸して、数えてみれば、はや、五十年。額には漣が立ち、潮風に曲った松のように腰も曲り、書く言葉も老け込んできたので、ここらが汐の引き時、身の引き時と、引退祝いをして、返す波のように、元の並みの素人に帰ってしまおう。

蟹よ、お前は脳味噌もなく、愚かなために、真直ぐな道を知らずに、横に這い続けているのだね。
（『歌舞伎新報』第一八九号、五丁オモテ）

「引き汐」とは、ここでは、寄せては返す波の意で、〈善→悪→善〉という島蔵たちの生き方の転換を象徴する言葉であった。そのセリフの「たちまち善に返る波」という言葉は、「元の浪の素人に帰るになん」という『引しほ』の文句に移し替えられる。それは、素人の社会から芝居という玄人の社会に入って作者となった新七が、「汐の引くように」、その玄人の社会から「身を引いて」、再び元の素人の生活にもどり、蟹の横這いならぬ、縦に真っ直ぐ、人間並みに歩いて暮らして行く意志を表わす言葉であった。

新七は、舞台における白浪たちの、善の人間＝素人に返る改悛の情と、楽屋における狂言作者＝自分自身の、並の人間＝素人に返る引退の気持とを重ね合わせているのである。

なお、『著作大概』には、「いろは新聞・やまと新聞より、引き幕をもらう」と記されているが、もちろん、一世一代を祝うとともに、数々の名作を生み出して来た狂言作りの労を謝しての記念の幕であっただろう。今日でも、ある役者が先代の名前を継ぐ披露の舞台や、御曹司が初めて舞台に出て芝居をするときなどには、その役者の紋や熨斗を染め抜いた華麗な幕が寄贈される。普段は備えられていない、このような臨時に使う引き幕を「贈り幕」と呼んでいる。「引き幕」とは、上げ下ろしして舞台を縦に開閉する「緞帳《どんちょう》」と違い、横に、左右に引いて舞台を開けたり閉めたりする、カーテンのような幕をいう。

作者に幕が贈られることは、異例の出来事であるが、黙阿弥が引き幕を贈られたのはこれが初めてではなく、一八六三年（文久三）一月、市村座で『三題噺高座新作《さんだいばなしこうざのしんさく》』を上演したとき、三題噺愛好家のグループから贈られたのが最初であった。次いで、一八六四年（元治一）二月、『曽我綉侠御所染《そがもようたてしのごしょぞめ》』上演の際に、「木場の雑賀屋《きばのぞうがや》」から引き幕を贈られたと、『著作大概』には記されている。「木場の雑賀屋」とは、深川の木場に住む河竹びいきの材木問屋かと思われるが、未詳。そして、『島鵆月白浪』の一世一代を祝福して『いろは新聞』『やまと新聞』の両社から、また、六二連と歌舞伎新報社から、それぞれ一張りの引き幕を贈られたのであった。六二連とは一階客席の、前から二列目、舞台に向かって右から六番目の、一番見やすい席に陣取っていた見功者たちの「連（観劇グループ）」の称。歌舞伎新報社とは、演劇雑誌『歌舞伎新報』の出版元。同誌は、一八七九年（明治一二）二月から一八九七年（明治三〇）三月まで刊行され、一六六九号をもって廃刊。明治の歌舞伎に関する生きた史・資料の宝庫である。

第八章　引　退

1　もとのモクアミ

並みの素人に帰ろう

白浪の改心と真人間としての再出発。重ね合わせて、新七自身の、玄人からの引退と素人への回帰。それは、半世紀になんなんとする作者部屋生活に終止符を打つ、誠にあざやかな転身であった。

『著作大概』、一八八一年の項に記す。

明治十四辛巳年
○島鵆月白浪
十一月の末より十二月へ掛けての興行なれど大入にて、河竹新七の名を仕舞黙阿弥と成る。以来は何事にも口を出さずだまって居る心にて黙の字を用ひたれど、又出勤する事もあらば元のもくあみとならんとの心なり。

〔現代語訳〕一八八一（明治一四）辛巳年

○島衞月白浪

十一月の末から十二月にかけて、年末にもかかわらず、芝居は大入りになりました。わたくしは改名して、河竹新七の作者名から、黙阿弥という隠居名に変わりました。今後は、なにについても一切口出しをせず、「黙っている」という心を表わすために「黙」の字を使ったのですが、また、再び芝居に出勤する場合があったら、「元の黙阿弥」になるだろうという心なのです。

「元の黙阿弥」は「元の木阿弥」のもじり。そして、「元の木阿弥」とは、「いったんよい状態になっていたものが、また、もとのよくない状態にもどってしまうことのたとえ」（『角川古語大辞典』第五巻、六六三頁）。

はたして、「黙」の一字は、どちらに転んだのであろうか。「黙して語らず」であったのか、それとも、「元の黙阿弥」であったのか。

新七は、一世一代の狂言に先立って、前年の一八八〇年（明治一三）三月、先代新七を偲ぶ「しのぶづか」を向島の地に建立した。念願の先代自筆の脚本を手に入れた新七が、隅田川を舞台にしたその『双面《ふたおもて》』の浄瑠璃にちなみ、向島土手下の新梅屋敷（百花園）の庭に石碑を建て、「しのぶづか」と名付けて先代の回向をしたのである。その経緯については、すでに、二世新七襲名のところで触れた（本書六六～六九頁）。なお「双面」とは、あたかも「二面の鏡に一人の影を映して見たかのように」（『芦屋道満大内鑑』―『新日本古典文学大系』九三、一〇五頁）、二人の人物が、全く同じ姿で現われ、相似た行動をして人を迷わせた挙げ句、片方が亡霊だとか霊獣だとかの正体を表わすという劇的なパターンをいう。初世新七の「双面」というのは、一七七五年（安永四）三月、江戸中村座で上演された『垣衣《しのぶぐさ》恋《こいの》写絵《うつしえ》』のことである。

その「しのぶづか」の碑文にいう。

「隅田川よ」「双面よ」と、かぶきにも浄るりにももてはやされる荵《しのぶ》売《う》りは、一七七五年（安永四）、中村座の春狂言に、初世中村仲蔵が務めた、先代河竹新七の作品です。

その脚本をある人から贈られて、長い間秘蔵できたのは、新七の名を継いだわたくしの幸せと喜んでいましたが、今度、ここにそれを埋めて、荵売りの昔を偲ぶ「しのぶづか」と名づけ、その謂れを書き付けました。隅田川の流れが絶えないように、伝え続けて、双面の二つとない功績を、後の世に残そうと意図してやったことなのです。

（『歌舞伎新報』第一一四号、三丁ウラ）

引退は、「しのぶづか」の建立に始まり、翌年の名前替えに至った。いい換えれば、「河竹新七」の名を、先代の追憶とともに「しのぶづか」に返上し、「古河黙阿弥」という過去にない真新しいペンネームに生まれ変ったのである。

「今後は、なににについても一切口出しをせず、『黙っている』という心を表わすために『黙』の字を使ったのですが、また、再び芝居に出勤する場合があったら、『元の黙阿弥』になるだろうという心なのです」。

雑報
○前號に記載せし河竹翁が向島の百花園中に造立のしのぶ塚ハ根府川石にて書ハ當時有名の高林二峯先生また石鐫工ハ松仙芝とあり且建方一切ハ總て翁が別懇を結べる、赤坂ハ消防頭取松五郎（俗權次郎とよぶ）子が萬端周旋せられし由体面の惣圖ハ下段の如し
○塚の表面しのぶづかの右傍に記せし文ハ
隅田川に二面と歌舞伎にも浄瑠璃にも世にもてはやさる、忍賣ハ安永四とせ中村座の春狂言に初代中村仲藏が勤め前の河竹新七ハ作あり そが正本を或人より贈られて久しく秘藏せしハ名を嗣者ハ幸ひと悦びしが此度こゝに埋みて昔し忍ぶの塚と名づけ其故よし記しつくるハ隅田川ハ流れ絶ず傳へて二面のふたつある功績を後の世に殘さむとてのわざになむ有ける
明治十三年三月　二世　河竹新七記

「しのぶづか」碑文
（『歌舞伎新報』第114号）

「元の並みの素人に帰ろう」という『引き汐』の一文は、結局、この「黙」の字を、「元の黙阿弥」へと導いた。もっとも、その「元の黙阿弥」は、前時代の「元の黙阿弥」ではなく、新しい開化の代の「元の黙阿弥」だったのだが……。

・一八七一年（明治四）八月、太政官布告《だじょうかんふこく》「身分解放令」。
・一八七二年（明治五）十月、十二世守田勘弥、新富町（東京都中央区新富二丁目）に守田座を新築開場。さらに三年後には、それを新富座と改称、オール・スター・キャストの大芝居を実現させた。
――これは、一六四八年（慶安一）二月に「良民の住む町に、劇場を建て、それを受け渡ししてはならない」（近世史料研究会編『正保事録』第一巻、三頁）というお触れによる劇場所在地の規制、さらに、天保の改革によって、良民の生活区域から閉め出された芝居町（浅草猿若町）から、劇場が、あるいは、芝居そのものが解放されたことを証しとする。

「並みの素人に帰ろう」というときの「素人」という言葉は、もはや、新七の元の身分、徳川時代に用いられていたような、良民の社会に生き、良民の生活をおくる者のことだけを意味してはいなかった。「素人」の範囲は広まり、特定の劇場やグループに所属する狂言作者という境遇を離れ、劇界の外にあって、自由な文筆活動を行う立場の者、劇界の拘束から自由な、フリーの劇作家もまた「素人」の一員と理解されていたらしい。

玄人としての狂言作者から素人としての劇作家へ、とでもいおうか。文明開化は、間違いなく進捗し、社会的病理集団のバリアーを溶かし始めていたのである。

「元の並みの素人に帰る＝元の黙阿弥になる」。それが、河竹新七という由緒ある狂言作者名が、古河黙阿弥というペンネームへと変質したことの真意であった。彼は、芝居を書くという行為を放棄したわけではない。芝居を書く玄人であることを止めて、芝居を書く素人となることを意図したのだ。

「元の並みの素人に帰ろう」とは、たんに座付作者を止めるといっているだけで、文筆の徒であることを止めるとはいっていないのである。所定の芝居に専属して拘束され、成功・失敗の責を、座頭（一座の芸術的責任者）とともに、一身に負わなければならない首席作者、旧時代の玄人の伝統につながる作者を止めるといっているに過ぎないのである。

演劇改良が叫ばれ、ともすれば、劇界外の有識者たちの声が劇界内部に侵入してくる。その道五十年の玄人として、面白いわけがない。しかし、時代は変わりつつあるのであって、そのような自由な発言者という立場は、逆に、自分にも許されて然るべきだと、新七は考えた。そして、今後は、気楽なスケ（助作者）という立場で弟子たちの指導に当たりたいと願ったのであった。文明開化の時代における自分の立場に目覚めたのであった。

しかし、「気楽なスケ」とはいうものの、狂言の作成に携わる作者であることに変わりはない。黙阿弥は、結局、「古河」であり続けることができず、再び作者名の「河竹」を姓としなければならなかった。引退から三年、一八八四年（明治一七）四月の、勝能進《かつのうしん》宛て書状に記す。「わたしは、芝居の方では、名前を『黙阿弥』と書き、それ以外の書き物では『河竹其水《きすい》』と署名します」（『黙阿弥の手紙日記報条など』、一五七頁）と。「河竹」姓の狂言作者でありながら、引退した「黙阿弥」であるという複雑な彼の心境が窺えるようだ。

それには、もう一つ、別の理由もあった。由緒ある作者名「河竹」の処置である。

たくさんの弟子たち

黙阿弥には、たくさんの弟子がいた。竹柴幸治が、「忍塚の記 付《つけたり》 師の履歴」に、「師の一門は、芦で名高い大阪に至るまで、竹をスパッと割ったかのように、東西二都市に別れて、『竹柴』を姓とするものがたくさんいる。その仲間は左のとおり」として、以下十八名の名を記している。

①勝能進《かつのうしん》―初め繁河長治《しげかわちょうじ》、その後竹柴諺蔵《たけしばげんぞう》または勝《かつ》諺蔵と改め、市村座の首席作者となったが、今は大阪に住んでいて名を能進《のうしん》と改めた。
②勝諺蔵《かつげんぞう》―能進のせがれ。初め三世瀬川如皐の門弟で浜彦助《はまひこすけ》といった。父の前名を継ぎ、大阪にいる。
③竹柴金作《たけしばきんさく》―現在、市村座などで首席作者を勤めている。第一の高弟である。
④同　進三《しんぞう》―初め熨斗《のし》進三、その後、姓を竹柴に改める。新富座に出勤。
⑤同　繁蔵《しげぞう》―猿若座その他各座に出勤。第三の高弟である。
⑥同　銀蔵《ぎんぞう》　⑦同　左吉《さきち》　⑧同　為三《ためぞう》　⑨同　昇三《しょうぞう》　⑩同　清吉《せいきち》
⑪同　金三《きんぞう》　⑫同　常次《つねじ》　⑬同　瓶三《へいぞう》　⑭同　小芝《こしば》
⑮同　幸治《こうじ》―初め村柑子《むらこうじ》、のち、「村」を「竹柴」に改めた。
⑯同　瓶助《へいすけ》―初め柳《やなぎ》屋梅彦《やうめひこ》。古老で、博識の人である。

河竹の一門ではないが、河竹に所属する人たち。
⑰篠田金治《しのだきんじ》―三世並木五瓶《なみきごへい》の息子である。
⑱木村園鳧《きむらえんぶ》―故三世桜田治助《さくらだじすけ》（左交《さこう》）の門弟。

二人は、「古老」とも「劇場の故実に通じた人」ともいうべき人たちである（『歌舞伎新報』第一一二〇号、四丁ウラ～五丁オモテ）。

数あるうちの弟子たちのなかで、一頭地抜きんでていたのが「竹柴金作」であるとは、衆目の一致するところであった。その金作に、黙阿弥は「河竹新七」の名を譲り、三世を名乗らせた。一八八四年（明治一七）四月、市村座でのこと。「河竹」という作者名の消滅を、危惧した結果かもしれない。

狂言作者竹柴金作、今回、師の黙阿弥から「三世新七」の相続を許され、ご披露の挨拶に、扇子を配りました。表は、柴田是真《しばたぜしん》の「新芽を出した譲葉《ゆずりは》」というおめでたい絵、裏に、

今度、門弟金作を河竹の三代目にして、

竹垣や　名を譲り葉の　芽だし時　　黙 阿 弥

拙い技量も省みずに、師の勧めにしたがって、

良き台へ、おぼつかなくも、接木《つぎき》かな　　河竹新七

（『続々歌舞伎年代記』、三七九頁）

名前だけではない。黙阿弥は自分が住んでいる家まで、金作に譲ったのである。

仮移転　吉村黙阿弥翁はいままで東京都台東区浅草馬道町二丁目十二番地に住んでおられたが、墨田区亀沢に引越される。目下、建築中のため、出来上がるまでは墨田区東駒形一丁目の仮住まいに移られました。

黙阿弥翁の旧宅を、河竹新七氏がそっくりそのまま譲り受けられ、本月中旬に引き移られるそうです。それとともに、その住所で直に使わなければならないハンコなども一緒に譲られ、たいそう都合が良いとのこと。また、いままで、黙阿弥翁を「地内の師匠（浅草寺の地内に住む師匠）」と呼び習わしてきましたが、今度の河竹氏のことも、引き続き「地内の師匠」と呼んでかまわないので、それも便利で結構。これほど睦まじい仲とは、実に師弟の情の厚さよと、ほかのご門弟も喜んでおられると聞きました（『歌舞伎新報』第七二七号、五丁オモテ）。

もっとも、黙阿弥の旧家というのは、くぐり戸のような門構えで、質のいい建材を使った「見るからに茶人の住居を思わせる」（三世竹柴金作編『狂言作者の変遷』、二五頁）住居であったが、採光が不十分で、室内は薄暗く、雨天の日などはことにひどかったという。三世新七は、「よくこんな所で、師匠はあれだけの作品を書いたものです」（第一次『歌舞伎』第九号、四二頁）と感心していたとのことである。

黙阿弥の金作にたいする信頼には、並々ならぬものがあった。彼らの「睦まじい仲、師弟の情の厚さ」は、たんに名跡や居宅の譲渡に止まるものではなかった。先に引いた能進宛ての書簡中に、左のような一文が見られる。

さて、わたしもだんだんと年をとって根気もなくなり、狂言の筋を立てることもおっくうになりました。ことに近頃は目が悪くなり、夜は仕事もできない状態ですので、今度、新富座の仕事も金作に譲り、私は本当に隠居して、一幕だけ助作し、老後の生活を気楽に過ごしたいと思っています。というわけですので、金作をせがれにして、河竹新七の名を譲り、私の死後、家族の力になるようにしました（『黙阿弥の手紙日記報条など』、一五七頁）。

河竹新七の名を譲ることは、同時に、黙阿弥と金作との関係を、師弟から親子に変えることを前提としていた。黙阿弥は「河竹新七」という「作者の家」そのものを、金作に委ねたのである。

竹柴金作との関係

黙阿弥には、実子が四人いた。河竹登志夫の『作者の家』（一九八〇年〈昭和五五〉八月、講談社刊）によれば、市太郎・糸・島・ますの四人。たった一人の男子市太郎は、絶えていた本家再興の意図を兼ねて商人とし、五世吉村勘兵衛《よしむらかんべえ》と名乗らせた。三女のますは十三歳で夭折。次女の島は絵描きになり、三十五歳で早逝。一人残った長女の糸は、一八六五年（慶応元）、十六歳のときに、仏門に入ることを志望。両親つまり黙阿弥夫婦に説得されて思いとどまったが、それを切っ掛けに、彼女は生涯独身を守り、河竹の家を守る決意をしたらしい。登志夫はその理由を、糸の「父、黙阿弥に対する異常な敬慕の念」（九四頁）によるものと推察している。今風にいえば、強度のエレクトラ―コンプレクスだったのだろう。「母子の仲は冷たかったようだ」（九八頁）という『作者の家』の記述を見ても、その事実が察せられる。

こうして、黙阿弥は、有能な後継者を身内に持つことができなかった。彼は、糸をたいそう可愛がって、「狂言作者に仕立ててみたいという、積極的な気持さえ持っていた」（九三頁）とのことだが、病弱であったのと、母親に禁じられたためとの、二つの理由から、糸は、作者として生きることを断念したのだという。

「金作をせがれといたし、河竹新七の名を譲り、老生死後家族の力といたし候」と、黙阿弥は勝能進に書き送った。手紙の文言はさらに続き、「ついては、先年、能進の俳号を譲りましたが、今度は河竹の苗字をお譲りしますので、以後は、河竹能進となされればよろしいでしょう」と。つまり、この手紙は、河竹の姓を一人金作にのみ認めるのではなく、能進にも同様に許すとの通知を兼ねていたのである。そして、末尾に「はからずも河竹の名前を継ぎ、運の良いことに、その名も意外に知られるようになり、先年『しのぶづか』を建立し、続いて一世一代の芝居をやり、いま、河竹姓を名乗る者を大阪の地にも残しましたので、先代にたいする義理も立ち、たいそう嬉しく思います」（『黙阿弥の手紙日記報条など』、一五七頁）と記し、生きているうちに、「河竹姓」を後に伝えることができた喜びを、「大慶になゝめならず＝たいそう嬉しく思います」と語っている。

しかし、「河竹新七の名を譲る」ことが、その受け手「金作」を「せがれとする」ことであり、かつ、黙阿弥が、その人物をして「私の死後、家族の力になる」べき立場に立たせようと意図した事実を、見過ごすことはできない。

金作は、一八五四年（安政二）八月、江戸河原崎座の舞台にかかった師の『吾孺下五十三駅』（天一坊の狂言）を見て、「世の中には、こんな作者がいるのか」（第一次『歌舞伎』第九号、四一頁）と度肝を抜かれ、それが切っ掛けで師の内弟子になったのだという。一八五七年（安政四）、金作、十六歳のときのことだった。その後三年間、家では、幼子糸の子守りをし、外では見習い作者として、芝居に勤めていたが、作者部屋の苛めを受け、一八六一年（文久一）、二十歳の年に江戸を飛び出して上阪、そこでも受け入れられず、伝手を頼って群馬県高崎の芝居小屋に行き、拍子木打ちの手伝いをして小遣いを稼ぎ、半年の後、江戸に帰って辛抱をして、やっと大成したと、本人は話している（第一次『歌舞伎』第一〇号、四五頁参照）。

その金作にとっても、「河竹」の名は重く、彼の死後、初七日に、未亡人が「河竹新七の師範状」を黙阿弥家に返上、以後、「河竹」の名は封印されてしまった。

ところで、「金作をせがれに」という黙阿弥の意図は、どうなったのだろうか。

一八八九年（明治二二）四月、『千社札天狗古宮《せんじゃふだてんぐのふるみや》』予告の「告条」に、「花を失った老木に代わって、跡を継いだ接木の河竹新七か、または、若木の其水か彦作、この三人の花形に」（『歌舞伎新報』第九九七号表紙ウラ）とあり、養子の話は既成事実のようにも見受けられるが、このときには、河竹新七の名は、作者名として譲渡されただけで、養子の話は消滅していたのかもしれない。それについては、『作者の家』にも、触れるところがない。ただ、金作は悪い印象を河竹家に残していたようである。登志夫は書いている。

金作は「籠釣瓶」の作者だが、器用で速筆で、洒脱なところもあり、ものの役に立つ人物だが、非常な大酒家だった。明治十七年に彼に三世新七を譲ったとき、黙阿弥はこう念を押したという。「酒は飲んでもいい。しかし名前を変えたら自分を重んじて、悪い酒を飲まねえようにしな。それからもうひとつは、アテ振りだけはしねえがいい」。

アテ振り――酒席などで小唄端唄にあわせての即興の踊り――が、金作は得意だった。黙阿弥にはその大酒と小器用さが気に入らなかった。それがやがて身を亡ぼし、家を亡ぼすであろうことを知っていた。

もうひとつ、もっと大きな懸念は金作の感情的で不安定な性格であったろう。これについてはその弟子の二世金作が『河竹黙阿弥』の追悼文に、いみじくもその好例を示している。

私の師匠（三世河竹新七）がまだ二十四五歳の血気のころ、若いものにはありがちの不平心から、江戸ばかりは日が照らぬと上方筋へ志し、修業の為とは口実で、大阪へ行って作者道の天下でも取る心持で、鼻息荒く無断旅行と出かけ、まず志す大阪へ着いて見ると、西も東も知らぬ人ばかり。ことに目的《めあて》にして行った某の芝居師も、江戸で逢った時の口前とはまるで相違して、まああ、いるならいて見なされ、なんとかなろうという体裁……。

結局無一文になって帰り、人に詫びを入れてもらってやっと再入門が許されたという。堅忍不抜をモットーとした黙阿弥は、おそらくこのときからこの人間を芯から頼むことはなかったにちがいない。だから、その作者歴と才筆を認めて新七の名を譲り、浅草の旧宅書斎を譲りはしても、「作者の家」の〝実〟には指一本ふれさせはしなかったのだ。

事実黙阿弥の眼に狂いはなかったことを、後に糸女は確認している。それは糸女の直話として父からきいたのだが、明治二十六年に黙阿弥が死んだとき三世新七は、腹心の某に、「ああ、師匠が死んでやっとおれの天下になった」と、雀躍りしてしゃべった。それが知れて、未亡人つまり糸女の母が恩知らずめとひどく憤慨したというのである。そんなだから所詮後事を托する人物ではなかったが、しかも黙阿弥歿後わずか八年の明治三十四年に、大酒がたたって脳溢血で世を去った（七八頁）。

金作の酒好き

確かに、金作は酒が好きだった。しかし、三木竹二の「三世河竹新七氏の談話と著作と(二)」によれば、「晩酌二三合にすぎず。大酒というほどではないが、興に乗って、量を過ごすことがある」（第一次『歌舞伎』第一〇号、四六頁）。「一八六九年（明治二）正月、台東区浅草六丁目の守田座で『慶安太平記《けいあんたいへいき》』を上演し、初世左団次の丸橋忠弥《まるばしちゅうや》が大成功を収めたので、当《あた》り振舞《ぶるまい》（成功祝賀会）をした。そこで金作氏は、七合入の大盃で二盃を一気のみ。みんなが「見事見事」と褒めそやしたのはよかったが、氏は腰を抜かして立てなくなってしまった。……これが氏の大酒の飲み納めで、また、正式の成功祝賀会の最後だったという」（四六〜四七頁）。

大阪行きの話や大酒の話。黙阿弥自身が書簡に明記した信頼感と、河竹家での印象とでは、あまりにも評価が違っている。筆者としては、「金作をせがれにして、河竹新七の名を譲り、私の死後、家族の力になるようにしました」と、金作に全幅の信頼を寄せた黙阿弥本人の金作観を信じたい。もっとも、その書簡の冒頭に、「私もだんだんと年をとって根気もなくなり」と、心身の衰弱を嘆いているから、ひょっとすると、黙阿弥の判断力が弱り、人を見る目を失っていたのかもしれないし、金作のゴマが、弱りつつあった黙阿弥の心に食い入ったのかもしれないが……。

ただいえることは、「金作をせがれといたし、河竹新七の名を譲り」という文章は、「せがれにする」ことと「河竹新七の名を譲ること」とが、セットとして考えられている事実である。だから、もし、そのセットが壊れたのであれば、それは、河竹家内部の意見の調整がつかず、黙阿弥の意思にたいする反対が強まり、黙阿弥が折れて、自己の主張を撤回せざるを得なくなったからではあるまいか。

そこまで、黙阿弥に強い影響力を持つ人物といえば、糸を除いてほかにはいない。「河竹の家はわたしが継ぎ、わたしが守る」という強固な自己主張を糸が堅持して、第三者の入籍を拒絶したのだと推察される。

養子話は立消えになった。しかし、病弱な糸を助けて狂言作者の家を維持する縁の下の力持ちが必要だった。その責を負ったのが、一八八七年（明治二〇）三月、師の俳号「其水」を譲られた竹柴進三だった。相撲取りと鳶の者との喧嘩を脚色した『神明恵《かみのめぐみ》和合取組《わごうのとりくみ》』（通称『め組の喧嘩』）の作者である。其水は、忠実な白鼠として河竹家に仕え、糸の意を体して、黙阿弥の著作権の保護を全うした。

黙阿弥と其水の師弟関係について、登志夫は以下のように記している。

（黙阿弥は、金作や為三などの先輩弟子を適当に処遇しながら）、実はこの進三に自らの俳号の「其水」を譲ったばかりか、亡きあとの後継者糸女の後見人として、抜擢したのだった。

そうして結果として其水は、その信頼にみごとにこたえたのである。見込んだ黙阿弥も、見込まれた其水も、凡庸ではなかった。

ただ惜しむらくは、其水はあまりにも堅実、あまりにも忠実で、守勢一方に終始するにとどまったのだが――（『作者の家』、七七頁）。

と。

「河竹」の姓を許された金作と、許されなかった進三とでは、黙阿弥の評価の在り方が著しく異なっているように思われ、書簡に示された黙阿弥の意図と『作者の家』に記された登志夫の記述との間は、ますます隔たってしまうような気がするのだが、複雑な河竹家の内情は、他人のよく理解し得るところではない。

ただ、養子として家に入れられなかった金作に住居を譲ったのは、彼に「作者の家」の家督を継がせるのだという意思表示であったと理解される。

スケとして顔を出す

素人となった黙阿弥が、スケとして作者連名に名を出したのは、一八八二年（明治一五）六月の猿若座においてであった。引退後、半年で、彼は早くも「元のモクアミ」にもどってしまったのだ。以後、一八九一年（明治二四）六月の歌舞伎座勤めまで、黙阿弥が東都の各座にスケとして顔を出さない年はなかった。しかし、個々の上演作品に、彼がどういう形で、どの程度の関わりを持っていたかはあまり明確ではない。

残された書簡によれば、首席作者となった弟子から筋書きを送られ、それに基づいて作品を書いたり、弟子が実録を素材にして脚本を書いたとき、使用する人名についてクレームの出ないように気を付けてやったり、求めに応じて、狂言の筋立てに助言を与えたり、タイトルの付け方と季節との関係について注意してやったりと、さまざまな形でスケの実をあげていたことが分かる。

しかし、スケはあくまでもスケ以外の何者でもなかった。『著作大概』の末尾にいう。

この後、「スケ黙阿弥」という肩書で書いた新しい狂言が数十種あります。『いろは新聞』と『やまと新聞』から、記念の幕をもらいました。一八九二年（明治二五）二月に出勤を断り、本当に隠居して、筆を手にしませんでした。

明治二十五年十月一日

引退後も自作の狂言が存在することを明記しながら、その「新狂言数十番」のタイトルについて触れるところがない。「スケでありながら、筋を立てて書いた狂言があることは事実だが、自分は正規の首席作者ではなく、あくまでも〈スケ＝助っ人〉でしかないのだ」という、作者道の筋を通した記述である。

前に書いたことを思い出していただきたい。そこで筆者は、「ある脚本が誰の作かということを、どうすれば見きわめられるのか」という問いを立て、「要するに、その作品の作者が誰かを決める物差しは、事、江戸歌舞伎に関する限り、『全体の筋（ストーリー）を作ったのは誰か』にあったのだ」と記した。そして、その有力な証左として『都鳥廓白浪』を例に挙げ、「『都鳥廓白浪』は新七にとって思い出深い作品ではあったが、『桜清水清玄』に手を入れたものにすぎなかったから、『全体の筋を作った』のは新七ではなく、元の『桜清水清玄』の作者、つまり、二世勝俵蔵ということになるのである」（本書、一三二頁）と記した。

スケは、「助っ人」以外の何者でもなく、そして、「助っ人」は、「首席作者」ではあり得ない。まして、『著作大概』が書き終えられたのは、死のわずか四ヶ月前であり、すでに「二月に出勤を断り、本当に隠居して、筆を手に」しなくなってから八ヶ月を過ぎたころであったから、そこには、彼の最終的な意思が籠められているといってもいいだろう。

黙阿弥は、首席作者の地位から身を引いたけれども、作者の立場から身を引いたわけではなかったのだ。

彼は、狂言を作る＝筋立てを考案することが好きだった。しかし、首席作者という公的な責任ある立場に居続けることは避けたかった。スケという自由な立場で、好きな狂言を書いていたい。それが彼の「引退」の真意ではなかったか。「黙」の一字に籠められた思いは、「何事にも口を出さずだまって居る心に」はなく、「元のもくあみとならんとの心」にあったのだと思う。「黙って喋る＝口は出さないが、筆は捨てない」。それが「元のもくあみ」という言葉に託された、新七の本音だったのだと思う。

『著作大概』の翻刻

『著作大概』の全文が翻刻・紹介されたのは、一九七七年（昭和五二）十二月、笠間書院発行の、『井浦芳信博士華甲記念論文集芸能と文学』においてであった。翻刻者は河竹登志夫。

翻刻に先立って、『著作大概』紹介の経緯が、概ね次のように記されている。

黙阿弥には、直接資料ともいうべき本人自筆の資料が乏しい。それは、「黙阿弥が寡黙な男で、慎重で細心で冷静であったため、自分の意見や主張や感情を、余り他人に語らなかったからだと思う。が、もうひとつは外的事情、すなわち本所にあった黙阿弥晩年の住居が、一九二三年（大正一二）の大震災の折、著作物や遺稿遺品のすべてを収めた土蔵ごと、焼失したからである」（五〇七頁）。だが、黙阿弥自筆の稿本が三種、辛うじて残された。その一つが『著作大概』で、ほかは、『演劇脚本楽譜版権登録表』と『黙阿弥著作唄浄瑠璃仮外題目録』という、いずれも版権登録の必要から編まれた稿本であったが、「高弟竹柴其水により後日の加筆もある、いわば未定稿である。一層重要なのは『著作大概』だ。単なる作品の年代記的羅列ではなく、所々に覚え書が書入れられているからである。このとに〝近代〟との関連で見落せないのは、『黙阿弥』と改名した動機についての、次の述懐である」

（『井浦芳信博士華甲記念論文集芸能と文学』、五〇七頁）として、冒頭に掲げた「元のもくあみ」の一文が引用されている。版権関係の二著が、一八八九年（明治二二）の述作であるのにたいし、『著作大概』に記された「一八九二年（明治二五）十月一日」という日付から察して、『著作大概』は、黙阿弥が、自己の作品のすべてを閲したうえで書き残した「作者の遺書」ともいうべき性格の著述と見なされよう。

　したがって、そこに、記録されていない狂言を彼の作品と見るのはためらわれる。その晩年、一八九二年（明治二五）十月六日付の『日記』に「踊りの振付け師花柳寿輔が、尾上菊五郎の家に行った帰りに、『浄瑠璃に、息子の丑之助を出してやってくれ』と頼まれて来る」（『黙阿弥の手紙日記報条など』、二四三頁）とあり、翌七日付の手紙には、「朝、歌舞伎座の浄瑠璃を直して、花柳に読んで聞かせ、菊五郎の所に持たせてやる」とある文言から、その「浄瑠璃」が、黙阿弥最後の作品『奴凧廓《やっこだこさとの》春風《はるかぜ》』であったことが知られるが、こうした制作経過が明白なものでも、黙阿弥は『著作大概』に収めようとはしなかった。スケという立場を遵守したのである。あるいは、スケという立場の在り様を、身をもって後世に伝えたのである。ちなみに、そのときの絵本番付（絵入りプログラム）の作者連名に、黙阿弥の名は記されていない。

　もっとも、黙阿弥がスケを経験したのは、引退後が初めてではない。一八六一年（文久一）二月、火事で焼失した市村座から、小団次が守田座に籍を移した。堅い信頼関係で結ばれていた黙阿弥（当時、新七）は、依然として市村座と契約していたが、「小団次に頼まれ、二幕ずつ書く約束で守田座にスケとして出勤」（『著作大概』）。そして、同座、五月、『龍《りょうとみ》三升高根雲霧《ますたかねのくもきり》』に「因果小僧の場を二幕脚色」、同座、八月、『桜荘子後日文談』に「光然《こうぜん》の祈りと『印旛沼《いんばぬま》』の二幕をスケた」。『続々歌舞伎年代記』は後者に触れて、「この狂言は三世瀬川如皐が書いたものだが、小団次の注文で、光然法印の仏光寺《ぶっこうじ》から入水する件を河竹新七が書き入れ、町中の評判が高く、大暑の時期にもかかわらず、大当りをとった」（二一〇頁）と記している。

引退後のスケ勤めは、現役時代の役者に慫慂されたスケとは性格を異にした。ことに、主要各座の首席作者が、すべて、門弟で占められていたから、下位の首席作者にたいするスケという立ち場を堅持しなければならなかった。そこに、たんなる助筆以外に、スケが容喙する多様な機会が生まれた。それればかりではない。首席作者を通さずに、役者から直接執筆をねだられて、ホイホイと書いてやる場合もあった。例えば、一八八九年（明治二二）の五月、千歳座でのこと。同座は、芝翫・団十郎・菊五郎・左団次等々という又とない顔揃えの大一座。『三国一曙対達染《ふじのあけぼのついのだてぞめ》』という、男女七名ずつの侠客が顔を揃える踊りが出て、その役者たちが引っ込むや否や、観客の目の前で舞台装置が変わり、「車引《くるまびき》」という別の作品が演ぜられる大掛かりな演出を見せた。「車引」とは、藤原時平《ふじわらのときひら》が政敵菅原道真を冤罪に陥れて九州に追放し、天下をとるが、道真の怨念によって亡ぼされるという義太夫狂言『菅原伝授手習鑑《すがわらでんじゅてならいかがみ》』の中の一こまで、梅王丸《うめおうまる》・松王丸《まつおうまる》・桜丸《さくらまる》という三つ子の兄弟が、道真方・時平方に分かれて喧嘩をするという場面である。

舞台装置を、幕で隠したり、丸く切抜いた舞台の床を独楽のように回転させる回り舞台を使わずに、いろいろな仕掛けを工夫して観客の眼前でアッという間に場面を変えることを、業界用語で「居所《いどころ》変《が》わり」と呼ぶ。侠客の踊りから居所変わりで装置を変え、すぐに「車引」を演じようというアイディアなのだが、楽屋は大混乱。役者の支度が間に合わない。三つ子の兄弟、なかでも最初から登場する、梅王丸と桜丸の準備が煩瑣を極める。ことに梅王丸は、化粧から衣裳の着付けに至るまで、目の回るような忙しさである。しかも、その梅王丸を演じた団十郎は、前の踊りで山王山《さんのうやま》の星《ほし》五郎《ごろう》という侠客に扮し、それが引っ込んだとたんに、「車引」に出なければならないのだから、たまったものではない。

そこで、やむなく、時間稼ぎに別の踊りを作って間に挟むことになり、長谷《はせ》幸太郎《こうたろう》・中村栄次郎《なかむらえいじろう》・中村政次郎《なかむらまさじろう》という御曹司三人がその役に選ばれた。

当時売り出し中の若手三人は、その仕事を喜んで引き受けた。器用な幸太郎は一座する役者のモノマネを一人で踊ることにした。栄次郎と政次郎の二人は、父親には内緒で、「何か面白い踊りを書いてほしい」と黙阿弥にねだった。黙阿弥はそこで、赤穂浪士劇の一部と江戸名物両国の花火とを組み合わせた踊りを思いついて書いてやった。二人はそれを一所懸命に踊ったので、時間稼ぎの踊りのはずが、侠客踊りの一部と錯覚されるまでに至ったという（『歌舞伎新報』第一〇一二号、六丁オモテ～ウラ）。

そのときの千歳座の首席作者は黙阿弥第一の高弟三世河竹新七、次席には竹柴彦作、それに、やはり高弟の竹柴其水がスケとして同座していた。そして黙阿弥は、千歳座はもとより、その月はどの劇場とも関係せず、完全に家に引き籠っていたのだった。それなのに、専属作者たちの頭越しに、役者からじかに執筆を依頼され、それに答えてやったのである。

興行師や門弟たちから、頼りにされたばかりではない。「師匠に頼みさえすれば、きっと、自分を生かした作品を書いてくれる」。役者仲間と黙阿弥との間に、徳川時代以来、長年にわたって築き上げられた信頼関係が、完全な引退を、黙阿弥に許さなかった。実際、「引退」とは名ばかりの日々が続いた。引退が決して隠退にはなっていなかったことが、残されたプログラムによって確認される。

劇界におけるこのような信頼関係の強さとは、言葉を換えれば、黙阿弥以外に頼れる作者がいなかったということにほかならない。

『恋闇鵜飼燎』

「役者が満足し、見物が喜び、経営者がニコニコする狂言を書ける作者」は、黙阿弥を措いてほかにはいなかったのである。そして、黙阿弥自身にも、実は、芝居の現場から身を引く気はなかったのではあるまいか。というのも、先に触れた猿若座にスケの名を掲げるより半年も前に、彼は早くも新作の筆を執り、『恋闇《こいのやみ》鵜《う》飼燎《かいのかがりび》』と題する作を『歌舞伎新報』第二〇六号以下に寄稿し始めたからである。それに先立つ第二〇一号（一八八二年〔明治一五〕二月九日発行）の「雑報」欄に、左のような記事が掲載された。すなわち、

> 第二百号で、お礼とお披露目とをかねて申し上げておきました河竹翁の新作、その趣向はまだ分かりませんが、翁が送って来られた挿絵を載せて置きます。タイトルに「鵜舟《うぶね》の篝火《かがりび》」とあり、女性の首が木の枝からぶら下がっている図柄で、それを見ますと、何か深い趣向がありそうなので、待ち兼ねています（一丁オモテ）。

とあり、その裏の頁に、鵜匠甲作《こうさく》が鵜を操り、その上に木の枝から女の首が下がっている絵が描かれている。そして、その絵には、大きく『恋闇鵜飼燎』とタイトルを掲げ、脇に、「河竹其水《かわたけきすい》作、蕙斎《けいさい》芳幾《よしいく》画」と記されている。蕙斎芳幾とは、幕末・明治の画家落合芳幾の号。「恨みは深い笹子《ささご》の谷底／報いは速い石和《いさわ》の川水」というカタリから、鵜飼が働いているのは山梨県石和川《いさわがわ》、女が首になったのは、同じく山梨県の、甲州街道笹子峠の谷底だと知れる。

「河竹其水」の名を使っていることから察するに、黙阿弥は、『恋闇鵜飼燎』を「芝居の方の書き物」とは見ず、「それ以外の書き物」と見なしていたのであろう。

当時、『歌舞伎新報』は、久保田彦作《くぼたひこさく》を柱に、仮名垣魯文がそれを補助する体制で編集・発行されていた。久保田彦作とは、かつて、五世尾上菊五郎に付いていた狂言作者村岡幸次（村柑子《むらこうじ》）のこと。一八七五年（明治八）ごろ、新七の門に入り、竹柴幸次と改姓。一八七九年（明治一二）には『歌舞伎新報』の主筆となった。また、仮名垣魯文は、新七の親しい友人で、新七の書簡をもとに、『魯文珍報』に「新七伝」を掲載した人である。

その二人に慫慂されて、新七は元のモクアミに返ったのであった。それが『恋闇鵜飼燎』の執筆である。しかし、それはすんなり連載されたわけではなかった。途中の休載はもとより、そもそもの出だしから黙阿弥の筆運びは躓いた。「『恋闇鵜飼燎』出版遅滞の申し訳」と題して、彼は書く。

六十一の還暦以来、願い続けた引退も、去る秋やっと認められ、書き納めになる狂言は、何が良いかと迷いつつ、筆を執りはしたものの、老いの悲しさ流行遅れ、趣向の種も尽き果てて、月の輝く夜の波。『月白浪《つきのしらなみ》』お名残りに、波打つ岸の渡り鳥、千鳥立つ鳥跡濁さずに、めでたい年の終わり月、芝居の世界を退いて、この一月はいつ脚本《ほん》が、出来上がるのかと喧しい、催促もなくのんびりと、雑煮の餅をめでたく祝い、朝の光も豊かに射して、腰も心ものびのびと、梅が咲いたら杖を友、梅見物にあちこちへ、一人で行こうと楽しみに、していたところ折も折、『歌舞伎新報』の旧友が、訪れて来ていうことにゃ、「経営不振の新富座、再開場の目処立たず、誌面を飾る芝居もなく、雑報ばかりで埋めかね、あの『霜夜鐘《しもよのかね》』のような、芝居を何か書いてくれ」と、頼みを半分聞かぬうち、「せっかくお出でくださったが、素人《しろと》になってまだ二月、経つか経たないそのうちに、筆を採っては元のモクアミ、引退をした甲斐がない、今度ばかりはお許しを」と、ただただ辞退するばかり。けれども聞いてくれればこそ。「今後は決して頼まぬから、『歌舞伎新報』の書き納め、一世一代ぜひ頼む」と、いわれてみれば引退の、祝いにもらった引き幕の、引かれぬ義理に請けあって、またも自分の愚かさを、世間に広める愚作の筋書き。口絵とタイトルご披露した、『恋闇鵜飼燎』。場面・配役ご覧に入れず、どんな話か分からぬのが、「恋の闇」さと気を引いて、腹の中では石和川、深い思案も何もなく、早瀬の急な急作に、鵜縄捌きもなりかねて、書き継ぐ胸の苦しみに、掲載予定が遅れてしまい、小松《こまつ》・文三《ぶんざ》が隅田川、身投げの場から追々に、ご覧に入れるつもりです。愚かな作も皆様の、御評判で篝火《かがりび》の、光も増して輝けば、昔どおりにご愛顧を、ただただお願いいたします。河竹其水こと、黙阿弥（『歌舞伎新報』第二〇五号、四丁オモテ～ウラ）。

『霜夜鐘』とは、黙阿弥が新七時代、『歌舞伎新報』の編集者に請われ、新富座所属の幹部役者六人に題を出させてまとめあげ、『新報』の第五〇号から第八七号まで連載した脚本で、同誌の売り上げ増に貢献したといわれる作。しかし、一八八〇年（明治一三）六月に新富座で上演されたときの人気はそれほどでもなく、『著作大概』によれば、「並の大入り」に終った作である。中では、三世中村仲蔵扮する偽盲《にせめくら》の泥棒あんま宗庵《そうあん》と、初世市川左団次の演ずる天狗の面を背負った讃岐の金助が好評で、両者が出会う場面の「新七一流の名ぜりふは、今もなお、耳に残っている」（二六八頁）と、『続々歌舞伎年代記』の著者は記録する。

「あの『霜夜鐘』のような、芝居を何か書いてくれ」と『歌舞伎新報』の編集者から頼まれたとき、黙阿弥の頭に浮かんだのは、この仲蔵の宗庵だった。宗庵は、後に改心して自首するのだが、その真人間になった宗庵を再び活躍させようというのが、『恋闇鵜飼燎』の狙いの一つではなかったか。

連載は、『歌舞伎新報』第二〇六号（一八八二年（明治一五）三月二日刊）から始まった。

第一幕が「隅田川身投げの場」。下谷茅町《したやかやちょう》（東京都台東区池之端一、二丁目）の米屋の主人穂積《ほづみ》文三は、妻子ある身でありながら、芸者の小松に入れ揚げたうえ、米相場に手を出して大損、「後は破算だけ」という状態に陥って、小松と心中する決意を固め、隅田川に身を投げる。だが、小松にはもともと死ぬ気はなかった。小松は子供のときから身持ちが悪く、家出して放浪するうちに、芸者の真似事をするようになり、甲州の米穀商栗原太兵衛《くりはらたへえ》の息子太之助《たのすけ》と割りない仲になって、莫大な借金を拵えてしまった。太之助は奥州に稼ぎに行き、舟木賢三郎《ふなきけんざぶろう》と名を変えて、強盗になり、音信不通。借金に苦しむ小松は、文三の金払いの良さに目を付け、文三を鴨にして、その身代をむしり取ったのである。しかし、「借金のため命を捨てる。それじゃあ開化の世の中に、開けた生き方とはならないから、ここに羽織と履き物を、置いて姿を隠したら、身投げをしたと思われよう。追手のかかる心配なく、一先ずここを立ち退いて、情夫《おとこ》の行方を尋ねましょう」（『歌舞伎新報』第二〇七号、二丁オモテ）と、身を隠してしまうのである。もっとも、文三も網船屋の網に助けられ、小松は死んだものと思い込み、剃髪してその菩提を弔おうと、家に戻って、余所ながら、せがれに別れを告げる。

一方、文三の妻お崎は、夫を寝取られた原因はお前の尽くし方が悪いからだと姑にいびられたうえ、「実家の米屋栗原の父が大病に陥った」との虚報を真に受け、幼な子の徳太郎《とくたろう》を抱き、雇人の忠蔵《ちゅうぞう》を供に連れて甲州に出かける。しかし、父の病気とは真っ赤な偽り。お沢に横恋慕する忠蔵に騙されたのであった。人里離れた険しい小仏峠で、短刀を差しつけながら忠蔵は脅迫する。「十死一生の大病と、いってここまで連れ出したのは、否応いわさず忠蔵が、思いを晴らす拵えごと」（『歌舞伎新報』第六二二号、一丁オモテ）と。そのお崎の危機を救ったのが、来合せた千箇寺《せんがじまい》参り。「七里法華の千葉県から、太鼓をたたいて東京を、見物がてら霊場を、回る信心一方の、堅気な千箇寺参りとは、訳の違ったこの親仁。……明けても暮れても妙法を、唱える法華の修行者も、頭巾を脱いでまた元へ、還れば数珠の緒を切って、お前らの邪魔をせにゃあならねえ」（第六二三号、表紙ウラ～一丁オモテ）と、名乗りをあげたその人こそ、「霜夜の鐘の音も曇る、十時過ぎから往来を、流して歩く夜働き、宗庵という俺は按摩だ」った。「あの『霜夜鐘』のような、作を何か書いてくれ」との要望を、こういう形で、黙阿弥は受け止めたのである。

しかし、『恋闇鵜飼燎』の連載はスムーズに進まなかった。宗庵のような人物は、筋をふくらませるキャラクターではあり得ても、主筋そのものを担う存在にはなりにくい。黙阿弥は、あくまでもお崎文三夫婦・小松文三の運命の流れに人間関係のドラマを見ようとした。しかし、筆は滞りがちであった。最初のつまずきは、『新報』第二一五号に二幕目を途中まで書きながら筆を止めたこと。そして、翌第二一六号の「雑報」欄に、「前号より引き続いて掲載する予定の、河竹黙阿弥翁の新作鵜飼燎は、眼病のために、二三号待ってほしいといって来られました」（二丁オモテ）と、休載の断り書きが載ったのである。

「眼病のために云々」というのは、単なる逃げ口上ではなかったようだ。というのも、一八八四年（明治一七）四月の勝能進宛て書簡に、「私もだんだんと年をとって根気もなくなり、狂言の筋を立てることもおっくうになりました。ことに近頃は目が悪くなり、夜は仕事もできない状態ですので、今度、新富座の仕事も金作に譲り、私は本当に隠居して、一幕だけ助作し、老後の生活を気楽に過ごしたいと思っています」（本書二七七〜二七八頁）とあった告白を重視するからである。

「近頃は目が悪くなり」とは、「黙阿弥は死にいたるまで洋燈（ランプ）を用いず、行燈《あんどん》を用いていた。だから、光力も乏しく、物を書く彼れには眼病がつきまとったのであった」（『黙阿弥の手紙日記報条など』、一三六頁）と、河竹繁俊は説明している。すでに二七七頁で触れたように、黙阿弥が長く住んでいた家は、採光が悪く、部屋の中は一日中薄暗かったといわれているうえに、ボーっとした行燈の明りしかなかったというのであるから、視力が著しく衰えていたのであろう。
しかし、それだけが筆の遅滞する原因ではなかったはずだ。以後も、数ヶ月にわたる中断があり、一八八二年（明治一五）九月二十二日発刊の『歌舞伎新報』第二五五号には、「恋闇鵜飼燎　延引の申し訳　河竹黙阿弥」という文章が、「雑報」欄に掲載された。

まだまだ小さな若鮎《わかあゆ》が、流れを登る花のころ、第一幕に引き続き、二幕目までは綴ったが、眼病のため仕方なく、書くのを止めた鵜飼の筋書き。降り続いた五月雨に、立ち消えをした篝火《かがりび》を、夏の末から初秋に、かけて各座の休場に、載せる筋書き整わず、その穴埋めにぜひ頼むと、たびたび催促されながら、酷暑とコレラを言い訳に、二月ほどはもたせたが、九月となれば鮎にも脂、のるこの時節を過さずに、鵜船《うぶね》を漕ぎ出し早々と、艪櫂《ろかい》の筆を早めよと、勧められはするものの、もとより趣向は川にあり、佳境に至る山はなく、こう延び延びになったのも、実はといえば筋立ての、縄がもつれてさばきかね、なんとか場面の順番を、立てたところに芝居から、またもやスケを頼まれて、来月半ばごろまでは、延引をする埋め合わせ。月末からは相違なく、続けて綴る三幕目、小仏峠で襲われる、貞婦の危難を地獄で仏、千箇寺参りに救われる、哀れな場から場面が変わり、小田原駅の貸し座敷、情人《まぶ》としっぽり濡れ場から、篠突く雨に凶賊が、捕縛を逃れる酒匂川《さかわがわ》。第四幕は笹子麓《ささごした》、悪事は積もる雪の夜に、忍ぶ旅寝の安旅館、破れ行燈の火影《ほかげ》さえ、暗いその身の二人連れ、尋ねて門にきかかった、親子の難儀をよそに見て、名乗らず返す愁嘆場。第五幕目は石和川《いさわがわ》、遺恨を果たす切り首の、凄味な場から川下に、流れ流れて鵜遣いの、貧家に落ち合う人々が、名乗ってみれば主従や、兄弟同士のありふれた、最後の場面に至るまで、来月末から年末《くれ》までに、残らずご覧に入れるので、ご贔屓賜わる皆様方、も少しゆとりをくださいまし。ひたすらお願い申します（五丁オモテ〜ウラ）。

それから四年を経た一八八六年（明治一九）の四月、「『歌舞伎新報』の紙上でご贔屓くださいました河竹黙阿弥翁の鵜飼の燎は、その後、同翁、何かと執筆に追われ、おまけに、眼病などの障りがあって、止むを得ず中絶しておりましたが、今度、千歳座《ちとせざ》の初春興行に、菊五郎丈がぜひ上演したいと翁に申し込まれましたので、その希望にまかせて、いよいよ興行することに決まりました」（第六四九号、五丁ウラ）と、誌上で完結しないうちに、千歳座での上演が具体化する旨、報ぜられ、黙阿弥は、今度は、上演用脚本の執筆に追われることとなる。すなわち、次の第六五〇号には、「千歳座の次回興行鵜飼の燎は、『歌舞伎新報』に載った第一幕の前に一幕、都合によって差し加え、ありふれた様子を変えた脚色で、『吾妻橋《あずまばし》向う雨宿り』という新案でございます。草稿が出来次第、本紙上に掲載申し上げます」（三丁ウラ）と、告知されている。そして、続く第六五三号には、「黙阿弥翁の腹案では、先年新富座に上演した『霜夜の鐘』に自然とつながって、例の按摩宗庵なども顔を出す積もりでしたが、それは役者の顔触れが揃った大一座でなければできないことですので、今度は、菊五郎・九蔵・家橘・松之助（ママ）にそれぞれ得意の役をはめて面白く綴られるとのことで、すでにお目にかけました

第一幕の前にもう一幕新しく書き加えたのをはじめ、幕毎に、筆を加えられたとのことです」（四丁ウラ）という記事が載り、今まで、特定の役者のイメージを前提とせずに、いわば、セリフによって運ばれる〈読み物〉として書き継がれて来た筋書きが、具体的な役者たちの、表現力の可能性を踏まえて展開されるドラマチックな上演用脚本に生まれ変りつつあったことを報せている。そして、第六五七号には、発端から結末にいたる全九幕の場面の詳細が報ぜられ、翌第六五八号では、早くも配役が発表されたうえ、「上演用脚本をそっくりそのまま製本して、近日中に弊社より出版いたしますので、当誌上には、発端から四幕目までは省いて、五幕目以下の筋書きを次号から掲載いたします」（五丁ウラ）との予告が出された。そして、その予告どおり、次号には、セリフを役者名で記した五幕目の筋書きが、早速掲載されるにいたったのである。

以降、上演の準備が着々と進んでいる有様が報告されるとともに、「四幕目笹子峠の場に出る千箇寺参りの宗庵も、役者の都合で石和の甲作に変わりましたので、この段、併せてお断りを申し上げます」（第六五九号、四丁オモテ）と、仲蔵が一座に加わらず、そのために、役者と役が変わり、『霜夜鐘十字辻筮』につながる要素はなくなったと報告されている。

『恋闇鵜飼燎』は、こうして、「元の黙阿弥」の第一作として、一八八六年（明治一九）五月二十一日より東京の千歳座に上演されたのである。しかし、客の入りは思わしくなかった。『続々歌舞伎年代記』にいう。

これはかつて『歌舞伎新報』に連載された黙阿弥の作であって、内容も面白く、プログラムにも趣向を凝らし、新聞の広告やら町のポスターやら、あらゆる手を使って宣伝に努めたが、肝腎の狂言が、幕が明いても締まっても、山や田舎の場面ばかり。おまけに、呼び物にしようという狼の場が大層不出来なうえに、何よりも芸者が客をだました報いで狼に喰い殺されるという話なので、花柳界に贔屓される芝居にふさわしいはずがなく、折角の苦心も水の泡、散々の失敗で不評の声が高まるうちに千秋楽になってしまった（四四〇頁）。

と。それでも、引退後の初作とあって、黙阿弥の人気に期待するところがあったのか。東京千歳座での上演後、間を置かずに、同年八月から、名古屋市南桑名町千歳座の興行に取り上げられたことが、『歌舞伎新報』第六八九号に報ぜられている。ただし、その報と『近代歌舞伎年表』名古屋篇第一巻に掲げられた番付とでは、役者の顔触れにかなりの食い違いがあり、報道の前後関係から推して、『歌舞伎新報』の記事の方が確かなのではないかと思われる。

それにしても、連載が始まった第二〇六号（一八八二年（明治一五）三月二日刊）から、三幕目の途中で中断、その後菊五郎による上演申し入れを報じた第六四九号（一八八六年（明治一九）四月十一日刊）に至るまで、その間、約四年。ところが、以後、上演が決定してから初日を迎える一八八六年（明治一九）五月二十一日までの約一ヶ月の間に、発端を付け加え、結末を書き上げた筆の運びの速さ。文字通り、一瀉千里の進捗である。このように興行予定の前後で筆の遅速が分かれたのは、書く条件の違い、あえて言えば、創造的想像力にたいする刺激の違いであったと思われる。

創造的想像力にたいする刺激の違いとは、黙阿弥が多年にわたって心掛けてきた、「役者に親切」という必須の心得を、生かすことができる条件にあったか否かの差異であった。

黙阿弥は、役者の具体的なイメージを前提としない条件の中で書き始めた。そして四年の月日を要して、なお、書き終わることができなかった。眼病がいかに重かったにせよ、余りにも時間がかかり過ぎている。創造的想像力が自由に働かなかったからだと思わざるを得ない。

登場人物名で狂言を書くという経験を、黙阿弥は、『霜夜鐘十字辻筮』で一度味わっている。しかし、そのときは、「菊五郎＝巡査の保護、宗十郎＝士族の乳貰い、仲蔵＝按摩の盗賊、左団次＝天狗の生酔い、半四郎＝娼妓の貞節、団十郎＝楠公の奇計」（『歌舞伎新報』第四九号、二丁オモテ）と、具体的な役の在り方を想起させるような題を役者からもらい、その題が喚起する人物のイメージと、そのような人物の創造を得意とする役者自身の表現力との密接な関係が前提とされていたから、登場人物名＝役者名、あるいは、役者名＝登場人物名と、両者は互換的に一体化していたのである。

それに対して、『恋闇鵜飼燎』の場合、仲蔵という具体的なイメージの拠り所を持つ千箇寺参り宗庵を例外に、黙阿弥は、登場人物名≠役者名を前提として、すべての役の生と行動・人間関係に関する独自の想像力を働かさなければならなかった。それが、黙阿弥にはすこぶる困難な作業だったのではあるまいか。眼病も執筆を妨げた大きな理由には違いないが、それ以上に、想像力の行き詰りが、彼の筆を滞らせた原因であったろうと思う。

無から有を生み出すことは、黙阿弥には出来なかったのだ。「役者に親切」という狂言作りの心掛けは、役者という具体的な存在が、創造のためのエネルギーを作者に与えることを意味していたのだ。持ちつ持たれつ。上演を前提としない脚本の執筆は、黙阿弥の創造的想像力を刺激しなかったのである。

連載第一回の際に、結末に当る石和川の鵜飼の情景が絵画化されているのだから、全体の構想は立てられていたものと察せられる。問題は、その結末にいたるドラマチックな行動の経過を場面化することにあった。黙阿弥の筆は、そこでしばしばためらい、行き詰まったのだと想像される。

2　狂言作者から劇作家へ

元の河竹にあらず

一八八九年（明治二二）四月二十一日、雑誌『歌舞伎新報』は第一〇〇〇号を発行した。冒頭に、「歌舞伎新報万号予言」という仮名垣魯文の「祝詞」が掲載されたが、その「祝詞」は、『方丈記』をもじった、次のような言葉で始まっている。

河竹の流れは絶えずして、しかも、元の河竹にあらず。新七の名は、代が替っていまは三世。過ぎた昔を尋ねれば、源は古河黙阿弥。その古河を受け継いで、河竹の水は滔々《とうとう》と流れている。

と。

仮名垣魯文は、当初から、『歌舞伎新報』の編集に関係していた。そして、『歌舞伎新報』は、「河竹　筋書」を目玉に掲げていたのである。一〇〇〇号というめでたい号の誌面を飾る祝賀の記事は、何を措いても、黙阿弥の新作でなければならなかった。

黙阿弥も、それを心得ていた。そして、第九九七号に、執筆の経緯を左のように記した。

二月の末から重病に、かかって梅の花よりも、一足早く散りかけたが、このごろやっと全快し、梅の盛りはいつしか過ぎて、向島の百花園に、残った花を眺めただけ。その梅よりも世の中に、広がる香りは『歌舞伎新報』、千号祝いの付録として、新狂言の書きおろし、……思い付いたタイトルを、ご披露したらぜひぜひと、一度ならず二度までも、頼みに筆をとりはした。だが流行に遅れ咲き、また黙阿弥の白浪か、見飽きたものをとお見捨てなく、千号付録が出ましたら、砂糖をかけた梅干同然、大甘口の拙作を、しつこがらずにご覧下さい、口を酸くしてお願いします。

古河黙阿弥

そうしてできたのが、『千社札天狗古宮《せんじゃふだてんぐのふるみや》』。「ご披露したらぜひぜひと」執筆を慫慂されたタイトルというのがこれで、「千社札」という言葉に、「千号」と響き合うめでたい数字を織り込んだことが、人々の心をとらえたのだろう。しかも黙阿弥は、「千」という数字にこだわって、カタリにも、「鉄色《かないろ》凄き千住院《せんじゅいん》に／昔士族の三島お千《せん》が／千貫樋《せんがんどい》の千人切《せんにんぎり》／星影凄き千住畷《せんじゅなわて》に／今同心《どうしん》の松島千太が／千日参の千人墳《せんにんづか》」（表紙ウラ）と「千の字づくし」で洒落のめしている。

そのなかに、「道心《どうしん》（僧侶）になっている松嶋千太」という名前が目に付く。千太を再登場させる計画を立てたのは、「千の字づくし」からの着想かもしれないが、一世一代『島鵆月白浪』の思い出が、黙阿弥の胸奥深くに宿っていたものと察せられる。

『千社札天狗古宮』は、黙阿弥の挨拶文によれば、「相もかわらず悪党だらけ、ゆすり・かたりや泥棒の、筋ではあれど仕舞には、改心をして全員が、みな善人に立ち返り、めでたく終わる最後まで、五幕続きの物語」（『歌舞伎新報』第一〇〇〇号付録、一〇丁オモテ）で、「時世に合わぬを知りながら、古い趣向」を蒸し返したものだというのであるが、その「古い趣向」とは、『島鵆月白浪』のことにほかなるまい。『千社札』は『島鵆』の後日譚、あえていえば、『島鵆』の二番煎じなのである。

旅商人の松山林兵衛《まつやまりんべえ》が、箱根山中でにわか雨に遭い、雨宿りするところに落雷。気絶した林兵衛の懐から、天狗小助《てんぐこすけ》が、百円入りの財布を盗み取る。それを古宮の縁に腰掛けて数えていると、宮の中から金毘羅十吉《こんぴらじゅうきち》が出て来て、半分寄越せと要求。小助は拒否し、「争う金は命のやり取り」（第一〇〇〇号、四丁オモテ）と争い、一息ついたところで、十吉は、殺されるのを覚悟の上で、一言、小助に意見する。

　素人ならばともかくも、互いに盗みをする身には、五十や百はわずかな金。別に恨みもねえおれを、その金のため殺したら、おめえは立派な人殺し、死罪に命を捨てなきゃなるめえ。昼と違って夜になれば、人通りのねえ箱根山。ことにここは谷底だから、「木の間の月が見るばかり」、ほかには誰も見ていねえ。しかし「天知る、地知る」とやら。ひょっと誰かに見られたら、おめえの命にかかわること。大金ならば知らねえが、わずか五十か百の金。大事な命を捨てるのは、盗人だけに割に合わねえ。卑怯に命助かりたさに、いうかとおめえは思うだろうが、決して命は惜しまねえ。いまの話が気に入らなきゃあ、もう手向かいはしねえから、好きなように殺しなせえ（『歌舞伎新報』第一〇〇〇号付録、六丁ウラ）。

「木の間の月が見るばかり」と、清心や鋳掛け松のセリフが繰り返されているが、そこに、「天知る、地知る、（我知る、人知る）」という条件が新しく加わって、「悪への傾斜」に歯止めが掛かる。小助は、十吉の意見に納得。十吉は、命を助けてもらった礼にと、以前、奉公して、勝手知った大金持ち玉縄《たまなわ》四郎次郎《しろじろう》の家に、盗みに入る手引をしようと約束し、ともに小指を切って血を飲み合い、兄弟の義を結んだうえで、玉縄の蔵破りを最後に賊を止めようと、呑みに出掛ける。

一方、「駿河の静岡で、三嶋左太夫《みしまさだゆう》と申す士族の娘千《せん》」（一〇〇三号付録、一丁ウラ）は、夫の清見《きよみ》清《きよし》と共謀して、箱根の温泉宿福住《ふくずみ》で、雷よけの蚊帳を利用して、泊り会わせた玉縄四郎次郎を情事でたぶらかし、言葉巧みに指輪を交換、それを種に、四郎次郎の婚礼の場に押しかけて、美人局《つつもたせ》を働く。

『千社札天狗古宮』は完成しなかった。二幕目の途中で中断した。そして、一〇〇四号の雑報欄に、中断挨拶の社告が出た。それによれば、「『季節の変り目で病気にかかり、かつて、『恋闇鵜飼燎』の掲載を中断したことがありましたが、その二の舞を繰り返すまいと、最近、無理をして机に向かったところ、医者に見付けられ、たいそう小言をいわれてしまいました。ですから、医者の言葉にしたがって、一、二回休ませてください。ついてはご見物様方によろしく』とのことなので、休載いたします。どうか、暫くの間、延期をお許しくださるようお願いいたします」（五丁ウラ）とあった。

中断の理由については、歌舞伎新報社の社員がひどく黙阿弥の機嫌を損じ、詫びても許されなかったため、という説もあるが、典拠不明で取り上げられない。思うに、掲載が中断されたのは、書き続けるだけの根気が、黙阿弥になくなっていたからではあるまいか。

ところで、『千社札天狗古宮』には松島千太が再登場したが、『島鵆月白浪』の主役明石島蔵の名も、最後の作品『傀儡師箱根山猫《かいらいしはこねのやまねこ》』に現われる。

『傀儡師箱根山猫』は、七十七の賀を迎えた一八九二年（明治二五）五月、やはり『歌舞伎新報』から依頼されて、掲載することとなった脚本である。

東京で両替商をいとなむ大金持ち森山の息子十三郎が、遊山先の江の島で、旅芸者小六と名乗る年増、「三途のお六」の色に迷う。お六には、「鬼の九兵衛」という亭主があり、十三郎は、その夫婦の美人局に引っかかる。

お六という女は、箱根権現《はこねごんげん》の鳥居の前に放置されていた捨て子だが、人集めに人形を遣い、飴を売る大道商人六右衛門に拾われて、育てられた。生まれ付いての美貌で、六右衛門は末を楽しみにしていたのだが、十三、四の年から男を拵えては家出し、とうとう親もあきれ果てて、勘当同様の身となり、それ以来、体を売って旅かせぎ。悪事の経験を積んだうえ、気の合った悪者の九兵衛を亭主に持ち、二の腕に花車の入れ墨を彫って「三途のお六」と呼ばれている女である。

一方、亭主の「鬼の九兵衛」は、箱根の山で育った悪党で、親もなければ兄弟もなく、あるものは腕力と生れ付きの盗人根性だけというならず者。初めて後ろに手が回ったのが十四歳。臭い飯の味も知っている、盗みに手馴れた男である。

十三郎が泊った大磯の宿屋濤龍館《とうりゅうかん》の主人中山外治《なかやまがいじ》にいわせれば、「(この二人は)、いつも夫婦で美人局。お六は淑女・生娘から、芸妓やら妾やら、いろんな姿に装って、男を引っ掛け一杯食わせ、多額の金をゆすり取る、腹黒いけだものです。とんだ奴に引っ掛かりなさったなあ」(『歌舞伎新報』第一三七七号、一丁オモテ)と、その正体を教え、土地の顔役虎蔵《とらぞう》を呼んでくる。

虎蔵は、二人の無法を厳しく咎め、九兵衛の旧悪を暴いて、「おれが仲裁にきた以上、さっさと諦めてしまえ」(『歌舞伎新報』第一三九三号、一丁オモテ)とおどしつけて片を付ける。外治は、「当節は、男女の別なく詐欺師の多い世の中、油断も隙もありません。これにお懲りになりましたら、これからは行いをお慎みになって、旅先ではめったなことをなさいますな」(第一三九四号、一丁ウラ)と意見。十三郎も感謝して、「いまの意見で改心し、明日早々に帰宅して、親に安心させますから、必ず案じてくださいますな」といい、外治は、その改心を喜ぶ。

以上、二幕目の幕が閉まったところで、黙阿弥は筆を擱いているのだが、かつて鬼の九兵衛ともに、人殺しをした八蔵という男が、箱根の山中で九兵衛に再会し、当面の小遣いにと、二百円の借金を申し込む。九兵衛はそれを断り、五円やって帰らそうとする。そのときの八蔵のセリフに、

八蔵　お志は有難えが、これで車に乗って帰れとは、そりゃあ普通の無心の手当て。これきり盗みを止めにして、とんだ明石の島蔵だが、酒屋を始める資本金、お前以外に二百円、借りる所がねえのだから、どうか貸してくんなせえ（『歌舞伎新報』第一三七四号、一丁ウラ）

先の『千社札天狗古宮』では「松嶋千太」が出て来たが、ここでは「明石の島蔵」の名が現われる。晩年の二作、ともに『島鵆月白浪』の尾を引きずっている。逆にいえば、古河黙阿弥が、如何に『島鵆月白浪』に固執していたかが窺えるのだが、いずれも、その活躍の場面は書いておらず、彼らにどのような働きが用意されていたのか、全く分からない。想像できることは、『島鵆月白浪』における明石島蔵の立場と、『千社札天狗古宮』の松島千太に「今同心（道心）」と付けられた肩書きから推察して、彼らが悪党たちの心に善の種を植え付け、「めでたし、めでたし」で終わる成り行きではなかったか。

それにしても、黙阿弥はなぜまた、書き続けることを止めて、筆を擱いたのか。やはり、具体的な

役者のイメージを伴わない、登場人物名で筋を展開させることの難しさゆえではなかったか。

未完の『恋闇鵜飼燎』と同様、『千社札天狗古宮』も『傀儡師箱根山猫』も、セリフや行動が、ともに、登場人物名で記されている。

『黄門記童幼講釈』

事は、『黄門《こうもん》記《き》童幼《おさな》講釈《ごうしゃく》』に始まる。一八七七年（明治一〇）十二月、新富座に書きおろされた作品である。

構想のもとになったのは、徳川幕府の御用船安宅丸《あたけまる》解体の話である。安宅丸は、三代将軍徳川家光が新造させた軍船形式の巨大かつ華麗な御座舟《ござぶね》で、一六三四年（寛永一一）、伊豆の伊東で完成。翌年、江戸に移送されて、隅田川の下流、俗に大川端《おおかわばた》と呼ばれるところに係留されていた。しかし、推定排水量一五〇〇トンという大船を維持する費用は馬鹿にならず、一六八二年（天和《てんな》二）、幕府自身の手で解体されたという（石井謙治「安宅丸」――『国史大辞典』第一巻、二二五～二二六頁）。また、喜多村筠庭《きたむらいんてい》著『嬉遊笑覧《きゆうしょうらん》』には、安宅丸の解体にともなって、「一説にいう。安宅丸を係留していた御船蔵《おふなぐら》のなかで、船を繋いだ鎖の音が響き、お船がしゃがれ声で、『伊豆へ行こう、伊豆へ行こう』と何度となく鳴く。とにかく、夜になって工事の音が静かになると、鳴くのである」（巻一二下――岩波文庫本、『嬉遊笑覧』二、七五頁）という風聞が記されている。

この安宅丸の解体とそれにともなう怪奇譚とを、十七世紀前半の家光の時代から、十七世紀末の元禄と呼ばれる時代、つまり、「犬公方」とあだ名された五代将軍綱吉の治世に移し替え、安宅丸建造の命令者を太閤秀吉とする別伝を採用、さらに、安宅丸解体の理由を、大老が利権で私腹を肥やすためと設定し、その利権にからむドラマとして作られたのが、『黄門記童幼講釈』であった。

水戸光圀（黄門）が、綱吉の発した「生類憐れみの令」に苦しむ庶民を救い、また、政治権力をかさにきて、表向きは、政治に励んでいるかのように見せかけながら、実は、利権の種をあさって自分の懐を温めることに熱心な幕府の大老《たいろう》をはじめ、もろもろのハイエナ政治家どもを懲らしめるというのが全体の構想である。

安宅丸の解体を命じたのは大老織田筑後守《おだちくごのかみ》。解体作業の責任者は織田家の経済官僚黒崎伴右衛門《くろさきばんえもん》。「伴右衛門は大の欲張りとして知られ、解体作業の割り当てやら、船を飾る貴金属の売却やらで、種々の職人・商人から、莫大な賄賂を取っていた」（『黙阿弥全集』第一三巻、四三八〜四三九頁）。黒崎の吸い上げたその賄賂や利益が、大老の懐に逆流して行ったことはいうまでもない。

そもそも、安宅丸の解体は、為政者が、解体のための諸費用の横領を目的として計画されたものであった。そのために、黒崎は、夜更けになると、安宅丸が、「伊豆へ行こう、伊豆へ行こう」と故郷を恋い慕って鳴くという不思議を出現させ、「不吉な安宅丸」という世論の醸成を思い付いた。そして、それは何か不吉なことの起こる前兆だから、船を壊して原因を取り除かねばならぬという噂を流し、解体を是とする世論操作を行ったのである。腹黒くて悪知恵の回る黒崎は、その「伊豆へ行こう、伊豆へ行こう」を、人を雇って実際にヤラセた。雇われたのは、織田筑後守の領地群馬県安中市の者で、「世にも稀な水練《すいれん》を会得し、管《くだ》を口にくわえて水底に忍ぶ業を身に付けた『河童《かっぱ》の吉蔵《きちぞう》』と呼ばれる男」（五八三〜五八四頁）だった。

吉　蔵　去年伊豆の下田から、御船蔵へ引いて来た、安宅丸の魂が、「伊豆へ行こう、伊豆へ行こう」と、毎晩鳴くのが噂になり、御大老の織田さまが、船が鳴くのははなはだ不吉と、解体したのが一つの計略。太閤さまが奢りに奢って、こしらえさせた船だから、金銀ずくめの結構毛だらけ。その金物の金高は、何万両だか分からねえ。織田さまだけと限らずに、船の壊しに関わった、黒崎さまもしっかりだろう。利権のネタができたのは、毎晩川に潜っていて、「伊豆へ行こう、伊豆へ行こう」と、この吉蔵がいったからだ（四八八〜四八九頁）。

黒崎伴右衛門は、褒美の金を迫る吉蔵に、自分がくすねて置いた安宅丸の、黄金《こがね》作《づく》りの紋章を、手付けとして渡した。

一方、硬骨の大名稲波《いなば》石見守《いわみのかみ》は、贅沢に耽り、権威をふるう大老織田筑後守の行状を調査して、天下を乱す諸悪の根元が筑後守にあることを知った。第一に「巨大な利権を生み出す安宅丸の破却」、第二に「新たに大量の銭を鋳造して私腹を肥やすための、京都の大仏の取り崩し」。筑後守が、この二大プロジェクトの張本人であることを確認。この悪徳政治家を抹殺せねば世の中はよくならぬと信じ、一命を捨てて、殿中で大老を殺害しようと覚悟を決めた。石見守は、本家の美濃守に励まされ、それとなく奥方に別れを告げ、老臣夏目主膳と水盃を交わす。

河童の吉蔵は、その石見守の供先を切って（＝行列の前を横切って）捕えられ、持っていた五三の桐の金具から伴右衛門の名が明らかとなり、悪事の一切を告白。しかし、決して白状しないという男の約束を重んじて、舌を嚙み切って自殺する。

光圀の臣、山辺主水《やまのべもんど》は、幕政の善悪を知るために、飴売りに身をやつして市中を探索している。二つの出来事が、その目に止まった。一つは、「生類憐れみの令」に苦しむ庶民の姿であり、二つは、光圀の信認厚い藤井紋太夫《ふじいもんだゆう》の悪業、換言すれば、織田筑後守の腐敗政治である。

[その一]　魚屋久五郎は、誤って、織田筑後守の飼犬を殺した。「生類憐れみの令」によって死罪は免れ難い。父親玄碩《げんせき》は、ソコヒのために盲目。

久五郎　鯛をくわえた犬畜生を、出刃《でば》のむねで殴ったら、その手がそれてうっかりと、犬を殺した上からは、おれの命にかかわる大事。おれ一人のことならば、何の苦労もないけれど、目の不自由な親父が残り、その日の暮らしに困るであろう。コリヤとんだことをしたなあ

(四四三～四四四頁)。

途方にくれる久五郎に、山辺主水は、「この犬は織田筑後守の飼い犬だから早く逃げてしまえ」と勧める。しかし、落としたお屋敷出入の許可証から足がついて、久五郎は捕えられる。

主水は、一人取り残された玄碩に、黄門の外出時に直訴することを勧め、その勧告にしたがって、玄碩は、家主の杢右衛門《もくえもん》に付き添われて直訴する。光圀は、それを受けて善処を約束し、逃げて来た

犬の首を自ら切り落として天下の法を犯し、「犬を殺した科により、法によって裁いてくれ」（五七二頁）と届け出る。こうして光圀は、身をもって政事の歪みを正し、牢屋の罪人を助けて悪政に苦しむ庶民を救う。

［その二］　水戸邸に帰ってきた山辺主水は、探索の結果を光圀に報告。その密書を見て、

光　圀　安宅丸を破却した、大老織田の我が侭勝手、さらに京都の大仏を、つぶして銭に鋳直そうと、いうのも彼が巧みの一つ。家来の藤井紋太夫が、それに加わりおったのか。

主　水　殿のお名を利用して、町人どもの願いごと、できもせぬのに賄賂を取り、その場をだます種々の悪計、探索いたしてござりまする。

光　圀　常々大老筑後のもとに、親しく彼が立ち入るのは、かような企てあるためか。

主　水　仰るとおり大老の、相談相手と存じます。

光　圀　ああ、光圀も年とって、老いぼれ果ててしまったか。人を見る目がなくなった（六四〇～六四一頁）。

光圀が、六十一歳の年賀の祝いに、能を催すこととなった。彼は、能舞台に隣接する鏡の間に紋太夫を呼び出し、主水の書き記した「悪事の次第」を突きつけて、「どうして以前の忠義に替り、心得

違いなことをしたのか」(六六一頁)と詰問。しかし、そのときすでに紋太夫は、死をもって自己の罪をつぐなおうと、蔭腹《かげばら》を切っていた。人知れず切腹し、苦痛をこらえてそれを隠していた。それと知った光圀は、紋太夫を褒め、秘蔵の能面を持って来させ、それを床に打ちつけて割り、「ヤア、我が秘蔵の能面を、打ち割った無礼者、手討ちにいたす覚悟せよ」(六六四頁)と、紋太夫の首を打ち落す。主従師弟のよしみから、紋太夫の罪は問わず、面を割った麁相にたいする手討という形で事を収拾し、紋太夫の名誉を守ってやったのだ。

稲波石見守は、殿中の松の間で筑後守に切り付け、刺殺する。しかし、筑後の家来たちによって討ち果たされる。

その報告を受けた将軍綱吉は、本家の美濃守も同腹中と誤解し、美濃守に自宅謹慎させよと命ずるが、光圀がそれを止め、石見守から送られて来た筑後守の不正を訴えた文書を見せ、「大老筑後守の日頃の不正を申し立てて、その善悪をただしたなら、筑後守を登用なさった綱吉公のご失政が明らかに。その御恥辱を隠そうと、ただプライベートな遺恨と見せかけ、自分が汚名を受けるをいとわず、家を捨て命を捨てましたのは、古今に稀な誠忠義心。ですから、本家の美濃守に、自宅謹慎を申し付けられるにはおよばないと存じまする」(七〇九頁)と申し上げた。石見守の真意を知った綱吉は、自分の不明を恥じつつ、光圀に感謝する。

次いで光圀は、法に従って石見守を処罰せねばならぬが、「知行はそのまま美濃守にお預けになれば、彼は必ず家臣たちを扶助いたしましょう。そして、将来、石見守の血筋を引く者に家の再興を願わせてやり、それをお取り立てになれば、家臣たちも散り散りにならず、領土も無事に維持され、この上なき御恵みかと思います」（七一二頁）と述べる。綱吉は、石見守家の行末にまで気を遣う光圀の処置を喜ぶ。

全体によくできたお芝居で、人間造形も確かであれば、見所も多種多様で、主役級の大きな役が七種ある。徳川綱吉・夏目主膳・織田筑後守・魚売り久五郎・水戸光圀・稲波美濃守・稲波石見守・藤井紋太夫・河童の吉蔵。

そのうちの六役は、新七が予めそれぞれの役者を決めて書いたものであった。すなわち、

綱吉・主膳＝中村宗十郎。
筑後守・久五郎＝市川左団次。
光圀・美濃守＝市川団十郎。
石見守・紋太夫＝尾上菊五郎。

の六役六人。

ところが、ただ一役、河童の吉蔵だけが、対応する役者未定の状態にあった。田村成義は記録する。

河童の吉蔵だけ誰がやるとも決まっていなかった。もっとも、新七の腹は、左団次に務めさせたいと思っていたのだが、そうすると、左団次が一人だけ良い役を三役取ることになり、ほかの役者たちの思惑をはばかって、わざと決めずに、脚本を披露したのであった。ところが、脚本を読み終わ

ると、団十郎が身を乗り出して「吉蔵は私がしてもいい」といい出し、意外に思ったが、守田勘弥が口を出して、「これは菊五郎に限る役だ」といったので、この役は、とうとう、菊五郎のものになったという。しかし、一説によると、団十郎が、稽古のあった料理屋のトイレで勘弥に出会い、「あの吉蔵はしてみたい」といい、左団次はそっと新七の袖を引き、菊五郎は、橋本を出た後、勘弥の車を追いかけ、やっと駒形《こまかた》で追いつき、「ぜひとも自分にやらせてくれ」と頼み、役をもらったのだともいう（『続々歌舞伎年代記』、二〇一～二〇二頁）。

脚本制作の公式が崩れる

団十郎・菊五郎・左団次の三人が、一つの役を争った。本当か嘘かは知らない。しかし、ただの逸話として読み捨てるわけには行かぬ配役の経緯である。一つの役をめぐって、三人の役者が、「自分なら、こうするのだが」と、それぞれ異なった役のイメージを直感し、経営者である勘弥は勘弥で、菊五郎の役作りの在り方を思い浮かべ、この役が彼に合う＝彼にやらせればお客が来る、と思ったのだった。続けて、田村は書く。「菊五郎の河童の吉蔵は、安宅丸の詮議にあっても頑として口を割らなかったが、結局、秘密を明かさざるを得ず、その挙げ句に舌を噛み切って死ぬ。いままでに先例のない演じ方だと喝采を博した」（二〇二頁）と。

この結果を目の当たりにして、新七の胸中にはいかなる思いが去来したであろうか。菊五郎の「いままでに先例のない演じ方」を見て、彼は、何を感じ、何を認識したであろうか。左団次に演じさせる腹積もりだった河童の吉蔵という役は、実は、左団次という特有の表現力を持つ個人にしか適合しない役ではなかったこと、つまり、一定の演技力・想像的創造力を備えてさえいれば、誰にでもできる役だったという事実であろう。

狂言作者にとって、「一役＝一役者」というのが脚本制作の根本をなす公式であった。そしてまた、その公式こそ、「役者に親切」というモットーを支える基盤でなければならなかった。

その公式、その基盤が音を立てて崩れ去ったのである。そして、「一つの役には、多様な演じ方、役作りの仕方があり得るという事実」、「ある役にたいするアプローチは、単一なものではない。役者は、自分を役に同化させることもできれば、役を自分に同化させることもできるという事実」が明らかになったのである。

それは、新七の、長きにわたる狂言作者としての存在の根拠を、根底から揺さぶる出来事でなければならなかった。その結果、作者は役者から、同時に、芝居小屋から離脱し、自立した存在であり得るということを、新七は、嫌でも認めねばならなかった。

作者は役者とは違うのだ。作者には作者の生きる劇的宇宙があるらしい。演ずる役者を想定しない芝居作りとは何か。役者から自立した作者は、何をなすべきか。

新七は、六十二歳という年になって始めて、自分の書いた芝居から、狂言作者という職の在り方を意識するようになったのではあるまいか。そして、舞台には、「いままでに先例のない演じ方を必要とする」人間像があり、また、「いままでに先例のない演じ方が創造される」瞬間があって、そのような人物像と演技創造とが、観客の潜在的な劇的欲求を掘り起こすものであることを、敏感に感じとったのではなかろうか。田村成義は、黙阿弥の意思の表明として、次のような言葉を吐かせている。

どんなにいい脚本でも、役者の体にはまらなければ、死んでしまいます。それを役者の柄《がら》とは関係なく、おれが書いた脚本を演じられる役者にはやらせてやると威張っておられるお方もいらっしゃるようですが、現在のところでは、まだそれでは具合が悪いでしょう。けれども、世の中がだんだん進んで行きましたら、芝居というものは、脚本が主で、役者や鳴物はその芝居を助けるものとなるでしょう（室田武里「無線電話　河竹黙阿弥作劇談」―第一次『歌舞伎』第七七号、一一九〜一二〇頁）。

田村は、黙阿弥から直に聞いたのか、それとも、黙阿弥の日頃の言動から察して言葉にしたのかはともかく、狂言作者のうちに劇作家が胚胎しつつあり、将来は、その劇作家が演劇創造の主導権をとるであろうとの予感を、新七が抱いていたことを告げている。

主要な役を、あてがうべき役者を特定せずに書く。仮令、腹案があったとしても、それは無視されたのだから、結果的には特定しなかったのと同然。これは、座付作者として、重大な劇作の転機、変質を意味している。

誰が演じようと、演ずる意味のある人間を創造し、執筆する。それは、座付作者としての仕事の埒を超えている。座付作者から、近代的な劇作家（戯曲文学者）に。新七の生涯は、そのような過渡期を生きる生涯だった。その端緒が、この『黄門記童幼講釈』に認められる。それは同時に、作者の

「役者に親切」にもたれ掛からずに自立する主体性を、役者にもたらす契機たり得た。そして、その結果、菊五郎の吉蔵は、「いままでに先例のない演じ方だと喝采を博し」たのである。

河童の吉蔵を、新七は、左団次に演じさせる腹積もりだった。ということは、その役の造形に、左団次という特有の表現力を持つ個人を想定していたことを意味する。しかし、新七は、何故か、左団次＝河童の吉蔵・河童の吉蔵＝左団次という関係を伏せてしまった。いわば、特定の役者を前提にしなくとも、演者の創造的想像力次第で、どのようにも造形し得る役として、河童の吉蔵を投げ出したのだった。それは、新しい時代精神を吸収した新七の内部に秘められていた作家としての質が、「狂言作者」の限界を超えて、近代的な「劇作家」の領域ないし範疇に踏み込みかけていたからであろう。あるいは、狂言作者新七の内に眠る、劇作家黙阿弥の目覚めと言ってもよい。その目覚めの第一歩が、劇作家古河黙阿弥としての、新しい人生を生き始めることではなかったか。そして、そのような目覚めを経験した新七が、自立した作者黙阿弥として提示したのが、『恋闇鵜飼燎』であり、『千社札天狗古宮』であり、『傀儡師箱根山猫』であったのだ。

もっとも、先の「無線電話　河竹黙阿弥作劇談」に、「現在のところでは」という保留条件が付いていたように、黙阿弥が、即、劇作家に早替りしたわけではない。『千社札天狗古宮』と『傀儡師箱根山猫』の両作がともに未定稿に終わったことは、黙阿弥の自己否定へのエネルギーが、まだ彼の中で熟し切っていなかったからだと思われる。彼は、そのエネルギーを貯えつつあった。それは、黙阿弥が選び取った人間の生の環境の変質であった。

「幕が明いても締まっても、山や田舎の場面ばかり」という、『続々歌舞伎年代記』の批判を思い出してほしい。都会の犯罪ばかり書いてきた新七は、引退後、人間たちの生きる環境や犯罪の起こる土地を、都会の外に設定するようになった。その結果が、「幕が明いても締まっても、山や田舎の場面ばかり」という非都会の景観の積極的な採用である。それは、新七の頭では、読み物としての戯曲だから受容され得ると判断されていたのだろう。『恋闇鵜飼燎』が上演されることなど、新七の頭にはなかったに相違ない。新七は、旅をしない人だったが、晩年に一度だけ箱根に旅しており、心中には、旅への、非都会的環境の育てた人間に、文化に、関心を寄せていたのではなかろうか。

3 終焉

二度目の引退

一八九一年（明治二四）六月、歌舞伎座のプログラムに、スケとして名前が出たのを最後として、すべてのプログラムから、黙阿弥の名前は削られていた。二度目の引退、今度こそ「隠退」の名にふさわしい「引退」に向かっての、人生の助走だったのかもしれない。

（一八九二年（明治二五）二月三日）

寿　　　　七十七翁

默阿弥

拝啓、陳れば今年七十七となり、ますますおのれは老衰なし、五十七年勤めたる作者も最早勤まり難く、種も趣向も切れ果たし、手馴れし筆をさらりと捨て、此節分の誕生日に、目出度く芝居を引くにつけ、幸い喜の字の賀をかねて、祝宴替りに粗末なる酒肴を呈上致し候

二月　　　　　默阿弥

〔現代語訳〕

拝啓

申し上げます。わたくしは、今年、七十七歳になり、老衰はなはだしく、五十七年の間勤めて参りました作者の仕事も、もはや続け難く、素材もアイディアも使い果たし、手に馴染んだ筆をサラリと捨て、節分に当たるこの誕生日に、めでたく引退することになりました。それにつけて、引退の祝と喜寿の祝とをかねて、祝宴替わりに粗末な酒肴をお届けいたします。

（河竹繁俊編『默阿弥の手紙日記報条など』、二五五頁）

奥泰資編集・小羊子閲「古河默阿弥伝」より。

その夏、「默阿弥、暑さしのぎに、箱根に遊ぶ。駕籠に揺られながら峠を登って行くと、あちらの方から、二十をちょっと過ぎたくらいの綺麗な女が、たった一人で脇目も振らず来かかるのに遇った。默阿弥は、すこぶる慎み深い性質なので、日ごろ、あまり旅に出たことはなく、現に、箱根

にも初めての遊山なので、この山を、昔ながらの物騒な場所と思い詰めていたので、その女の様子を見て、『さてもまあ、大胆なことだな。どんな育ちの女だろう』などと考えながら、なおも登って行くと、今度は、老人と若い男とが、疲れて休んでいるのを目にした。その二人は、帰途にもまだ同じところで憩うている。黙阿弥が思うに、『頼りなさそうな親子の旅だ。なにか訳があるに違いない。前に遇った娘と一つにまとめれば、いい狂言の筋ができるだろう』と。その結果が、『傀儡師箱根山猫』となって、去年から『歌舞伎新報』に掲載されたが、やっと第一幕が終わったところまでで、黙阿弥ははかなくも、黄泉の国に行ってしまった。要するに、黙阿弥の創意にかかる狂言は、たいてい、このような取るに足りない事実にヒントを得て、それをもとに作ったものである。娘の糸が、かつて黙阿弥に『お父様は、芥子粒くらいの種で、よくも立派な狂言をお作りになりますねえ』というと、彼は、『そうさ。おれは昔から、たった一つ、これはいい話だ、ものになると思っただけで、机に向かいさえすれば、自然と筋が頭に浮かんで来るんだ』と、答えたという」。

（『早稲田文学』第二七号、五二〜五三頁）

『晩年の日記』より。

十月

二日　北風曇り。其水*より寺島へ浄るりの本読《ほんよみ》をせしはがきくる。

六日　北風、天気。花柳＊＊、寺島《てらじま》へ行きし帰り、浄るり＊＊＊へ丑之助《うしのすけ》を出してくれと頼まれてくる。
七日　朝、歌舞伎座＊＊＊＊浄るり直しいたし、花柳へきかせ、寺島へ持たせやる。

〔編者の注〕
＊　其水は竹柴其水、寺島は五代目菊五郎のことで、多分黙阿弥の最後の作と称せられている「奴凧《やっこだこ》」の浄瑠璃のことではなかったかと思う。
＊＊　花柳は踊りの師匠の花柳のこと。
＊＊＊　浄るりへ丑之助を出してくれと頼まれてきたというのは、「奴凧」の浄瑠璃の中に、六代目菊五郎、その頃の丑之助を出してくれるようにと、伝言を頼まれてきたというので、寺島は無論五代目菊五郎のことである。
＊＊＊＊　歌舞伎座の浄るりを直したというのは、昨日の依頼を早速果たしたわけであろう。
（河竹繁俊編『黙阿弥の手紙日記報条など』、二四一〜二四三頁）

十月。黙阿弥は最後の筆を執った。

『奴凧廓春風《やっこだこさとのはるかぜ》』（一八九三年〔明治二六〕一月、歌舞伎座）
第一段……大磯廓舞鶴屋《おおいそくるわまいづるや》店先。虎・少将、今日は和田義盛《わだよしもり》の酒宴の催しに呼ばれている。曽我十郎祐成《そがのじゅうろうすけなり》、笠をかぶり、酒宴の様子を見ようとやってきて、父河津祐康《かわづすけやす》の最期の様子を語る。「はかないご最期とげられた、亡き父上のご無念を、晴らさにゃならぬ御身なのに、その大事をば打ち忘れ」（『歌舞伎新報』第一四三五号、四丁ウラ）と虎、祐成に悋気。舞鶴屋のおあさに止められ、曽我の下部十内《じゅうない》に意見されて、虎、機嫌を直し、一同を自室に招く。

第二段……八町堤《はっちょうづつみ》凧揚《たこあ》げの場。舞台は八町堤。舞鶴屋の息子小伝三《こでんざ》、六枚張りの大きな奴凧を揚げようとするが、風がなく、供の小奴《こやっこ》と揚げる揚げないで争う。「菊五郎の奴凧、いい位置にあがる」（第一四三六号、三丁ウラ）。後ろの道具、居所替りで、吉原《よしわら》の大門口《おおもんぐち》に替る。人々が行きつもどりつしながら、奴凧と戯れる。

第三段……両国《りょうごく》獣物屋《けものや》鎌倉屋《かまくらや》の場。狐の勘次《かんじ》、狸の金太《きんた》、狼、狢《むじな》。富士の巻狩りの趣向。鹿島の

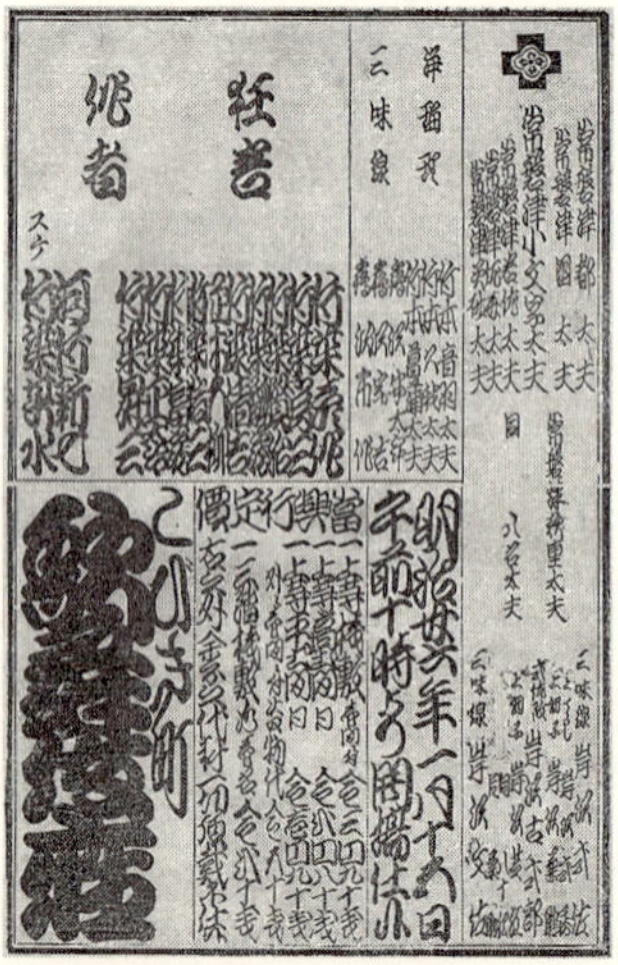

『奴凧廓春風』絵番付
（表紙・背表紙）

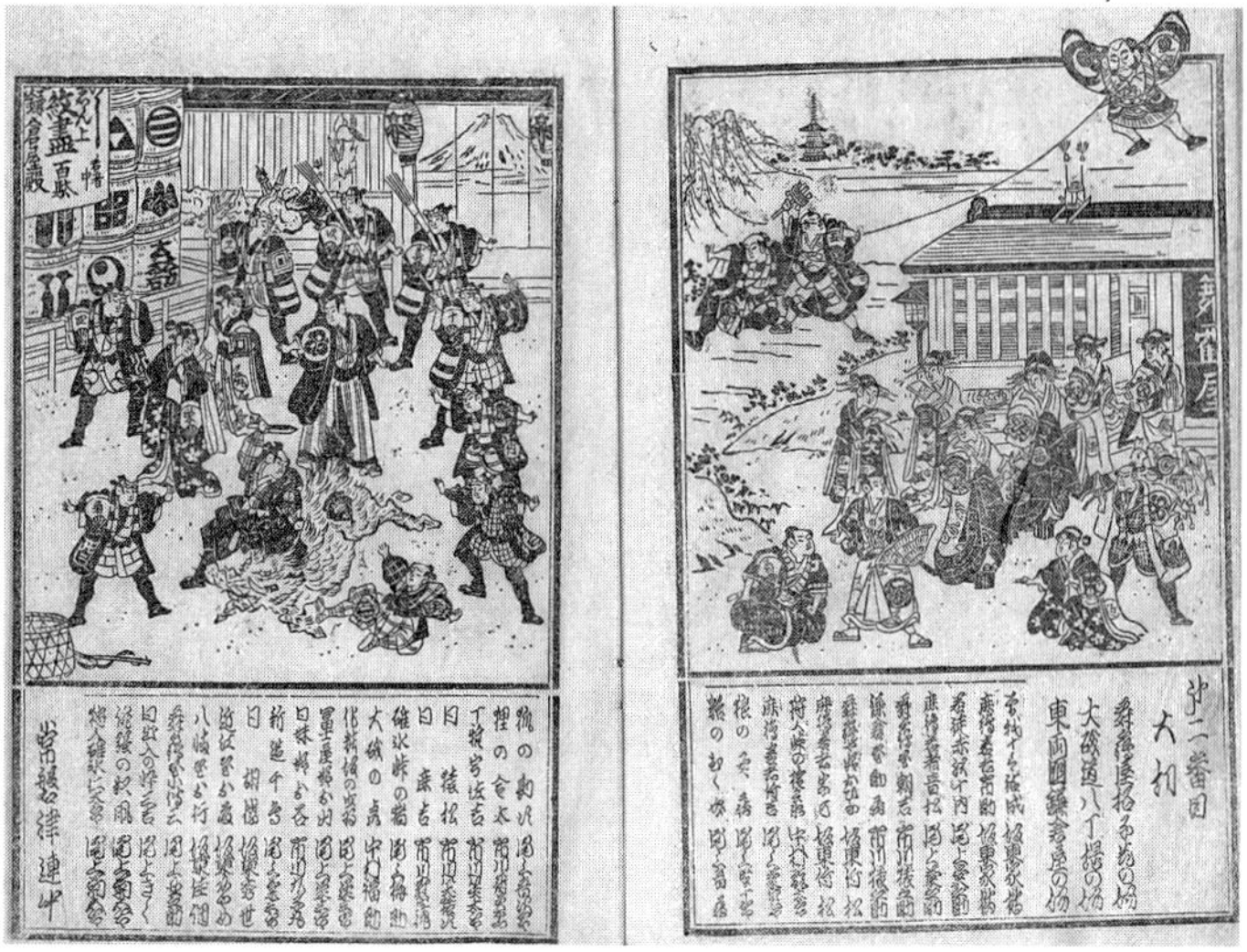

『奴凧廓春風』絵番付

若い衆が、売り出しの酒「蝶千《ちょうち》鳥《どり》」の初荷を届ける。不二屋《ふじや》の遊女たち、神詣でから帰ってきて、狩場の通行証がわりに踊りを踊る。猟人たち、猪を初荷に持ってくる。猪は籠から這い出し、おやまに惚れて近付くのを、猟師の仁《に》太郎《たろう》に抱きとめられ、腹を立てて暴れ出す。若い者や猟人、猪を追いまわす。「皆皆ごっちゃの争い。仁太郎、猪を投げのけ、上に乗り、仁《に》田《たん》の四郎《しろう》の姿の真似。頭取《とうどり》出て、『先ず、今日はこれぎり』」（第一四三八号、三丁オモテ）。

この作品は、「一八六七年（慶応三）に書かれてそのままになっていたのを増補したもの」（『演劇百科大事典』第五巻、四四一頁）といわれており、いわば、旧作の焼き直しである。もちろん、プログラムの作者連名に、黙阿弥の名は記されていない。

「引退（隠退）」は、すでに、彼個人の意志を越えて、広く世間の認めるところとなっていた。彼の存在の場は、芝居の世界から跡形もなく消え失せていたのである。

黙阿弥の最期

そして、間もなく、この世そのものからさえも……。

十二月二十六日　北風、すこし曇り、天気。今朝、左の手しびれ、足もだるいので、木脇氏の治療を受けた。下地に中風があるので、エレキをかけてもらい、丸薬をもらって帰宅。
三十日　北風、天気。木脇氏に行き、エレキをかけてもらう。
三十一日　北風、天気。木脇氏に元日・二日の薬を取りにやり、薬価を払う。
（河竹繁俊編『黙阿弥の手紙日記報条など』、二五一〜二五二頁）

糸、記「父病中の日記」より。

一八九三年（明治二六）
一、一月一日二日、難なし。
一、三日の朝、左の手先、動かず。さっそくお医者様を迎え、診察を受ける。お医者様が仰るには、

「ごく軽い卒中です」と。左の手にエレキをかけていただく。
一、四日、お医者様が、「今日から人の出入りを止めるように（面会謝絶）」と仰るので、失礼ながら、誰も家にお通ししないことにした。
一、六日、今朝はじめて「少し気分が悪い」といい、一日中スヤスヤと眠った。
一、八日、気分は少し悪い程度だが、熱が三十八度以上になる。母、兄と相談のうえ、慈恵病院から看護婦を二人雇い入れ、病室は二人の看護婦と母・兄・糸の五人だけで、他人を入れず、怠りなく看護をする。
一、十四日、午前一時すぎより、息づかいが激しくなり、熱を測ると三十九度三分。夜明けを待って、お医者様を迎える。
一、二十二日　午前八時すぎ、「糸よ、糸よ」と呼ぶ。枕辺に行って「なんの御用ですか」と尋ねた。すると、「今日、死ぬ。嘆くなよ。午後には死ぬはずだ。この世に思い置くことはなにもない。ただ遺言状がある。正月一日に書いておいた。わしの死後、骨上げの日に焼場から帰宅したら、親族の人たちを自宅に招いて、その場で開いて見るのだぞ」といって、遺書を母に渡し、「勘兵衛も糸も、わしの遺言は必ず守るように。これでなんの心懸かりもない。それではめでたく往生しよう」と、午後からは、ひたすらお念仏を唱えるだけだった。午後四時、わずかに目を明け、「みんなに長々と世話になった。糸は体を大事にしろ。あとあとのことは頼んだぞ」と暇乞いをし、わずか十五分ばかり念仏を唱えながら、灯火の消えるように、絶息した。

（『早稲田文学』第三八号、五七～六一頁）

「遺言状の事」
一、本葬を出せば、皆様に丸一日を潰させ、かつ、もし風雨にでもなったら、皆様の晴着を汚させる。誠に無益なことだから、本葬は出さないでほしい。
本葬について、なんだかんだと五月蠅くいう人がいたら、わたしが多年望んでいたことなのだから、この遺言を見せて、お断りしてほしい。あとのことは任せる。

一八九三年（明治二六）一月一日　　吉村新七

伊東　こと殿
吉村勘兵衛殿
吉村　いと殿

（『早稲田文学』第三八号、六一頁）

『歌舞伎新報』第一四四〇号
音　信
翁の遺骸は、都合により、一先ず仮葬にし、追って立派に本葬を営むことにし、昨日、午後三時すぎ、本所二葉町の自邸を出て、浅草門跡添え地源通寺《げんつうじ》*で葬儀を営まれた。
戒名は、釈黙阿居士《しゃくもくあこじ》（七丁ウラ）。

＊　源通寺は東本願寺の子院。現在は、東京都中野区上高田一丁目に移転。

広　告

父河竹黙阿弥事吉村新七義、永々病気療養中のところ、去る二十二日午後四時十五分、死去いたしましたので、この段、辱知の皆様におしらせ申し上げます。

一月二十四日　本所区南二葉町三十一番地　　吉村　糸

黙阿弥の肖像（落合芳幾描『歌舞伎新報』第1440号，五丁オモテ）

『歌舞伎新報』第一四四一号

音　信

黙阿弥翁の葬式　故黙阿弥翁の葬式は、前号の誌上にその概略を記したように、去る二十四日午後三時三分ごろ、本所南二葉町の自宅を出棺。浅草門跡源通寺境内に埋葬したが、もともとその日は仮葬に止め、そのうちに改めて本葬を出す予定で、諸方の知人にも造花や香奠の寄贈を謝絶し、葬式当日も、会葬者にたいして一々葬送をお断りしたほどだったが、それでも棺を送るものが引きも切らず。どなたも立派な方々で、なかには俳優なども混じっていたために、自然と人目を引いたという。当日、俳優で会葬したのは、初世市川左団次、二世市川米蔵、初世市川荒次郎など十数名。九世市川団十郎・五世尾上菊五郎・四世中村福助・二世坂東秀調などは、特に代理人を送ったとのことである。翁の本葬も追って執行するつもりだったが、出棺後、遺言状を見ると「本葬はするな」と書いてあったとのことで、取り止めになった由である（七丁ウラ）。

『歌舞伎新報』第一四四九号

音　信

　故黙阿弥翁の追悼会　京都の芝居好き霞蝶園春斎《かちょうえんしゅんさい》と歌川国松《うたがわくにまつ》の二人が発起人になって、去る十五日午後より洛東黒谷《くろだに》の別院で故古河黙阿弥翁の追悼会を営んだとのこと。参会者は京阪両地の芝居好き、俳優その他の遊芸人たちで、壇上に翁の姿絵（本社から翁の写真を送る手筈だったが、予定の時日が早まり、間に合わないので、先に本誌上に掲載した翁の肖像を、国松氏自身が摸写したものとのこと）を安置し、その前に、歌舞伎にちなんだ各種の供物を供え、一同、静かに座って、冥福を祈り、読経が終わると直に茶席に移動し、松柏《しょうはく》庵主のお手前で、見事な茶会が持たれた。用いられた道具類は稀代の名品ばかりで、菓子には「破れ笠」（笠もりおせんの意）という煎餅が出た。先ずこれに、懐旧の涙をしぼり、翁の生前の温容を偲び、互いに昔のことなどを話し合って、元の席にもどると、そこには、早くも、精進料理の支度が調っている。赤尾楼《あかおろう》の苦心により、翁の著作にちなんだ献立の品々。お見事というよりも、とにかく、胸が塞がるような気持ちがして、一同、湿っぽくなる様子だったが、有志という名目で出席した祇園の芸妓武田はな、小浜小菊、れん、ひさ等の取り持ちで、「夕顔の舞」「ゆかりの月」「天人」「鐘の恨み」などの舞をはじめ、幇間光作《こうさく》のグループが追悼のための茶番狂言を一席。六時ごろ、それぞれ退席したとのことであった。供物のなかでも、『太《たい》鼓音智勇三略《このおとちゅうのさんりゃく》』（堺町よし則製の太鼓まんじゅう）、『花廼都山城名所《はなのみやこやましろめいしょ》』（白木の大台に大仏餅・加茂みたらし・北野の粟餅・六角堂の白糸煎餅・清水のわらび餅・華頂山の桜餅）、『霜夜鐘十字辻筮《しもよのかねじゅうじのつじうら》』（花万《はなまん》の霜ばしらに辻占昆布）、『勧善懲悪覗機関《かんぜんちょうあくのぞきからくり》』（豆腐のおからと栗の合い混ぜ）のようなものは、最も穿ったものだったと、報道のままを記す（七丁オモテ～ウラ）。

『傀儡師箱根山猫』は、未完に終わった。しかし、黙阿弥は、その作劇姿勢を通して、新しい戯曲創出への展望、換言すれば、劇文学自立の道を開いた。それによって、彼は、「最後の狂言作者にして最初の劇作家たる者」と呼ばれるにふさわしい存在、すなわち、徳川時代歌舞伎史の掉尾を飾るとともに、近代歌舞伎史の黎明を告げる栄誉を担う作家となったのである。

黙阿弥は、歌舞伎を人間のドラマとして発見し直し、人情の機微を剔抉する態度を貫いて、歴史劇に社会劇に、新しい人間描写を生み、新しい人間関係の葛藤を描き出した。

黙阿弥は、よく時代の進捗する思想を我が物にし、人間の可能性を信じ、人間に、惜しみなき愛情を捧げ続けた。

ただ、残念なのは、彼の開いた道を歩む後継者が、斯界に一人もいなかったことであろう。あるいは、黙阿弥の切りひらいた世界は、梨園の空気に馴染んだ人々には呼吸できない時空だったのかもしれない。

黙阿弥の死とともに、歌舞伎は古典化への道を歩み始める。さらに言えば、以後、歌舞伎座という超巨大ホールの設立と、俗称十五世市村羽左衛門系の、低俗な人気に迎合する非正統的な黙阿弥物演技様式の確立・継承にわざわいされて、六世尾上菊五郎・七世坂東三津五郎に伝えられた黙阿弥物表現の正統は絶え、今ではわずかに前進座歌舞伎だけが、あるべき黙阿弥物の表現をまさぐりつつ、明日への希望をつないでいる。

参考文献

河竹黙阿弥本人、および関連文献

黙阿弥の手紙・日記類——河竹繁俊編『黙阿弥の手紙日記報条など』（一九六六年、演劇出版社）。

黙阿弥筆『著作大概』——河竹登志夫「黙阿弥自筆の未刊稿本『著作大概』」——『井浦芳信博士華甲記念論文集 芸能と文学』（一九七七年、笠間書院）。河竹登志夫著『河竹登志夫歌舞伎論集』（一九九九年、演劇出版社）に再掲。

茶番集『朝茶の袋』——河竹繁俊著『河竹黙阿弥』（一九一四年、演芸珍書刊行会）。

仮名垣魯文・山々亭有人合輯『粋興奇人伝』——一八六三年（文久三）季春。国立国会図書館蔵。請求番号　京乙／七三。

香以山人著『くまなき影』——一八六七年（慶応三）季夏。国立国会図書館蔵。請求番号一〇一／四七。

悪摺り『羅漢像』——河竹繁俊著『河竹黙阿弥』（一九一七年、春陽堂）。

仮名垣魯文「技芸名誉小伝　河竹新七の伝」——『魯文珍報』第十一～十二号（一八七八年、開珍社）。

奥泰資編集・小羊子閲「古河黙阿弥伝」——『早稲田文学』第三十四～三十九号（一八九三年、東京専門学校）。

竹柴幸治記「忍塚の記 付《つけたり》 師の履歴」——『歌舞伎新報』第一一一四～一一二〇号。

豊芥子著『花江都歌舞妓年代記続編』—通称『続歌舞妓年代記』（一九二五年、広谷国書刊行会）。

田村成義編『続々歌舞伎年代記』乾—通称『続々歌舞伎年代記』（一九二二年、市村座）。

『歌舞伎新報』第一～一六六九号（一八七九年二月～一八九七年三月、歌舞伎新報社）。

第一次『歌舞伎』第一～一七五号（一九〇〇年一月～一九一五年一月、歌舞伎発行所）。

河竹糸女補修・河竹繁俊編纂『黙阿弥全集』第一～二十七巻（一九二四～二六年、春陽堂）。

＊凡例より

校訂に際しては、『狂言百種』とそれ以前に出版されたものは、大抵、作者自身の校訂を経たものであるから、その本と原作の原稿とを照らし合わせて誤りを正したが、それ以外の作品の場合には、原作の原稿と舞台で使用した脚本とを照らし合わせて決定することにした。ただし、風俗上差し控えるのが当然だと判断された箇所は、主に、糸女の改訂によって書き改めた。しかし、用字および句読、校正、解説などに関する責任は、すべて編者にあることを明らかにしておく（第一巻、一頁）。


浦山政雄・松崎仁校注『歌舞伎脚本集』下――『日本古典文学大系』五四（一九六一年、岩波書店）。

河竹登志夫編『河竹黙阿弥集』――『明治文学全集』九（一九六六年、筑摩書房）。

原道生・神山彰・渡辺喜之校注『河竹黙阿弥集』――『新　日本古典文学大系』明治編八（二〇〇一年、岩波書店）。

延広真治編著『三人吉三廓初買』――『歌舞伎　オン・ステージ』一四（二〇〇八年、白水社）。

今尾哲也校注『三人吉三廓初買』――『新潮日本古典集成』（一九八四年、新潮社）。

二世勝俵蔵作『桜清水清玄』――松竹大谷図書館蔵。請求番号　K四四／Ka八七／一～六。

三世瀬川如皐作『東山桜荘子』――『早稲田大学蔵資料影印叢書　国書篇』第十三巻（一九八六年、早稲田大学出版部）。

河竹繁俊校訂『与話情浮名横櫛』（一九五八年、岩波書店）。

幕末～明治『絵番付』各種（筆者蔵）。

『歌舞伎評判記集成』第一期　全十一巻（一九七二～七七年、岩波書店）。

幕末～明治『歌舞伎評判記』各種（筆者蔵）。

法月敏彦校訂『六二連　俳優評判記』上～下――国立劇場調査養成部調査資料課編『歌舞伎資料選書』九（二〇〇二～〇五年、日本芸術文化振興会）。

伊原敏郎著『市川団十郎』（一九〇二年、エックス倶楽部）。

伊原敏郎編『市川団十郎の代々』下巻（一九一七年、市川宗家）。

榎本虎彦著『桜痴居士と市川団十郎』（一九〇三年、国光社）。

松井真玄著『団洲百話』（一九〇三年、金港堂）。

岡本綺堂「私の見た団菊」――『演芸画報　臨時増刊』第三巻第七号（一九〇九年、演芸画報社）。

寺田詩麻「九世団十郎事歴」下巻　前――歌舞伎学会編・発行『歌舞伎　研究と批評』三六（二〇〇六年、雄山閣）。

五世尾上菊五郎著『尾上菊五郎自伝』（一九〇三年、時事新報社）。

水原一校注『平家物語』下――『新潮日本古典集成』（一九八四年、新潮社）。

三世竹柴金作編『狂言作者の変遷』（一九七九年、私家版）。

河竹繁俊編著『演劇百科大事典』全六巻（一九六〇～六二年、平凡社）。

国史大辞典編集委員会編『国史大辞典』全十五巻十七冊（一九七九～九七年、吉川弘文館）。

浜田義一郎監修『江戸文学地名辞典』（一九七三年、東京堂出版）。

人文社編集部編『江戸から東京へ　明治の東京』（『古地図ライブラリー・四』一九九六年、人文社）。

武陽陰士著『世事見聞録』（一九六六年、青蛙房）。

淵田忠良編『明治大正昭和大絵巻』（一九三一年、『キング』第七巻第一号付録、大日本雄弁会講談社）。

参考文献・単行本

坪内逍遙著『梨園の落葉』（一八九六年、春陽堂）。

坪内逍遙著『逍遙劇談』（一九一九年、天佑社）。

坪内逍遙著『少年時に観た歌舞伎の追憶』（一九二〇年、日本演芸合資会社出版部）。

郡司正勝著『かぶきの発想』（一九五九年、弘文堂）。

郡司正勝著『かぶき論叢』（一九七九年、思文閣出版）。

鳥越文蔵編『没後百年　河竹黙阿弥――人と作品』（一九九三年、早稲田大学演劇博物館）。

渡辺保著『黙阿弥の明治維新』（一九九七年、新潮社）。

吉田弥生著『江戸歌舞伎の残照』（二〇〇四年、文芸社）。

吉田弥生著『黙阿弥研究の現在』（二〇〇六年、雄山閣）。

神山彰著『近代演劇の来歴』（二〇〇六年、森話社）。

青木繁著『若き小団次』（一九八〇年、第三書館）。

永井啓夫著『市川小団次』（一九六九年、青蛙房）。

河竹登志夫著『作者の家　黙阿弥以後の人びと』（一九八〇年、講談社）。

河竹登志夫著『黙阿弥』（一九九三年、文藝春秋）。

明治文化研究所編『明治文化全集』第二十四巻「文明開化篇」（一九六七年、日本評論社）

加藤秀俊・加太こうじ・岩崎爾郎・後藤総一郎著『明治　大正　昭和　世相史』（一九六七年、社会思想社）

内山美樹子著『浄瑠璃史の十八世紀』（一九八九年、勉誠社）。

諏訪春雄著『近世戯曲史序説』（一九八六年、白水社）。

松本伸子著『明治前期演劇論史』（一九七四年、演劇出版社）。

松本伸子著『明治演劇論史』（一九八〇年、演劇出版社）。
秋庭太郎著『東都明治演劇史』（一九三七年、中西書房）。
秋庭太郎著『日本新劇史』上（一九五五年、理想社）。
大笹吉雄著『日本現代演劇史』明治・大正篇（一九八五年、白水社）。
漆沢その子著『明治歌舞伎の成立と展開』（二〇〇三年、慶友社）。
横山泰子著『江戸東京の怪談文化の成立と変遷』（一九九七年、風間書房）。
今尾哲也著『歌舞伎の歴史』（二〇〇〇年、岩波書店）。
今尾哲也著『歌舞伎の根元』（二〇〇一年、勉誠出版）。

あとがき

河竹黙阿弥を対象とする学問が発足したのは、半世紀ほど前のことである。すなわち、河竹繁俊が、『黙阿弥の手紙日記報条《ほうじょう》など』と題して、河竹家に死蔵されていた黙阿弥関係の書簡や日記類に日の目を当てたのが最初である。一九六六年（昭和四一）十二月のことであった。次いで、黙阿弥自筆の稿本『著作大概』が、河竹登志夫の手で、『井浦芳信博士華甲記念論文集芸能と文学』に紹介、翻刻された。一九七七年（昭和五二）十二月刊。

前者には、「仮名垣魯文宛て書簡」としてまとめられた「自伝」や、引退して、弟子の竹柴金作に作者名を譲るとともに、彼を養子にして河竹の家を守らせようとした黙阿弥の意図を告げる書簡など、極めて貴重な内容の資料が含まれている。また、後者には、黙阿弥が自作と認知した作品が、簡潔なコメントを伴って年月順に記録されており、かつ、引退して隠居名を名乗る心情が記されていて、これまた、根元的資料以外の何物でもない。

この貴重な資料は、それぞれ、かつて一度だけ利用されたことがある。前者を下敷きにして書かれたのが、仮名垣魯文の「技芸名誉小伝　河竹新七の伝」（『魯文珍報』第一一・一二号所収）であり、後者を踏まえて綴られたのが、奥泰資編集・小羊子《しょうようし》閲「古河黙阿弥伝」（『早稲田文学』第三五〜三九号所収）である。

原資料がなければ、仮名垣・奥両氏の先駆的労作はなく、河竹繁俊・登志夫両氏による原資料の公開がなければ、筆者のこの伝記はあり得なかった。歌舞伎の学における原資料開示の重要性を、筆写はいま、しみじみと噛み締めている。

その後、黙阿弥に関する学問は急速に進んだ。以下に、その成果を列挙する。

鳥越文蔵編『河竹黙阿弥——人と作品』（一九九三年〔平成五〕四月、早稲田大学演劇博物館）
渡部保著『黙阿弥の明治維新』（一九九七年〔平成九〕十月、新潮社）
原道生・神山彰・渡部喜之校注『新日本古典文学大系　明治編八　河竹黙阿弥集』（二〇〇一年〔平成十三〕十一月、岩波書店）
吉田弥生著『江戸歌舞伎の残照』（二〇〇四年〔平成十六〕九月、文芸社）
吉田弥生著『黙阿弥研究の現在』（二〇〇六年〔平成十八〕三月二十七日、雄山閣）
神山彰著『近代演劇の来歴』（二〇〇六年〔平成十八〕三月三十一日、森話社）

曲りなりにも本書が成り立ち得たのは、これらの優れた諸業績に寄りかかることができたからである。

なお、本書の執筆に際しては、前提となる多種多様な問題を解決しなければならず、左の方々のお力を借りた。即ち、内山美樹子（早稲田大学）、河竹登志夫（日本演劇協会）、北川博子（阪急学園池田文庫）、黒石陽子（東京学芸大学）、㈶松竹大谷図書館（館長　須貝弥生）、寺田詩麻（演劇博物館）、中川芳三（松竹株式会社演劇部）、延広真治（帝京大学）、堀井令以知（関西外国語大学名誉教授）、渡辺保（放送大学）の各氏である。記して深謝する。

二〇〇九年一月

今尾哲也

河竹黙阿弥略年譜

和暦	西暦	齢	関連事項	一般事項
文化一三	一八一六	0	○2・3江戸日本橋通二丁目式部小路に、吉村勘兵衛・まち夫妻の次男として生まれる。幼名芳三郎。勘兵衛は、湯株の売買を業としていた。	9月山東京伝没。〔伊〕㋔ロッシーニ『セビリアの理髪師』。
一四	一八一七	1	●3月四世鶴屋南北作『桜姫東文章』。	4月杉田玄白没。〔英〕バイロン『マンフレッド』。〔仏〕スクリーブ『嘆願者』。
文政一	一八一八	2	●9月狂言作者福森久助没。11月南北作『四天王産湯玉川』。	4月伊能忠敬没。10月司馬江漢没。〔仏〕ピクセレクール『バビロンの廃墟』。
二	一八一九	3	●『江戸芝居年代記』成立？	『群書類従』完成。〔英〕シェリー『チェンチ一族』。〔墺〕グリルパルツァー『ザッフォー』。
三	一八二〇	4		〔英〕シェリー『鎖を解かれたプロメテウス』。〔伊〕マンゾーニ

四	一八二一	5	●9月南北作『菊宴月白浪』。	『カルマニョーラ伯爵』。9月梅暮里谷峨、塙保己一没。[独]㋔ウェーバー『魔弾の射手』。[仏]ナポレオン一世没。
五	一八二二	6	●8月南北作『霊験亀山鉾』。	1月式亭三馬没。6月烏亭焉馬没。『道中膝栗毛』完。[墺]グリルパルツァー『金羊皮』。
六	一八二三	7	●3月南北作『浮世柄比翼稲妻』。6月同『法懸松成田利剣』。	4月大田蜀山人没。12月富士谷御杖没。
七	一八二四	8		イギリス船、薩摩を攻撃。[英]バイロン没。
八	一八二五	9	○芝金杉通一丁目に移り、父は質屋を始める。●7月南北作『東海道四谷怪談』。	外国船打払令。1月初世歌川豊国没。[露]プーシキン『ボリス・ゴドノフ』。グリボエードフ『知恵の悲しみ』。
九	一八二六	10	●1月狂言作者奈河晴助没。	[独]㋔ウェーバー『オベロン』。
一〇	一八二七	11	●南北作『独道中五十三駅』。3月狂言作者・随筆家浜松歌国没。	11月小林一茶没。[仏]ユーゴー『クロムウェル』。ピカール『三つの地区』。[墺]ベートーヴェン没。[瑞]ペスタロッチ没。

一一	一八二八	12	●11月三升屋二三治、河原崎座で首席作者となる。	11月酒井抱一没。シーボルト事件。[独]シューベルト没。[仏]メリメ『ジャクリー』。スクリーブ『金銭結婚』。
一二	一八二九	13	●1月南北作『金幣猿嶋郡』。11月南北没。	5月松平定信没。[独]ゲーテ『ファウスト』。[仏]デュマ・ペール『アンリ三世とその宮廷』。[伊]㋔ロッシーニ『ウィリアム・テル』。
天保一	一八三〇	14	●3月二世勝俵蔵作『桜清水清玄』。五世河原崎権之助没。4月狂言作者二世松井幸三没。12月狂言作者二世勝俵蔵没。	『嬉遊笑覧』刊。[独]ヘーゲル没。[仏]ユーゴー『エルナニ』。㋔オーベール『フラ・ディアボロ』。[露]レールモントフ『スペイン人』。
二	一八三一	15	●12月三世坂東三津五郎没。	1月良寛没。5月『江戸繁盛記』刊。8月十返舎一九没。[仏]デュマ・ペール『アントニー』。㋔マイヤーベーヤ『悪魔ロベール』。[伊]㋔ベルリーニ『ノルマ』。

三	一八三二	16	○京橋尾張町二丁目の貸本屋後藤某の家に奉公。商いに精出す傍ら、読書に耽溺。また、この頃、芝宇田川町の踊師匠沢村お紋に踊りを習い、その仲介で、狂言作者鶴屋孫太郎の知遇を得、出世の緒を得る。	9月頼山陽没。[英]ウォルター・スコット没。[独]ゲーテ没。[仏]デュマ・ペール『ネールの塔』。[伊]㋔ドニゼッティ『愛の妙薬』。
四	一八三三	17	●1月山田案山子作『生写朝顔話』。 ●3月三升屋二三治作『裏表忠臣蔵』。11月狂言作者二世瀬川如皐没。	大飢饉。[仏]ユーゴー『リュクレース・ボルジア』。スクリーブ『ベルトランとラッセン』。ミュッセ『マリアンヌの気紛れ』。
五	一八三四	18		3月水野忠邦、老中に任命。 [英]コールリッジ没。
六	一八三五	19	○3月鶴屋孫太郎に入門。5月勝諺蔵の名をもらい、市村座に作者見習として出勤。6〜7月師に従って甲府の亀屋座に巡業。10月病のために芝居を退く。 ●11月松島半二、三世桜田治助襲名。四世中村重助、市村座の首席作者となる。	[独]ビューヒナー『ダントンの死』。[仏]ヴィニー『チャタートン』。[伊]㋔ベッリーニ『清教徒』。ベッリーニ没。㋔ドニゼッティ『ランメルムーアのルチア』。[露]レールモントフ『仮面舞踏会』。
七	一八三六	20	○七、八両年、雑俳の仲間に入り、「芳々」の戯号	『江戸名所図会』完、『北越雪

			で遊び暮らす。	譜』刊。[独]㋔マイヤーベーヤ『ユグノー教徒』。[伊]ピランデルロ没。[希]ヴィサンティオス『バベルの塔』。[露]ゴーゴリ『検察官』。
八	一八三七	21	●11月鶴屋孫太郎、五世南北を襲名し、河原崎座の首席作者となる。	大塩平八郎の乱。3月自死。[独]ビューヒナー没。[露]プーシキン没。
九	一八三八	22	○1月師に従い、河原崎座に見習いとして再勤。同座の大番頭鈴木屋松蔵に取り立てられ、11月より、狂言方に昇進。●2月狂言作者宝田寿助没。5月五世松本幸四郎没。7月三世中村歌右衛門没。	[仏]ユーゴー『リュイ・ブラス』。
一〇	一八三九	23		渡辺崋山・高野長英処罰。人情本、全盛。
一一	一八四〇	24	○3月せりふを暗記して、無本で『勧進帳』の後見を務め、七世市川団十郎より褒美をもらう。9月弟の死去により、師に名前を返し、退座して家業を継ぎ、芝新網町に住居する。●3月三世並木五瓶作『勧進帳』。	8月谷文晁没。馬琴、失明。[中]アヘン戦争。[独]ヘッベル『ユーディット』。[伊]㋔ドニゼッティ『連隊の娘』。
一二	一八四一	25	○4月河原崎座の首席作者中村重助の招きにより、	天保の改革始まる。10月渡辺崋

			同座に再々出勤。柴（斯波）晋輔と名乗り、次席作者に昇進。●4月中村重助没。『花江都歌舞妓年代記』刊。	山自刃。[仏]スクリーブ『鎖』。
一三	一八四二	26	●4月市川海老蔵（七世団十郎）手鎖の刑、江戸十里四方追放。6月役者、贅沢の禁。8月役者似顔絵・錦絵の禁止。9～12月江戸歌舞伎三座、浅草聖天町（猿若町）に移転。狂言作者奈河篤助没。	3月『南総里見八犬伝』完。7月柳亭種彦没。9月平田篤胤没。人情本の出版禁止。[独]㋔ヴァーグナー『リエンチ』。[仏]スタンダール没。スクリーブ『水のコップ』。[露]㋔グリンカ『ルスランとリュドミラ』。
一四	一八四三	27	○11月河原崎座にて、三世桜田治助に勧められて、二世河竹新七を襲名。●猿若町に移転した河原崎座に、三世桜田治助、スケとして出勤。三升屋二三治著『作者店おろし』成稿。	12月為永春水没。[独]㋔ヴァーグナー『さまよえるオランダ人』。[仏]ミュッセ『ロレンザッチョ』、『戯れに恋はすまじ』。[伊]㋔ドニゼッティ『ドン・パスクヮーレ』。
弘化一	一八四四	28	●1月市川米十郎、大阪角の座にて、四世市川小団次を襲名。三升屋二三治著『紙屑籠』成稿。	[独]ヘッベル『マリア＝マグダレーナ』。[伊]㋔ヴェルディ『エルナニ』。
二	一八四五	29	○11月より、河原崎座の首席作者に昇進。●三升屋	[独]㋔ヴァーグナー『タンホイ

			二三治著『賀久屋寿々免』成稿。	ザー』。シュレーゲル没。[葡]ガレット『スウザのルイ修道士』。[米]モワット『ファッション』。
三	一八四六	30	○11月茶器骨董商大和屋源兵衛の娘で井伊家の奥に奉公していた琴と結婚。	10月伴信友没。アメリカ軍艦浦賀に来航。海防令。[仏]㋔ベルリオーズ『ファーストの劫罰』。
四	一八四七	31	●4月五世岩井半四郎没。11月小団次、江戸市村座に下る。	[独]㋔フロトー『マルタ』。
嘉永一	一八四八	32	●11月藤本吉兵衛、中村座にて首席作者となる。三升屋二三治著『作者年中行事』成稿。8月狂言作者長島寿阿弥没。	11月滝沢馬琴没。[仏]スクリーブ『お世辞あるいは嘘と真実』。[伊]ドニゼッティ没。
二	一八四九	33	●閏4月三世尾上菊五郎没。12月海老蔵、追放赦免。	4月葛飾北斎没。5月橘守部没。[独]㋔マイヤーベーヤ『予言者』。[仏]スクリーブ『アドリエンヌ・ルクーヴルール』。[米]エドガー・アラン・ポー没。
三	一八五〇	34	●11月藤本吉兵衛、三世瀬川如皐を襲名。	1月佐藤信淵没。高野長英自刃。[中]太平天国の乱。[独]㋔ワーグナー『ローエングリン』。

四	一八五一	35	○11月河原崎座に『升鯉瀧白旗』。筋を立てて書いた狂言の初め。これまでは、並木五瓶・鶴屋南北・桜田治助などから筋をもらって、一幕ずつ書いていた。●8月『東山桜荘子』初演。西沢一鳳著『伝奇作書』成稿?	[仏]バルザック没。[仏]ミュッセ『マリアンヌの気紛れ』。スクリーブ『御婦人方の戦争』。ラビッシュ『イタリアの麦わら帽子』。ルイ・ナポレオンのクーデター勃発。[伊]㋔ヴェルディ『リゴレット』。
五	一八五二	36	○7月河原崎座に『児雷也豪傑譚話』。●1月師の五世南北没。2月四世中村歌右衛門没。西沢一鳳著『脚色余録』成稿? 12月西沢一鳳没。	ロシア船、下田に来航。[仏]デュマ・フィス『椿姫』。ナポレオン三世即位。[伊]フェラーリ『ゴルドーニとその十六の喜劇』。[露]ゴーゴリ没。オストロフスキー『めいめいが自分の場所』。
六	一八五三	37	○1月河原崎座に『しらぬひ譚』。●3月瀬川如皐作『与話情浮名横櫛』。『大歌舞妓外題年鑑』成稿?	アメリカのペリー、ロシアのプーチャチン来航。[伊]㋔ヴェルディ『椿姫』、『トロヴァトーレ』。
安政一	一八五四	38	○3月二世勝俵蔵作『桜清水清玄』を小団次のために補訂し、題名を『都鳥廓白浪』と改める。7月『吾孺下五十三駅』(天一坊)。小団次と提携の始まり。この作を見て、竹柴金作、新七の力量に感動し、	1月ペリー、再来航。3月日米和親条約。

			弟子入りする。●8月八世市川団十郎自殺。	
二	一八五五	39	○9月市村座と契約。●河原崎休座、森田座再興。三座類焼。10月三世並木五瓶没。	10月江戸大地震。藤田東湖没。
三	一八五六	40	○3月市村座に『夢結蝶鳥追』(雪踏直し)。小団次と同座し、専ら新狂言を綴る。9月『蔦紅葉宇都谷峠』(座頭ころし)。●8月三升屋二三治没。	ハリス、下田に着任。6月喜多村信節没。7月山崎美成没。10月二宮尊徳没。11月広瀬淡窓没。吉田松陰、松下村塾を開く。[独]ハイネ没。[仏]オージエ『ポワリエ氏の婿』。[伊]フェラーリ『風刺とパリーニ』。
四	一八五七	41	○1月市村座に『鼠小紋東君新形』(鼠小僧)、極めて大入り。白浪作者と呼ばれるきっかけとなった作。5月『敵討噂古市』(正直清兵衛)、大入り。7月『網模様燈籠菊桐』(小猿七之助・玉菊)、大入り。この狂言は風俗上問題があると、八丁堀で噂されている様子。	[仏]ミュッセ没。[露]グリンカ没。
五	一八五八	42	○1月市村座、類焼。再建なり、3月『江戸桜清水清玄』(清玄・桜姫と黒手組の助六)、大入り。5月『仮名手本硯高嶋』(赤垣源蔵のある銘々伝)。10月『小春宴三組杯觴』(馬士問答のある鉢の木)。●森	8月柳下亭種員没。9月柳川星巌没、歌川広重没。『雨月物語』刊。コロリ流行。[仏]オージエ『貧しい牝獅子たち』。

六	一八五九	43	田座、守田座と改称。○2月市村座に『小袖曽我薊色縫』（十六夜・清心）。●3月市川海老蔵（七世団十郎）没。11月狂言作者篠田瑳助没。	安政の大獄。[仏]㋔グノー『ファウスト』。
万延 一	一八六〇	44	○1月市村座に『三人吉三廓初買』。自信作。ただし、中村座の芝翫人気に押されて不入り。3月『加賀見山再岩藤』（縮屋新助）。小団次の評よく、芝翫人気を克服して大入り。●四世中村芝翫、中村座に出勤し、大人気。8月末市村座、再度類焼。	3月桜田門外の変。横浜港開港。[仏]ラビッシュ『ペリション氏の旅行』。[米]リンカーン大統領になる。
文久 一	一八六一	45	○2月より、小団次、守田座と掛け持ちにつき、頼まれて同座に助作。5月市村座に『嚳音纏染分』（因幡小僧の増補）、守田座に『龍三升高寝雲霧』（因果小僧の場二幕）、8月守田座に『桜荘子後日文談』（光然の祈り・印旛沼の二幕）。●3月歌川国芳没。石塚豊芥子没。	[仏]スクリーブ没。[諾]ビョルンソン『スネール王』。[米]南北戦争。
二	一八六二	46	○3月市村座に『青砥稿花紅彩画』（弁天小僧白浪五人男）、大入り。8月守田座に『勧善懲悪覗機関』（村井長庵）、小団次の評よく大入り。●2月立川焉馬没。	坂下門外の変。生麦事件。[伊]㋔ヴェルディ『運命の力』。

三	一八六三	47	○1月市村座に『三題噺高座新作』（世話の国性爺）、大入りにて、酔狂連・興笑連より引き幕をもらう。8月『茲江戸小腕達引』（腕の喜三郎）、11月『歳市廓討入』、大入り。	この頃、三題噺流行。下関で、米・仏・蘭の軍艦を砲撃。英艦、鹿児島を砲撃。[独]フライターク『戯曲の技巧』。[諾]イプセン『王位を窺う者』。
元治 一	一八六四	48	○2月市村座に『曽我綉侠御所染』。大入りで、木場の雑賀屋から引き幕を贈られる。7月守田座に『処女翫浮名横櫛』（切られお富）。●初世市川左団次、小団次の養子となる。12月三世歌川豊国没。	蛤御門の変。佐久間象山、暗殺。[独]マイヤーベーヤ没。
慶応 一	一八六五	49	○小団次中村座出勤につき、スケとして同座に一幕ずつ提供。1月市村座に『鶴千歳曽我門松』（京伝の粋菩提を脚色）、大入り。3月守田座に『魁駒松梅桜曙微』（紅皿）、5月中村座に『忠臣蔵後日建前』（女定九郎）。8月守田座に『怪談月笠森』（笠森おせん）、中村座に『上総棉小紋単地』（上総市兵衛）。●10月中村鶴蔵、三世仲蔵を襲名。	10月？福沢諭吉、蘭学塾（慶応義塾）創設。[独]㋔ヴァーグナー『トリスタンとイゾルデ』。[諾]イプセン『ブラン』。[米]南北戦争終結。リンカーン没。
二	一八六六	50	○2月守田座に『富士三升扇曽我』。前半「敷革の曽我」、後半「鋳掛け松」。評よく、大入り。芝居が終ったあと、三座の名主から、「近年、庶民の生活を描いた芝居は、人情の機微に触れること甚だしく、	徳川慶喜、最後の将軍職に就く。[仏]㋔トマ『ミニヨン』。[チ]㋔スメタナ『売られた花嫁』。

三

一八六七

51

その結果、世情に悪影響をおよぼしかねないので、今後はあっさりと、色気なども薄く、なるたけ、人情に通じないようにせよ」と言い渡された。その帰り道、小団次の家に寄って、話を伝えた。小団次は顔色も悪く、「作者とおんなじで、役者も人情の機微に通じるように演ってるんだ。だのに、人情の機微に通じないようにしろたあ、泣く子と地頭だね。しょうがねえ。止める以外にねえじゃあねえか」というのを、なんとか慰めて、「何か、武士の生活を対象にした新作を書きましょう」といって帰ってきたが、翌朝、小団次は病気で出勤不能と芝居から知らせがあり、早速、見舞いに行ったところ、たった一晩でやつれ果て、病勢が一気に悪化したかのように見えた。それ以来、だんだんひどくなって、**五月八日**に死去。病気の原因は、お上の言い渡しにあった。●**5・8**小団次没。以後、守田座不入り。

○**1月**市村座に『契情曽我廓亀鑑』(田之助のお静)、大入り。**5月**『善悪両面児手柏』(妲妃のお百)。**10月**守田座に『巌石砕瀑布勢力』(勢力富五郎を二幕)。●田之助、足の指が痛み、休座。以後、市村座、何

4月高杉晋作没。**10月**大政奉還。**12月**王政復古。[仏]㋔グノー『ロメオとジュリエット』。[露]マルクス『資本論』。[諾]イプ

明治一	一八六八	52	をしても不入り。 ○8月市村座に『芦屋道満大内鑑』。与勘平を左団次にやらせるつもりだったが、出資者の河原崎権之助が不承知で菊五郎に決まる。新七はその処置を不服とし、左団次を連れて退座。翌年より、守田座に出勤。●2月休場中の江戸三座開場。3月沢村田之助、脱疽により、ヘボンの手術を受ける。8月通称十三世市村羽左衛門、五世尾上菊五郎襲名。9月六世河原崎権之助没。	セン『ペール・ギュント』。 1月鳥羽伏見の戦。2月笠亭仙果、寺門静軒没。3月神仏分離令。5月太政官札発行。6月招魂社建立。7月江戸を東京と改称。大隈言道没。9・8改元。[独]㋔ヴァーグナー『ニュールンベルクの名歌手』。[伊]ロッシーニ没。
二	一八六九	53	○3月守田座に『廓文庫敷島物語』（敷島怪談）、大入り。7月菊五郎に頼まれ、中村座に出勤。『吉様参由縁音信』（八百屋お七）。8月市村座に『駒迎三升入盃觴』（地震の加藤）。	1月関所廃止。3月遷都。6月版籍奉還。8月蝦夷地を北海道と改称。12月東京・横浜間に電信開通。[独]㋔ヴァーグナー『ラインの黄金』。[仏]ベルリオーズ没。サルドゥ『祖国』。スエズ運河開通。
三	一八七〇	54	○3月守田座に『樟紀流花見幕張』（左団次の忠弥）、大入り。8月『狭間軍記鳴海録』（桶狭間）、大入り。	1月大教宣布。日の丸を国旗と制定、布告。8月アヘン禁止。大阪・神戸間に電信開通。9月平民に姓（氏）の呼称を許可。

11月府藩県に徴兵規則頒布。12月最初の日刊紙『横浜毎日新聞』創刊。平民の帯刀禁止。[独]㋔ヴァーグナー『ワルキューレ』。[墺]アンツェングルーバー『キルヒフェルトの司祭』。[仏]デュマ・ペール没。メリメ没。ゴンクール没。

年号	西暦	年齢	事項	一般事項
四	一八七一	55	○8月守田座に『出来穐月花雪聚』（真田幸村）、9月『四十七刻忠箭計』（忠臣蔵十二時）。いずれも大入り。	3月東京・京都・大阪間に郵便法施行。5月新貨条例公布。7月廃藩置県、藩札の通用禁止。文部省創設。8月身分解放令。散髪・廃刀令。華・士族と平民の結婚許可。11月盲人の官職廃止。4月仮名垣魯文『安愚楽鍋』。7月中村敬宇『西国立志編』。[伊]㋔ヴェルディ『アイーダ』。[露]オストロフスキー『森林』。
五	一八七二	56	○3月市村改め村山座に『国性爺姿写真絵』（三世	2月官立東京女学校開設。東京

			沢村田之助お名残り）。10月守田座に『月宴升毬栗』（散切りお富・坊主与三）、大入り。●2月岩井紫若、八世半四郎襲名。5月守田座、新富町に移転、新築開場。11月京都南側芝居にて、佐橋富三郎作『鞋補童教学』。北側芝居にて、『西国立志編』より『其粉色陶器交易』。	日々新聞創刊（のち毎日新聞に吸収）。4月京都府女学校開設。京都・大阪・神戸間の電信開通。日曜休暇制決定。5月品川・横浜間鉄道開通。8月学制発布。9月東京・京都間に電信開通。[墺]グリルパルツァー没。[伊]コッサ『ネローネ』。[瑞典]ストリンドベルィ『オーロフ師』。
六	一八七三	57	○3月村山座に『太鼓音智勇三略』（酒井の太鼓）、大入り。9月『増補桃山譚』（中村宗十郎出勤）、大入り。6月中村座に『梅雨小袖昔八丈』（髪結い新三）、中入り。11月守田座に『男駒山守達源氏』（兜屋の景清・東京日新聞）、中入り。●9月中村宗十郎上京。	1月太陽暦実施。徴兵令公布。巫女禁止令。2月仇討禁止令。京都・大阪間乗合馬車開通。5月妻の離縁請求権容認。6月飛脚営業禁止。9月列車時刻表発売。10月祝祭日制定。12月郵便はがき発売。[仏]ゾラ『テレーズ・ラカン』。
七	一八七四	58	○本年、四座に出勤。3月村山座に『夜討曽我裾野曙』、大入り。4月中村座に『時恵花平氏世盛』。7月河原崎座再興し、『新舞台巌楠』（楠）。守田座に	1月新橋・京橋間馬車鉄道開通。東京警視庁設置。2月大阪日報（毎日新聞）創刊。5月大阪・

			『繰返開化婦見月』（三人片輪）。10月河原崎座に『雲上野三衣策前』（河内山）、並の大入り。10月守田座に『宇都宮紅葉釣衾』（吊り天井）、大入り。●七世河原崎権之助、九世市川団十郎襲名。	神戸間鉄道開通。［伊］ヴェルガ『カヴァレリーア・ルスティカーナ』。［西］エチュガライ『割符帳』。［露］㋔ムソルグスキー『ボリス＝ゴドゥノフ』。
八	一八七五	59	○1月守田座改め新富座に『扇音々大岡政談』（大岡政談天一坊）、大入り。5月河原崎座に『吉備大臣支那譚』、8月中村座に『裏表柳団画』（柳沢騒動）。いずれも大入り。●1月守田座は新富座と改称。6月二世尾上菊次郎（小団次の女房役者）没。	5月郵便貯金開設。6月東京気象台創設。11月東京に女子師範学校設立。新島襄、同志社英学校創設。［仏］㋔ビゼー『カルメン』。ビゼー没。［丁］アンデルセン没。
九	一八七六	60	○1月新富座に『善悪両輪妙妙車』、度々の雪で中入り。3月『川中島東都錦画』（甲陽軍記）、大入り。6月『早苗鳥伊達聞書』、大入り。9月『音響千成瓢』（娘太閤記）。●11月新富座、類焼。	3月廃刀令。8月高橋お伝、殺人。11月東京女子師範に幼稚園併設。福沢諭吉『学問のすすめ』。［独］㋔ヴァーグナー『ニーベルンゲンの指輪』全四部。［伊］㋔ポンキェルリ『ジョコンダ』。
一〇	一八七七	61	○新富座、仮建築なり、4月前半部『新舞台恩恵景清』、後半部『富士額男女繁山』（女書生）、大入り。	2月西南戦争。東京・大阪・神戸間鉄道開通。4月東京帝国大

			6月新富座本建築なり、『勧善懲悪孝子誉』（懲役善吉）、大入り。12月『黄門記童幼講釈』、大入り。●8月三世桜田治助没。10月五世坂東彦三郎没。	学開校。8月第一回内国勧業博覧会。9月コレラ東京に発生し、全国に流行。[仏]㋔サン＝サーンス『サムソンとデリラ』。[諾]イプセン『社会の柱』。
一一	一八七八	62	○2月新富座に『西南雲晴朝東風』（西南戦争）、大入り。6月『松栄千代田神徳』、10月『日月星享和政談』（延命院日当）・『二張弓千種重籐』（首実検の実盛）、大入り。仮名垣魯文編「技芸名誉小伝河竹新七の伝」、『魯文珍報』に連載。●6月新富座本建築、開場。7月三世沢村田之助没。8月新富座にて夜芝居を興行。	9月小寺玉晁没。12月初の府県会議員選挙。[墺]アンツェングルーバー『第四の戒律』。[伊]コッサ『ボルジア家の人びと』。
一二	一八七九	63	○5月新富座、前半部『綴合於伝仮名書』（高橋お伝）、後半部『花洛中山城名所』、大入り。7月『後三年奥州軍記』（グラント将軍）、『漂流奇談西洋劇』（漂流人が西洋の劇場で出会う芝居）、西洋狂言大不評で、大の不入り。10月『鏡山錦楓葉』（加賀騒動）、大入り。●2月『歌舞伎新報』発刊。7月アメリカ大統領グラント将軍来日、新富座観劇。8月十二世守田勘弥没。	1月高橋お伝、斬首。朝日新聞、大阪で創刊。6月コレラ全国に流行。9月第一次教育令（自由教育令）公布。10月文部省内に音楽取調掛設置。[西]エチュガライ『死の胸に』。[露]㋔チャイコフスキー『エフゲニー・オネーギン』。[諾]イプセン『人

一三	一八八〇	64	○向島百花園に「しのぶづか」建立。3月新富座に『日本晴伊賀報讐』、6月『霜夜鐘十字辻筮』、11月前半部『茶臼山凱歌陣立』（大阪冬の陣）、後半部『木間星箱根鹿笛』。いずれも、並の大入り。	形の家』。4月集会条例公布。12月中央権力による教育統制強化を目的に、第二次（改正）教育令公布。[仏]オッフェンバック没。
一四	一八八一	65	○3月新富座に『天衣紛上野初花』（増補河内山）、極めて大入り。5月猿若座に『大杯觴酒戦強者』。6月新富座に『夜討曽我狩場曙』と『土蜘』、大入り。9月市村座に『関ケ原東西軍記』。10月春木座に『極付幡随長兵衛』。11月一世一代、白浪狂言の書き納めとして『島衛月白浪』、大入り。六二連・歌舞伎新報社から引き幕をもらう。／「河竹新七の作者名から、黙阿弥という隠居名に変わった。今後は、何についても一切口出しをせず、『黙っている』という心を表わすために『黙』の字を使ったが、また再び芝居に出勤する場合があったら、『元のもくあみ』になるだろうという心なのである」。引退の挨拶に「引汐の摺り物三百枚を作り、配る」。「以後、スケ黙阿弥の名で脚色した新狂言が数十番あり。いろは新聞、やまと新聞から引き幕をもらう」。●6	9月高野山の女人禁制、昼間のみ解放。11月『小学唱歌集』初編、刊行。[仏]㋔オッフェンバック『ホフマン物語』。[伊]カヴァロッティ『雅歌』。[西]エチュガライ『大いなる仲立ち』。[露]ムソルグスキー没。[諾]イプセン『幽霊』。

一五	一八八二	66	月三世瀬川如皐没。○3月『恋闇鵜飼燎』、『歌舞伎新報』第二〇六号に連載開始。登場人物名にて執筆。三幕目の途中で中断。明治十九年四月「鵜飼の燎 その後、同翁、何かと執筆に追われ、おまけに、眼病などの障りがあって、止むを得ず中絶しておりましたが、今度、千歳座の初春興行に、菊五郎丈がぜひ上演したいと翁に申し込まれましたので、その希望にまかせて、いよいよ興行することに決まりました」(第六四九号、五丁ウラ)と報知。●2月八世岩井半四郎没。	大隈重信、東京専門学校(早稲田大学)創設。10月日本銀行開行。[独]㋔ヴァーグナー『パルジファル』。[仏]ベック『鴉の群れ』。サルドゥ『フェオドラ』。[伊]ジャコメッティ没。[諾]イプセン『人民の敵』。[瑞典]ストリンドベルィ『ベングト殿の妻』。
一六	一八八三	67		6月天気予報、始まる。7月『官報』創刊。11月鹿鳴館開館。[独]ヴァーグナー没。フロトー没。[仏]モーパッサン『女の一生』。サルドゥ『テオドラ』。[露]ツルゲーネフ没。
一七	一八八四	68	○4月竹柴金作に、河竹新七の名を譲り、三世を名乗らせる。さらに黙阿弥は、金作を養子に迎え、作者の家を継がせようとしたが、何故か果たせず、自分の居宅を譲ることによって、それに替えた。三世	11月成島柳北没。[仏]㋔マスネー『マノン』。[チ]スメタナ没。[諾]イプセン『野鴨』。

一八	一八八五	69	の没後、妻お徳が、河竹の名を黙阿弥家に返上。また、6月高弟勝能進に河竹の姓を許した。	8月地方の教育行政機構を一般行政機構に吸収する、第三次（再改正）教育令公布。9月坪内逍遙『小説真髄』刊。［英］㋔サリヴァン『ミカド』。［仏］ユーゴー没。ベック『パリの女』。ドーデ『サフォー』。［墺］㋔シュトラウス『ジプシー男爵』。
一九	一八八六	70	○5月千歳座に『恋闇鵜飼燎』上演。●演劇改良会結成。	［露］レフ・トルストイ『闇の力』。［諾］イプセン『ロスメルスホルム』。
二〇	一八八七	71	●4月井上邸にて天覧劇。	［仏］アントワーヌ、自由劇場創設。［瑞典］ストリンドベルィ『父』。
二一	一八八八	72		［仏］㋔ラロ『イスの王』。［諾］イプセン『海の夫人』。［瑞典］ストリンドベルィ『令嬢ジュリー』。

二二	一八八九	73	○11月次女島没。●11月東京歌舞伎座開場。	2月大日本帝国憲法発布。
二三	一八九〇	74		10月「教育ニ関スル勅語」渙発。[露]レフ・トルストイ『教育の成果』。[諾]イプセン『ヘッダ・ガブラー』。[瑞典]ストリンドベルィ『債鬼』。
二四	一八九一	75	○『歌舞伎新報』に、古河黙阿弥の名で『千社札天狗古宮』連載するも、完結せず。●川上音二郎、書生芝居興行。	9月上野・青森間鉄道開通。腸チフス、東京に流行。10月濃尾地方、大地震。[独]ヴェデキント『春のめざめ』。
二五	一八九二	76	○2月出勤を断り、完全に隠居して筆を手にしない。5月『歌舞伎新報』から頼まれて、『傀儡師箱根山猫』を、やはり、古河黙阿弥の名で執筆。しかし、第一幕を書き上げただけで、筆を擱いた。	3月東京府、各学校に、天皇・皇后両陛下の御真影と教育勅語を所定の一室に奉置することを命ず。[英]ワイルド『ウィンダミア夫人の扇』。[独]ハウプトマン『織工』。[諾]イプセン『棟梁ソルネス』。
二六	一八九三	77	○1月東京歌舞伎座に旧作の舞踊曲を書き直し、『奴凧廓春風』として提供。それをもって、作者としての生命に終止符を打つ。1・22午後四時、永眠。	4月関根只誠没。[英]ワイルド『サロメ』。ショウ『ウォレン夫人の職業』。[独]ハルベ『青春』。

				奥泰資編集・小羊子閲「古河黙阿弥伝」、『早稲田文学』に連載。	［仏］サルドゥ『マダム・サン＝ジェーヌ』。［蘭］ハイエルマンス『アハスエラス』。［白］メーテルリンク『ペレアスとメリザンド』。

＊新七本人に関する事項は、明治十一年三月付け仮名垣魯文宛て書簡・明治二十五年十一月一日夜擱筆『著作大概』および、仮名垣魯文編「技芸名誉小伝　河竹新七の伝」（『魯文珍報』）、奥泰資編集・小羊子閲「古河黙阿弥伝」（『早稲田文学』）による。新七本人に関わる項目には「○」を付した。関わらない諸項には「●」を付した。

＊＊また、「一般事項」には、主として、同時代の欧州の戯曲・歌劇事情を記し、オペラの頭には㋔を付した。

人名索引

さ　行

た　行

な　行

演目索引

あ 行

か 行

さ 行

た・な行

は　行

ま　行

や・ら行

《著者紹介》

今尾哲也（いまお・てつや）

1931年　大連に生まれる。
1960年　早稲田大学大学院文学研究科博士課程満期退学。博士（文学）。
　　　　元 玉川大学教授，武蔵野女子大学教授。
著　書　『変身の思想』法政大学出版局，1970年。
　　　　『ほかひびとの末裔』飛鳥書房，1974年。
　　　　『歌舞伎をみる人のために』玉川大学出版部，1979年。
　　　　『三人吉三廓初買』校注，新潮社，1984年。
　　　　『吉良の首』平凡社，1987年。
　　　　『役者論語 評註』玉川大学出版部，1992年。
　　　　『歌舞伎の歴史』岩波書店，2000年。

ミネルヴァ日本評伝選
河《かわ》竹《たけ》黙《もく》阿《あ》弥《み》
――元のもくあみとならん――

2009年7月10日　初版第1刷発行　〈検印省略〉

定価はカバーに
表示しています

著　者　今　尾　哲　也
発行者　杉　田　啓　三
印刷者　江　戸　宏　介

発行所　株式会社　ミネルヴァ書房
607-8494 京都市山科区日ノ岡堤谷町1
電話（075）581-5191（代表）
振替口座 01020-0-8076番

共同印刷工業・新生製本

ISBN978-4-623-05491-6
Printed in Japan

刊行のことば

歴史を動かすものは人間であり、興趣に富んだ人間の動きを通じて、世の移り変わりを考えるのは、歴史に接する醍醐味である。

しかし過去の歴史学を顧みるとき、人間不在という批判さえ見られたように、歴史における人間のすがたが、必ずしも十分に描かれてきたとはいえない。二十一世紀を迎えた今、歴史の中の人物像を蘇生させようとの要請はいよいよ強く、またそのための条件もしだいに熟してきている。

この「ミネルヴァ日本評伝選」は、正確な史実に基づいて書かれるのはいうまでもないが、単に経歴の羅列にとどまらず、歴史を動かしてきたすぐれた個性をいきいきとよみがえらせたいと考える。そのためには、対象とした人物とじっくりと対話し、ときにはきびしく対決していくことも必要になるだろう。

今日の歴史学が直面している困難の一つに、研究の過度の細分化、瑣末化が挙げられる。それは緻密さを求めるが故に陥った弊害といえるが、その結果として、歴史の大きな見通しが失われ、歴史学を通しての社会への働きかけの途が閉ざされ、人々の歴史への関心を弱める危険性がある。今こそ歴史が何のためにあるのかという、基本的な課題に応える必要があろう。評伝という興味ある方法を通じて、解決の手がかりを見出せないだろうかというのも、この企画の一つのねらいである。

狭義の歴史学の研究者だけでなく、多くの分野ですぐれた業績をあげている著者たちを迎えて、従来見られなかった規模の大きな人物史の叢書として、「ミネルヴァ日本評伝選」の刊行を開始したい。

平成十五年（二〇〇三）九月

ミネルヴァ書房

ミネルヴァ日本評伝選

企画推薦
梅原　猛
ドナルド・キーン
佐伯彰一
角田文衞

監修委員
上横手雅敬
芳賀　徹

編集委員
石川九楊
伊藤之雄
猪木武徳
今谷　明
今橋映子
熊倉功夫
佐伯順子
坂本多加雄
武田佐知子
竹西寛子
西口順子
兵藤裕己
御厨　貴

上代

俾弥呼　古田武彦
日本武尊　西宮秀紀
仁徳天皇　若井敏明
雄略天皇　吉村武彦
＊蘇我氏四代　遠山美都男
推古天皇　義江明子
聖徳太子　仁藤敦史
斉明天皇　武田佐知子
小野妹子・毛人　大橋信弥
額田王　梶川信行
弘文天皇　遠山美都男
天武天皇　新川登亀男
持統天皇　丸山裕美子
阿倍比羅夫　熊田亮介
柿本人麻呂　古橋信孝
元明・元正天皇　渡部育子
聖武天皇　本郷真紹
光明皇后　寺崎保広
孝謙天皇　勝浦令子
藤原不比等　荒木敏夫
吉備真備　今津勝紀
藤原仲麻呂　木本好信
道　鏡　吉川真司
大伴家持　和田　萃
行　基　吉田靖雄

平安

＊桓武天皇　井上満郎
嵯峨天皇　西別府元日
宇多天皇　古藤真平
醍醐天皇　石上英一
村上天皇　京樂真帆子
花山天皇　上島　享
三条天皇　倉本一宏
藤原薬子　中野渡俊治
小野小町　錦　仁
藤原良房・基経　滝浪貞子
菅原道真　竹居明男
＊紀貫之　神田龍身
源高明　所　功
慶滋保胤　平林盛得
＊安倍晴明　斎藤英喜
藤原実資　橋本義則
＊藤原道長　朧谷　寿
藤原定子　山本淳子
清少納言　後藤祥子
紫式部　竹西寛子
和泉式部　ツベタナ・クリステワ
大江匡房　小峯和明
阿弖流為　樋口知志
坂上田村麻呂　熊谷公男
＊源満仲・頼光　元木泰雄
平将門　西山良平
藤原純友　寺内　浩
空　海　頼富本宏
最　澄　吉田一彦
＊空　也　石井義長
奝　然　上川通夫
＊源　信　小原　仁
後白河天皇　美川　圭
式子内親王　奥野陽子
建礼門院　生形貴重
平清盛　田中文英
藤原秀衡　入間田宣夫
平時子・時忠　元木泰雄
平維盛　根井　浄
守覚法親王　阿部泰郎
藤原隆信・信実　山本陽子

鎌倉

源頼朝　川合　康
＊源義経　近藤好和
後鳥羽天皇　五味文彦
九条兼実　村井康彦
北条時政　野口　実
熊谷直実　佐伯真一
＊北条政子　関　幸彦
北条義時　岡田清一

曾我十郎・五郎　杉橋隆夫
北条時宗　近藤成一
安達泰盛　山陰加春夫
平頼綱　細川重男
竹崎季長　堀本一繁
西行　光田和伸
藤原定家　赤瀬信吾
*京極為兼　今谷　明
*兼好　島内裕子
重源　横内裕人
運慶　根立研介
法然　今堀太逸
慈円　大隅和雄
明恵　西山　厚
親鸞　末木文美士
恵信尼・覚信尼　西口順子
道元　船岡　誠
叡尊　細川涼一
*忍性　松尾剛次
*日蓮　佐藤弘夫
一遍　蒲池勢至
夢窓疎石　田中博美
*宗峰妙超　竹貫元勝

南北朝・室町

後醍醐天皇　上横手雅敬
護良親王　新井孝重
北畠親房　岡野友彦
楠正成　兵藤裕己
*新田義貞　山本隆志
光厳天皇　深津睦夫
足利尊氏　市沢　哲
佐々木道誉　下坂　守
円観・文観　田中貴子
足利義満　川嶋将生
足利義教　横井　清
大内義弘　平瀬直樹
伏見宮貞成親王　松薗　斉
山名宗全　山本隆志
日野富子　脇田晴子
世阿弥　西野春雄
雪舟等楊　河合正朝
宗祇　鶴崎裕雄
*満済　森　茂暁
一休宗純　原田正俊

戦国・織豊

北条早雲　家永遵嗣
毛利元就　岸田裕之
*今川義元　小和田哲男
*武田信玄　笹本正治
*真田氏三代　笹本正治
三好長慶　仁木　宏
*上杉謙信　矢田俊文
吉田兼倶　西山　克
山科言継　松薗　斉
*雪村周継　赤澤英二
織田信長　三鬼清一郎
豊臣秀吉　藤井讓治
*北政所おね　田端泰子
*淀殿　福田千鶴
前田利家　東四柳史明
黒田如水　小和田哲男
蒲生氏郷　藤田達生
細川ガラシャ　田端泰子
伊達政宗　伊藤喜良
*支倉常長　田中英道
ルイス・フロイス
エンゲルベルト・ヨリッセン
*長谷川等伯　宮島新一
顕如　神田千里

江戸

徳川家康　笠谷和比古
徳川吉宗　横田冬彦
*後水尾天皇　久保貴子
光格天皇　藤田　覚
崇伝　杣田善雄
春日局　福田千鶴
池田光政　倉地克直
シャクシャイン　岩崎奈緒子
*田沼意次　藤田　覚
二宮尊徳　小林惟司
末次平蔵　岡美穂子
高田屋嘉兵衛　生田美智子
林羅山　鈴木健一
中江藤樹　辻本雅史
山崎闇斎　澤井啓一
山鹿素行　前田　勉
*北村季吟　島内景二
貝原益軒　辻本雅史
松尾芭蕉　楠元六男
ケンペル　ボダルト・ベイリー
荻生徂徠　柴田　純
雨森芳洲　上田正昭
前野良沢　松田　清
平賀源内　石上　敏
本居宣長　田尻祐一郎
杉田玄白　吉田　忠
上田秋成　佐藤深雪
木村蒹葭堂　有坂道子
*大田南畝　沓掛良彦
菅江真澄　赤坂憲雄
*鶴屋南北　諏訪春雄
良寛　阿部龍一
*山東京伝　佐藤至子
*滝沢馬琴　高田　衛
平田篤胤　川喜田八潮
シーボルト　宮坂正英
本阿弥光悦　岡　佳子
小堀遠州　中村利則
尾形光琳・乾山　河野元昭
*二代目市川團十郎　田口章子
与謝蕪村　佐々木丞平

伊藤若冲　狩野博幸
鈴木春信　小林　忠
円山応挙　佐々木正子
*佐竹曙山　成瀬不二雄
葛飾北斎　岸　文和
酒井抱一　玉蟲敏子
孝明天皇　青山忠正
*和　宮　辻ミチ子
徳川慶喜　大庭邦彦
島津斉彬　原口　泉
*古賀謹一郎　小野寺龍太
*月　性　海原　徹
*吉田松陰　海原　徹
*高杉晋作　海原　徹
オールコック　佐野真由子
アーネスト・サトウ　奈良岡聰智
冷泉為恭　中部義隆

近代

*明治天皇　伊藤之雄
大正天皇　フレッド・ディキンソン
昭憲皇太后・貞明皇后　小田部雄次
大久保利通　三谷太一郎
山県有朋　鳥海　靖
木戸孝允　落合弘樹
井上　馨　伊藤之雄
*松方正義　室山義正
北垣国道　小林丈広
大隈重信　五百旗頭薫
伊藤博文　坂本一登
井上　毅　大石　眞
*桂　太郎　小林道彦
*乃木希典　佐々木英昭
林　董　君塚直隆
児玉源太郎　小林道彦
*高宗・閔妃　木村　幹
山本権兵衛　室山義正
高橋是清　鈴木俊夫
小村寿太郎　簑原俊洋
*犬養　毅　小林惟司
加藤高明　櫻井良樹
加藤友三郎・寛治　麻田貞雄
田中義一　黒沢文貴
平沼騏一郎　堀田慎一郎
宇垣一成　北岡伸一
宮崎滔天　榎本泰子
*浜口雄幸　川田　稔
幣原喜重郎　西田敏宏
関　一　玉井金五
広田弘毅　井上寿一
安重根　上垣外憲一
グルー　廣部　泉
永田鉄山　森　靖夫
東條英機　牛村　圭
今村　均　前田雅之
蔣介石　劉　岸偉
石原莞爾　山室信一
木戸幸一　波多野澄雄
伊藤忠兵衛　末永國紀
五代友厚　田付茉莉子
大倉喜八郎　村上勝彦
安田善次郎　由井常彦
渋沢栄一　武田晴人
山辺丈夫　宮本又郎
武藤山治　阿部武司・桑原哲也
小林一三　橋爪紳也
大倉恒吉　石川健次郎
大原孫三郎　猪木武徳
*河竹黙阿弥　今尾哲也
イザベラ・バード　加納孝代
*林　忠正　木々康子
森　鷗外　小堀桂一郎
二葉亭四迷　ヨコタ村上孝之
巌谷小波　千葉信胤
樋口一葉　佐伯順子
島崎藤村　十川信介
泉　鏡花　東郷克美
有島武郎　亀井俊介
永井荷風　川本三郎
北原白秋　平石典子
菊池　寛　山本芳明
宮澤賢治　千葉一幹
正岡子規　夏石番矢
高浜虚子　坪内稔典
与謝野晶子　佐伯順子
*種田山頭火　村上　護
斎藤茂吉　品田悦一
*高村光太郎　湯原かの子
萩原朔太郎　エリス俊子
原阿佐緒　秋山佐和子
*狩野芳崖・高橋由一　古田　亮
竹内栖鳳　北澤憲昭
黒田清輝　高階秀爾
中村不折　石川九楊
横山大観　高階秀爾
*橋本関雪　西原大輔
小出楢重　芳賀　徹
土田麦僊　天野一夫
岸田劉生　北澤憲昭
松旭斎天勝　川添　裕
中山みき　鎌田東二
ニコライ　中村健之介
出口なお・王仁三郎　川村邦光
島地黙雷　阪本是丸
*新島　襄　太田雄三
嘉納治五郎　クリストファー・スピルマン
*澤柳政太郎　新田義之
河口慧海　高山龍三
大谷光瑞　白須淨眞

*久米邦武　髙田誠二
フェノロサ　伊藤　豊
三宅雪嶺　長妻三佐雄
内村鑑三　新保祐司
*岡倉天心　木下長宏
志賀重昂　中野目徹
徳富蘇峰　杉原志啓
竹越與三郎　西田　毅
内藤湖南・桑原隲蔵　礪波　護
岩村　透　今橋映子
西田幾多郎　大橋良介
喜田貞吉　中村生雄
上田　敏　及川　茂
柳田国男　鶴見太郎
厨川白村　張　競
大川周明　山内昌之
折口信夫　斎藤英喜
九鬼周造　粕谷一希
辰野　隆　金沢公子
シュタイン　瀧井一博
*福澤諭吉　平山　洋
福地桜痴　山田俊治
中江兆民　田島正樹
田口卯吉　鈴木栄樹

*陸　羯南　松田宏一郎
宮武外骨　山口昌男
*吉野作造　田澤晴子
野間清治　佐藤卓己
山川　均　米原　謙
北　一輝　岡本幸治
杉　亨二　速水　融
*北里柴三郎　福田眞人
田辺朔郎　秋元せき
*南方熊楠　飯倉照平
寺田寅彦　金森　修
石原　純　金子　務
J・コンドル　鈴木博之
辰野金吾　河上真理・清水重敦
小川治兵衛　尼崎博正

現代

昭和天皇　御厨　貴
高松宮宣仁親王　後藤致人
*李方子　小田部雄次
吉田　茂　中西　寛

マッカーサー　柴山　太
重光　葵　武田知己
池田勇人　中村隆英
和田博雄　庄司俊作
朴正熙　木村　幹
竹下　登　真渕　勝
*松永安左エ門　橘川武郎
鮎川義介　井口治夫
出光佐三　橘川武郎
松下幸之助　米倉誠一郎
渋沢敬三　井上　潤
本田宗一郎　伊丹敬之
井深　大　武田　徹
佐治敬三　小玉　武
幸田家の人々　金井景子
*正宗白鳥　大嶋　仁
大佛次郎　福島行一
*川端康成　大久保喬樹
薩摩治郎八　小林　茂
松本清張　杉原志啓
安部公房　成田龍一

三島由紀夫　島内景二
R・H・ブライス　菅原克也
金素雲　林　容澤
柳　宗悦　熊倉功夫
バーナード・リーチ　鈴木禎宏
イサム・ノグチ　酒井忠康
川端龍子　岡部昌幸
藤田嗣治　林　洋子
*井上有一　海上雅臣
*手塚治虫　竹内オサム
山田耕筰　後藤暢子
古賀政男　藍川由美
吉田　正　金子　勇
武満　徹　船山　隆
*力道山　岡村正史
美空ひばり　朝倉喬司
植村直巳　湯川　豊
*西田天香　宮田昌明
安倍能成　中根隆行
G・サンソム　牧野陽子
和辻哲郎　小坂国継

青木正児　井波律子
矢代幸雄　稲賀繁美
石田幹之助　岡本さえ
*平泉　澄　若井敏明
安岡正篤　片岡杜秀
島田謹二　小林信行
前嶋信次　杉田英明
竹山道雄　平川祐弘
保田與重郎　谷崎昭男
福田恒存　川久保剛
井筒俊彦　安藤礼二
佐々木惣一　松尾尊兊
*瀧川幸辰　伊藤孝夫
矢内原忠雄　等松春夫
福本和夫　伊藤　晃
*フランク・ロイド・ライト　大久保美春
大宅壮一　有馬　学
清水幾太郎　竹内　洋
今西錦司　山極寿一

*は既刊

二〇〇九年七月現在